Fabio Geda

L'estate alla fine del secolo

Dalai *editore*

www.bcdeditore.it - info@bcdeditore.it

Disegni di Andrea Riccadonna

ISBN 978-88-6620-212-7

Romanzi e Racconti 541

Di Fabio Geda
nel catalogo Dalai *editore*
potete leggere:

Nel mare ci sono i coccodrilli

A Franco Debenedetti Teglio
partigiano della memoria

Mi porti su, signor Scott.

(Il capitano James Tiberius Kirk all'ufficiale Montgomery Scott, per farsi teletrasportare sull'Enterprise)

Se non ricordiamo
non possiamo comprendere.

(E.M. Forster)

CAPITOLO I

E quindi, uscendo di casa con i pantaloni della tuta e il K-way, due scatole di arenicole a testa – una per me, una per mio padre – il guadino in una mano e la canna nuova nell'altra, in punta di piedi per evitare di svegliare mamma, dissi: «Va bene, va bene, hai ragione tu». Mio padre non aggiunse altro. In questi casi, ripeteva, ragionare con me era come pescare il dentice d'inverno: ci voleva pazienza, e una buona lenza da fondo; inutile lo strascico.

Non scambiammo una sola parola fino a quando la barca non fu in acqua. Mentre vogava comodo a prua, immergendo i remi senza spruzzi in quello stile garbato che gli apparteneva, come se con il mare, lui, avesse un conto in sospeso, muto, occhi e mento, mi fece segno di guardare dietro: Capo Galilea, il nostro paese, era una frana sulla battigia, case color sabbia e, tra i vicoli, le luci come fuochi. La luna era alta, sopra il bacino di carenaggio e sopra la collina che fuoco prendeva sul serio, ogni estate, per dolo e malavoglia; due anni prima, cercando di salvare il capanno e i filari del suocero, era morto il padre di un amico mio. Perché il fuoco non è vero che purifica, come diceva il parroco, don Luciano, il fuoco è ingiusto, e si prende gli innocenti. Il cielo era indaco, con nubi a oriente. Mio padre remava e io, flesso nel pozzetto, lasciavo che trainasse la barca; non importava dove, avrei attraversato il mare, sarei arrivato in Africa, sarei andato ovunque, con lui.

Per questo faceva male, il dubbio. Quando il parroco e i carabinieri erano venuti a bussare, poco prima di cena, e mi avevano accusato di avere lanciato, con Michele e Salvo, le pietre che quel pomeriggio avevano rotto uno dei vetri della sacrestia, quelli satinati – «E per poco non prendevate in testa la signora Puglisi, che stava passando lo straccio» – mio padre non si era girato a cercare conferme o smentite, nonostante fossi lì, in poltrona, a una spanna. Aveva detto solo: «Mi rincresce».

Ero scattato in piedi. «Ma cosa ti rincresce, papà? Io non ho fatto nulla. Non c'entro. Manco li ho visti, oggi, Michele e Salvo. Ero al caddusu con la bici.» Poi, paonazzo, spaventato dal mio stesso osare: «E voi come lo sapete che sono stati loro?» avevo urlato ai carabinieri e a don Luciano. «Li avete fotografati?»

«Li ha riconosciuti il garzone di Celima.»

«Quello del macellaio, il cieco?»

«Non è cieco.»

«Ma dico, li avete visti gli occhiali? Li avete presente? Io lo conosco.»

«Ecco, appunto», era intervenuto il carabiniere, quello alto con i baffi; la figlia veniva nella mia scuola, ed era brutta. «E lui conosce voi.»

«Mente.»

Aveva sorriso. «Perché dovrebbe farlo?»

Mi strizzai nelle spalle. «E che ne so? Chiedete a lui.»

Papà si era allontanato per cercare un fazzoletto. Era tornato asciugandosi il sangue dal naso; gli capitava spesso. «Gli altri due cosa dicono?»

«Michele e Salvo? Negano. E sa dove affermano di essere stati?»

«Al caddusu?»

Il carabiniere aveva sorriso come a dire che era roba per cervelli fini coprirsi a vicenda e che noi, così furbi, non eravamo. «No. Uno a casa a studiare, *da solo*. L'altro a casa a guardare la televisione, *da solo*. Il garzone di Celima ne ha riconosciuti due su tre, di quelli che hanno lanciato la pietra, e», continuò rivolto a me, «lo sanno tutti che tu, Michele e Salvo viaggiate in gruppo come le alici.»

Mia madre aveva preparato il caffè; loro avevano rifiutato – «Grazie assai signora, ma la faccenda è grave» – e avevano detto che bisognava pagare il vetro e che dovevamo lavorare per espiare la colpa – «Per farvi assolvere da tutta la comunità», aveva aggiunto don Luciano disegnando con gli indici un arco in aria. «E chiederete scusa alla signora Puglisi per lo spavento.»

Usciti tutti, ero rimasto seduto, incredulo. Mi accusavano a torto, ma non avevo voce per discolparmi: non c'era nessuno al caddusu, quel giorno. Non c'erano Michele e Salvo. Non c'era Alfio, il figlio adottivo del farmacista. Non c'era Marinella. Ma io sì. Ero rimasto lì a sdrucciolare tra le dune in bicicletta due ore almeno. Ero pure caduto. La prova: un graffio irregolare sul polpaccio. Ma il sangue non parla, non poteva indicare la pietra che mi aveva inciso la carne, uno sperone di tufo a lato del muro di cinta.

Papà era uscito scalzo in pantaloncini e guanti (stava pulendo il pesce) e aveva accompagnato i carabinieri e il parroco al cancello. I termini rammarico, punizione, colpa, erano rimasti nell'aria e coprivano l'odore dello sgombro. Rientrato lui, mamma si era seduta sul bracciolo del divano e tutti e due, in coro, avevano detto: «Allora?»

Non avevo ribattuto nulla.

«Cos'hai da aggiungere?»

Muto.

«Ecco, bravo, forse il silenzio è la cosa migliore.»

Mi avevano ordinato di andare in camera. Niente radio, niente televisione, niente *X-Men*, sarei sprofondato nell'afasia dell'ingiustizia e da lì in un sentimento doloroso e superbo, intriso d'orgoglio, che si nutriva di quella mia – rara, in effetti – innocenza segreta: ero senza colpa e non volevo dimostrarlo perché era evidente, doveva essere evidente, perlomeno ai loro occhi. Avrebbero dovuto capirlo guardandomi in faccia, leggerlo miniato sulla mia pelle. Il serbatoio dell'aerografo era pieno. Per tre giorni, scuola a parte, compiti a parte, nutrimento obbligatorio a parte – vivere sopra il ristorante di famiglia uccide qualsiasi tentativo di sciopero della fame – ero rimasto inchiodato al tavolo da disegno a colorare il primo personaggio a fumetti di quella che sarebbe stata – perdio, se l'avessi intuito allora sarei andato dritto per la mia strada invece di barcollare per tutti gli anni del liceo – una fulminante carriera da fumettista. Per cinque giorni disegnai *l'Innocente*, creato da me medesimo, Zeno Montelusa, anni dodici, Capo Galilea, Sicilia.

Mio padre fermò la barca a trecento metri dalla costa, dietro un'insenatura che, a dargli retta, era il posto migliore della provincia per pescare a lenza, forse anche della regione. C'eravamo arrivati a remi non perché fossimo senza motore, ma perché a lui il motore dava fastidio. Diceva: «Voglio lo sciabordio». Da giorni soffiava uno scirocco che aveva reso la barca oleosa, roba da scivolare in acqua senza avere il tempo di trattenere il fiato, così mi rannicchiai in un angolo del pozzetto a preparare la lenza, mentre papà se ne stava in piedi a guardare il mare, in attesa che lo scirocco portasse le parole giuste per me, oltre alla sabbia del deserto.

L'idea era stata di mamma. Aveva detto: «Uscitevene con la barca voi due soli, domenica mattina. Padre e figlio. Chissà che la risacca non porti anche un po' di verità».

Ma quale verità? pensavo. La verità la trovi se la cerchi. Se invece vuoi solo conferme a ciò che sei già sicuro di sapere, allora è una camurrìa, perché poi devi chiedere scusa, dire avevi ragione. Mamma, lei era dubbiosa. Me n'ero accorto da come parlava. Ma era un periodo che non riuscivo proprio a dirle le cose, nemmeno le sciocchezze, nemmeno che a scuola, la merenda, non mi piaceva fatta in casa, avrei voluto andare al bar con tutti gli altri: va bene che avevamo il ristorante e il cibo era sano, ma questo non giustificava i panini con gli avanzi. Ecco, non riuscivo a dirle quello, figuriamoci un'arringa in mia difesa, che solo a pensarci mi salivano le lacrime agli occhi.

Presi un'arenicola grassa e bruna dalla scatola. Le avevamo raccolte io e Salvo il giorno prima dei fatti della sacrestia in una spiaggia di Mazara marcia di posidonie e cozze, spolverando il fondale con la mano. Il primo lancio cadde male, ripresi e rilanciai con forza, e dopo dieci minuti avevo le prime due mormorette nel secchio. Mio padre, dopo avere innescato con cura le arenicole, pescava dalla parte opposta per evitare di darci fastidio. Manovrava il filo con quegli strappi nervosi che avevo visto tante volte e che diceva essere una tecnica di famiglia che prima o poi mi avrebbe insegnato; tirò su una spigola maculata, ma piccola, e qualche mormoretta pure lui. Dopo un'ora di tocche continue tutto si fermò. Anche lo scirocco. Il giorno stava avanzando in sciami di molecole di luce che irradiavano la cresta delle onde, le loro sinuosità. Le catture si erano fatte rade e le prede minute. In quella quiete papà riuscì a trovare fiato e pensiero. Ma lo fece partendo dal basso, e fu come se si fosse aperta una voragine nel mare.

«Perché lo avete fatto?» disse.

«Cosa?»

«Lo sai benissimo.»

«È una domanda che non ha senso», risposi.

«Cosa non avrebbe senso?» Aveva alzato la voce, e la scossa nel corpo si trasmise al rollio della barca. «Capire perché tre ragazzini che hanno tutto, cose, posti per giocare, la fiducia dei loro genitori, ecco, la fiducia dei genitori, decidono di spaccare il vetro di una chiesa. Zeno. Di una chiesa. Cos'è? La noia, la rabbia? Ci sono problemi in casa, eh? Vedi forse me e tua madre picchiarci o lanciarci i piatti o prenderci a male parole? Perché poi è questo che si dice o che dicono i tuoi insegnanti a scuola quando voi andate male: ci saranno dei problemi in casa. E invece in casa nostra non c'è nessun cazzo di problema. Giusto?»

Era la prima volta che si rivolgeva a me in quel modo, e non solo, era la prima volta che gli sentivo dire cazzo. Cioè, in dialetto sì, lo diceva, ma in italiano no. La barca stava dondolando e le vibrazioni risalivano le ossa; ero tra lo spaventato e il fiero. Spaventato perché non sapevo cos'altro ancora potesse fare o dire mio padre, quale altro limite a me sconosciuto avrebbe valicato; fiero perché non era il nostro solito rapporto. Eravamo a un punto di non ritorno, avevamo superato una boa; navigavamo in un mare sconosciuto ed eravamo lui e io.

Fu allora che catturai la spigola più grossa della mia vita.

Mentre ero distratto, compresso tra l'ascolto di una voce che conoscevo meglio della mia, ma che mai era risuonata così straniera, e lo stupore di un rito di passaggio imprevisto – il battesimo della parola, quando tra padre e figlio il vocabolario si modifica – ecco, mentre tenevo la canna a filo di dita, sentii tirare. Forte. Uno strattone improvviso. Per un istante ebbi paura che la canna volasse via, dritta in mare. Mi aggrappai all'impugnatura e al mulinello e gridai, non so cosa gridai, forse «Ehi, è enorme, aiutami» o forse «Cazzo», sì, mi piacerebbe avere avuto il coraggio di dire «Cazzo, questa dev'essere una dannata balena, papà, un capodoglio o il tonno re degli abissi». Sarei orgoglioso di averlo detto. Ma non credo. Quello che so – perché ne conservo una memoria fisica: l'odore della salsedine, quello del dopobarba di mio padre, l'umidità scivolosa sulle mani e gli spruzzi – è che lui, un istante dopo, era in piedi accanto a me e tira e lascia e tendi e allenta, alla fine una spigola da farci Natale e Capodanno era sbucata dal mare come un missile, portandosi dietro mezzo Mediterraneo, ed era planata, sconfitta, lì sulla nostra barca, dibattendosi ancora come per sfondare lo scafo e farceli vedere, gli abissi.

Per alcuni secondi restammo entrambi piegati, sopraffatti dallo sforzo e dall'eccitazione. Quando stavo per alzarmi e abbracciarlo e la gioia era tale che avrei avuto il coraggio di dirgli che la domanda non aveva senso perché io non c'entravo, doveva credermi, lo avrei dimostrato – non sapevo come, ma glielo avrei dimostrato – e non aveva senso perché aveva usato un plurale, in quella domanda, un plurale che dava per scontata la relazione tra me e ciò che avevano fatto Michele e Salvo in base al nostro rapporto di amicizia, proprio quando stavo per alzarmi e abbracciarlo lo vidi svenire.

Non avevo mai visto svenire nessuno. Ma era esattamente così che mi ero sempre immaginato accadesse. Girò gli occhi all'indietro, si accasciò su un fianco, sbatté violentemente la tempia contro il bordo dello scafo e rimase lì.

Quella mia estate – l'estate del 1999 – era cominciata a marzo, ma non lo sapevo, non avevo occhi per riconoscerla.

Avrei potuto? Mio padre si lamentava del sangue che macchiava le setole dello spazzolino e la ceramica bianca del lavabo quando la sera occupava il bagno per togliersi di dosso l'odore del ristorante, fritto e pesce, o la mattina, dopo colazione, prima di infilarsi i calzoni comodi con le tasche sui lati, uscire e andare al caffè, in piazza, poi al mercato. Potevo cogliere, io, un segnale d'allarme nel sangue delle gengive di mio padre? Sudava la notte tanto che mamma doveva cambiare le lenzuola come quando ero piccolo e pisciavo a letto. Quando non voleva lavarle si limitava a stenderle perché raccogliessero vento e sole. «Che poi la sera ti sembra di dormire all'aperto», diceva, per trovare un senso a quella fatica estranea, visto che il cortile di casa era già tutto uno sventolio di tovaglie, strofinacci e salviette, e di lenzuola a occupargli le corde avrebbe fatto volentieri a meno. C'era in quello sbandieramento un segnale in codice per me?

Superare le verifiche a sorpresa e le interrogazioni alla lavagna della Tosi e di Frasca, matematica e inglese; far parte della rosa del Capo Galilea Football Club nel passaggio doloroso da esordienti a giovanissimi, quando torni a essere il più piccolo della categoria ed esistono quattordicenni capaci di grattugiarti la mano con i peli delle gambe; percorrere in bicicletta il tracciato del caddusu, una zona arida e gibbosa a nord del paese, in meno di quattordici minuti; disegnare fumetti a china e colorarli con l'aerografo; e poi Michele e Salvo; e la spiaggia (il sesso non c'era ancora). Era questo il mio mondo, da lì venivano trasmessi i segnali che ero in grado di ricevere in quell'esplodere della vita che fu la primavera del '99.

Mio padre e mia madre, Vittorio Montelusa, trentasette anni, nato a Capo Galilea – in casa perché non c'è ospedale da noi, il più vicino è a ventisette chilometri – e Agata Coifmann, trentatré anni, nata a Torino, gestivano il ristorante di famiglia, il Mare Montelusa, che mio nonno aveva aperto nel 1954 e che nel tempo si era fatto una certa fama di buona cucina tradizionale siciliana. In molte guide turistiche, tra cui *Lonely Planet* e *Routard*, il Mare Montelusa era segnalato per le sarde a beccafico di nonna Giovanna, per l'eccezionale rapporto qualità-prezzo e per l'accoglienza «da farti sentire parente». Prima del passaggio del ristorante da nonno e nonna al loro unico figlio e alla moglie, il lavoro era organizzato secondo una strategia fordista, non tanto nel senso della catena di montaggio, quanto nell'atteggiamento paternalistico nei confronti dei lavoratori – aiutocuochi, camerieri, lavapiatti, fornitori – che fu alla base della fuga di mio padre, a vent'anni, al Nord, a Torino, per fare esperienza lontano da quella figura doppiamente paterna, a casa e al lavoro.

Aveva un fratello, papà: lo zio Bruno. Di dieci anni più vecchio. Ma lui non si era mai interessato di cucina, tantomeno al ristorante Montelusa. Dopo la laurea in Ingegneria era partito per uno stage in Australia e c'era rimasto: si era sposato, aveva due figlie (una della mia età) e abitava vicino a Melbourne. Nei primi dodici anni di vita l'avevo visto solo tre volte; una ero così piccolo che nemmeno la ricordo.

A Torino papà lavorava in una trattoria in collina specializzata in fritto misto alla piemontese e bagnacàuda, con una spettacolare vista sul Po, sui tetti della città e sulle cime delle Alpi. Una mattina, mentre vagava per il mercato di Porta Palazzo, si era imbattuto in una ragazza intenta a selezionare le albicocche *giuste* per la marmellata *giusta* per la personale versione della Sachertorte della madre di lei, mia nonna Elena (che non ho mai conosciuto). Si era fermato attratto dai suoi capelli rossicci, disse poi, che rossicci non sono affatto – mia madre ha i capelli castani – ma che dovevano essergli sembrati tali a causa del telo arancio che il proprietario del bancone aveva montato per proteggersi dal sole in quella calda giornata autunnale. Capelli che, per come la racconta mio padre, insieme agli occhi verdi di mia madre – questo è vero – avevano creato una vibrazione dirompente, escludendo dal suo campo visivo ogni altro soggetto, il mercato, la città, lasciandolo solo, in una landa desolata, con lei che muoveva le dita nell'aria, scegliendo la frutta dal banco di un mercato invisibile.

Si erano frequentati un paio d'anni, senza dire nulla, senza formalizzare niente, per il desiderio lieve di vivere in un preliminare infinito. Solo quando si erano fidanzati, diciamo ufficialmente, e quando a mio padre era sembrato di non avere più molti segreti da spiluccare nelle cucine altrui, lui le aveva chiesto di andare a vivere in Sicilia e di prendere in gestione, insieme, il ristorante che, prima o poi, mio nonno avrebbe dovuto lasciargli, non per mancanza di entusiasmo, perdio, sia chiaro, ma per sopraggiunti limiti di età.

Lei aveva accettato. Nove mesi dopo ero nato io.

Io.

Ecco, io oggi disegno. Disegno e scrivo, anzi, ma più che altro disegno. Ci sono autori capaci di reagire solo al loro immaginario, io no, adoro la sinergia che trasforma le parole di uno nelle immagini dell'altro: le alchimie sono la mia passione. Io e te ci incontriamo, cominciamo a vagheggiare, tu hai mondi in testa, io ho mondi nelle mani, e alla fine i nostri universi distinti si contaminano e ne nasce un terzo che è meglio del tuo e meglio del mio. E se si infettano e si sporcano e si deturpano saranno ancora più reali, ancora più superfici specchianti della nostra società.

Ho cominciato inchiostrando le matite di un disegnatore americano – uno di New Orleans, conosciuto in un forum sul web, *Ink-Life* – che aveva delle commissioni in Italia: illustrazioni per manuali. Il primo fumetto italiano con sopra il mio nome è stato un numero speciale di *Nathan Never:* tredici racconti scritti da tredici sceneggiatori stranieri. Un francese che conoscevo aveva fatto il mio nome, avevo spedito delle prove alla Bonelli, ero andato a Milano a incontrarli e loro mi avevano preso.

Lo scorso anno, una mattina di quelle che capitano a chi fa questo mestiere, quando ti chiedi se davvero ha senso – per quanto ti piaccia, per quanto sia da sempre la tua più grande passione, per quanto da ragazzo ti saresti pisciato addosso al solo pensiero di poterlo dire, un giorno: *faccio il disegnatore di fumetti* – dicevo, quando ti domandi se valga la pena lavorare quattordici ore filate per fare prove che poi non verranno accettate o sudare grafite per mesi per l'equivalente di un affitto e del necessario per sopravvivere mangiando in casa – cene fuori mai – ecco, una mattina di quelle mi è arrivata una mail che diceva:

> Ciao Zeno,
> in allegato hai la prima stesura di *Shukran*. Trovi il soggetto e una bozza di sceneggiatura per tre puntate. Non tutto mi convince, ma ci siamo quasi. Serve uno studio del personaggio. Quando hai fatto giriamo a Jean-Louis.

La mail è di Roberto Crocci, uno sceneggiatore, uno dei migliori. Mentre *Shukran* è una serie a fumetti su un tizio che ci siamo inventati insieme, una specie di supereroe senza superpoteri ma forte, ingegnoso, tecnologicamente ben equipaggiato, che aiuta i migranti a oltrepassare le frontiere evitando trafficanti e respingimenti: li salva in mare aperto, li fa uscire vivi dal deserto e dalle montagne, li fa evadere dai Centri di identificazione ed espulsione. Quello che faceva Capitan America con nazisti e lager, Shukran lo fa con Frontex e Cie in un'Europa del futuro – siamo intorno al 2050 – che ha delegato all'Agenzia per la Gestione delle Frontiere Esterne la propria protezione.

Era febbraio.

Lo so bene, non potrei dimenticarlo. Mi metto al lavoro e spedisco, oltre alle bozze, anche uno storyboard del primo numero. A Jean-Louis – Jean-Louis Icardi, editor della Dargaud – il progetto piace, molto. Esce a novembre dello stesso anno: a fine mese devono ristampare. Sotto Natale la gente fa la fila davanti alle fumetterie per aggiudicarsi le ultime copie da regalare. Ad aprile sull'onda del «clamoroso successo francese di due autori italiani» («Corriere della Sera», 17 marzo), *Shukran* sbarca in Italia. E in tutto il mondo.

Ancora non ci credo, ma è vero.

Di notte mi sveglio, accendo la luce nello studio. La scrivania è sommersa dai disegni di *Shukran*, dalle facce disperate (prima) e incredule (dopo) dei migranti che protegge. L'intonaco giallo delle pareti coperto da centinaia di foto e frammenti di documentari. Ci sono anche due lettere di minacce a me e a Roberto: dicono che ce la faranno pagare eccetera, croci uncinate eccetera. Le ho appese alla finestra. Se sono stanco o annoiato, alzo gli occhi: un'occhiata, anche di sfuggita, è sufficiente a farmi rimettere al lavoro.

Ma questo sono io oggi.

Nella primavera del 1999, quando è cominciata l'estate più strana della mia vita, non disegnavo *Shukran*, anche se già mi piaceva disegnare, non ricevevo minacce da gruppi di estrema destra e non giravo il mondo per la promozione del più grande fenomeno editoriale a fumetti dai tempi di Jack Kirby. Un giorno di quella primavera, all'alba, avevo dodici anni e mentre il sole sorgeva sul Mediterraneo in tutta la sua gloria, io tentavo di accendere il motore della barca per riportare a terra mio padre che, per quanto ne sapevo, poteva essere morto.

Il primo cellulare entrato in casa Montelusa-Coifmann è stato lo StarTAC della Motorola, nel '98, scelto da papà e da me per la comune passione per *Star Trek* (lo StarTac riproduceva il comunicatore usato dal Capitano Kirk e dagli altri membri dell'equipaggio dell'Enterprise), ma caldeggiato da mia madre, che a sapere papà in barca certe notti di grecale, d'autunno, doveva alzarsi dal letto e mettersi a lucidare i mobili del salotto o a etichettare conserve per dissipare l'affanno nella fatica. Il fisso c'era sia a casa sia al ristorante, con due numeri diversi, ma quando ci allontanavamo per un viaggio o quando stavamo via la notte, portavamo con noi il cellulare (che spesso non prendeva), più per far contenti gli altri che per necessità.

Quella notte l'avevamo lasciato a casa. Aveva le batterie scariche e papà si era scordato di attaccarlo alla corrente.

Mi gettai sul motore fuoribordo con la forza disordinata della paura e dell'inesperienza. Strattonai la cordicella, ma il carburatore era ostruito dal mio terrore. Tirai l'aria, come avevo visto fare a papà altre volte. Ci fu un rumore diverso; forse la scintilla. Poi lo sbuffo. Respiravo con la bocca, il naso, le orecchie. Avevo già condotto la barca, ma sempre con lo sguardo esperto di mio padre che controllava la forza delle dita sul timone, la direzione della prua. Impiegai quindici minuti a raggiungere il pontile, quindici minuti durante i quali le ere geologiche si affastellarono l'una dietro l'altra e vennero glaciazioni e il caldo atroce della lava. C'erano parole, anche. Le parole che non mi sentivo pronunciare, ma percepivo uscire dalla gola: svegliati, svegliati papà. In quei quindici minuti non pensai a cosa fare una volta ormeggiato; una ambulanza sarebbe apparsa dal nulla, avrei visto le luci frustare l'acqua. Invece no, non c'era nessuno. Saltai sul molo e passai la cima attorno alla bitta. Tentai di far uscire mio padre dal pozzetto tirandolo per le braccia; troppo pesante. Casa nostra era a otto minuti a piedi, due di corsa. Un minuto e mezzo dopo rovinavo a terra in soggiorno. Mamma mi aveva visto dalla finestra e stava scendendo le scale, pallida, con interi cataloghi di domande inespresse pencolanti dalle labbra.

Dissi: «Svenuto. Corri. Molo. Barca».

Uscì scalza. Addosso la maglietta con Wolverine che una sua amica aveva portato da Los Angeles per me, quattro taglie troppo grande, e che lei usava come pigiama. Corse sotto un cielo così screziato da pensare che avessero pestato a sangue tutti gli angeli del paradiso.

Ci videro correre (lo scoprimmo in seguito): don Luciano, che era solito recitare le lodi passeggiando per i vicoli di Capo Galilea; Lorenzo, il figlio del verduriere che stava rientrando da una notte di festa e si era fermato a pisciare sul bordo della statale, che a tenerla fino a casa non ce la faceva; la signora Puglisi, che soffriva di insonnia e per non svegliare il marito s'appollaiava sul terrazzino a fare le parole crociate. Ci videro correre e tutti e tre si sporsero per indovinare l'urgenza. Ma l'urgenza era finita. Al molo, papà era seduto sulla barca con la testa tra le mani. Perdeva sangue dalla tempia, molto. Lo aiutammo a guadagnare il pontile.

Il tempo di tornare a casa, disinfettare il taglio e tamponarlo con una garza, e mamma disse che sarebbero andati al pronto soccorso. Non era la ferita a preoccuparla – se n'era procurate ben altre papà, in cucina o andando a pesca sugli scogli da ragazzo; una lunga cicatrice attraversava il polpaccio sinistro – quanto lo svenimento. Mio padre, a memoria di famiglia, non aveva mai perso conoscenza. (Nonno Melo, scherzando, disse poi: coscienza sì, conoscenza mai.)

«Vengo anch'io.»

Mia madre si stava infilando la gonna seduta sul letto. Accanto a lei, sopra il comodino, impilati alla rinfusa, libri di Stephen King, Grisham e Simenon. Le mamme dei miei amici le trovavi sulle sdraio a leggere storie di cani o di amanti giapponesi, mentre lei, la sera, si rilassava con Stephen King: i racconti di *Stagioni diverse* li conosceva praticamente a memoria.

«No, meglio che tu stia a casa», disse.

«Perché?»

«Perché non sappiamo quanto ci staremo. Perché il pronto soccorso non è un posto per ragazzini. Perché così tra un'oretta vai dai nonni e gli racconti tutto.» Socchiuse gli occhi. «Ma non agitarli intesi? E poi hai matematica.»

«Quale matematica?» Rinculai. «Non ho esercizi da fare.»

Lei brandì l'astuccio del mascara. «Devi fare matematica.»

«Non avrai detto a Simona di venire?»

«Non dovevo?»

«Oggi?»

«Perché non oggi, Zeno?» Mamma sollevò le mani a mezz'aria come per ricevere un passaggio, ma non c'erano palloni da bloccare. Voleva stringere i pensieri, forse, o la mia testa. Disse: «Hai la verifica martedì?»

«Sì, ma...»

«Hai allenamento di calcio, domani?»

«Sì.»

«Che giorno è oggi?»

«Domenica.»

Contò sulle dita. «Domenica, lunedì, martedì. Quando avevi intenzione di fare lezione con Simona?»

Non sbuffai per non sentirle dire: e non sbuffare. Stavo per chiudermi in camera, ma non avevo salutato papà. Scesi, era seduto in cucina. Teneva la borsa del ghiaccio premuta sulla testa. Lo abbrancai da dietro. Mi fece scivolare attorno al polso il braccialetto di cuoio che mi aveva regalato lui: Zeno in cinese.

«Mi spiace», disse. Premevo l'orecchio contro la sua schiena, la voce arrivò da lì.

«Per cosa?»

«Ti ho fatto spaventare.»

«Non mi sono spaventato», mentii.

«Davvero?»

«Davvero.» Mi prese le mani. Lo strinsi più forte. «Volevo dirti...»

«Ne parliamo al ritorno.»

«Io...»

«Zeno, ho detto che ne parliamo al ritorno.»

«Pronta. Possiamo andare», disse mamma.

Lo aiutai a rimettersi in piedi. «Aspettate.» Corsi in cucina a prendere il cellulare e il caricabatterie. «Tenete.»

«È scarico.»

«Lo carichi lì.» Glielo infilai nella borsa.

Li guardai uscire. Erano le sette. Ero stanco, mi ero svegliato presto. Pensando a tutto quello che era capitato mi venne in mente la spigola. Era rimasta in barca; decisi di recuperarla. Lungo la strada incontrai nonno Melo; mio nonno si chiamava Carmelo, ma io a tre anni lo avevo battezzato Melo e quel nome era rimasto. Andava a comprare il giornale. Gli raccontai tutto con delicatezza, infarcendo la narrazione di: nulla di grave, leggero taglietto, molto stanco. E lui mi fece scrivere su un uno scontrino trovato in tasca il numero del cellulare che gli avevamo già dato una quantità di volte.

A parte nonno, poca gente in giro. Era mattina presto ed era una limpida domenica di primavera; tra le case si sentiva il ronzio sommesso del riposo, come se il paese stesse facendo le fusa.

I pesci erano ancora nel secchio. La spigola più grossa della mia vita. Li portai a casa, li misi nel frigo, salii in camera e tirai le tende. Mi infilai tra le lenzuola e subito mi addormentai. Due ore dopo mi svegliò il campanello. Mi affacciai. Era nonna.

«Zeno, pranzi con noi?»

«Sì.»

«Abbiamo chiamato al cellulare, ma risponde una donna, metallica. Sarà sbagliato il numero?»

«No, nonna. Non è sbagliato, è spento. E quando è spento una voce dice che potrebbe essere spento o non raggiungibile. Che dice quella voce?»

«E che ne so. Quando la sento, attacco. Non voglio parlare con quella donna. Voglio tuo padre o tua madre.»

Dietro di lei, tra il basilico e il muro del municipio, vidi arrivare Simona in bicicletta. Simona faceva quinta scientifico e avrebbe dovuto convertire il mio odio-ignorante per i numeri in un odio-consapevole. La sua strategia era: alla fine potrai ancora odiarla, la matematica, ma odierai qualcosa che conosci. Per ora stava fallendo, ma la sua presenza instillava in famiglia una specie di euforia per il divenire, come se il peggio fosse passato; e questo era, per quanto mi riguardava, motivo sufficiente per assoggettarmi alle lezioni: meno proiezioni negative sul futuro scolastico, più risposte affermative alle mie richieste. È algebra. O no?

Il giorno trascorse. Mamma aveva chiamato intorno all'una dicendo che papà stava facendo delle analisi e lei era uscita a fare due passi e a mangiare un gelato. Quando sentii la macchina fermarsi dietro il muretto del cortile, alle otto di sera, mi venne in mente che non avevo ancora apparecchiato. La domenica era giorno di chiusura del ristorante e toccava a me la corvè in cucina. Corsi giù per le scale. Intercettai mamma sulla porta.

Quella che vidi era un'altra donna. La luce che irradiava di solito, quella folata di stupore e fiducia, era sparita, e al suo posto, nel viso e nei gesti – come afferrava il pomolo della porta, come stringeva a sé la borsa, persino il modo in cui i capelli le ricadevano attorno al viso – c'erano profondità inesplorate, stalattiti di ghiaccio, pipistrelli.

Cercai disperatamente qualcosa da dire, ma non lo trovai. Lei si morse il labbro inferiore con la punta degli incisivi, ne sgorgò una goccia di sangue. Non pianse, immagino per me. Prese la mia mano, in silenzio, mi trascinò al divano e ci sedemmo con la schiena rigida, e le ginocchia vicine. La stanza si gonfiò e i muri si tesero: il centro della deflagrazione era lei.

«Senti...»

«Dov'è papà?»

«In ospedale.»

«Sta male?»

«Sì.»

«Per il taglio?»

«No, non è il taglio.»

«Cos'è?»

«Hanno fatto delle analisi oggi...»

«Quali analisi?»

«Papà ha la leucemia.» Lo disse come se quella parola potesse trovare, lei sola, una via dentro di me, connettersi ad altre informazioni, così che lei non dovesse aggiungere altro. Ma io non avevo la più pallida idea di cosa fosse la leucemia. Cercò le sigarette nella borsa, l'accendino, accese; fumava poco, mamma, mai in casa. «È un brutto rospo, la leucemia, sai?»

«Brutto quanto?»

Rilasciò uno sbuffo di fumo verso l'alto. «Dovrà stare in ospedale.»

«Quanto tempo?»

«Vorrei potertelo dire.»

«Perché non puoi dirmelo?»

«Perché non lo so.»

«Lo sanno i medici.»

«No.»

«Come fanno a non saperlo?»

«Non lo sanno, Zeno.»

«Ma sono medici.»

«Zeno, ricordi quando abbiamo trovato quel sacchetto di semi in solaio e non sapevamo cos'erano?» Mentre parlava, con le dita mi cercava i capelli, li avevo più lunghi del solito: divise la frangia in mezzo alla fronte. «Li abbiamo piantati ed era calendula. Siamo stati noi a far nascere le piantine. Mentre le innaffiavamo, le proteggevamo dal sole, non sapevamo cosa sarebbe successo.» Tirò una boccata dal mozzicone. Cercava frasi utili perché accudire un figlio è anche questo: non mentire, ma forgiare speranza, anche se non la vedi. «È stata la costanza», disse, «a far nascere le piante. A volte bisogna avere pazienza.»

Fu così che il *brutto rospo*, come io e mamma avevamo preso a chiamare la malattia di papà – improvvisa nel manifestarsi, non nell'insorgere, perché i medici dissero che il suo sangue era malato da tempo, ma capita che i sintomi all'inizio non si distinguano, non allarmino il paziente, così che, quando si corre in ospedale, a volte è tardi; non *troppo* tardi, ma tardi – fu così, ripeto, che il brutto rospo bruciò quei mesi l'uno dopo l'altro, marzo aprile maggio, una fiammata che trascinò con sé le ceneri del mio anno scolastico (promosso per pietà), quelle del ristorante (i nonni furono costretti a tornare al lavoro, dato che papà doveva stare in ospedale a fare trasfusioni su trasfusioni, e chemioterapie, e mamma con lui, nel tentativo estenuante di parlare con i medici e capire cosa fare, dove curarsi, come) e a fine giugno proiettò me verso una prospettiva inattesa.

Finita la scuola, per espiare la colpa del vetro rotto, io, Michele e Salvo avevamo avuto ordine di presentarci ogni giorno alle nove, *puntuali*, in parrocchia da don Luciano, a disposizione sua e della signora Puglisi per qualunque cosa avessero avuto bisogno: pulizie, volantinaggio, traslochi. Il termine della pena non era stato definito, ma tutti e tre sospettavamo che le mattine di giugno e luglio – e il Signore non volesse, pure agosto – se ne sarebbero volate via in quel modo orrendo. Oltretutto, nel mio caso, la consapevolezza dell'innocenza soffiava, nel mio caso, sotto il fuoco del rancore attizzandolo al punto che, la prima volta che avevo visto Michele e Salvo, la prima volta che ero riuscito a non pensare al brutto rospo, c'era mancato poco che ci azzuffassimo. Gli avevo urlato contro che erano degli stupidi pezzi di merda: stupidi perché non si lancia una pietra contro la finestra della sacrestia del *tuo* paese, soprattutto se il paese conta duemila anime e tutti si conoscono; pezzi di merda perché non mi avevano difeso, non avevano neppure provato a negare, io non c'ero quel giorno e gli unici in grado di testimoniarlo erano loro.

Il problema era che avevano detto di non saperne nulla, di quella storia, che entrambi il giorno e l'ora del lancio della pietra si trovavano davvero a casa da soli: a terminare la ricerca di scienze sulla fotosintesi (Michele), a guardare un documentario sulla vita di Maradona in televisione (Salvo). I carabinieri e don Luciano li avevano trascinati di fronte al garzone di Celima che aveva confermato di averli visti e riconosciuti insieme a un terzo che forse ero io e forse no. Tutti avevano creduto al garzone e per quanto riguarda i miei due ex migliori amici gli credevo anch'io; cazzate del genere erano da loro.

«Ma chi era il terzo?» chiesi una mattina rovente di fine giugno a Salvo, mentre in pantaloncini, all'ombra del portico, strofinavamo con stracci imbevuti di olio di lino crudo le panche di legno della cappella di San Girolamo.

«Non mi vuoi sentire, allora», disse asciugandosi il sudore e striandosi la fronte con una ditata di olio e polvere.

«Almeno», sospirai, «voglio sapere per chi mi sto facendo il culo.»

«Per colpa di quello stronzo cieco curnutu del garzone, ecco di chi. Ancora non l'hai capito? S'è inventato tutto. Ha pure lanciato lui la pietra. Per darci addosso e ridersela. E solo perché lo tiriamo in mezzo per gli occhiali.»

«Sì, vabbè», dissi. «Appunto per gli occhiali figurati se gli viene di mirare la finestra della sacrestia da dietro il muretto. Manco centra la casa, quello.»

«Scherzi?» Salvo gettò lo straccio nella bacinella, si alzò e prese qualcosa dal davanzale della finestra, un astuccio. Dentro, un paio di occhiali con la montatura sottile, di metallo. Me li porse. «Mettili», disse. «Ti mostro.»

«Di chi sono?»

«Di don Luciano.»

«Tu sei tutto scemo», dissi. «Posali.»

«Mettili. L'ho già fatto ieri. Persino con questi che non ci si vede nulla ho colpito il cartellone della fiera a dieci metri, laggiù.»

«Posali.»

In quel momento la voce del parroco riecheggiò dalla stanza attraverso le finestre spalancate. «Entrate le panche, ragazzi, amunì.»

«Dobbiamo finire, don Luciano», urlai.

«Adesso.»

Salvo scosse la testa. Ripose occhiali nell'astuccio e astuccio sotto la finestra, tra i gerani. «Si na camurrìa», disse tornando indietro.

«Zeno.» La signora Puglisi si affacciò al balcone del primo piano, dove si entra per l'organo. «Ha chiamato tua madre. Dice di tornare a casa. Don Luciano ha detto che va bene.»

«E mo' mi lasci solo?» fece Salvo.

«Chiamati Michele», dissi pulendo le mani sui pantaloncini. «O il cieco.»

Inforcai la bicicletta e presi la strada che costeggiava la ferrovia, il deposito del legname e le case nuove, a due piani con ammezzato, qualcuna con il porticato in muratura e tutte con un giardinetto cintato da siepi inaridite per il caldo torrido delle ultime settimane. Le avvolgibili abbassate, le tende tirate a fare ombra. Il cielo limpido, senza nuvole. Le api tra le zagare appassite e odore d'aranci. Nulla, attorno a me, trasmetteva il disagio dell'infezione, la precarietà della salute, la caducità dei corpi. Il caldo invitava al riposo in amaca, sotto un cedro, ascoltando il ronzio molecolare degli insetti in attesa di una corrente d'aria che muovesse le foglie e solleticasse i piedi nudi.

Lasciai la bici a terra davanti al cancello, senza tirare il cavalletto. Entrai in casa. Mamma era china su una valigia da riempire, due erano già piene di vestiti; in una vidi roba mia. Papà, in poltrona, esangue, mani in grembo, osservava.

«Dove andiamo?»

«A Genova, per papà.» Mamma stava tentando di far entrare due paia di sandali nella stessa busta di plastica. «Un centro specializzato, una clinica. Hanno chiamato stamane e dobbiamo partire subito.»

Non avevo mai trascorso un'estate lontano da Capo Galilea. Capo Galilea *era* l'estate: il mare, le spiagge, i turisti che portavano con sé, nelle valigie, tra costumi e libri, novità e rivelazioni; il tempo dilatato della notte; gli amici estivi del Nord che venivano da noi a trascorrere le vacanze, e con cui ogni anno facevamo a gara a scoprirci cresciuti. A Capo Galilea, d'estate, aprivano tre locali nei pressi della spiaggia che per otto mesi erano chiusi; il paese si trasformava e quella metamorfosi era più eccitante di qualsiasi viaggio.

Lanciai un'occhiata furtiva a papà. Non ci volle altro.

«Prendo qualche fumetto», dissi.

«Ho già messo in borsa fogli e matite e quello che serve per disegnare», disse mamma. «Ho preso anche i libri per i compiti, il dizionario di inglese e il tuo diario», si tirò in alto i capelli e sbuffò. «Spero di non aver scordato nulla.» Per la prima volta si soffermò su di me, affondando gli occhi verdi nei miei, che però erano scuri, come quelli di papà. «Fai un giro e vedi se ti sembra che abbiamo lasciato qualcosa di importante.»

Stavo per salire le scale.

«Zeno.»

Scavalcò le borse. Mi raggiunse badando a dove appoggiava i piedi, come quando si passa tra le rovine di un incendio. Mi prese tra le braccia e io crollai in quella stretta. Non avrei più voluto uscirne.

Da Capo Galilea a Genova ci sono 1492 chilometri di cui 1421 su strade a scorrimento veloce; ora lo so, allora no. Lo dico perché ho memoria di ciascuno di quei 1492 chilometri. Di quante volte ci siamo fermati perché a papà veniva da rimettere: tredici, di cui una sulla corsia d'emergenza del raccordo anulare; non dovevamo passarci, ovvio, ma allo svincolo di San Cesareo mamma aveva sbagliato strada. Di quali canzoni abbiamo cantato per ammazzare il tempo: *La leva calcistica*, che è nella colonna sonora di *Marrakech Express*, il film preferito dei miei, *L'anno che verrà* per lo stesso motivo, *Io no* e *L'una per te* di Vasco perché Michele e Salvo mi avevano regalato il cd per il compleanno. E lo dico perché il 1492 è l'anno della scoperta dell'America e Cristoforo Colombo era genovese. E perché nel 1421 i Visconti, una famiglia che governò Milano tra Medioevo e Rinascimento, conquistarono Genova e se la tennero fino al 1435. Anche per noi fu una faccenda di scoperte e conquiste (vedrete) tra la salute di mio padre, la sistemazione e il caldo feroce di quella estate.

In clinica, dove papà era atteso, non avevano capito che c'ero pure io.

«State scherzando? Ve l'ho ripetuto svariate volte che c'era mio figlio. E che ha dodici anni.» Mamma stava urlando in corridoio. «Ora cosa dovrei farne, secondo voi? Ha dodici anni. Lo sistemo in albergo, gli compro una tenda, lo rimando a casa da solo?»

«Ci spiace, signora...»

«Lo credo che vi spiace. Ci mancherebbe che non vi spiacesse.»

«Non c'è nessuno che può tenerglielo?»

«Voi potreste tenerlo. Qui. Con me.»

«Signora, non è possibile. Non sono ammessi bambini.»

«Ma io avevo detto espressamente che c'era mio figlio. E nessuno ha mai fatto parola di limiti di età», disse. «Voglio parlare con un responsabile.»

«Sono io il responsabile.»

«E io voglio un altro responsabile, va bene? Uno più responsabile di lei.»

La clinica Marescotti era una struttura convenzionata costruita a fianco di una delle colline che rendono Genova quella che è, nei pressi del cimitero monumentale di Staglieno, dove quell'anno, a gennaio, era stato sepolto Fabrizio De André. Per accedervi si percorreva un viale tortuoso che terminava in un cortile con una fontana al centro, davanti a un angolo imponente dell'edificio, costituito da un portico a tre colonne e una parete cieca coperta di glicine. Da lì si snodavano due ali, alte tre piani. I muri perimetrali erano composti da elementi prefabbricati in calcestruzzo. I tetti erano praticabili, con pergolati e gazebo in legno e lamiera ondulata.

Mentre papà veniva ricoverato, noi fummo costretti a uscire.

Io lì non ci potevo stare, punto. C'era una stanza per un accompagnatore, sì, ma non erano previsti cani, piante e bambini. Mentre papà veniva svestito, tastato e i primi aghi delle flebo penetravano le vene, riparammo nel dehors di una pasticceria pulita e accogliente, in una piazzetta ombreggiata dalla chioma a fungo di due pini marittimi. Tra le case si scorgeva il mare. Fuori dal riparo degli alberi il sole scioglieva l'asfalto e sul marciapiede oscillavano onde umide di calore. Da qualche parte un gruppo di ragazzini stava facendo il bagno in piscina; sentivamo le grida e i tonfi dei corpi nell'acqua. Mamma ordinò una granita limone e menta per me e un caffè freddo per lei.

Era furiosa.

«Incredibile», disse, accendendo una sigaretta. Le tremava la mano. Tirò e trattenne a lungo il fumo. Lo soffiò con violenza. «A saperlo.»

«Cosa?»

«Mia nonna aveva una casa, a Genova.»

«Non ce l'ha più?»

«Nemmeno lei c'è più, Zeno.»

«Questo lo so. Dico: la casa, che fine ha fatto?»

«È passata a mio padre. Poi a me.»

«E poi?»

«L'abbiamo venduta.»

Il cameriere portò le ordinazioni. Ingoiai un cucchiaino troppo grosso di granita, il freddo si propagò come una scossa dai denti alla testa; feci una smorfia. «Non lo sapevo», dissi massaggiandomi le tempie. «Perché non lo sapevo?»

«L'appartamento sopra il Montelusa era da ristrutturare. Ci servivano soldi. Tu eri piccolo.»

«Dov'era?»

«La casa?»

«Era qua vicino?»

Indicò una direzione vaga, a occidente.

«Era grande?»

«Molto. In un vecchio palazzo con scale enormi. Ricordo una camera con un terrazzino. Tuo nonno la chiamava la voliera, perché era luminosa, con due grosse finestre. Ci andavo da piccola a trovare la nonna.» Fece cenno al cameriere e ordinò un altro caffè. «Vuoi ancora qualcosa, hai sete?»

«No. Com'era tua nonna?»

«Una signora gentile e distratta. La vedevo poco, ma le ero affezionata. Mi portava a vedere i gabbiani. Usciva di casa con le tasche piene di briciole.»

Mamma non mi aveva mai parlato molto della sua famiglia. Non avevo conosciuto i nonni perché erano morti. O almeno credevo. Se uno dei tuoi genitori non ti parla mai di suo padre o di sua madre, se non ricevi mai per il compleanno o per Natale una lettera con dei soldi o un regalo per posta, be', non puoi fare a meno che dare per scontato che la persona in questione, di cui nessuno parla, che non scrive e non spedisce doni, sia morta. E per l'evidente ritrosia di mamma a parlare di sé, per la forza di quella negazione carsica, avevo sempre evitato di fare domande. Così, quando cominciammo a ruzzolare giù lungo il pendio dei ricordi, quel pomeriggio, ebbi due sensazioni distinte e simultanee: la prima di pericolo, la seconda di eccitazione. Cosa stava fermentando nell'aria? Dei non-detti, dei segreti. E con tutta l'irruenza della preadolescenza mi ci gettai a capofitto.

«Dove sono sepolti i nonni? I *miei* nonni.»

«Tua nonna a Torino. Dove sono nata io.»

«E il nonno?»

«Perché vuoi saperlo?»

«Anche lui a Torino o qui a Genova con sua madre?»

Il cameriere servì a mamma il secondo caffè freddo; la schiuma beige era densa, con un chicco al centro. Pinzò lo scontrino sotto il bicchiere.

«Nonno era di Genova?»

«Sì.»

«Perché si era trasferito a Torino? Per la nonna? Come tu per papà ti sei trasferita a Capo Galilea?»

«Anche, ma non solo. C'era il lavoro», disse. «Tuo nonno aveva studiato a Ivrea. Poco lontano da Torino.»

«Perché non a Genova?»

«A Ivrea c'era una scuola aziendale. Era famosa. Chi aveva la fortuna di frequentarla trovava subito lavoro. Spesso nella stessa azienda che la finanziava.»

«Che scuola era?»

«Meccanica. Elettronica. Non so.»

«E poi che lavoro ha fatto?»
«Faceva il consulente.»
«Cosa fa un consulente?»
«Entra nelle aziende e le aiuta a risolvere i problemi.»
«È un bel lavoro?»
«Non ne ho idea.»
«A lui piaceva?»

Mamma si tolse gli orecchini che le facevano caldo. Aveva la pelle lucida e gli occhi segnati; non era abbronzata come di solito in quella stagione. Giocò un po' con la cannuccia, tracciando spirali nella schiuma del caffè, tra il chicco e il bordo del bicchiere. «Non l'ho mai capito, sai?» disse alzando lo sguardo. «Non ho mai capito se gli piacesse davvero.»

Dal dehors, oltre le chiome dei pini, si vedevano gli ultimi due piani della clinica: il largo muro coperto di edera e glicine che sovrastava il portico. Da qualche parte, lì dentro, mio padre stava lottando contro la malattia che aveva ridotto drasticamente la quantità di globuli rossi e di piastrine nel suo sangue. Sapevo che mia madre avrebbe voluto essere al suo fianco, in quel momento, e non in una pasticceria a sorseggiare un caffè freddo. Lo sapevo perché anch'io avrei voluto, ma io non potevo.

«Zeno, se ti portassi da lui?» disse mamma, all'improvviso, come se fosse saltato un tappo e la corrente del pensiero avesse ritrovato vigore.

«Da chi?» chiesi.

«Da tuo nonno», disse alzando lo sguardo e lasciando cadere la cannuccia sul tavolino.

Non capivo. «A Capo Galilea?»

«No», disse. E quelle parole grattarono via dalla gola anni di fuliggine e sedimenti. «Da mio padre.»

Scoprire di avere un nonno di cui nessuno ti ha parlato, la cui esistenza ti è sempre stata nascosta, un nonno che non si è mai fatto vivo con te (o perlomeno è quello che sai), un nonno che credevi morto e invece abita una casa, si nutre, parla con la gente, ascolta la radio, è come affacciarsi alla porta del balcone e scoprire che il balcone è crollato, che sotto non c'è più il rassicurante cortile con le magnolie, l'altalena, la piscina di plastica, ma una voragine; il familiare diventa estraneo, il quotidiano illeggibile. C'è solo questo o c'è altro? Quante cose non so? È un terreno scivoloso, il dubbio. E noi stavamo pericolosamente slittando lungo le sue pendici. Papà e mamma non si erano fidati della mia dichiarazione di innocenza e io, ora, scoprivo di non potermi più fidare dei racconti di mia madre sulla sua infanzia. Non che mi avesse mentito: ma nascondere di avere ancora un padre non è come mentire? E la malattia di papà? Era forse più grave di quanto mi avessero raccontato? Mamma e papà avevano davvero sperato di farmi soggiornare con loro, in clinica, o anche quella era stata una messinscena e già sapevano che non mi avrebbero accettato e mamma aveva tirato fuori in un sussurro la storia della casa apposta per mettermi la pulce nell'orecchio, sollecitarmi a fare domande, per poi recitare la parte di quella che di punto in bianco – pensa te – si ricorda che ha un padre a un'ora e mezzo da Genova, un padre che non vede da tredici anni e cui potrebbe rifilarmi per il resto dell'estate?

Avevo le vertigini.

«Non posso crederci», dissi.

«Cosa?»

«Che tu me l'abbia nascosto per tutto questo tempo.»

«Non te l'ho nascosto», disse mamma guidando (eravamo saliti in auto, il tempo di pagare granita e caffè e c'eravamo messi sulla strada per Colle Ferro: il paese dove abitava mio nonno). «E soprattutto non ti ho raccontato bugie.»

«Non mi hai mai detto che avevo un altro nonno.»

«Non l'hai mai chiesto esplicitamente.»

«Non l'ho mai chiesto *esplicitamente*?» urlai. «Dovevo chiederlo? Devo forse chiederti qualcos'altro che non ti ho mai chiesto e che tu hai pensato di non dirmi? Che so, sono forse adottato, oppure ho un fratello in Islanda e una sorella in Messico? Aspetta, non ti ho mai chiesto se sono figlio di Vasco o di Eric Clapton. Sono forse figlio di Vasco Rossi o di Eric Clapton? La mia data di nascita è giusta? Non te l'ho mai chiesto, te lo chiedo perché mi sono sempre sentito un po' più grande della mia età, potrei avere tredici anni e non dodici, che so...»

«Basta così.»

La macchina si arrampicava per i tornanti e il panorama stava mutando, le case erano meno numerose, le foglie degli alberi e i prati di un verde più intenso, gli ulivi lasciavano posto ai castagni. Mamma inserì la freccia, premette sul freno e accostò a bordo strada. Un centinaio di metri oltre il guardrail, dalla mia parte, notai una casa gialla con un grande terrazzo, una signora stendeva il bucato lottando contro un vento ostinato che voleva strapparle di mano il lenzuolo bianco. Sotto la veranda, accanto a una decina di piante di salvia e di basilico, un gatto nero dormiva immobile. In macchina c'era il condizionatore acceso e non sentivamo il caldo esterno, ma lo intuivamo nel riverbero sull'asfalto o sul cofano. Un camion ci passò accanto in direzione contraria e lo spostamento d'aria ci fece oscillare l'auto. Quando l'eco del motore si dissolse, calò un silenzio pesante e afoso. Mamma scrutava la montagna che ci cresceva davanti, io percepivo quella che mi cresceva dentro.

«È come quando non hai voglia di fare qualcosa. Lo rimandi un giorno, poi un altro. Non è che te ne scordi, resta un rumore di fondo. Ma ti abitui e speri che il problema si risolva da solo, per magia, che un giorno ti alzerai e troverai ogni cosa al suo posto.»

«Non stiamo parlando di lavare i piatti», dissi.

Mi guardò di sbieco. «Ti odio quando fai così.»

«Così come?»

«Quando fai l'intelligente. Come se l'adulto fossi tu.»

«Perché non me l'hai mai detto?»

Aprì il finestrino e una folata di caldo entrò a scottarci la pelle. Cercò le sigarette nella borsa, ne imboccò una dopo averla battuta contro il pacchetto, la accese. «Le cose più importanti», disse, «sono le più difficili da condividere. E sembra un controsenso, me ne rendo conto, ma è ancora più difficile con le persone cui vuoi bene. Questo perché le parole le svuotano. Le parole rimpiccioliscono cose che in testa sembrano sconfinate, le riducono a una manciata di sabbia quando ne parliamo. Capisci, Zeno?»

«No.»

«Ti è mai successo… ti è mai successo di ammettere qualcosa, faticando, per poi scoprire che gli altri non avevano minimamente inteso perché quella cosa fosse così importante, per te, da piangere quasi, mentre la dicevi? Ti è mai successo?»

«Sì.»

«Quando?»

«Con te e papà. Due anni fa.»

Appoggiò la schiena alla portiera, per avere una prospettiva migliore. «Racconta.»

«È una sciocchezza.»

«Ti prego.»

«No, davvero.»

«Zeno...»

In pratica era successo che una sera d'estate, al termine di una cena in cortile, mamma aveva portato in tavola un ananas; affettato e tutto. Io e mio padre lo adoravamo, l'ananas. Ora lo trovo dolce, ma, giuro, da ragazzino avrei affrontato un orso a mani nude per un ananas. Fatto sta che quella sera non so come ne era rimasto solo uno e io non lo sapevo, o forse mamma l'aveva detto e io non avevo sentito; dico *solo uno* perché, vista la nostra golosità, ce n'era sempre una scorta. Così quando mamma aveva servito quell'ananas – sei o sette fette già tagliate e sistemate in un piatto – io mi ci ero buttato sopra e le avevo finite prima che mio padre uscisse dalla cantina, dov'era andato a cercare un passito che aveva messo via per serate come quella. Quando papà era tornato, mi aspettavo che scherzasse dandomi dell'ingordo criminale o chissà cosa, e che mamma ne tirasse fuori un secondo. Ma quello era l'ultimo. E io non l'avevo capito. Così papà c'era rimasto male; nulla di tragico, certo, ma c'era rimasto male. E soprattutto mamma si era arrabbiata e mi aveva dato dell'egoista. Ricordo la parola risuonare in cortile tra le foglie di arancio e i resti della cena: *egoista*. Egoista verso mio padre, verso l'unica persona con cui avrei diviso tutto. Egoista come se avessi scelto di impadronirmi con l'inganno di qualcosa che era da spartire tra tutti noi, noi famiglia, genitori e figli. Avevo provato a spiegare, a scusarmi, ma non ci ero riuscito; le parole mi si erano attorcigliate alle corde vocali. Mi ero alzato ed ero corso via, in camera. Qualche giorno dopo, quando tutto era passato, a pranzo mamma aveva messo in tavola un ananas e io, vedendolo, in silenzio avevo cominciato a piangere. Un pianto discreto, ma denso di rancore.

«A quel punto vi ho spiegato perché stavo piangendo», dissi a mamma che, la testa contro il finestrino, mi guardava attonita. «Nessuno dei due capiva. Addirittura non ricordavate il fatto.»

La signora della casa gialla aveva finito di stendere, si era tolta le scarpe e si era seduta su una sedia a dondolo di vimini a leggere un giornale. Vidi il gatto svegliarsi, stirarsi e saltare dai vasi direttamente sulla sedia, in braccio alla padrona.

«L'avevo detto che era una sciocchezza.»

«Per te non lo è stata», disse.

«No.»

«E io nemmeno me lo ricordo.»

«Succede.»

«Non dovrebbe», disse. «Dovremmo essere più attenti.»

«Devo proprio andare dal nonno?»

«Cos'altro possiamo fare?»

«Ma se non mi vuole?»

«Stiamo a vedere.» Accese il motore, controllò nello specchietto e s'immise sulla carreggiata. Dopo dieci minuti ci fermammo a mangiare e a bere qualcosa in un posto da viaggiatori e manovali. Prendemmo dei ravioli e la cuoca, servendoli, si fermò a spiegarci come li faceva, con un mattarello con dei buchi quadrati. Li mangiammo in silenzio.

«Non ti ho detto perché non ho più visto tuo nonno.»

«Non importa.»

«Non vuoi saperlo?»

«È facile da raccontare?»

«In che senso?»

Ci pensai, ma non sapevo come spiegarmi. «Non so», dissi. «Fai come vuoi.»

«Perché sei così?»

«Così come?» dissi pulendomi la bocca dall'unto dei ravioli.

«Non hai più fiducia in me. Non pensi che ti dirò la verità?»

«Mamma, non ti capisco.»

«A volte mi sento inadeguata.»

«Nonno è stato inadeguato?»

«Di nuovo.»

«Cosa?»

«Fai questi commenti», disse. «All'improvviso. Perché dici *inadeguato*? A dodici anni nessuno usa la parola *inadeguato*.»

«Be'... l'hai usata tu.»

«Lascia stare.»

Mi strinsi nelle spalle, passai la mano di taglio sul tavolo per raccogliere le briciole, le ammonticchiai al centro: una piccola piramide di pane e frammenti di parmigiano. «Papà cosa starà facendo?»

«Analisi.»

«Fanno male le analisi?»

«Non credo.»

Il dolore era la cosa peggiore cui riuscissi a pensare. La parola *morte* non era mai stata pronunciata.

«Non possiamo andare in albergo?»

«Due mesi? Come li pago due mesi di albergo?»

«Cerca una casa.»

«Vediamo.»

«Se il nonno mi tiene, starò due mesi da lui?»

«Potrei portarti a Capo Galilea. Dagli altri nonni. Se pensi che sia meglio, lo faccio, adesso, partiamo subito. Il tempo di girare la macchina. Ma non ci vedremmo più fino a settembre.»

«Se il nonno mi tiene, invece, potremo vederci?»

«Certo.»

«E potrò scendere a vedere papà?»

«Questo non lo so. Devo chiedere.»

«Chiederai?»

«Chiederò», disse. E dopo un attimo: «Allora?»

«Allora andiamo», risposi.

Colle Ferro è un gruppo di case sparse in fondo alla valle che un giorno si sono ritrovate unite da due carrarecce e da un parroco senza nemmeno accorgersene. Dopo un picco improvviso, alla fine degli anni Cinquanta, dovuto alla costruzione di una diga e di un invaso artificiale per il controllo e il razionamento delle acque, il numero dei residenti era crollato e alla fine erano rimasti una manciata di anziani che, per noia o per mancanza di possibilità, avevano rifiutato di seguire i figli in città, sulla costa o in qualche paese più grande. C'erano una chiesa, tre negozi, un ufficio postale, un mercato – il giovedì mattina al posto del parcheggio – e una bar-trattoria dove si poteva scegliere tra pasta al ragù e trofie al pesto.

Nonno era andato ad abitare lì qualche tempo dopo che mamma si era trasferita in Sicilia. C'era già stato tra il 1943 e il 1945. Lui e la sua famiglia ci si erano rifugiati scappando dal nazifascismo; questo perché il nonno era ebreo, tutta la sua famiglia lo era, mentre mamma no. Nonno aveva sposato una gentile, come dicono loro, una *goj*, una non ebrea, e gli ebrei sono ebrei solo per via materna.

«La tua bisnonna è sepolta qui.»

«Davvero?»

Passammo accanto a un piccolo orto che oltre alle piantine ospitava i pali di ferro di un cartellone pubblicitario, e proprio sotto il cartellone un gruppo di donne con il cappello di paglia stava chino a sarchiare la terra. Ci fermammo a fare benzina e mamma ne approfittò per chiedere informazioni sul nonno al benzinaio, un giovane con la bandana, ma lui non lo conosceva e «il capo», disse, non c'era, che forse lui sapeva qualcosa in più.

«Se volete aspettare. Torna tra poco.»

«No. Grazie. Chiediamo più avanti.»

Passammo di fianco a due grotte che nella luce violenta del giorno mi sembrarono scure e profonde. Chiesi a mamma cosa potevano essere, ma lei non seppe rispondere. Quando superammo il cartello bianco con la scritta Colle Ferro ci fermammo al bar-trattoria del paese dove subito, in quattro, fecero a gara a spiegarci come arrivare dal nonno. Mamma, lei c'era stata, sì, ma molti, molti anni prima, e ne conservava un ricordo vago: un bosco, una roccia, la vista del lago artificiale; l'odore di funghi e more, di muschio e resina.

Prendemmo la strada che ci avevano indicato (non senza tentare di estorcerci altre informazioni su chi eravamo e perché stavamo cercando quello che tutti chiamavano *il* Coifmann), superammo un tizio che si scostò per evitare la polvere alzata dalla nostra auto dietro di sé come la scia sudicia di una cometa. Cinque minuti dopo parcheggiammo di fronte a una casa, dietro un roccione. Era una casa di pietra, una di quelle abitazioni costruite per resistere al sole, al vento e agli uomini che la vivono. Parte del pianoterra, innalzato a ridosso del terreno, seguiva la curva di livello, mentre il primo piano – che si intuiva essere stato aggiunto di recente – era incorniciato da un ballatoio di legno che correva lungo tre lati dell'edificio, alla stessa altezza del roccione. Gli infissi di legno erano laccati di rosso, i muri portanti, spessi, mostravano agli angoli e sulle finestre grosse pietre ammorsate tra loro; in basso si intravedeva una trama di sassi e calce che più in alto l'intonaco bianco nascondeva.

Mamma spense il motore.

«È questa?»

«È questa.»

Scendemmo dalla macchina lasciando le portiere aperte. Presi la borsa, in un gesto di rassegnazione e abbandono: se davvero dovevo stare lì – e *lì* era tutto quello che sapevo, dato che non sarei riuscito a indicare Colle Ferro su una mappa inferiore a 1:1.000.000; superiore sì, perché in quel caso il dito si sarebbe fermato genericamente sulla Liguria – in un posto di cui fino a tre ore prima non conoscevo l'esistenza, con un nonno che fino a tre ore prima credevo morto, era meglio evitare tentennamenti.

Mamma bussò alla porta con mano tremante; attendemmo la risposta, o dei rumori all'interno, trattenendo il fiato. Ma nulla. Bussò di nuovo e questa volta disse, con una voce che non le avevo mai sentito, più fragile e acuta del normale: «Papà». Ma niente, non un cigolio, uno spostamento di sedie. Lasciai cadere la borsa sul prato e mi sedetti su una larga panca di legno addossata al muro. Mamma fece qualche passo indietro, per studiare la casa nella sua interezza. Provò a girarle attorno, ma i lati liberi erano tre: il quarto era terra e roccia.

Da dietro la curva da cui eravamo arrivati noi, vidi affacciarsi un signore. Mi parve quello che si era buttato tra gli alberi per evitare la nostra polvere. Avanzava con passo cadenzato. Lo guardai, e lui guardò me. Non si fermò, io non mi alzai. Non dissi nulla. Mamma gli dava la schiena, in cerca di segnali lungo le increspature dell'intonaco, dietro i vetri che riflettevano il cielo e gli alberi.

Pensai che se mio nonno era più alto di come lo avevo immaginato, più alto di mia madre e anche di mio padre; se portava i capelli bianchi tagliati corti e, senza soluzione di continuità, una barba bianca, folta, più folta dei capelli; se mio nonno aveva gli occhi verdi dello stesso verde di mamma, ma gli zigomi più alti e la pelle più chiara; se indossava un paio di pantaloni di velluto marrone lisi sulle ginocchia, tenuti da un paio di bretelle su una camicia bianca di cotone, stazzonata; se e se e se, allora quell'uomo che non riusciva a staccarmi gli occhi di dosso doveva essere lui.

Quando i passi si fecero più vicini mamma udì, in quel silenzio armonico che la valle rovesciava su di noi, lo scricchiolio del terreno sotto le sue suole, il fruscio dei pantaloni all'interno delle cosce e, finalmente, si girò; e si videro.

Non sapevo nulla di loro. Perché avessero smesso di vedersi, perché mamma mi avesse nascosto la sua esistenza, quali fossero i trascorsi, i rancori, le frasi soffocate. Ma oggi posso immaginare la quantità di dati, di informazioni visive che, in quegli istanti rarefatti, prima di sentire – di risentire – le rispettive voci, entrambi raccolsero dal viso e dal corpo dell'altro: la mutazione dei fianchi e dei glutei, le rugosità dell'epidermide, i capelli più o meno radi, il naso più o meno pronunciato, gli occhi cerchiati, i rilievi delle guance; posso immaginare con quale sforzo tentarono in fretta e furia di riempire le porosità del tempo per evitare che l'impalcatura di quell'incontro imprevisto crollasse sotto il peso di anni di assenza reciproca, di recriminazioni notturne, forse, di sensi di colpa; posso supporre – ma nulla più – il sovraccarico che in quei pochi istanti prima di fare e dire qualcosa, prima di avviare il gesto che avrebbe frantumato, forse, l'ultima membrana, avrà squassato in loro ogni cosa: verità, sangue, cartilagini.

Io non feci un passo, smisi persino di respirare, non deglutii la saliva che mi si stava accumulando in bocca. Loro due restarono immobili per un tempo che non saprei quantificare fino a quando si mossero in sincrono, una danza provata in segreto per tredici anni. Nonno girò attorno alla nostra auto con le portiere ancora spalancate scrutandone i contorni come per raccogliere ogni particolare utile. Mamma scese lungo il prato: una decina di metri di pietruzze, ciuffi d'erba e fiori gialli; un tavolo di legno. C'era odore di pane, nell'aria, e di erica. Tra i lecci, l'invaso brillava metallico, increspato da una brezza leggera. A metà strada mamma e nonno si trovarono l'una di fronte all'altro, le braccia lungo i fianchi. Si studiarono per alcuni istanti per capire a chi toccasse. Poi.

«Ciao», disse mamma.

«Ciao, Agata.»

Un clacson risuonò nella valle e subito si spense. In cielo, una coppia di uccelli sorvolò la casa e si posò su uno sperone di roccia.

«Lui è Zeno.»

Il nonno annuì.

Riassunto della mia vita per quanto è concesso ricordare o ricostruire o immaginare: dove la memoria illumina 1938-1945

Nasco il diciassette novembre del 1938 senza averne diritto. Dovrei rimanere nel ventre di nostra madre e nutrirmi di proteine e zuccheri finché posso, finché riesco. Farmi riassorbire dal corpo che mi ha generato. Ma non mi è concesso.

Nostra madre partorisce sotto un sole basso, invernale. Digrigna il nome che vuole darmi, ma che non sarà il mio: Yitzhak, *egli riderà*. È per questo motivo, forse, che le mie risate saranno sempre di legna verde, fumose e senza calore: per quel nome mancato.

L'ostetrica esce dalla camera che è stata dello zio Elio, sfila i guanti ed entra nello studio. Tutti, all'unisono, si voltano a guardarla. Il nonno, che tra le tende stava osservando i movimenti delle navi nel porto, si allontana dalla finestra. La nonna, assopita nel silenzio ovattato della sordità, afferra il cornetto acustico di metallo smaltato e lo infila nell'orecchio. Nostro padre, sprofondato nella più piccola delle tre poltrone di velluto rosso, scatta in piedi come un getto d'acqua.

L'ostetrica dice: È un maschio. E vorrebbe chiamarlo Yitzhak.

Nostro padre dice: Yitzhak?

Nonno ripete: Yitzhak?

Nonna scrolla la testa. Dice: No, no. Che senso ha chiamare un bambino Yitzhak, di questi tempi?

Nonno picchietta con la punta della scarpa contro lo zoccolo del pavimento, allaccia le mani dietro la schiena, s'irrigidisce: Lo chiameremo Simone. Si volta verso nonna. Lei intuisce di essere stata consultata e solleva il cornetto acustico in direzione del nonno, increspa la fronte. Nonno indica la libreria oltre la quale c'è un muro, oltre il quale si trova la camera da letto dove la loro unica figlia femmina sta partorendo. Dice: Tuo nipote. Che ne pensi di Simone?

Nonna riflette, mugugna, annuisce.

Nonno, rivolto a nostro padre: Enrico. Tu che dici?

Nostro padre raccoglie gli occhi dal pavimento di legno. Appoggia sulle labbra il nome proposto dal suocero. Dice: Simone. Sorride: Certo, Simone va bene.

L'ostetrica esce mentre mio fratello Gabriele, che ha quattro anni, entra nella stanza con un burattino in mano. Nostro padre lo prende in braccio, lo strizza. Dice: Hai un fratellino, lo sai? Si chiama Simone.

Gabriele alza il burattino, dice: Adesso possiamo uscire?

* * *

Di fronte a Genova c'è il mare. Alle sue spalle colline e monti. In mezzo i carrugi. Nella parte alta la casa dei nostri nonni. Dentro la casa dei nonni una cucina, un salone, uno studio, le camere da letto e, in una delle camere da letto, quella disposta a sud, la più calda, un comò, nel cui cassetto mi depongono, livido e burroso, in attesa della culla.

Nessuno ha pensato alla culla.

Il giorno dopo, mentre a casa Gabriele mi annusa i piedi e i polsi, nostro padre, Enrico Coifmann, si presenta presso la Casa comunale davanti al dottor Fabrizio Costantino, ufficiale dello Stato civile. Deve documentare la mia venuta al mondo, sottoscrivere la mia non-autorizzazione a esistere. Il certificato di nascita è un foglio giallo e friabile. C'è scritto: Simone Coifmann, *di razza ebraica*. In basso a destra c'è una macchia. Sembra caffè. Ma in quell'ufficio nessuno sta bevendo caffè. Non il dottor Fabrizio Costantino, e neppure nostro padre, o la segretaria che, furiosa, batte a macchina con sole due dita e il pollice. Dopo aver, di fatto, autorizzato la mia condanna a morte, nostro padre esce dalla Casa comunale e va in ufficio, dove è benvoluto e rispettato da tutti. Compra dei pasticcini per festeggiare.

Nostro padre è forse il più importante chimico della Regia Marina. Ama il suo lavoro e il suo Paese. Le foto che porta sempre con sé, che appende su muri sconosciuti quando abita nuove case, lo ritraggono a un ricevimento o durante il varo di un incrociatore o di un sommergibile, tra ufficiali in alta uniforme e signore eleganti. Viaggia molto, anche all'estero. È conosciuto in Francia e in Svizzera. Parla tre lingue: italiano, inglese e francese. Quando si spostava, la Marina militare lo ospitava nelle foresterie o in appartamenti di proprietà dello Stato. Nostra madre lo seguiva con Gabriele. Non hanno mai avuto una vera casa e nostro padre non aveva mai chiesto di essere assegnato in una città particolare. Lui era dove doveva essere. Faceva quello che doveva fare.

Soltanto quando nostra madre si è accorta di aspettare me, solo quella volta lo ha convinto a chiedere il trasferimento a Genova, vicino ai suoi genitori.

Ha detto: Non voglio partorire in una foresteria.

* * *

Una sera, nostro padre torna a casa dal lavoro più tardi del solito. I nonni hanno già mangiato. Gabriele è sdraiato nel letto accanto alla culla dove io, nel dormiveglia, muovo le dita, così, tanto per non prendere nulla. Nostra madre, seduta su un pagliericcio accanto alla porta, guarda Gabriele dormire tranquillo e me afferrare l'aria. La luce del corridoio disegna un rettangolo giallo sul pavimento. Dentro una cesta, sotto la mensola, un mucchio di quotidiani che non ha intenzione di leggere.

Il rumore delle chiavi. La porta che si apre e che si chiude. Nel rettangolo di luce sul parquet appare l'ombra di nostro padre: cappello in testa, borsa stretta nella mano. Resta lì per qualche istante, l'ombra, poi scompare. Una sedia spostata, l'anta del guardaroba, il tintinnio di bottiglie e bicchieri nello studio del nonno. Di nuovo l'ombra. Non ha più il cappello, ha posato la borsa. Non entra nella stanza, ha indovinato la presenza di nostra madre sulla sedia: il profumo di cannella e anice. Dice: Oggi mi hanno licenziato.

Nostra madre dice: Stanno licenziando tutti. È scritto sui quotidiani.

Hai letto i quotidiani?

Nostra madre dice: Non ho bisogno di leggerli.

Restano in silenzio per alcuni minuti. Non si vedono, non si toccano. Io, intanto, sfarfallo le dita davanti alla bocca come per contare, ma non sono capace. Alla fine è nostra madre a parlare: Cosa pensi di fare?

Lascerò ogni cosa in ordine. In modo che chi verrà a sostituirmi non abbia problemi a proseguire il lavoro. Non pianterò l'ufficio da un giorno all'altro, se è questo che pensi.

Ogni giorno nostro padre si fa la barba, prende la borsa, esce di casa e va a lavorare. Ogni giorno, tranne sabato e domenica, per due settimane. Non è più assunto e non verrà pagato, ma non gli interessa. Quando in ufficio non rimane neppure un nodo da sciogliere, quando a passare un pettine tra le pratiche gli sembra di lisciare i capelli fini di nostra madre, chiude l'agenda, si alza dalla scrivania, si abbottona il polsino della manica che mentre scrive tiene arrotolata fino al gomito e va a stringere la mano a tutti i colleghi, poi scende le scale tra due ali di dipendenti, anche quelli mai visti, anche i nuovi assunti, due piani di scale, stringe la mano a ognuno di loro, al portiere, al fattorino, scivola fuori dal portico e cammina, a sfinirsi, verso levante.

Rincasa a notte fonda. Sul tavolo della cucina c'è un piatto piano protetto da un piatto fondo. Sotto, del vitello e delle carote, ormai freddi. Nostra madre si è addormentata nel letto di Gabriele che a sua volta riposa tranquillo, avvinghiato a lei, con una mano sul suo petto. Io, avvolto in un lenzuolo ricamato, discuto con le ombre. Nostro padre sente, viene verso di me e infila un dito nella culla. Glielo stringo.

* * *

Nostro padre fatica a trovare un altro lavoro. Vorrebbe rimanere nel suo campo; prova con le industrie farmaceutiche, i responsabili del personale si infiammano di fronte al curriculum, ma quando leggono i suoi documenti, le voci, un attimo prima disponibili, si affievoliscono; gli sguardi scolorano dietro gli occhiali.

Un vecchio amico, importante fornitore della Marina, scrive una lettera di presentazione. Poche parole, timide, ma grazie a quella lettera ottiene un colloquio presso un saponificio. Si presenta e viene subito allontanato. Sei giorni dopo, in uno stabilimento che lavora il cacao, vicino ad Alessandria, gli fanno sapere che la posizione per cui si è presentato è già stata occupata.

Nostro padre dice: Il posto si è liberato tre giorni fa.

Dicono: Ci rincresce.

Nostro nonno è proprietario di un'azienda per la lavorazione del pesce. Non ha paura di restare disoccupato perché nessuno può licenziarlo. Ha già perso qualche commessa, ma nelle trattative, dal giorno della promulgazione delle leggi razziali, manda avanti un dipendente. Potrebbe assumerlo lui, nostro padre, ma entrambi sanno che non c'è niente che possa fare, niente di utile, nessun passaggio del ciclo lavorativo in cui applicare le sue conoscenze. Un giorno nonna trotta con passi minuscoli lungo il corridoio ed entra nello studio del nonno incespicando nel portaombrelli; è accaldata e non riesce a parlare.

Nonno dice: Calmati. Va a fuoco il palazzo?

Lei s'infila il cornetto acustico. Dice: Cosa?

Nonno urla: Cosa c'è?

Se ne stanno andando.

Nonno urla: Chi?

Nonna sventola il braccio libero dal cornetto: Tutti.

In casa c'è una camera che una volta era la camera di Elio, quella in cui sono nato io e dove tutti ci accampiamo quando siamo ospiti dei nonni. Elio è il fratello di nostra madre, nostro zio. Vive a Parma con la famiglia. Hanno anche un appartamento qui a Genova, due traverse dopo quello dei nonni, ma vengono poco e nonna si lamenta che non li vede mai. Poi c'è un terzo figlio maschio: Marcello. Di lui nessuno parla. Dicono sia un tipo strano. Gli piace volare, ma ha rifiutato di fare l'aviatore per l'esercito. A casa torna raramente e quando torna litiga con il nonno.

Nonno svolta dal corridoio, apre la porta. Nostro padre è in ginocchio per terra, chino su una valigia nel tentativo di chiuderla. Nostra madre piega con cura un paio di pantaloni di flanella che ha steso sul letto. Gabriele gioca con una campanella di ceramica legata a un filo. Me l'avvicina al naso e io tento di mangiarla. Nonno corruga la fronte, dice: Dove state andando?

Nostra madre dice: Posso portare via il cuscino che uso per Simone?

Nonno non risponde, sta cercando di decifrare gli avvenimenti.
Nostra madre lo chiede a nonna che ha il cornetto acustico ancora infilato nell'orecchio. Lei dice: Ma certo, cara. Prendi quello che ti serve.
Nonno dice: Come *ma certo*? Dove vuoi portarlo, il cuscino?
Nostro padre infila dei documenti in una busta marrone, la posa accanto alla valigia: In Francia.
Nonno dice: In Francia? Perché in Francia?
Un amico, un ingegnere che abita vicino a Bordeaux, mi ha consigliato di raggiungerlo. Dice che c'è molto lavoro, lì. Ma di fare in fretta.
E dove vivrete?
Christophe ci mette a disposizione una casa.
Una casa?
La sua. Una casa di campagna.
E chi è Christophe?
Nostro padre prende un cappello di feltro e uno di lino: Il mio amico. Hai presente? Quello che abita nei pressi di Bordeaux.

* * *

Christophe è una montagna. Si sdraia sul prato, tra i ciuffi di finocchio selvatico, braccia lungo i fianchi: mi arrampico sulla sua pancia. A volte gli strappo i bottoni della camicia. Nostra madre s'infuria, ordina di smetterla. Lui ride, dice: No, lascialo fare, di camicie è pieno il mondo. E se non il mondo, di certo il mio guardaroba. Ride e quando ride sembra un aeroplano, mi solleva e mi fa volare. Tento di aggrapparmi alle sue guance. Christophe e Audrine non hanno figli. Christophe è un uomo ricco e potente.
Nostro padre resta sveglio a lungo, la sera, seduto al tavolo della cucina a parlare con Christophe. Si confida, si sfoga. Bevono liquore alla ciliegia. Li sento ridere dal letto dove dormo, un letto con le sbarre, da cui non posso cadere. La mattina, anche se la sera ha fatto tardi, esce a cercare lavoro. Con l'aiuto di Christophe ottiene dei colloqui. Gli chiedono di tornare a fare il suo mestiere: applicare la chimica alla Marina militare. Lui rifiuta. È ancora fedele al Paese che lo ha cacciato e s'impone di rifiutare qualunque

incarico abbia a che fare con l'esercito. Per questo motivo litiga con nostra madre. Io e Gabriele li sentiamo discutere mentre lei fa mantecare i fagioli.

Dice: Ti odio, per questa tua sciocca fedeltà. I soldi stanno finendo e non posso continuare a chiedere ai miei genitori di mandarcene. Abbiamo due figli, in caso tu non te ne fossi accorto. È a loro che devi pensare, a me. Non allo Stato.

Lui dice: Ho sempre lavorato per il nostro Paese.

Lo stesso Paese che ora te lo impedisce, che espelle i nostri bambini dalle scuole. Non hai nessun dovere nei suoi confronti.

Lui risponde: La fedeltà non è un dovere. È in me, sopra di me, dentro di me. E dovresti essere felice, perché in questo sei inclusa anche tu. Io ti sarò sempre fedele.

Sentiamo un bicchiere rompersi, nostra madre che piange.

Nel frattempo, ho compiuto un anno. Non capisco quello che dicono le persone, ma percepisco le emozioni nella voce: gioia, paura, delusione. Un giorno, sentendo la sofferenza nella voce dei miei genitori mi dissolvo per la prima volta. Non so cosa voglia dire, ma non è fastidioso. Sono sdraiato nel letto e improvvisamente mi sento vaporoso, lieve. Premo le mani sugli occhi e scopro di vedere oltre: la carne è trasparente. Scivolo attraverso lenzuola, materasso, pagliericcio. Gabriele, intanto, seduto a terra accanto a me, pronuncia parole di cui non conosce il significato. Ha cinque anni, lui, e sta già imparando a leggere. È nostra madre che gli insegna. Per il compleanno ha ricevuto in dono un libro illustrato con la copertina di cartone verde, una raccolta di favole. Mentre i nostri genitori discutono, lui legge ad alta voce, sillabando nel buio, e io, per non scivolare oltre, mi aggrappo alle sue parole incerte. La voce di Gabriele mi fa esistere. Mi sento più solido, materico. E lentamente, come un corpo morto, riemergo dal materasso.

* * *

Audrine, la moglie di Christophe, è una crocerossina e lavora all'ospedale. Si veste sempre di grigio e bianco. Quando viene a trovarci è sporca di sangue, ha piccole macchie che sembrano ruggine sui polsini della camicia o sulla gonna. Ha gli occhi freddi quando ci guarda, le mani fredde quando ci tocca. Le persone, quando incontrano me e Gabriele, ci passano le dita tra i capelli, ci pizzicano le guance o ci solleticano le orecchie. Audrine non ci accarezza mai, non gioca mai con noi. Certe volte prende uno dei due per mano per farci attraversare la strada, quando accompagna nostra madre a fare la spesa o dal medico. Si rivolge a noi di rado, e quando lo fa dalla bocca escono nuvole bianche. È tutta il contrario di suo marito Christophe.

Dice a nostra madre: Tuo marito dovrebbe essere più aggressivo. Non è il tempo degli scrupoli, questo. E poi è troppo magro. Dovrebbe mangiare di più.

Nostra madre dice: Ti ringrazio. Ma non permetto a nessuno di esprimere giudizi sul comportamento di Enrico. Ho piena fiducia in lui.

Audrine si chiude il colletto della giacca: Sbagli.

Nostra madre dice: È facile parlare nelle tue condizioni. Tu e Christophe non vivete in un Paese straniero, dove la gente parla e tu non capisci, e non dovete dipendere dalla benevolenza degli amici persino per le calze o per un po' di farina.

Perché non chiedi aiuto a tuo padre?

Nostra madre prende due uova da un cesto. Spezza il guscio con un tocco sullo spigolo del tavolo. Cola l'albume in un bicchiere e il tuorlo dentro una montagnola di farina. Dice: Sarebbe come tradire Enrico. S'asciuga la fronte con i polsi, dice: Non posso farlo.

Ha raccolto peperoni, patate e porri nell'orto di Christophe. Di porri ce n'è in quantità. Dell'orto se ne occupa lei durante il giorno, anche se non sa bene come fare. Se glielo chiedono dice che improvvisa, si lascia guidare dall'istinto. Un signore, un vicino di casa, le dà dei consigli e una volta al mese viene a controllare le piante per vedere se sono malate o se ci sono dei parassiti. Non lo fa per generosità, anche se i modi sono gentili. Lo fa perché se si ammalano le nostre piante potrebbero ammalarsi anche le sue, dato che gli orti sono confinanti. Gabriele aiuta nostra madre a tagliare i peperoni e schiacciare le patate. La casa odora di cipolla.

Nostro padre torna con i pantaloni macchiati, le scarpe sporche di fango, la camicia sudata.

Nostra madre chiede: Cosa ti è successo?

Arrivo da una vigna.

Nostra madre s'asciuga le mani con lo strofinaccio. Si accorge di perdere sangue da un dito. Lo infila in bocca, succhia. Dice: Abbiamo anche noi un orto, sai? Abbiamo lasciato il nostro Paese per permettere a te di fare il tuo lavoro. Se hai voglia di fare il contadino, lavora con me qua a casa. Dovresti essere più aggressivo. Non è il tempo per gli scrupoli, questo. E sei troppo magro. Dice: Dovresti mangiare di più.

Nostro padre aggiunge: Arrivo da una vigna dove ho trovato lavoro.

Nostra madre controlla i porri dentro la pentola, ride: Ma tu non sai nulla di vino. Nemmeno ti piace.

Nostro padre si siede a tavola, si versa dell'acqua dalla brocca e spezza la crosta del pane. Gabriele gli si avvicina, gli appoggia il libro delle favole sulle cosce. Lui apre il libro, lo sfoglia. Dice: Da un punto di vista chimico il vino è una soluzione idroalcolica formata da sostanze contenute negli acini, come acqua, fruttosio e tannini, e da altre prodotte dalla fermentazione del mosto e delle vinacce. Prende Gabriele per le ascelle. Lo fa sedere sulle ginocchia. Dice: Il resto lo imparerò.

* * *

È la primavera del 1940. Euforici, lasciamo la campagna di Christophe e Audrine per trasferirci a Blanquefort. Affittiamo una camera in una locanda convenzionata. La locanda si chiama *Auberge des deux noms*. È poco lontano dalla stazione e dai vigneti e dalla cantina, il cui vino, infatti, si chiama *Les deux noms*. Nella locanda non siamo soli, ovviamente; ci sono altri ospiti, ma noi siamo gli unici italiani e gli unici ebrei. Madame Fleur, la proprietaria, è gentile. Regala delle caramelle a me e a Gabriele. Gli altri avventori, invece, sono crudeli. Prima ci chiamano *les salauds*, gli stronzi, i bastardi, i maiali. Lo oppongono a *les Chrétiens*, i cristiani. Poi, quando il nostro Paese tradisce la Francia e la invade, iniziano a chiamarci *les traîtres*, i traditori.

Dicono a madame Fleur: Se *les traîtres* non se ne vanno, saremo costretti a cambiare albergo.

Madame Fleur risponde: Andatevene, allora. Io non caccio nessuno.

I clienti restano, perché l'*Auberge des deux noms* è il migliore della zona. Ma noi usciamo di camera sempre più raramente; consumiamo i pasti seduti sul letto.

Madame Fleur ha i capelli biondi raccolti in una treccia, le guance rosse e una voce possente che risuona in tutta la locanda. Indossa sempre un vestito blu e un grembiule celeste: ne ha molti tutti uguali. Ci permette di usare la cucina quando vogliamo, ci sostiene in ogni modo. Prepara a nostro padre il pranzo da portare al lavoro: uova sode e pomodori. Ha una nipote che ha la mia età. Nostra madre ci guarda giocare insieme nel salone della locanda mentre Gabriele legge o disegna. Forse per evitare discussioni o scontri con gli altri clienti madame Fleur mi chiama Simon, alla francese. Ma quando mi chiama Simon, io non reagisco.

La sera nostro padre torna allegro e di buonumore. Sembra che la guerra, nella cantina *Les deux noms*, non voglia arrivare; ha fatto amicizia con il proprietario che ci invita spesso a casa sua, la domenica. La sera gioca con noi. Il mio gioco preferito si chiama «l'albero». Nostro padre sta in piedi in mezzo alla stanza, immobile, le braccia a squadra, tese all'altezza delle spalle, le gambe sono radici. Mi arrampico su di lui come fosse una quercia. Mi nascondo tra i suoi rami e faccio finta di non esistere. Sono il vischio. Sono l'orchidea. Sono una pianta che sfrutta un'altra pianta; una pianta parassita.

* * *

Restiamo all'*Auberge des deux noms* per un anno e mezzo. Sui giornali si leggono notizie che fanno paura. Nei caffè si odono voci sconnesse; molte hanno a che fare con gli ebrei. Chi ci conosce ci consiglia di andare via, di cambiare nome. Con l'aiuto di Christophe e Audrine, e di madame Fleur, ci spostiamo in una casa di proprietà della Cantina *Les deux noms*. Al lavoro, nostro padre non si presenta più come Coifmann, ma come Maillard. Il proprietario fa riscrivere il contratto. Nostra madre ci impedisce di giocare all'aperto da soli, di uscire dal cortile. L'orizzonte è un muretto basso di pietra grigia, circondato da arbusti. Se usciamo di casa, per qualunque motivo, ci facciamo accompagnare da Audrine o da madame Fleur.

Gabriele passa molto tempo da solo: legge, impara a contare. Io mi alleno a scomparire perché ho capito che è la cosa più importante: non farsi vedere, non farsi trovare, confondersi. Fingere di non esistere. In piedi, gambe unite, appoggio la schiena al muro fino ad assumere la tonalità della tappezzeria. Nostra madre mi passa davanti, non mi vede. Mi sdraio sotto il letto e lascio che il corpo si sedimenti adagio sulle mattonelle. La pelle si sfalda, diventa polvere. Un gatto entra dalla finestra, s'infila sotto il letto e mi si accoccola sullo stomaco, senza accorgersi di me.

In quella casa restiamo un altro anno, o poco più.

Un giorno, il giorno del mio compleanno, portano me e Gabriele a fare un giro a cavallo. Appartiene a un contadino che abita vicino a noi, nei pressi della chiusa. È un amico. A fine giornata ci regala del formaggio di capra, delle uova e un barattolo di pesche sciroppate.

Il pomeriggio successivo nostra madre entra in camera e dice che Audrine sta arrivando con un regalo.

Chiedo: Per chi?

Nostra madre dice: Per te.

Dico: Per me e per Gabriele.

Lei dice: No. Solo per te.

Sbarro gli occhi, terrorizzato. Nessuno ha mai fatto un regalo solo a me. Eredito quelli di mio fratello quando lui smette di usarli: giochi, vestiti, libri. Se ci danno qualcosa ne godiamo entrambi, come del giro a cavallo. Che un regalo sia esclusivamente per me è terribile. E meraviglioso. Non sto più nella pelle, mi guardo attorno, rilevo ogni impercettibile mutamento nel buio e nella luce. Sono una civetta tra i rami della quercia. Ho paura. Io non sono autorizzato a possedere cose. Chi possiede, esiste. Chi mi fa un regalo, mi svela.

Nostra madre dice: Audrine è arrivata, dobbiamo uscire.

Infilo il cappotto, allaccio le scarpe. Gabriele non viene con noi. Resta con madame Fleur e la sua nipotina. Penso a quando rientrerò a casa con il regalo e incrocerò il suo sguardo. Lui vorrà sapere cosa c'è dentro il pacco. Io risponderò che se vuole può aprirlo. Camminiamo per la città, in direzione del centro. Vedo il campanile della cattedrale ergersi oltre i tetti delle case. Vedo il fumo che esce dai camini. Fa freddo, c'è un buon odore nell'aria. Entriamo in un palazzo alto cinque o sei piani; mai visto un palazzo così alto. Prendiamo l'ascensore. Per me è la prima volta. Legno e vetro. Mentre saliamo si vedono le scale. È molto rumoroso. Entriamo in un appartamento al terzo piano. C'è un odore forte, pungente, di medicinali. Mi dicono di sedere su una sedia e io mi siedo, con una mano in grembo e l'altra tenuta stretta da nostra madre. Nostra madre mi tiene la mano come quando siamo per strada, o passiamo vicino a un cane che ringhia; questo mi insospettisce. Ma il regalo è un pensiero abbagliante, e il signore con il camice bianco che entra nella stanza non lo vedo neppure. Mamma mi dice di seguirlo. Lei non viene con me. Quando il signore con il camice bianco dice di spalancare la bocca, obbedisco. Quando afferra le pinze e me le infila in gola non oppongo resistenza. Dieci minuti dopo mi hanno tolto le tonsille, e sono piegato a sputare sangue in un catino.

Nostra madre mi accarezza la nuca, dice: Mi spiace, ma adesso dobbiamo andare. Tuo padre tra non molto sarà a casa.

* * *

Nostro padre entra in casa correndo, urtando contro la porta, la dispensa, il tavolo. Dice: Dobbiamo andare via, subito. Prendiamo le nostre cose. Non tutto. Solo quello che serve.

Nostra madre dice: Cos'altro ho? Ho solo cose che mi servono.

Nostro padre alza indice e medio: Due valigie. Una per noi, una per i bambini.

Corriamo alla stazione. Al binario c'è molta gente che parla italiano. È tanto che non sento parlare italiano. Nel vagone dobbiamo stringerci. Io mi siedo in braccio a nostra madre. Gabriele a nostro padre.

Viaggiamo un giorno intero. Prima verso il sole che nasce. Poi a sud. Poi, quando il sole tramonta, gli diamo la schiena. Dal finestrino, al crepuscolo, improvvisamente vedo il mare. È accanto a noi. Posso quasi toccarlo.

Il treno frena di colpo. Le valigie cadono dai portapacchi, i bambini dalle ginocchia dei genitori. Ci urlano di scendere, in fretta. Di correre.

Dicono: Lasciate i bagagli.

Corriamo sulla spiaggia, scivolando sulla sabbia che s'infila nei vestiti, nelle scarpe, che si amalgama alla saliva. I gabbiani si spaventano e prendono il volo strillando. Ci nascondiamo dietro le rocce. Qualcuno si getta in acqua. Udiamo un rombo sempre più forte. Le bombe cadono su una città poco distante, di cui possiamo solo intuire le prime case, oltre la collina. Si alzano incendi. Due aerei, ripiegando, vedono il treno, ci passano sopra e lo mitragliano; i vetri vanno in frantumi, si buca il rivestimento dei vagoni, tra la polvere, nell'aria, sibilano le schegge. Come sono arrivati, spariscono. Si allontanano con un risucchio. I pesci smettono di nuotare, gli uccelli di volare; cala il vento. Uno alla volta riprendiamo a respirare.

Nostro padre dice: Venite.

I sedili sono coperti di vetri. Li ripuliamo. Le valigie sono intatte. Un'ora dopo il treno si rimette in moto. Arriviamo alla stazione di Genova alle prime luci dell'alba. Percorriamo i carrugi per raggiungere casa e incontriamo i nonni lungo la strada, di rientro da chissà dove. Nonna ci abbraccia e ci strizza le guance. È senza cornetto acustico, non sente nulla. Sono emozionati. Non pensavano fossimo di ritorno. In casa non c'è granché, ma festeggiamo con tè al lampone e biscotti.

Nonno chiede: Com'è la situazione in Francia?

Nostro padre risponde: Si fugge oppure si scompare. Due giorni fa hanno fucilato una donna che aveva nascosto un gruppo di ebrei nel suo albergo. L'hanno trascinata in piazza, le hanno sparato. Madame Fleur era una brava persona. Aveva aiutato anche noi.

* * *

Restiamo chiusi nella casa dei nonni per cinque settimane, non usciamo, non vediamo nessuno. Solo nonno e papà s'avventurano all'esterno, ma se è strettamente necessario. Il cibo scarseggia, non c'è carne, la verdura è poca, la frutta acerba, il pane è razionato. Farina da impastare con acqua, patate, un po' di formaggio stagionato, marmellate e il pesce in scatola del nonno è tutto quello che abbiamo.

Una notte, mentre sono sdraiato sul letto e m'alleno ad assumere la stessa consistenza delle ombre, sento parlare in cucina. Tra le voci famigliari ce n'è una, roca e gentile, che non conosco. Sgattaiolo fuori dalla camera e vado a vedere, spio attraverso la fessura della porta. È un uomo, ha i capelli ricci, la pelle abbronzata. Parlano di andare via, di scappare. Di un casolare disabitato in fondo a una valle, che farebbe al caso nostro. Discutono sulla possibilità di consegnare la fabbrica del nonno ai dipendenti. Il nonno è d'accordo, dice: È tutta gente di cui fidarsi. Parlano dello zio Elio e dei cugini, di cui non si hanno più notizie. Nostra madre guada il tavolo con il braccio, stringe la mano dell'uomo che non conosco. Dice: Come sono felice di vederti. Ho avuto tanta paura.

Lui dice: Perché?

Perché sei imprudente, e incosciente.

Per nulla. Dice: Prudenza e coscienza sono le mie parole d'ordine. Forse un po' di avventatezza. Ma le tre cose non sono in disaccordo. Si volta e mi vede, nota il bianco degli occhi dietro la porta. Dice: E lui chi è?

Cosa fai sveglio? Nostra madre mi prende in braccio, dice: Marcello, ti presento Simone. Simone, questo è tuo zio Marcello.

Lo zio Marcello mi viene incontro, mi offre un dito. Io lo stringo. Dice: Sono molto felice di conoscerti.

Io nascondo il viso nel collo di mia madre. Dice: Domani se volete potete giocare insieme. Poi, rivolta a lui: Ti fermi? Così conosci anche Gabriele.

Zio Marcello sorride, ma non risponde. Mi riportano a letto. Nel prendere sonno m'ingarbuglio con il riverbero della luna tra le lenzuola. La mattina dopo mi alzo allegro, ho voglia di giocare, ma lo zio non c'è più. In casa c'è solo la nonna, nessun altro. Tutti rincasano tardi.

La notte successiva è nostra madre a svegliarci, ansiosa.

Dice: Vestitevi.

Scendiamo in strada, gli occhi cisposi. Un'automobile attende davanti al portone. Seduto sul cofano, la sigaretta tra le labbra, c'è lo zio Marcello. Io e Gabriele ci sistemiamo sul sedile posteriore con la nonna, mentre mamma sale davanti. Nonno e nostro padre, per ora, non vengono.

La macchina esce dalla città, arranca verso l'entroterra, in direzione dei monti. I tornanti fanno salire la nausea e ho una gran voglia di vomitare, ma lo zio dice che sarebbe meglio non fermarsi. Mamma apre il finestrino, dice: Respira con il naso.

* * *

Il borgo si chiama Colle Ferro. La casa è isolata, è lontana dalle altre e dalla strada principale, ai margini di un bosco di lecci. Dietro, nel sottobosco, c'è una mulattiera che sale al monte più alto di tutta la valle. Attorno boschi e prati, frazioni collegate da strade dissestate, edicole, sentieri fiancheggiati da felci, ginepri e rovi di more. Alla casa si accede da una scaletta di legno che porta direttamente al primo piano. Ci sono due stanze: in una dormiamo tutti insieme, l'altra è per cucinare e mangiare. C'è anche una stalla, ma non ci sono animali. Il gabinetto è tra gli alberi.

Per tre giorni restiamo soli con lo zio Marcello. Non abbiamo notizie di nostro nonno e nostro padre. Lo zio Marcello gioca con noi. Io e Gabriele, di nascosto, lo chiamiamo lo zio matto. Inventa scherzi, ci fa gli agguati. Ci toglie le scarpe e ci fa il solletico sotto la pianta dei piedi. Emette suoni con la bocca: un cavallo sul selciato, il verso dei pesci sott'acqua, come una bolla fra le labbra. Ci insegna la raffinata arte della gesticolazione. Dire *che vuoi* unendo le estremità delle cinque dita a pigna, il vertice in alto, la mano nervosa. Dire *hai una sigaretta* accostando alla bocca l'indice e il medio, dritti, quasi uniti. Dire *ho fame* battendo la mano di taglio contro il fianco, all'altezza dello stomaco. Dire *vieni qui* l'indice a uncino, la mano rivolta verso la persona da chiamare. Esprimere soddisfazione sfregando le mani tra loro; stima nei confronti di qualcuno tracciando un segno sulla guancia con il pollice; rabbia mordendosi la nocca con un dito; sonno appoggiando il viso al palmo; prigione unendo i polsi.

Lo zio ha una pistola. Racconta storie di appostamenti e pugnalate. Parla di partigiani. Una sera parte con la macchina e torna la mattina dopo con il nonno e nostro padre. Ci consegna dei documenti falsi. Nostro padre diventa Enrico Carati, nostra madre Anna Caracciolo, i nostri nonni Caracciolo e Stoppani. Io e Gabriele, Carati come nostro padre. I nomi restano gli stessi, per non confonderci e farci scoprire.

Nostro zio chiede a Gabriele: Ti piace Gabriele Carati?

Lui risponde: È meglio di *salaud* e di *traître*. Ma non è Coifmann.

* * *

Un torrente separa casa nostra da un gruppo di quattro abitazioni. Tre sono abbandonate, in una abita un pastore con la moglie e le figlie. Le figlie hanno la nostra età, si chiamano Iole e Maria. Iole è la bambina più bella che abbia mai visto. Maria ha una voglia di lampone sull'occhio. Facciamo amicizia. Con loro andiamo al pascolo dalle capre, raccogliamo la legna e ci nascondiamo tra le felci. Se ci rendiamo utili in qualche modo, con piccoli lavoretti, la madre ci paga con delle formaggette di pecora, un uovo o della lana, che nostra madre usa per fare maglioni.

Nostro padre fa amicizia con il padre di Iole e Maria, un uomo burbero e silenzioso. Lui lo introduce agli altri contadini e allevatori della zona, dice che è un lavoratore affidabile, che impara in fretta. Ed è vero. Nostro padre impara tutti i lavori, a seconda della stagione: potare, scavare fossi e canali d'irrigazione, spaccare pietre, raccogliere ciliegie, mele e ortiche, costruire i sostegni per i pomodori e i fagioli, seminare lattuga, radicchio e ravanelli. Per distribuire il letame sul terreno impara a usare una forca a tre punte. Per la vangatura impara a scegliere la vanga più adatta al tipo di suolo: a forma di cuore per quelli pesanti, a lama rettangolare per quelli sciolti.

Nostro padre è svelto con la testa, è il corpo a essere disabituato. Quando torna a casa, la sera, ha le mani coperte di vesciche.

Sanguina. Mentre mette le mani a bagno nell'acqua con il sale, per disinfettarle, nostra mamma gira la faccia dall'altra parte.

La domenica mattina andiamo alla Messa. Arriviamo per ultimi, in modo da esserci, ma da esserci il meno possibile. Non diciamo le preghiere, ma se qualcuno si volta a guardarci, muoviamo le labbra o fingiamo di tossire. Ci sediamo in fondo. A volte non ci sediamo neppure e restiamo in piedi, tra i confessionali e la tenda rossa di panno che cela una cappellina privata. Io e Gabriele giochiamo con la tenda, scambiamo segni segreti con Iole e Maria che si siedono a metà della quarta fila.

Quando la Messa finisce usciamo in piazza compatti, noi due stretti fra nostra madre e nostro padre, il nonno e la nonna davanti. Abbiamo l'ordine di parlare il meno possibile, di evitare commenti e battute, di rispondere a monosillabi, ma di non sembrare scortesi. Gli uomini che dalle borgate, la domenica mattina, confluiscono in paese per la funzione, salutano nostro padre con un cenno del capo. Lui solleva il cappello e abbozza un inchino davanti alle donne con quei suoi modi differenti, più fini e composti, di carta e inchiostro. Stringe mani di pietra e mani di legno; la sua, nonostante il lavoro, è di cera pallida. La gente gli sorride.

Nonna dice: Raccogliete le ortiche mentre torniamo, che ho trovato delle uova.

Della Messa non parliamo mai, nessun commento. Come se non fossimo noi, ad andarci. Come se restassimo in casa e i nostri corpi facessero tutto da loro. Ma la sera della domenica, puntuale, nostro padre si sdraia tra me e Gabriele e ci bisbiglia di chiudere gli occhi. Noi obbediamo, anche se il buio in camera è soffocante: abbiamo oscurato le finestre con i teli e dalla porta della cucina non trapela neppure un alito di luce.

Nostro padre dice: *Shema Israel Adonai Elohenu Adonai Ehad.* E quella preghiera recitata con un filo di voce ci fa sentire caldi.

Ripetiamo: *Shema Israel Adonai Elohenu Adonai Ehad.*

Poi ci bacia e torna nell'altra stanza.

Una domenica mattina, mentre scendiamo per la funzione, sentiamo un colpo di fucile provenire dal paese. Ci fermiamo, immobili, nessuno fiata. La strada lambisce un prato di margherite che digrada verso le prime case. A un metro dalla sterrata cresce un grosso noce. Dal noce si vede la piazza, Gabriele c'è salito diverse volte. Nostro padre, basso e curvo, si avvicina al noce e si arrampica al primo ramo. Altri colpi di fucile, questa volta seguiti da urla. Nostro padre guarda tra le foglie, noi guardiamo lui. Scende con un salto. Dice: Torniamo indietro.

Ci spranghiamo in casa, blocchiamo la porta con il tavolo e le sedie.

Nostra madre dice: E se appiccano il fuoco?

Usciamo di corsa tenendoci per mano, prendiamo la direzione del bosco e camminiamo a lungo, evitando la mulattiera.

Mentre cammino, ansimando, chiedo a nostro padre: Cos'hai visto?

Quando?

Dal noce. Dico: Cos'hai visto?

Uomini.

Cosa facevano.

Non l'ho capito. C'era confusione.

Dico: Ma chi è che sparava?

Nostro padre mi prende per mano. Parlando a tutti, ma a bassa voce, dice: Arriviamo fino al Monticello. Poi, rivolto a me: Cammina più svelto.

* * *

Mi costruisco un rifugio sotto le felci. Il sole, tra le piante, si sbriciola in coriandoli di luce: lo rifletto con uno specchietto, illumino le formiche. Tra i ruderi di una casa trovo un'asse di legno. Lo porto nel rifugio e lo uso per sdraiarmi quando è piovuto e la terra è bagnata, o per fare gli origami con le foglie. Lo uso anche per immaginare mondi; l'asse ha delle venature che la trasformano in una mappa. Ci vedo isole, continenti, oceani.

Un pomeriggio sono lì a far viaggiare pietruzze come piroscafi e un uomo che non conosco si infila sotto le foglie e mi si sdraia accanto. Ha un fucile. Al collo un fazzoletto rosso. Gli occhi gonfi e stanchi.

Dice: Come ti chiami?

Dico: Simone.
Simone e poi?
Simone Carati.
Dove vivi?
Indico la casa che non vediamo, ma che entrambi sappiamo esistere.
Parla veloce l'uomo con gli occhi gonfi, dice: Quella con i due vecchi, vero? Chi sono? I tuoi nonni? Ci sono anche i tuoi genitori, dico bene? Cioè, i vostri, i vostri genitori. Perché hai un fratello, dico bene? Sono loro?
Rispondo: Sì.
Si guarda attorno: Cosa stavi facendo?
Indico il mio mondo immaginario, disegnato sull'asse. Lui non capisce.
Dice: Vuoi vederla, vuoi vederla una cosa davvero strana?
Non rispondo.
Dice: Non avere paura, puoi fidarti. È una cosa incredibile, sai? Però mi devi promettere che non lo dirai a nessuno.
Non rispondo.
L'uomo con gli occhi gonfi si gira sulla schiena, stringe al petto il fucile. Resta così, supino, in silenzio. Poi si volta pancia sotto e dice: Pazienza. Fa per strisciare fuori dal rifugio.
Dico: Va bene.
Si ferma e mi rivolge un sorriso incerto: Ma lo sai mantenere un segreto?
Dico: Io non esisto. Quindi anche ciò che so non esiste.
L'uomo con gli occhi gonfi aggrotta le sopracciglia: Ma io ti vedo.
Dico: Ma quando smetterà di guardarmi, non esisterò più.
Risaliamo la mulattiera. Camminiamo per mezz'ora finché lasciamo la strada nei pressi di una roccia coperta di muschio. Entriamo nel bosco. Non parliamo, non facciamo rumore. D'un tratto, tra gli alberi si apre una radura. Dal terreno spunta qualcosa, ma non capisco cosa, sembrano paletti di legno alti un metro o anche meno, colorati, piantati a coppie, uno accanto all'altro, alcuni leggermente divaricati. Seduti sulle pietre o appoggiati ai tronchi ci sono degli uomini. Stanno fumando. Sono armati anche loro. Ci avviciniamo.

Dicono: E quello dove l'hai trovato?

L'uomo con gli occhi gonfi ride sguaiatamente, si pulisce la bocca con la manica della giacca. Dice: Tra le felci.

Mi accosto. Non sono pali. Dal terreno spuntano delle gambe. Qualcuno ha sepolto degli uomini a testa sotto. Si vedono solo gli stivali e i pantaloni fino al ginocchio. Mi aggiro da solo in quel bosco di gambe morte, tocco le suole delle scarpe, le tomaie di cuoio. Una foschia leggera s'insinua tra gli alberi. Mi sento strattonare, trascinare via.

Qualcuno dice: Sei impazzito? È una voce nuova, baritonale.

L'uomo con gli occhi gonfi risponde: È solo un ragazzino.

Portalo via, Cristosanto. Portalo via.

Non riesco a staccare gli occhi dalle gambe morte, continuo a voltarmi. A un certo momento scompaiono tra gli alberi. Un uomo mi riaccompagna verso casa. Non è l'uomo con gli occhi gonfi; è gentile, premuroso. Mi racconta di suo figlio che ha la mia età. Di quando lo portava a pesca prima della guerra o in paese a vedere il cinematografo. Mi regala una stecca di sigarette. La prendo senza ringraziare. In prossimità della casa, d'un tratto, mi metto a correre. L'uomo gentile tenta di acchiapparmi per la maglia, per i capelli, mi graffia il collo, mi corre appresso.

Urla: Fermati, dannazione. Rallenta.

Poi lo perdo.

La stecca di sigarette la nascondo nella stalla, scavo una buca. Di ciò che ho visto non dico nulla a nessuno. Vado a letto prima di tutti. Nostra madre dice: Forse hai la febbre.

Nel letto, da solo, recito: *Shema Israel Adonai Elohenu Adonai Ehad.*

* * *

Quando nevica, tra gli alberi è il silenzio. Perché la neve accumulata sui rami impedisce al vento di agitarli. Ci sono i tonfi dei cumuli che cadono a terra, un odore terso nell'aria, il respiro brillante del ghiaccio. Ogni cosa è tranquilla. Il nonno, che pensa di sapere come funziona la guerra, dice: Bene. Niente rappresaglie, con la neve. La strada è bloccata e risalire la montagna è impossibile.

Io e Gabriele costruiamo pupazzi enormi, più alti di noi, più grossi di noi. In testa, per i capelli, usiamo i rametti. Pigne e sassolini sono naso e occhi. Edifichiamo mura dietro cui nasconderci. Le bombardiamo con granate di neve, poi le distruggiamo con assalti improvvisi. Il nostro corpo è un'arma, una palla di cannone, un missile. Improvvisiamo sciate con assi di legno ricurve, i piedi bloccati con il filo di ferro. Ci permettiamo di urlare, persino. Cadere e rotolare.

Quella notte non ha smesso un attimo di nevicare. Mi alzo per primo. Voglio godere della neve intonsa, prima che Gabriele la inzaccheri di giallo, pisciando a spruzzo dal terrazzino. Voglio costruire un pupazzo per Iole. Faccio piano per non svegliare nessuno. Mi vesto. Esco. Il primo fucile me lo trovo puntato contro dalle scale. Il secondo dal tetto. Il terzo dal cortile. Il soldato sulle scale mi fa segno di tacere con il dito indice rivolto al cielo e appoggiato alle labbra. È quattro scalini più in basso di me. Gli occhi sono nascosti dall'elmetto. Non mi muovo. Non dico nulla. Altri cinque tedeschi salgono le scale e sfondano la porta di casa, latrando.

Il rastrellamento prosegue tutta la mattina. I soldati entrano nelle cascine. Uccidono oche e maiali. Riempiono sacchi di formaggio, salame, vino. Andandosene trascinano via con loro una quarantina di uomini tra cui il padre di Iole e Maria e il nostro, che si è messo di traverso quando un soldato ha strappato dalle mani di nonna il cornetto acustico. I prigionieri li radunano in paese, davanti alla chiesa. Noi e gli altri parenti li osserviamo a distanza. Qualcuno prega Dio. Altri pregano i tedeschi di non fare loro del male. Nostra madre ruota su se stessa come un cane, strappa a morsi la pelle attorno alle unghie.

Senza dire nulla corro alla stalla, a perdifiato. Scavo e recupero le sigarette. Riprendo a correre, in discesa, la strada è ghiacciata e cado due volte. Mi taglio il ginocchio. Quando torno in piazza la colonna, tossendo e barcollando, sta già discendendo la valle. Porgo a nostra madre la stecca di sigarette. Lei la guarda senza capire. Le si spalancano gli occhi, dice: Dove l'hai trovata?

Non rispondo.

Se la gira tra le mani come un lingotto. Pensa, e si guarda attorno in cerca di qualcosa che non trova. Alla fine mi strattona per la giacca. Dice: Venite. Andiamo a riprenderci vostro padre.

Inseguiamo la colonna tagliando per i campi. Nostra madre inciampa e si strappa la gonna. Scivola sul ghiaccio. Urla di proseguire, di raggiungerli. Io e Gabriele ci scaraventiamo giù per le rive, senza prestare attenzione ai fossi o alle pietre, alle radici coperte dalla neve. Cadiamo anche noi, più volte, ma ci rialziamo subito. Finalmente raggiungiamo il gruppo di prigionieri: nostro padre è ultimo, in fondo alla fila, tra due soldati. Ci avviciniamo. Uno dei due militari ci vede e fa segno con la testa di andare via. Nostro padre ha gli occhi allacciati ai piedi di chi gli sta davanti. Rallentiamo e per una decina di minuti seguiamo il drappello a distanza. Quando ci accostiamo di nuovo il soldato di prima si volta e viene verso di noi.

Dice: *Geh weg.*

Ho paura. Passo la stecca di sigarette a Gabriele.

Il soldato ripete: *Geh weg. Schnell.* E indica la montagna.

Anche Gabriele ha paura. Indietreggiamo insieme, tenendoci per mano. Il soldato si ferma, allarga le gambe e imbraccia il fucile che porta a tracolla. Lo punta prima contro di me, e con la bocca simula il rumore di uno sparo. Quindi lo punta verso Gabriele, e fa la stessa cosa. Io metto un piede in fallo e cado. Il soldato scoppia a ridere. Torna con gli altri.

A quel punto Gabriele si stacca dalla mia presa. Dice: Resta qua.

Dico: Non andare. Ma Gabriele è già partito, di corsa. Supera i soldati e cammina davanti a loro. Nostro padre lo vede. Dice: Cosa fai qui? Vattene. Sgrana gli occhi. Dice: Vattene, per l'amor di Dio. Gabriele non lo ascolta. Con una mano stringe un lembo della giacca di nostro padre, con l'altra offre la stecca di sigarette prima a un soldato, poi all'altro. Hanno gli elmetti leggermente alzati sulla fronte. Vede i loro occhi, le guance arrossate dal freddo, i peli radi. Sono giovanissimi. Non fanno più paura. Uno dei due ha un labbro tagliato e l'aria stanca, infinitamente stanca. Gabriele gli offre le sigarette come fossero un regalo per lui, proprio per lui; non uno scambio. Il soldato con il labbro ferito rivolge un'occhiata al commilitone e un'altra alla testa della colonna, verso i superiori. Poi, gli strappa le sigarette di mano e poco prima di una curva con una spinta secca fa rotolare nostro padre fra i rovi. I rovi sono ghiacciati, quando sarà stagione saranno gonfi di more. Nostro padre si rialza. Lo aiutiamo a slacciarsi i polsi. Senza dire una parola, senza abbracciarci, ritroviamo insieme la strada del paese.

* * *

Nostro padre non esce di casa per un mese, di notte trema. Nostra nonna, senza cornetto acustico, prende a vivere nascosta dentro se stessa. Le parole sono un carburante per la vita, dice; quando mancano, non sappiamo a cosa dare fuoco per far muovere le ossa. Per questo, nonna, lentamente si spegne. Non trova suoni combustibili fuori di sé, e neppure dentro. Per soccorrerla provo a tracciare parole sulla cenere e sulla neve, dato che Gabriele e nostra madre mi stanno insegnando a scrivere. Scrivo il suo nome e quelli di tutti noi. Il nome delle città in cui è vissuta. Il nome degli animali e delle piante che vivono nella savana, e che ho trovato su un libro che mi ha dato Iole. Il nome di ogni utensile che abbiamo in casa. Ma non è sufficiente. Muore di notte, nonna, mentre noi le dormiamo accanto. La seppelliamo nel cimitero del paese, quello cristiano, a monte della chiesa. Non le mettiamo una lapide perché non potremmo scriverci il suo nome.

Nostro padre in primavera smette di tremare. Quando non è in giro a spaccare pietre, a scavare fossi o ad aiutare la madre di Iole e Maria, armeggia attorno a una radio a galena. Tenta di sintonizzarsi sulle frequenze di Radio Londra. Quando dalla radio sgorga la voce, io e Gabriele gli sediamo accanto.

A volte il segnale è confuso. Quando capita, nostro padre dice che la colpa è della strisce di stagnola. Dice: Le lanciano gli aerei per disturbare i radar.

Così, quando il suono della radio sfarina in fruscii e scoppi, io e Iole corriamo insieme fino al Monticello, dove si vede la pianura, a nord. Ma quasi sempre non c'è niente. Poi, un giorno, la radio si attorciglia nel solito fruscio e io esco a chiamarla; lancio una pietruzza contro il vetro della sua camera. Lei esce dalla finestra. Ci arrampichiamo, superiamo il dosso, ed ecco: c'è la luna e la notte si riempie di scintille che crollano come brandelli di fuochi artificiali. Sono meduse di luce. Piovono sulla macchia, sui prati, sulle cascine. Sulla brace dei falò, sui fiumi; sulla nostra provvisorietà.

Io e Iole ci sediamo sul prato e non diciamo una parola per un sacco di tempo. Poi, lei si alza e dice: Ora devo andare, se la mia mamma scopre che sono uscita s'arrabbia da non poterla sentire.

Io dico: Non dire nulla a Maria.

Perché non devo dirle nulla?

Perché è il nostro segreto.

Ma se lo sa anche tuo padre, che piove la stagnola.

Sì, però tu non dire che le hai viste. Che le abbiamo viste. Io non dirò nulla a Gabriele e tu non dirai nulla a Maria.

Lei si stringe nelle spalle, dice: Vabbè.

Io le offro il mignolo per il giuramento sacro e dico: Giura.

Incrociamo i mignoli e giuriamo.

Lei fa per andare via, poi si volta e dice: Ma noi ci sposiamo quando siamo grandi?

Io dico: Non lo so. Poi: Se vuoi sì.

Lei torna indietro e mostra il mignolo. Dice: Giura.

CAPITOLO II

«Perché sei venuta?»

«Ho bisogno che tu mi tenga Zeno per l'estate.»

«Impossibile.»

«Fino ai primi di settembre. Sono due mesi. Verrò spesso a trovarlo. E di tanto in tanto me lo porterò qualche giorno a Genova.»

«Non se ne parla.»

«Papà, Vittorio ha la leucemia. Sta morendo.»

«Mi spiace.»

«Mi spiace?»

«Certo.»

«Certo?» disse mamma soffocando l'urlo. «Tutto quello che sai dire è *mi spiace* e *certo*? Ma ti ascolti mentre parli?»

Nonno impiegò alcuni istanti prima di riprendere. «Quello che so, Agata, è che non è l'estate giusta.»

«Non è l'estate giusta, ovvio. Come ho fatto a non pensarci? Quando vedo Vittorio glielo dico. Sai cos'è, Vittorio? Hai scelto l'estate sbagliata per ammalarti di leucemia. Se rimandassimo la malattia al prossimo anno? Eh, potrebbe andare?»

«Non capisci.»

«Ah, io? Io non capisco?»

Ero rimasto seduto fuori, sulla panca. Le finestre erano chiuse. Le voci di mamma e del nonno, per arrivare a me, permeavano il legno e la pietra della casa, s'infiltravano tra le crepe e defluivano lontane. Sentivo una parola e ne immaginavo quattro. Passai la mano sulla panca per verificare la granulosità della superficie, i nodi e le venature dell'asse. Sotto, le formiche si spostavano lungo un sentiero invisibile trasportando erba, briciole di pane – con tutta probabilità un avanzo della colazione del nonno – e anche un fiore di oleandro, il calice carnoso e rosa. A farsene carico erano le ultime della processione. Sembrava una cerimonia. Anche quella era vita. Presi dalla borsa il taccuino da disegno e una matita 4B; ho sempre preferito le punte morbide. Tastai l'erba con il palmo. Non era per niente umida; anzi, era asciutta, invitante.

Mamma aveva detto a nonno che papà stava morendo. Tra di noi non avevamo mai parlato della sua malattia in questi termini. Guarigione, sì, e quando non si parlava di guarigione si dava per scontato che l'altra possibilità fosse il perdurare della malattia, ma non la morte. Mi sdraiai supino, sull'erba, e partendo dal ponte di Brooklyn cominciai a disegnare la morte di Gwen Stacy. Gwen Stacy era la ragazza di cui Peter Parker era innamorato, e Goblin lo sapeva. Infatti, un giorno, Goblin aveva rapito Gwen e minacciava di farla cadere da una delle due immense arcate del ponte. L'Uomo Ragno era arrivato di gran carriera, com'è ovvio, e aveva tentato di salvare Gwen, ingaggiando con Goblin una lotta furiosa. Ma Goblin aveva lasciato cadere la ragazza. L'Uomo Ragno aveva sparato la tela e l'aveva agguantata un istante prima che si schiantasse nelle acque fredde dell'East River. Quando l'aveva tirata su, tuttavia, quando alla fine l'aveva stretta tra le braccia, si era reso conto che Gwen era morta. E non era stato Goblin a ucciderla. L'aveva uccisa lui. Il colpo di frusta originato dall'interruzione brusca della caduta le aveva spezzato l'osso del collo. Peter la amava e aveva fatto di tutto per salvarla, ci aveva provato con tutto se stesso, perdio, con tutte le sue forze. Eppure Gwen era morta. A volte non basta volere. A volte ciò che desideriamo non ci è dato ottenerlo, punto; falliamo perché non c'è modo di non fallire: qualunque strategia si opponga al destino, qualunque sia la forza, qualunque sia il bene.

Mentre stavo disegnando la traiettoria del lancio della tela si era aperta la porta di casa e mamma e nonno erano usciti. La distanza che li separava, pochi centimetri nel mondo reale, era di anni luce e galassie nei gesti e nello sguardo. Parlandomi come dovesse rispiegare tutto anche a lui – anche a se stessa – mamma disse: «Puoi restare qui, Zeno. Sempre che tu non voglia tornare a Capo Galilea. Se resti, ci vedremo tutte le volte che riesco, anche tutte le settimane, e insisterò perché ti permettano di fare visita a papà».

«Possiamo telefonarci?»

«Certo», disse, e girandosi verso il nonno: «Qual è il numero di casa?»

«Non ho il telefono.»

«Non hai il telefono?»

«No.»

Mamma raggiunse la macchina a larghe falcate, s'infilò nell'abitacolo, afferrò la borsa e dalla tasca centrale estrasse lo StarTAC e il caricabatterie. Me li diede.

Infilò la borsa a tracolla e mi strinse la testa con entrambe le mani tappandomi le orecchie e appoggiò il naso ai miei capelli per portarsi via l'odore. Quindi, senza aggiungere altro, entrò in auto e mise in moto. La osservai fare retromarcia e sparire dietro la curva da cui, un paio d'ore prima, avevo visto spuntare nonno. Era presto e il sole era ancora alto a ovest, ma le cime che circondavano la valle avevano cominciato ad allungare la loro ombra su ogni cosa: pietre, pascoli, case; sul lavoro della gente. Davanti si stagliavano boschi e campi e dirupi che, in basso, s'aprivano al mare, e da lì, lungo la costa, a Genova. E da Genova, seguendo una strada elegante tra le colline, si arrivava al portico di glicine di una clinica dove medici ardimentosi tentavano di curare la leucemia; dal portico, salite le scale, scivolando per i corridoi si sarebbe arrivati a una camera con un numero che non conoscevo, e oltre la porta di quella camera, sdraiato sul letto, con lo sguardo rivolto all'ombra che gli alberi proiettavano sulle tendine bianche, c'era mio padre.

Avesse avuto un cellulare anche lui – ma comunque non ero certo potesse usarlo – avremmo potuto scambiarci degli sms.

Come stai, papà?

Insomma. Tu?

Insomma.

Dimmene una, Zeno.

Avvertenza scritta su un pacchetto di hamburger da 500 grammi: «Attenzione, dopo il riscaldamento il prodotto sarà caldo».

Mi è piaciuta.

Ora tu.

Sulla scatola di un ferro da stiro: «Attenzione, non stirare mai gli abiti indossandoli».

Ancora.

Un gruppo di ambientalisti del New Jersey per opporsi alla strage del Giorno del Ringraziamento ha riempito il cielo di tacchini svolazzanti. Solo dopo averli lanciati dall'aereo si sono accorti che i tacchini non sanno volare.

Grande!

Ambientalismo crudele.

Buonanotte, papà.

See you later, alligator.

After 'while, crocodile.

Che era un modo per salutarci che avevamo io e mio padre, nato quando, in prima elementare, per la recita di Pasqua sul *Libro della Giungla*, mi ero vestito da coccodrillo e avevo saltellato sul palco al tempo di *See you later alligator* cantata da Bill Haley.

Avesse avuto un cellulare avrei potuto mandare un messaggio ogni volta che mi andava di dirgli qualcosa e avrei anche potuto convincerlo via sms – che è più facile che di persona, perché non ci sono gli occhi e le vene gonfie nella voce a cancellarti le parole – che io non c'entravo con la cazzata di Michele e Salvo. E ogni sera, prima di dormire, avrei potuto inventarmi un nuovo motivo per dimostrare la mia innocenza: che avevano rilevato le tracce delle ruote della mia bici al caddusu e che risalivano al giorno e all'ora del lancio della pietra; che un satellite militare che stava inquadrando la parrocchia di Capo Galilea aveva fotografato la scena; che Michele, grazie a un tardivo rigurgito di coscienza, aveva confessato tutto.

Accesi lo StarTAC. Il nonno era dietro di me – sentivo il suo sguardo sulla nuca – in piedi, davanti alla porta. Aveva preso la mia borsa e aspettava che lo seguissi per portarla dentro e mostrarmi dove avrei dormito. Lo StarTAC cercò la rete e io attesi per alcuni istanti. E poi ancora. E ancora. Ma la rete non c'era. Lo spensi e lo riaccesi. Le tacche erano mute, invisibili. Feci qualche passo in direzione della strada: nulla. Mi spostai verso gli alberi: nulla. Come un rabdomante percorsi il perimetro della casa: nulla.

Tornai indietro annaspando. Fu più un rantolo che un'esclamazione. «Qui non c'è campo», dissi al nonno.

Era la prima volta che gli rivolgevo la parola.

Erano le prime frasi della nostra vita.

«Lo so», rispose lui. «Il cellulare qui non prende.»

In casa c'era odore di umido, resina e minestra. Era buia, più di quello che avevo pensato, perché i muri erano spessi e la luce filtrava dalle finestre tracciando diagonali polverose. Una stufa bianca, ingombrante, occupava un angolo della stanza principale, la più spaziosa e accogliente: c'era un tavolo, delle sedie, un divano, e mobili di diverse dimensioni accostati non per gusto ma per necessità. Oltre un arco si apriva la cucina. Contro la parete sinistra, due porte: la prima era quella del bagno, la seconda dava su una scala che scendeva in cantina. In una libreria di legno, tra la due porte, una ventina di classici – *Anna Karenina*, *Madame Bovary*, *Moby Dick* – delle raccolte di racconti – Čechov, Hemingway, Calvino – una serie di gialli da edicola e qualche Urania. Alcuni volumi erano coperti di polvere. Su un tavolino c'era un quaderno con un motivo floreale; aveva una matita pizzicata tra le pagine. Lo presi in mano. Stavo per aprirlo quando la voce roca del nonno mi sollevò per il collo della maglietta.

«Cosa stai facendo?»

Lasciai cadere il quaderno. La matita rotolò tra i fogli sparsi sul tavolo, tra due bicchieri, poi a terra. Mi chinai per raccoglierla e rimetterla a posto.

«Seguimi.»

Al primo piano c'erano le camere da letto. Due. Entrambe affacciavano sul prato antistante la casa, quindi sulla valle, sul lago e sulla diga, che da lì si vedeva meglio.

«Sistemati», disse nonno, posando la borsa sul letto. «Nell'armadio trovi lenzuola, federe e coperte.» E uscì.

Mi sedetti sul letto. Cigolò sotto il mio peso. Mi guardai attorno e attorno avevo le mura più vuote e desolate su cui avessi mai posato gli occhi. Mi lasciai cadere di schiena, a braccia larghe. Spruzzi di umidità macchiavano il soffitto. In un angolo, vicino alla finestra, la corrente faceva oscillare una ragnatela. Chiusi gli occhi. Mi addormentai. Quando li riaprii la luce era cambiata. Non sapevo quanto tempo avessi dormito. Non avevo l'orologio, non lo portavo, mi dava fastidio; controllai l'ora sullo StarTAC inutilizzabile: erano le sette e un quarto. Mi alzai, aprii la porta e uscii sul ballatoio. L'acqua del lago era spenta, solida; lì dov'era possibile accostarsi alla riva e fare il bagno, un gruppo di adulti e bambini stava raccogliendo gli avanzi della giornata, forse per tornare sulla costa, forse per tornare a casa. Verso la grande roccia, si intravedevano i tetti del paese, parte della piazza, la chiesa, la canonica, e segmenti della strada. Scendendo con lo sguardo intravidi una bambina. Era immobile sul limitare dei campi, vicino a una macchia di erica. Indossava un vestito azzurro stretto in vita con una fascia bianca. Non sembrava sorridere né piangere, piuttosto guardare tranquilla nella mia direzione: la montagna, forse, o la casa del nonno, il muro sotto il ballatoio, il ballatoio. Perché mai dovrebbe guardare il ballatoio? pensai. E poi: E se non stesse guardando il ballatoio? Se stesse guardando me? Sollevai una mano, la mossi da destra verso sinistra, lenta. La bambina, pur continuando a guardare nella mia direzione, non rispose.

«Tutto bene?»

Mi voltai di scatto. Nonno, sulla porta, giocava nervoso con una pipa di schiuma.

«Sì. Perché?»

«Non sei più sceso.»

«Mi sono addormentato.»

Nonno respirò con il naso, senza espressione o emozioni, fece per tornare di sotto, ma subito si affacciò di nuovo. «Tra un quarto d'ora sarà pronta la cena.» Lo disse masticando il bocchino della pipa. Poi sparì per le scale.

Sul tavolo apparecchiato di fretta, con piatti e bicchieri posati direttamente sul legno e due tovaglioli di carta stropicciata, c'era una padella ancora calda con dentro piselli, uova e tonno. Nonno prese un mestolo e me ne servì una porzione.

«Se ne vuoi ancora, è lì.»

Stava per infilare in bocca la prima cucchiaiata – mangiava con il cucchiaio, non con la forchetta – quando si accorse che sul tavolo mancava il pane. Strisciò la sedia sul pavimento, si alzò, prese il pane da una cesta e ne tagliò due grosse fette: una la sistemò accanto al suo piatto, l'altra accanto al mio. Prese il vino e lo portò in tavola. Impugnò di nuovo il cucchiaio, poi si rese conto, suppongo, che forse io il vino non lo bevevo. Si rialzò, riempì una brocca di acqua del rubinetto, tornò a sedersi e finalmente attaccò la sua cena. Era al terzo boccone, testa bassa, quando notò che non stavo mangiando.

«Cosa c'è?»

«Non mi piacciono i piselli.»

«Perché?»

«Non mi piacciono.»

«Non ho preparato nient'altro.»

«Non importa. Non ho fame.» Posai la forchetta e lo osservai riprendere a mangiare. Quando ebbe finito, raccolti con il pane i residui molli della pietanza, bevuto mezzo bicchiere di vino, si pulì la bocca e i baffi con il tovagliolo e si avvicinò al frigo. Dentro, non sembrò trovare quello che si aspettava. Aprì la porta della cantina. Lo udii scendere le scale. Tornò subito.

«Il formaggio lo mangi?» chiese mostrandomi una forma intera, coperta da una crosta scura e rugosa.

Annuii.

Su un piano di legno tagliò una fetta abbondante per me e un tocco di crosta per lui, che rifinì meticolosamente con la punta del coltello.

«Posso farti una domanda?» dissi morsicando il formaggio tra due avanzi di pane.

«Posso farti una domanda è già una domanda.»

«Cosa sono quelle grotte all'ingresso del paese?»

Si sfregò la barba. «Sono grotte.»

«Cosa c'è dentro?»

«Pietre. Acqua.»

«Ci si può entrare?»

«Sì», disse. «Ma è pericoloso. Quindi no.»

«Sono grotte o miniere?»

«Grotte. Naturali.»

«Profonde?»

«Sì», disse alzandosi per andare a prendere un sacchetto su una mensola. «Molto profonde. Le hanno scoperte durante i lavori della diga, hanno anche tentato di usarle, non so per cosa. Ma poi hanno rinunciato. Sei mai entrato in una grotta?»

«Sì. Una volta», dissi. «Con la scuola. Perché hanno rinunciato?»

Riempì la pipa di tabacco. «Per paura, credo.»

«Di cosa?»

«Dei crolli. Così ho sentito raccontare dai vecchi, quando sono arrivato.»

«Da quanto vivi qui?»

«Qualche anno.»

Qualcuno bussò alla porta. Nonno andò ad aprire. Era un anziano con la barba giallastra. Ci furono parole bisbigliate. Nonno scese in cantina e ne uscì poco dopo con un sacco di iuta che consegnò all'uomo, rimasto ad attendere sulla porta. Ancora bisbigli, la porta si chiuse. Nonno tornò a sedersi.

Raschiando il tavolo con la mano per raccogliere le briciole, dissi: «Tu sapevi di me?»

«Cosa?»

«Sapevi che ero nato?»

Il nonno indicò con il bocchino della pipa un angolo della parete alla mia sinistra. Seminascosto dalla tenda della finestra c'era un pannello di sughero dove, con le puntine da disegno, aveva attaccato un certo numero di foto: tre erano di mamma, undici mie, una foto per anno, la mia vita fino a quel momento, un grafico dello sviluppo.

Ero sbalordito. «Perché non mi hai mai scritto?»

«Suppongo che tua madre non ti abbia mai fatto leggere le mie lettere.»

«Quali lettere?»

«Quelle che ho scritto. Oh, non molte, certo. Una all'anno, direi. Le chiedevo di te, e di spedirmi una tua foto. Cosa che lei, devo dire, ha sempre fatto. Anche se nella busta trovavo soltanto la foto, nemmeno una riga... Pensavi fossi morto?»

«Sì.»

Rise. Trattenne il fumo a lungo prima di soffiare un grosso anello. «Non avevi tutti i torti.» Prese lo stiletto e rimescolò il tabacco dentro il fornello. «È andata così», disse. «E non c'è molto da aggiungere.»

Restammo alcuni minuti in silenzio.

«Mi spiace per tuo padre.»

«Guarirà.»

«Ne sono certo.»

«Deve.»

«È un buon padre?»

«Cosa?»

«Passate molto tempo insieme?»

«Credo di sì.»

«Cosa fate?»

«Andiamo a pescare.»

«A pescare?»

«Ho preso una spigola enorme, una volta.»

«Non sono mai stato a pesca.»

«Un giorno ti ci porto», dissi.

Silenzio.

«Non ti piace il mare?»

Nonno piegò la testa di lato, come per far uscire la sabbia dalle orecchie. «È ora di andare a dormire», disse.

Guardai l'orologio a muro sopra la libreria. «Sono solo le otto e mezzo.»

«Allora leggi, gioca, fai quello vuoi», disse fermo. «Basta che lo fai in camera tua.»

«Ma...»

«Adesso.»

La voce era diventata ruvida, aveva scartavetrato tutto il bene, il possibile che era germinato in quel dialogo. D'improvviso era notte e l'ossigeno era stato risucchiato via: mi sentivo sottovuoto. E in quel vuoto la lontananza da mia madre e mio padre risuonava più acuta. Fui pervaso da quel tremore intimo che scuote i bambini quando si rendono conto di non bastare a se stessi. Non ero autosufficiente e i mesi a venire li avrei trascorsi dipendendo da quell'uomo.

Improvvisamente mi allarmai per la biancheria sporca (come fare? dove metterla? chi l'avrebbe lavata?), per il mal di stomaco che si leniva soltanto con la tisana limone e salvia di mia mamma (a chi chiederla quando il male mi avrebbe aggredito?) E se mi fossi ammalato più gravemente, se mi fosse salita la febbre? Era la prima volta che mi si prospettava un periodo così lungo lontano dai miei genitori. I loro volti cominciarono ad appannarsi, ad apparirmi distorti, non ricordavo più la distanza esatta degli occhi di mio padre dal suo naso, la forma del suo mento, la lunghezza dei suoi capelli.

Il nonno si era messo a lavare i piatti. Senza che se ne accorgesse staccai dal pannello di sughero una foto di mamma, la più recente, e corsi di sopra, in camera mia. Chiusi la porta, mi gettai sul letto e tremando mi strinsi al cuscino, affondai la faccia nella stoffa ruvida fino a diventare cianotico, e a quel punto, solo a quel punto, mi calmai.

Dalla borsa presi il disegno con la morte di Gwen Stacy. Passai un'ora a ridefinire i contorni del corpo e a modellare la linea della schiena, per darle la plasticità necessaria a una caduta, a ricalibrare l'angolo tra la nuca e la spina dorsale dove il collo si era spezzato. I muscoli di Peter che si contraggono, la tela che arresta la caduta con uno strattone e il collo che fa *SNAP*. *SNAP* è il rumore di una vita che si rompe, niente più pizze con gli amici, niente più vacanze da organizzare, una serie televisiva di cui non si vedrà mai la fine.

Mi tappai il naso e soffiai. Sentivo il bisogno di sturare le orecchie, ma non erano turate. Quel ronzio era il riverbero del silenzio. In casa non c'erano rumori. Non sapevo se il nonno era uscito o se fosse ancora sotto a fumare. Verso le undici le palpebre si fecero pesanti. Da un sacchetto presi i pantaloncini e la maglietta del pigiama estivo. Il disegno lo abbandonai sul davanzale, insieme all'astuccio. Spensi la luce. Mi venne in mente la bambina e scrutai dalla finestra, ma fuori c'erano solo ombre e vento, e una pallida, inconsistente luce lunare. Sotto le coperte provai ad accendere lo StarTAC. Forse c'erano posti in cui il segnale dei cellulari veniva irradiato a tempo, bisognava attendere il passaggio di un satellite su quella porzione esatta di terra, quella latitudine, quella longitudine, attendere una certa ora e solo a quell'ora i cellulari si sarebbero ridestati, come licantropi. Così pensai che era meglio se ci dormivo, con lo StarTAC acceso. Magari nel pieno della notte un messaggio di papà mi avrebbe svegliato, e avrei trovato una storiella o un commento sul calciomercato. Il Palermo, quell'anno, era arrivato secondo nel girone B della C1 e aveva perso i playoff con il Savoia 2-0, mancando per un soffio la promozione. Così mi addormentai con il cellulare stretto fra le mani, stretto come una preghiera, in attesa di un segnale dal cosmo. E quando la batteria si scaricò e lo StarTAC si spense, poco prima dell'alba, non me ne accorsi.

La mattina scesi a fare colazione verso le nove e mezzo. Il nonno non era in casa. Sul tavolo trovai del latte, del pane e un barattolo di marmellata di more. C'era anche un vasetto di miele e sul vasetto un biglietto: il burro è in frigo. Scaldai il latte, spalmai la marmellata sul pane e nonostante il silenzio non fosse più quel rumore bianco, elettromagnetico, che mi aveva avvolto la notte precedente, ma un silenzio saturo di respiri naturali, di ossigeno, decisi che ci voleva della musica. Sbocconcellando la fetta e leccandomi la marmellata dalle dita, mi guardai attorno in cerca di un televisore, ma non c'era. Cercai una radio, non c'era neppure quella. Una goccia di marmellata mi colò sulle scarpe e io non me ne accorsi tanto ero sbigottito. Notai in un angolo, dietro il divano, un giradischi e una collezione di vinili: jazz e classica, perlopiù. Scorsi le copertine, ma nulla, non c'era nemmeno un disco *leggermen-*

te rock, anche vecchio, che so, uno come Bill Haley, per esempio, o i Nomadi, che piacevano a mamma, o una raccolta dei successi degli anni Sessanta. Lasciai perdere. Spensi il fuoco sotto il latte, vi intinsi tutto il pane che c'era – la sera prima avevo mangiato poco e mi ero svegliato con una gran fame – e fatta colazione andai a esplorare il paese.

Nonostante il sole l'aria era fresca. Poco prima della piazza, nel cortile di una casetta a due piani, vidi un ragazzo che tirava a canestro, il tabellone era appeso al muro del garage, l'anello era senza retina. Doveva essere poco più grande di me, avrei detto quattordici anni. Ascoltava qualcosa di violento da un lettore cd appoggiato sul davanzale di casa, i Rage Against the Machine, credo. Giocava con se stesso immaginando schiere di *streetballers* a sudargli addosso. Sgomitava imprecando: finta a destra, finta a sinistra, tiro, canestro; alzava le braccia chiamando l'applauso da un pubblico invisibile ammassato dietro una gabbia immateriale. Lo spiai un paio di minuti rannicchiato dietro un cartello con scritto «Palestra di roccia», e ripresi il mio giro.

Sulle uniche due panchine della piazza, all'ombra del campanile, c'erano tre anziani, uno aveva un bastardino accucciato sotto le gambe. Chiacchieravano tra loro, quando passai si zittirono. Un fuoristrada scaricava alcuni rotoli di rete metallica. C'era una coppia con un cane, una vecchia con la gerla piena di fiori, e un bimbo su un triciclo verde: la sorellina gli inciampava dietro e la nonna diceva frena, frena che ti fai male. Un gruppo di turisti francesi, con scarponcini e zainetto, discutevano sopra una cartina misurando curve di livello; a turno, con la punta dei bastoni telescopici da trekking, indicavano ora in una direzione, ora in un'altra. Trovai un campetto da calcio con una porta sola, arrugginita. Dopo mezz'ora avevo visitato ogni anfratto di Colle Ferro, spiato nei cortili, braccato due gatti. Cosa faceva la gente d'estate in quel posto? Cosa poteva fare un ragazzo per non lasciarsi inaridire dalla noia? E cosa potevo fare, io, per non annegare nel pensiero costante di mio padre? Lo StarTAC era in carica, il pomeriggio lo avrei trascorso a cercare un angolo del paese attraversato dal segnale, ma intanto, per ingannare il tempo, decisi di cercare la bambina del giorno prima, quella che avevo visto dal ballatoio.

Avvicinai gli anziani sulle panchine, il bastardino si svegliò. «Buongiorno.»

Uno chiuse il giornale che stava leggendo. Mi guardò.

«Abitate qui?» domandai.

«Sì», disse quello con il giornale.

«Siamo nati qui», disse il secondo, che nonostante il sole aveva un gilet di lana piegato sulle ginocchia.

«E mi sa che ci moriremo», disse il terzo.

Tutti e tre risero di gusto a quella battuta.

«Conoscete una bambina più o meno della mia età? Ieri aveva un vestito azzurro con una fascia.» Indicai i fianchi.

«Bambine? C'è la figlia di Mariella, ma è più grande di te», disse quello con il giornale.

«E c'è la nipote della postina, ma lei ha due anni», disse quello con il gilet di lana sulle ginocchia.

«E tu chi sei?» chiese il terzo.

«Mi chiamo Zeno.»

«Non ti abbiamo mai visto.»

«Sto da mio nonno.»

«Tuo nonno? E chi sarebbe?»

«Si chiama Coifmann.»

I tre si scambiarono occhiate scivolose; quello con il gilet mi scrutò da sopra gli occhiali. «Sei davvero suo nipote? Non sapevo ne avesse.»

«E invece», dissi allargando le braccia.

«Non la conosciamo, la bambina che cerchi. Mi spiace.»

Li ringraziai. Entrai nello spaccio alimentare. Un certo numero di cartelli appesi al vetro della porta e al bancone pubblicizzavano sagre del tortellino e feste patronali. Dentro il negozio c'era odore di farina e lievito. Mi trattenni con la signora Rosa, la proprietaria, e con due clienti che entrarono mentre ero lì. Tutti si dimostravano cordiali, finché non chiedevano di chi ero parente. Quando rispondevo che ero il nipote di Simone Coifmann tacevano stupiti.

Scoprii che all'imbocco del sentiero che conduceva alla palestra di roccia c'era un Bed & Breakfast. Andai a curiosare fin lì, e anche al Posto Tappa del Cai, ma nulla. Tornando a casa, lungo la strada mi venne incontro il ragazzo con il pallone da basket. Lo stava facendo ruotare su un dito. Ci superammo fingendo indifferenza. Non sapevo che ora fosse, ma pensai che avevo ancora il tempo per un giro attorno al bacino artificiale. Neppure lì trovai tracce della bambina. Restai una mezz'ora a far rimbalzare pietre piatte sul pelo dell'acqua. Un uccello volteggiò diverse volte sulla mia testa lanciando un grido terribile. Transitai sul coronamento della diga e provai a immaginare che cosa sarebbe successo se avesse ceduto all'improvviso: l'acqua che defluiva schiumando, sradicando case e alberi, trasformandosi in fango, io che facevo rafting tra le rapide arrivando fino al mare, da papà.

Era ora di pranzo. Tornai indietro.

Nonno stava cucinando. Il suo saluto fu tanto flebile da sciogliersi nello sfrigolio dell'olio nella padella. Andai a lavarmi le mani. Tornato, trovai in tavola delle salsicce e una ciotola di insalata di pomodori. Mangiammo in un silenzio monacale. Il cibo, in bocca, non veniva triturato dai denti. Succhiato, piuttosto. Assorbito dal palato e dalla lingua. Masticare era tradire la presenza. Quando non ci fu più nulla a occupare il corpo, il nonno, che si era alzato a preparare il caffè e stava aspettando che la caffettiera facesse il suo lavoro, mi chiese come avessi trascorso la mattina. Gli risposi, ma non sembrò importargli. Non fece commenti. Lui era stato a camminare, disse, a far uscire i pensieri dai piedi, e lo disse come se fosse lui, ora, ad attendere qualcosa da me: forse una condivisione, o una parola di conforto.

Allungando una mano presi una scatola con i simboli dei semi delle carte da gioco. Dentro c'erano due mazzi francesi e due mazzi napoletani. Il gioco preferito mio e di mio padre era burraco. A burraco, a detta sua, ero senza dubbio uno dei dieci migliori giocatori under tredici del mondo. Mescolai le carte e le distribuii sul tavolo, in silenzio. Restai a fissarle senza muovere nulla. Poi le rastrellai e le riposi al loro posto. Mi domandai se nonno sapesse giocare a burraco o a pinnacola o se avesse dei solitari da insegnarmi: gli anziani conoscono sempre i solitari. Ma quando stavo per chiederglielo fu lui a parlare.

«Ti mostro una cosa.» Sorseggiò le ultime gocce di caffè dalla tazza, la posò nel lavello e aprì la porta della cantina. «Fai attenzione», disse, indicando le scale. «Sono scivolose.»

Un faretto giallo avvolto in una ghiera metallica rischiarava i gradini lucidi; saliva una corrente fredda che portava odore di muffa e latte cagliato. Al termine della scala c'era una stanza abbastanza grande da contenere tre o quattro tavoli da ping-pong stipata di formaggi.

«Questo è il locale della stagionatura», disse.

Una parete era di roccia. La parete era la montagna. La pietra trasudava sgocciolando nella terra bruna del pavimento, mantenendo costante l'umidità necessaria alla stagionatura delle forme sugli scaffali. Il profumo era inebriante.

«Che te ne pare?»

Ricordavo qualcosa di simile in un documentario che la professoressa di scienze ci aveva mostrato in classe prima della gita scolastica alla fiera casearia. Ricordavo dei tizi che carotavano i formaggi con uno stiletto bucato, per estrarne pezzetti tondi da degustare.

«È questo il tuo lavoro? Fai il formaggio?»

«No, lo custodisco. Non ci sono molte altre cantine così, da queste parti.»

«Hai anche uno di quegli aggeggi per bucarlo?»

«Bucarlo?»

«Per assaggiarlo. L'ho visto a una fiera casearia.»

«Sei stato a una fiera casearia?»

«Con la classe.»

Il nonno prese da una scatola un cavatappi che non era un cavatappi. «Con questo si estraggono i tasselli.» Lo rigirò tra le dita e lo sollevò a un palmo dal mio naso. «Vuoi provare?»

«Sì.»

Mi mostrò come bucare la crosta, spingendo senza frammentare. Mi offrì il tassello estratto, ma quando stavo per assaggiarlo disse aspetta e si affrettò su per la scala. Il locale della stagionatura era buio. Uno strano gorgoglio usciva dalla roccia e dal pavimento. L'aria era bagnata. Non mi piaceva quel posto, ma non mi mossi. Il nonno ricomparve con in mano una fetta di pane. Da un panetto di burro scavò un ricciolo con il coltello. Disse di mangiare il formaggio insieme al pane e al burro. Assaggiai. La bocca si riempì all'istante di un sapore risolto e grasso.

«Ti piace?»

«Sì.»

«Cosa senti?»

«Come cosa sento?»

«In bocca.»

«Non so. Formaggio.»

«Devi scomporre il sapore.»

«Latte?»

«Poi?»

Non sapevo che dire. Ma ricordavo la lezione alla fiera, così, per fargli piacere – perché sapevo gli avrebbe fatto piacere – dissi: «Fieno, erba...» Cercai di restare serio, mentre lo dicevo, perché temevo mi scappasse da ridere, e invece, quando mi sentii dire fieno e dire erba, sul palato, d'un tratto, percepii un inconfondibile sapore di fieno e di erba; singolare, dato che non ho mai – giuro, mai – messo in bocca un filo d'erba e neppure del fieno. Ma ero certo che quello fosse il loro sapore.

«Queste si chiamano stagere.» Indicò gli scaffali. «Sono di abete, di olmo e di ciliegio.»

Non era una cantina: era un salto nel tempo. Mi tornarono in mente certe illustrazioni sul Medioevo che avevo visto nei libri di storia.

«Se non è tuo, di chi è il formaggio?» chiesi.

«Di un allevatore della zona», disse. «Cesco. A volte viene a controllare la stagionatura. Ha le chiavi, entra ed esce quando vuole. Te l'ho mostrata per questo motivo, la cantina. Così lo sai.»

«Cesco è quello di ieri sera? Il tipo con la barba giallastra?»

«Lui.»

«Ho capito.»

«Adesso stammi bene a sentire...»

«Sì.»

Nonno si era fatto avanti, fermandosi proprio sotto la plafoniera. La luce gli crollava in testa dipingendo ombre minacciose sul suo viso. «Questa è la prima e ultima volta che scendi qua sotto.»

«Non capisco», dissi.

«Voglio che tu non scenda più in cantina», disse. «Sono stato chiaro?»

«Sì.

«Mai più.»

«Mai più», ripetei.

«Per nessun motivo», disse indicandomi; l'indice mi sembrò lunghissimo. «Ci siamo capiti?»

Durante la mattina le batterie del cellulare si erano ricaricate. Infilai lo StarTAC nella tasca posteriore dei pantaloni e presi la strada del paese. All'altezza del bivio per la palestra di roccia sentii una voce dire: «Ehi, tu». Non mi voltai, non pensavo dicesse a me. Poi la stessa voce disse ancora: «Ehi, senti» e quel «Ehi, senti» attraversò l'aria nella mia direzione battendomi con un dito sulla spalla. Era il ragazzo del basket. Le cuffie del walkman-cd attorno al collo, seduto sul pallone arancione della Spalding, stava bevendo una lattina di chinotto.

«Dici a me?»

«Come ti chiami?»

«Zeno.»

«Non ti ho mai visto.»

«Neppure io ho mai visto te», dissi. «Anzi, stamattina ti ho visto giocare a basket.»

«È la prima volta che vieni qui, vero?»

«Sì.»

«Quindi?»

«Quindi cosa?»

«Quindi chi sei?»

Non mi avevano mai chiesto chi fossi così tante volte in così poco tempo.

Risposi che non potevo dirglielo perché ero inserito in un programma per la protezione dei testimoni: avevo assistito a un omicidio di mafia ed ero lì sotto falso nome. Spiegai che la polizia mi aveva inserito un chip sottopelle – gli mostrai il polso – per monitorare i miei spostamenti.

«Non dire cazzate», disse lui.

«Coifmann. Lo conosci?»
«Certo.»
«È mio nonno.»
«Silente?» Sgranò gli occhi. «Sei il nipote di Silente?»
«Silente?»
«Silente il silenzioso. Silente che non parla con nessuno e vive solo nella casa vicino al bosco. Ha dei parenti, allora. Non lo sapevo. Perché non sei mai venuto prima?»
Mi strinsi nelle spalle.
«Pensavo fosse uno matto. È matto tuo nonno?»
Quel tipo cominciava a darmi sui nervi. «No.»
«Ma chi è? Cioè, dico: chi era prima di venire qui?»
«Non credo siano affari tuoi.»
«Tutto quello che accade a Colle Ferro sono affari miei.»
«Vivi qui?»
«Sì.»
«Davvero?»
«Davvero», disse. «Perché?»
«Scusa, e dove vai a scuola?»
«Cazzo te ne frega? Perché me lo chiedi?»
«Così.» Feci una pausa drammatica. «Tu ci vai a scuola, vero?»
«Certo che vado a scuola. A Cortazola. Mi porta mio nonno.»
«Anche tu vivi con i nonni?»
«Sì.»
«Perché?»
«Perché i miei sono morti.»
Morti? Quando lo disse, ricordo, ci restai secco. Non tanto per la notizia, che sì, era tragica, ma per l'inespressività con cui l'aveva annunciata, persino per il contorno delle sue labbra nel momento in cui le parole si erano staccate dalla bocca e avevano preso forma colmando lo spazio tra me e lui. Non si erano arricciate, le labbra. Nessun fremito le aveva attraversate.

Lo odiai per quella innaturale naturalezza; pensai che non c'era proprio nulla di naturale nel perdere un genitore quando si è bambini. Lo odiai per il tono presuntuoso che non lasciava trasparire né dolore né rammarico. Era forse possibile non provare rabbia per un evento del genere? Come faceva a non essere squassato da scariche di corrente, a non cadere preda di un attacco epilettico? Avrei voluto rispondergli che a stare lì da solo, senza nessuno, ecco, lì a tirare a canestro, finiva che matto lo diventava pure lui, ben peggio di mio nonno, e che intanto doveva essersi perso dei bei pezzi di cuore se al primo che passava era in grado di dire una cosa come quella in quel modo. E che non era uno che stava bene, si vedeva. Ma mentre pensavo lui finì dì bere la lattina di chinotto e dopo averla appoggiata alla fronte e avere atteso che lo guardassi, la schiacciò con una mano riducendola a un piattino di metallo. Senza guardare la fece volteggiare alle sue spalle, come un frisbee, di taglio, centrando al millimetro un cesto pieno di latte di vernice vuote. Si alzò in piedi. Indossava una canotta nera che metteva a nudo le braccia proteiche – sulla canotta un chitarrista stretto in un'uniforme grigio anguilla da scolaro era avvinghiato al manico incandescente di una Gibson nera – e jeans corti. Aveva polpacci nervosi e rigidi. Pensai che se ci fossimo presi a pugni ne sarei uscito male.

«Sai giocare a basket?» Palleggiava basso, facendo sfilare la palla tra le gambe.

«No, mi spiace.»

«Fai bene. A spiacerti, dico. Il basket è il gioco degli dèi. Che sai fare?»

«Scusa?»

«Cosa sai fare, in cosa sei buono?»

Scrollai le spalle. «Me la cavo a calcio. Disegno. Gioco a burraco.»

Fermò la palla. Il viso si contorse in un'espressione di disgusto, pensai di avere un ragno in bocca. «Sai giocare a carte?»

«Tu no?»

«Sì, certo. Cioè... certo che so giocare a carte. Ma chi cazzo se ne frega. Non è una cosa che vai in giro a dirla, questa: Io so giocare a carte. Non è roba che puoi dire per presentarti o per permettere agli altri di farsi un'idea di te, giusto? Sono l'Onnipotente sullo skateboard. Faccio motocross. Per la terza volta ho vinto il campionato regionale di taekwondo. Ecco, questo puoi dirlo. Ma niente disegni. Niente *me la cavo*. E soprattutto, ricorda, niente carte. Musica? Solo i tre strumenti indispensabili: chitarra, basso, batteria. Ci siamo capiti. Tu hai bisogno di qualcuno.»

«Qualcuno chi?»
«Che t'insegni.»
«Cosa?»
«A stare al mondo», disse. Poi fece girare la palla arancione sul dito. «E a giocare a basket.»
«Forse abitiamo mondi diversi», dissi.
«Forse è meglio se ti lasci spiegare come si recupera un rimbalzo.»
«Forse è meglio se lasciamo perdere. Grazie.»
Sentivo lo StarTAC premere nella tasca posteriore, mostrai il palmo della mano dilatando medio e anulare, nel tipico saluto vulcaniano.
«Pace, lunga vita e prosperità», dissi. E me ne andai.
Feci il giro del paese con il cellulare in mano. Provai al parcheggio, dietro la chiesa, al campo da calcio (al campo da calcio mi arrampicai sull'unica porta per stare più in alto). Ma nulla. Non prendeva da nessuna parte. In piazza incontrai Rosa, la proprietaria dello spaccio. Le domandai com'era possibile che non ci fosse un posto, un angolo, un balcone dove prendesse. Lei mi chiese l'operatore. Glielo dissi. Rispose che quell'operatore lì no, non prendeva proprio da nessuna parte, non prendeva quasi in tutta la valle, ma che una volta qualcuno – non ricordava chi, forse un turista di passaggio – le aveva detto di aver trovato campo sul Monticello. Il Monticello era un colle da dove si vedeva la pianura. Mi spiegò come arrivarci. Da casa del nonno ci voleva mezz'ora, forse un po' di più.
Rientrai che era già quasi ora di cena e non avevo più voglia di salire al Monticello, con il rischio di perdermi nei boschi. Mi sdraiai sul letto a disegnare. Pensai che nelle storie dei supereroi nessuno restava morto per sempre, tranne lo zio Ben, lo zio di Peter Parker. Quando Bucky, l'aiutante di Capitan America, era esploso tentando di disinnescare una bomba su un aereo, tutti avevano pensato fosse morto, invece il suo corpo, privo di un braccio, era stato recuperato da un sottomarino sovietico comandato dal generale Karpov, e anche se non ricordava più nulla del suo passato era comunque vivo. Perfino Jason Todd, il secondo Robin, era morto – la sua morte per mano di Joker era stata decretata da

un sondaggio telefonico – e poi era riapparso. E così Gwen Stacy. Il maggiordomo di Bruce Wayne, Alfred, era morto nel numero 328 di *Detective Comics*. Poi uno scienziato pazzo lo aveva riportato in vita come cadavere ambulante ricoperto di bolle – ma qualche pagina dopo l'effetto collaterale era svanito. Per non parlare della X-Woman Jean Grey, Fenice, che era morta pilotando uno shuttle, suicidandosi sulla Luna, uccisa da Wolverine, da Magneto, dalle Sentinelle, da Havok e da Thanos. Sì, ecco cosa mi ci voleva. Era quello il trucco: la morte era inevitabile, ciò che davvero serviva era la risurrezione. Pensai che tutti avremmo dovuto morire e poi risorgere.

Cominciai a disegnare una Jean Grey avvolta nel bozzolo rigenerante sul fondo della Jamaica Bay, ancora viva, nonostante la caduta dello Shuttle. La disegnai in tutto il suo splendore, vibrante di nuova energia.

Avrei fatto avere il disegno a papà, appena fossi andato a trovarlo.

Al Monticello si arrivava seguendo prima la direzione della palestra di roccia, poi lungo una mulattiera e infine, abbandonata la mulattiera, c'erano altri dieci minuti di sentiero, battuto solo dalle capre e dagli scarponi di chi si avventurava per panorami. Da lì, volendo, c'era ancora un salto di roccia su cui arrampicarsi mettendo le mani.

Così disse il nonno a colazione, quando chiesi informazioni, attento a non passare l'idea che io, al Monticello, volessi andarci; lo avrebbe impedito. Avevo capito che, per quanto non fosse nei suoi programmi occuparsi di me, perlomeno intendeva evitare che mi facessi male: restituirmi integro a mia madre era il primo, forse unico, obiettivo che si era posto. Dissi che volevo imparare i nomi delle punte e dei passi che incorniciavano la valle, che mi serviva per la scuola, per una ricerca, e lui me ne indicò altri che subito scordai.

Mezz'ora dopo ero per strada. Il cielo sfavillante dei giorni precedenti s'era trasformato in un velo di condensa che si sentiva in gola, nel respiro. C'erano nuvole che salivano da dietro i costoni e si dissolvevano al contatto con i monti, altre slittavano in alto sospinte dai venti. Per non sprecare batteria avevo spento lo StarTAC, lo tenevo in tasca e di tanto in tanto, pur sentendone la pressione contro la coscia, lo cercavo con la mano attraverso la stoffa, per quel senso di trepidazione costante che si ha verso le cose preziose. Un'indecisione mi fece rallentare quando dovetti abbandonare la mulattiera per prendere il sentiero. Non era segnato da ometti di pietra, pitture sulla roccia o cartelli, ed era mal tracciato; non doveva passarci molta gente, di lì. Decisi di affidarmi all'intuito. Nonostante qualche affanno iniziale, mi accorsi presto di avere fatto la scelta giusta, come se conoscessi il cammino da sempre.

Quaranta minuti dopo aver lasciato la casa del nonno, ero al Monticello. Da lì si vedeva il proseguimento delle valli a nord-ovest, l'inizio della piana a nord-est, e a sud si immaginava il mare: non si vedeva, ma s'intuiva. Due nuvole gonfie indugiavano in direzione di Genova. Immaginai che sotto la loro verticale ci fosse la clinica, mio padre che sonnecchiava, mamma su una sedia accanto a lui che leggeva un libro a voce alta. A volte capitava, a casa, che si leggessero l'un l'altro un libro a voce alta, nel letto, la sera. Quando sentivo il mormorio della storia attraverso i muri, correvo e m'infilavo tra loro, e tutti e tre stavamo insieme a immaginare mondi con i corpi saldati. Mi dissi che se avessero guardato fuori dalla finestra, in quel momento, le avrebbero viste anche loro, quelle nuvole.

Presi il cellulare e lo accesi. Lo osservai rianimarsi, brillare nella ricerca della cella cui connettersi. Attesi. E d'un tratto: eccolo. Le tacche sopra il display si disegnarono: una, due. Due. Non molte, ma sufficienti. Ora c'era da attendere che, dall'empireo delle telecomunicazioni, i tentativi di mamma di mettersi in contatto con me venissero convogliati verso lo StarTAC. Mi sedetti su una pietra, e attesi.

E attesi.

Non arrivava nulla. Il cellulare passò in stand by. Io avevo paura che in stand by funzionasse meno, così lo aprii per vederne la luce: la luce era disponibilità, era allerta. Ancora niente. Alzai lo sguardo verso lo sperone di roccia. Forse là prendeva meglio. Forse due tacche non erano sufficienti per ricevere messaggi, serviva più potenza per richiamarli. Infilai lo StarTAC in tasca e mi arrampicai, mani e piedi, su per l'ultimo tratto di cima. La roccia era perfetta, non cedeva, ma in certi punti era scivolosa; facevo forza sulle spalle, mi affidavo alla presa dei polpastrelli. Con un ultimo sforzo mi ritrovai sopra ogni cosa. C'era spazio per tre persone, non di più, e incollate. Il vento era forte. Cavai il cellulare di tasca. Le tacche, sempre due; ne apparve una terza, per un istante, ma svanì subito.

La prima goccia mi colpì vicino al pollice. Un'altra il braccialetto regalato da papà. La terza la tastiera del cellulare. Non mi ero accorto delle nubi che si erano accumulate sopra di me, non mi ero fatto suggestionare dall'ombra, dal calo della temperatura; non erano quelle le perturbazioni che mi occupavano la mente. D'un tratto, però, mi resi conto di essere su uno sperone di roccia, in scarpe da ginnastica e maglietta, e che tutt'attorno c'era un cielo apocalittico. Dovevo affrettarmi a tornare. Ma la roccia si stava bagnando. C'era da prestare attenzione a ogni passo, accertare l'aderenza della suola, la tenuta della mano. Feci esperienza del fatto che scendere è molto, molto più difficile che salire. Slittai un paio di volte. Mi si accelerò il battito. Prese a piovere più forte, il vento spostava le gocce di taglio, mi sferzavano la faccia, sebbene cercassi di ripararmi con il braccio. Non so quanto impiegai. Il cielo schiumava, era un cane rabbioso. La natura si era stravolta in un secondo. In barca mi era capitato, ma i pescatori, in barca, sanno leggere il vento e il riflesso del cielo nel mare. Io lì ero analfabeta. Ed ero fradicio. E avevo paura. Avevo paura dei fulmini, soprattutto. E non sapevo se temere smottamenti o altro, *che altro?* Cosa guardare? Dove guardare? Raggiunta la mulattiera, venata da rivoli d'acqua che qui e là si allargavano in pozze, mi gettai a capofitto verso la palestra di roccia. Un tuono mi fece sobbalzare. Inghiottii la saliva. Presi a correre più veloce.

E alla fine fu casa.

Entrai brancolando, grondante.

«Eccoti.»

Alzai gli occhi arginando con la mano il gocciolio dei capelli. Mia madre era seduta al tavolo della cucina, il nonno stava versando del tè in due tazze di ceramica.

«Ci chiedevamo dove fossi finito», disse mamma.

Mi avvicinai intirizzito e una serie di pensieri si affastellarono premendo per trovare, prima di altri, la strada della voce: papà cellulare messaggio segnale campo notizie montagna pioggia clinica nonno e poi perché, perché la morte, perché la pioggia, perché qui, io, qui. Alla fine di quel diluvio di parole che si spense prima di farsi grido o verso animale, mi accorsi che sul mio viso le lacrime si stavano mescolando, timide, all'acquazzone.

Il nonno era andato a prendere un asciugamano, lo porse a mamma che lo aprì e mi ci avvolse.

«Occhi rossi», sussurrò lei ispezionandoli con i pollici. «Speriamo non ti venga la febbre.»

«Non ho visto la macchina. Forse perché stavo correndo.»

«È dietro la curva, lontano dagli alberi», disse strofinandomi i capelli per asciugarli. «Il vento potrebbe far cadere dei rami.» Poi: «Ora sali e cambiati. Mettiamo altra acqua sul fuoco. Ho portato dei biscotti».

Tornai con i jeans lunghi, la felpa e le calze più spesse che avevo trovato nella borsa. Il tè caldo mi fasciò come una coperta, e in quel tepore venne più facile chiedere come stava papà, dire che non c'era modo di parlarci se non si fosse comprata pure lei un cellulare, che avevo trovato un posto dove i messaggi, almeno quelli, potevo riceverli. Feci attenzione a non rivelare dove.

Lei mi disse che papà stava come stava, ossia che non stava bene, ma neppure male o peggio di come stesse prima, che le cure erano all'inizio e che bisognava attendere per avere delle risposte, che quelle malattie a volte restano latenti, anche per anni, e che sarebbe stata una battaglia lunga, ma che papà era forte.

«Lo sai quant'è forte tuo padre, no? Quant'è testardo. Lo sai o no?»

«Certo che lo so.»

Il nonno era salito di sopra, forse in camera sua. Mamma si era zittita. Era andata al lavandino a sciacquare le tazze, aveva svuotato il colino della teiera nel sacchetto e aveva passato il panno per asciugare.

«Ti fermi a cena?»

«Sì.»

«A dormire?»

Guardò fuori, indecisa.

«Ti prego», dissi. «Puoi dormire con me.»

Sorrise. Era tanto che non la vedevo sorridere. «Intanto metto mano ai fornelli. Poi vediamo.»

Mentre lei preparava io mi sdraiai sul divano a leggere *Gon*, un manga che mi ero portato da casa (anche se leggere è un modo di dire, visto che la cosa straordinaria di *Gon* è che non ha parole: solo disegni). Un'ora dopo il profumo del pane caldo, della pancetta e delle uova s'insinuò tra le stanze, e fu così, con il sole ormai tramontato, che io, mamma e nonno – ero andato io a bussare alla sua porta per dire che era pronto – ci ritrovammo attorno allo stesso tavolo per la prima volta nella nostra vita tutti e tre insieme.

Ero attraversato da una sensazione generosa, gravida di contrasti. Non sono uno religioso in senso stretto, di certo non praticante, ma l'impressione, quella sera – le uova nel piatto e un tocchetto di pancetta sulla lingua, pane, vino, formaggio con il miele di castagno, il calore intermittente della stufa – be', l'impressione fu quella di una preghiera silenziosa, un muto canto di riconoscenza per le gioie inattese della vita, per le cose in cui, prima o poi, si smette di credere. E invece.

Mamma si fermò a dormire. La mattina dopo la portai in paese e trovammo persino un signore che ci fece fare un giro in canoa sul lago. Molti alberi erano stati sommersi durante l'allagamento dell'invaso, e tagliati, altri ora crescevano talmente vicini alla riva che sembravano sorgere direttamente dalle acque. Era strano essere in canoa e, con la canoa, passare sotto i rami contorti di una pianta, sostare vicino ai tronchi, appoggiare la mano alle cortecce ruvide solcate dagli sfregi delle intemperie e nascondersi – «Per osservare la montagna senza essere visti dalla montagna», come aveva detto il nostro accompagnatore – sotto il graticcio sottile di foglie e rami.

Parlammo di Genova.

«Potremmo andare a visitare l'Acquario», disse mamma.

«Assolutamente», risposi.

«Assolutamente sì o assolutamente no?»

«Assolutamente sì», dissi.

Si fermò una seconda notte. In tutto quel tempo non assistetti mai a uno scambio di battute, a una chiacchiera tra lei e il nonno. Li sentivo parlare in cucina mentre ero in camera, ma quando scendevo smettevano. Se erano in cortile, quando uscivo trovavo solo il crepitio degli alberi. La mattina del terzo giorno se ne andò. Promise di comprare un cellulare – aveva cercato in tutti i modi di farmi rivelare il luogo dove il nostro operatore prendeva, ma io non avevo ceduto, e forse, a pensarci, se glielo avessi detto, anche solo per la preoccupazione avrebbe cambiato operatore; ma su questa soluzione, ovviamente, ho riflettuto molto tempo dopo i fatti di cui racconto – ecco, promise di comprare un cellulare così, io, di tanto in tanto, avrei raggiunto quello che tra noi avevamo preso a chiamare il «luogo del contatto».

Ci saremmo sentiti. E papà avrebbe potuto scrivermi.

Nel pomeriggio andai a cercare il ragazzo con il pallone da basket che tra me e me continuavo a chiamare «il ragazzo con il pallone da basket», visto che la volta prima, alla fine, non gli avevo nemmeno chiesto il nome. Se era l'unico essere umano al di sotto della maggiore età presente a Colle Ferro e se entrambi eravamo prigionieri di quel posto per il resto dell'estate, forse era meglio contrattare una tregua e trovare un modo più sano e meno bellicoso di passare del tempo insieme. Lo cercai, ma non lo vidi da nessuna parte, e non me la sentivo di andare a citofonare per vedere se era in casa: il citofono era il passo successivo.

Tornai a casa. Non avevo dato il disegno di Fenice a mamma perché mi sembrava mal fatto, così lo ripresi da capo. Nonno accese il suo giradischi e rimase seduto ad ascoltare Miles Davis e Gil Evans fino all'ora di cena.

Non so cosa mi svegliò, quella notte. Non credo fosse stato il rumore, forse la sete. Perché di notte ho spesso sete, soprattutto se la sera prima ho mangiato carne, e ricordo che nonno era arrivato a casa con un pacchetto di spiedini già pronti che alternavano carni rosse e bianche a peperoni, cipolle e cubetti di fontina valdostana. Sì, forse era stata la sete. O uno di quei sogni in cui perdo l'equilibrio. Fatto sta che mi svegliai. E il colare incessante di gocce di metallo sulla pietra arrivò a me attraverso le scissure della casa, i solchi delle piastrelle, risalendo le condutture e gocciolandomi nelle orecchie come un farmaco. Era una vibrazione acuta e liquida, che proveniva dal ventre della terra.

Inizialmente mi tirai a sedere sul letto, proteggendomi con la coperta, per liberare le orecchie dal cuscino e comprendere direzione e fonte del rumore, indovinarne l'origine: ma era come afferrare delle schegge di vetro nell'acqua. Mi alzai. Raggiunsi la porta, che la sera lasciavo socchiusa, e nel refolo di corrente che dal corridoio, attraverso lo spiraglio, defluiva in camera in direzione delle finestre, trovai traccia di quel suono. Proveniva da dentro. Da dentro casa. Aprii la porta forzando sulla maniglia per controllare i cigolii, ma a tre quarti le cerniere scricchiolarono e io sprofondai in apnea. Per uno o due secondi pensai che il rumore fosse cessato, ma no, erano le orecchie a essersi tappate per lo sbalzo di pressione. Il picchiettare metallico era sempre lì, monotono e preciso. Scrutai nel buio. La porta della camera del nonno era chiusa. Mi avvicinai, accostando l'orecchio al legno; trattenni il fiato. Non sentii nulla. Pensai che forse era il caso di bussare, sì, così, per sicurezza, ma l'intenzione si prosciugò in se stessa. Per dire cosa? Che un rumore estraneo, freddo, nell'aria, mi aveva messo paura? Lasciai perdere, e per un istante mi voltai in direzione del letto. Ma il rumore cambiò, e per uno o due tocchi si fece denso, legnoso; ci fu una pausa, poi riprese. No, dovevo andare a controllare, non potevo tornare a dormire, non ci sarei riuscito.

I gradini erano dodici. Li scesi preciso, a uno a uno, saggiandoli con la punta dei piedi come se potessero trasformarsi in un groviglio di ragni. A ogni passo le pupille si riempivano della maggiore quantità di luce che, al pianoterra, filtrava dalle finestre non oscurate dalle imposte. Un riflesso argenteo velava il divano, i mobili, due bicchieri lasciati sul tavolino, un mazzo di chiavi, un seghetto e una chiave inglese posati su una mensola, una scatola di puntine tra le carte ammonticchiate nel ripiano basso della libreria e si frantumava, livido, nelle cromature del giradischi. Il picchiettio persisteva, e fu semplice comprenderne la traiettoria: seguendo una scia di molliche sonore raggiunsi la porta della cantina. Era chiusa. Appena toccai la maniglia un soffio di luce attraversò la sala, rivelando il lato in ombra della dispensa, schiarendo metà del mio viso e tracciando sul pavimento, sopra le mie calze, un segmento luminoso di trenta, quaranta centimetri. Il rumore si fece più forte. Era possibile scomporlo in due suoni distinti, ora, quasi sovrapposti, ma non del tutto sincroni, e di diversa provenienza: causa ed effetto. La scala era leggermente elicoidale, non lunga, due terzi di giro, ma con una curvatura che impediva di vedere la sala della stagionatura finché non si oltrepassava l'ultimo gradino. È nonno, pensai. Non poteva essere nessun altro. Nonno che sta lavorando. A cosa? Che cosa sta battendo? Del metallo, ovvio. Allora perché tanta certezza non riduceva le mie pulsazioni, perché rivoli di sudore freddo mi colavano lungo la schiena e perché la percussione dentro il cranio era sempre la stessa?

Raschiando il palmo della mano contro il muro curvo, seguendo il virare dell'ombra in luce gialla, come se potessi leggere nelle asperità della parete un segnale d'allarme, cominciai a scendere. Quando l'ultimo scalino affondò nella terra battuta della cantina, la prima cosa di cui mi accorsi era che erano spuntati un tavolo e una sedia che tre giorni prima non c'erano. Nonno era seduto di spalle, le gambe incrociate sotto la seggiola, il busto in avanti. La luce – non la plafoniera sul soffitto, ma una lampada da scrivania montata sul tavolo, di quelle con il braccio pieghevole, braccio che lui aveva flesso in modo tale da avere la lampadina a venti centimetri dalle mani – oscillava al ritmo delle martellate che nonno assestava a un punteruolo o a qualcosa del genere; da dietro non capivo. E fu perciò che non andai via subito. La curiosità. Cosa stava facendo? Cosa incideva o scolpiva o che so io, nonno, nel cuore della notte, in una cantina umida, avvolto dall'odore penetrante dei formaggi? Ero lì a interrogarmi, quando lui avvertì la mia presenza e si voltò. Di scatto.

«Cosa ci fai qui?»

Il suo rancore si raggrumò tutto in mezzo agli occhi, in una ruga che gli spezzò la fronte a partire dal naso e che sembrava fatta apposta per creare terrore e sensi di colpa. Non risposi. Quello poteva essere il posto più umido della casa, ma io avevo la bocca irrimediabilmente secca.

Posò il martello e spostò indietro la sedia, da cui si sollevò a fatica. Era spossato; sembrava più vecchio che a cena, più malconcio e triste.

«Cosa ti avevo detto?»

Lo disse urlando, ma non aveva la forza di gridare davvero, quindi quello che sputò fu una specie di rantolo, che mi fece stare ancora peggio. Ebbi l'orrenda sensazione di vederlo nudo. E mi vergognai.

«Cosa ti avevo detto?» disse di nuovo.

D'un tratto si era trasformato in un bambino piagnucolante, che frignava indispettito e impotente per qualche violazione intima. Pensai alle parole di mamma, a quello che aveva detto su quanto è difficile condividere le proprie verità, sui momenti in cui ci capita di piangere quasi, parlando, mentre gli altri stanno lì, a guardarci increduli, a fissarci, con il vuoto negli occhi, senza avere idea del perché ciò che stiamo dicendo sia tanto importante. Pensai a me e all'ananas. E capii che in lui, in mio nonno, c'era un intero universo di silenzi che avevo profanato. Non sapevo come. Ma ero sicuro di averlo fatto.

Riassunto della mia vita per quanto è concesso ricordare o ricostruire o immaginare: dove la memoria illumina 1945-1951

La guerra è finita. Una mattina lo zio Marcello giunge in paese con l'auto e dice di prendere tutto quello che vogliamo portare via: torniamo a Genova. Raccogliamo i nostri vestiti, alcune coperte, incartiamo nei giornali uova e formaggio, ciuffi di insalata, tutto il cibo che troviamo: non sappiamo cosa ci attende in città. Lo zio Marcello dice che Genova non è più quella di una volta; durante il periodo trascorso simulando l'inesistenza, Carati al posto di Coifmann, le bombe l'hanno pestata a sangue. Dice di calcinacci, di detriti e di fumo e, tra il fumo e i detriti, seggiole, giocattoli e utensili da cucina.

Dice: Tutto è coperto di cenere.

Attraverso il prato che divide il nostro casolare da quello di Iole e Maria. Le chiamo. Sono in casa, stanno aiutando la madre nelle faccende. Escono con le mani bagnate, le scrollano per asciugarle. Ci abbracciamo timidi, non ci cerchiamo negli occhi rossi, ma nella voce. Promettiamo di rivederci, di non scordarci. I genitori ci chiamano, dicono di fare presto. Dico a Iole in un orecchio: Un giorno tornerò. Le regalo una striscia di stagnola che ho trovato nel bosco.

Gabriele dona a entrambe una statuetta ricavata nel legno, dai tagli netti e ruvidi. Dice: È un elefante. Dice: Ho letto in un libro che porta fortuna.

Maria tenta di avvolgerlo in una pezza per non sciuparlo. Iole lo prende e lo posa tra i fili d'erba e le formiche in attesa di vederlo bighellonare, barrire e scuotere la proboscide. Dice: È bellissimo.

Nostra madre ci sorprende alle spalle: Venite. È ora che ci riprendiamo la nostra vita.

Questa *è* la mia vita, dico arrabbiato. Non ne conosco un'altra.

Sei triste perché torniamo a Genova?

Non sono triste. Va bene tutto. Ma mi spiace lasciare questo posto.

Non dovresti dire così. Ora staremo meglio, vedrai.

Dico: Lo prometti?

Nostra madre mi stringe contro la gonna che odora di stufa e rosmarino. Attendo di sentire il corpo di Gabriele contro il mio, dovrebbe esserci anche lui lì con me, nell'abbraccio; invece no. Sta aiutando lo zio Marcello a caricare la macchina. Due anziani salgono piano per salutare nostro padre. Ci augurano ogni bene. Uno regala a Gabriele una manciata di semi. L'altro dice: Ora viene la parte più difficile. E noi, siamo nelle mani di quelli come lei.

Nostro padre balbetta: Cosa?

Non dimenticare, ricostruire.

* * *

Il palazzo dove abitavano i nonni non c'è più, una bomba lo ha sventrato. Allora ci avviamo a piedi verso la casa dello zio Elio. È un edificio elegante, le bombe l'hanno risparmiato. Dentro c'è un ascensore, il secondo ascensore della mia vita, ma per raggiungere il terzo piano usiamo le scale, perché non ci fidiamo. Per aprire la porta nostro padre e lo zio Marcello sono costretti a forzare la serratura.

C'è un tinello, un salotto, tre camere da letto, uno studio, una cucina, due balconi da cui si vede il cortile sottostante, con un grosso pino marittimo al centro, la strada che arranca in salita orlata di scale e un giardinetto, dove la curva si chiude a gomito. Le pareti dell'alloggio trasudano guerra e fame; abbandono. Ovunque per la casa ci sono foto dello zio Elio, di sua moglie Rita e dei nostri due cugini, Primo e Carla, poco più grandi di noi.

Chiedo: Loro dove sono?

Nostra madre risponde: Via.

Raccogliamo tutto ciò che gli appartiene. Svuotiamo gli armadi, i cassetti e le mensole. Raduniamo ogni cosa nello studio: i vestiti, le borse, le foto. Nostro padre chiude a chiave lo studio e infila la chiave in una scatoletta di legno che nasconde in fondo a un cassetto della cucina, tra le posate.

Dico: Quando torneranno a prendere la loro roba?

Nostro padre risponde: Un giorno.

Io e Gabriele ci sistemiamo nella camera più piccola, quella che affaccia sulla strada in salita e sul giardinetto, dove sentiamo giocare dei bambini. I nostri genitori occupano la stanza più grande, cui il pino concede un'ombra schiva a metà pomeriggio. Spostano il letto matrimoniale sotto la finestra e l'armadio alla sinistra della porta per coprire una macchia d'umido fiorita sulla parete. Nonno, da solo, prende la camera più luminosa: ha un terrazzino dove è possibile sedersi e, tra i palazzi, veder luccicare il mare. Io e Gabriele la battezziamo «la voliera».

Poco dopo la curva a gomito, sopra i giardinetti, c'è un'osteria. Cantano fino a tardi e le canzoni permeano i muri, arrivano fino a noi. Ma non è per questo che la notte non riesco a prendere sonno. È la città. La sento sobbollire. Il buio non è buio come sulla montagna. Nelle intercapedini, tra i mattoni, strisciano inquietudini afose. Perché la bomba ha colpito la casa dei nonni e non questa? Dove sono gli zii? Dove sono i miei cugini? Qual è la vita che nostra madre vuole riprendersi? Questo letto sarà il mio letto per sempre? Se quella precedente non era la nostra vita, di chi era? Chi hanno conosciuto Christophe, Audrine e Madame Fleur, se quei giorni non erano i nostri giorni, di chi quei passi e quegli abbracci, se quei piedi e quelle mani non erano i nostri piedi e le nostre mani? Di chi erano le tonsille e il sangue nel catino? Chi era il bambino che s'aggirava nel bosco, tra gli alberi e le gambe morte, che sprofondava tra lenzuola di cotone, a Blanquefort, e per non dileguarsi s'aggrappava alle parole sillabate da suo fratello?

Mando a memoria le canzoni dell'osteria. A volte le fischietto, di giorno, seduto sul terrazzo della voliera, guardando il mare tra le case.

* * *

Nostra madre dice: Vai a prendere il latte.

Chiedo: Viene anche Gabriele?

Lei estrae un contenitore cilindrico di metallo da una scansia. Dice: No. È in cantina con tuo padre. Vai da solo.

Non sono mai uscito per la città senza mio fratello. Il solo pensiero mi fa pisciare addosso; soffoco lo stimolo con la mano. Non so cosa inventare per non ubbidire. Uso le scale per non far rumore con l'ascensore. Apro il portone quel tanto che basta per passarci di traverso, di nascosto, ma il sole, una lama, mi aggredisce ugualmente, come fosse rimasto lì per giorni e giorni, in agguato. Mi proteggo gli occhi e sfilo rasente la cancellata. Muto colore. Divento pietra grigia, intonaco giallo, polvere del selciato. Nel giardinetto adiacente alcuni bambini giocano a lanciare pietre contro i piccioni che si posano sui rami di un cedro. Altri prendono il fresco all'ombra di un campanile. Non devono vedermi. Non devono parlarmi. Facessero domande, non saprei cosa rispondere.

Tipo: Come ti chiami? Chi sei? Da dove vieni?

In punta di piedi raggiungo il lattaio. Chiedo di riempire il contenitore fino all'orlo. Il contenitore ha un tappo a pressione. Conto tre mestoli e mezzo, di quelli grandi. Mentre torno sento prima il rumore di un pallone calciato con forza, poi vedo il pallone colpire il muro, tre passi davanti a me. Un brivido mi attraversa la schiena, parte dai lombi e si propaga lungo la spina dorsale fino alla nuca.

Dice: Sei quello che ci spia dalla finestra?

La voce proviene dalla strada, là dove il pallone sta finendo di rotolare e rimbalzare. Non rispondo.

Dice: Sei sordo?

Non mi volto.

Sento il collo del piede del ragazzo impattare nuovamente contro la palla, lo spostamento d'aria e la resistenza farinosa del muro. La mia mano si stringe forte attorno all'impugnatura del contenitore. Mi assediano. Sono in tanti. Mi guardano minuziosi, dai capelli alle scarpe, girandomi attorno. Sento i loro occhi slacciarmi le stringhe delle scarpe, svuotarmi le tasche.

Dico: Devo tornare a casa.

Mi chiedono: Cos'hai lì dentro?

Dico: Latte. Per nostra madre.

Dicono: Perché dici nostra? Siamo parenti?

Attendo che finiscano di ridere. Dico: Mia e di mio fratello.

I ragazzi si spintonano tra loro, uno sputa per terra. Dicono: E chi sarebbe tuo fratello?

Sono io.

Tutti si voltano. Gabriele è appena uscito dal portone, ha ancora la mano sul pomolo. Dice: Mamma mi ha chiesto di venire a vedere dov'eri finito. Ti sei fatto degli amici?

I ragazzi dicono: Non siamo vostri amici.

Gabriele risponde: Pazienza.

Uno di loro s'avvicina, spinge Gabriele con tutte le sue forze come stesse cercando di aprire un cancello pesantissimo. Gabriele non si oppone, reclina la schiena e accompagna lo spostamento. Non cade, indietreggia. Quando ritrova l'equilibrio carica il braccio sinistro con una rotazione leggera del busto e lo lascia partire come una frusta, verso l'esterno. Il dorso della mano colpisce il ragazzo in piena faccia. Quello cade. Gli sanguina il naso. Altri due, più grossi, si gettano addosso a Gabriele. Rotolano a terra. Si prendono a calci e si stracciano i vestiti. Io non ci sono. Intervengono dei passanti. Li dividono. Pretendono scuse reciproche, ma nessuno vuole chiedere scusa per primo. Scoraggiate, le persone se ne vanno. Dicono: Sciocchi mocciosi, la guerra non vi ha insegnato nulla.

Rimasti soli, Gabriele e i ragazzi s'insultano ancora.

I ragazzi dicono: Non è finita qui. Poi tornano ai giardini.

Gabriele sanguina dal naso e ha un'escoriazione sulla fronte. Dice: Non ti daranno più fastidio.

Entriamo nell'atrio del palazzo. Il sole si dilegua. C'è odore di muffa. Salgo le scale tremando. Il senso di colpa mi cresce dai piedi, come la marea. Dico: Mi spiace.

Gabriele mi guarda dall'alto in basso, ridacchia: Se non ci fossi io che faresti?

Sul pianerottolo, mentre busso alla porta, tre colpi, dico: Non farlo mai.

Dice: Cosa?

Andartene.

Ad aprire è nostra madre. Guarda prima me, distrattamente, poi Gabriele. Si copre la bocca con lo strofinaccio.

* * *

Bighelloniamo in una strada del centro. Un tram ci supera sferragliando e sui respingenti vediamo assiepati un gruppo di ragazzi l'uno addosso all'altro, e tra loro quelli che giocano vicino a casa nostra. Ci insultano. Ci dicono di saltare sopra, se abbiamo coraggio. Non rispondiamo. Io mi nascondo dietro Gabriele, lui continua a camminare, tranquillo, con le mani in tasca. Fischietta. Passa un secondo tram e Gabriele dice: Vieni. Corre e salta sul respingente, come su una giostra. Dice: Dai, vieni. Io vorrei, ma non mi muovo. Sto sprofondando nel selciato. Vorrei, ma non riesco. Non posso. Non mi è permesso. Il manovratore si accorge di Gabriele e gli urla contro, ma lui se ne frega. Lo invidio.

Gabriele è coraggioso.

Un giorno usciamo insieme per una commissione e quando siamo per strada noto che in un piede indossa una pantofola e nell'altro una scarpa. Glielo faccio notare.

Dico: Torniamo indietro.

Risponde: Per così poco? Ma no, che abbiamo pure fretta. Andiamo.

Lo seguo, ma mi vergogno moltissimo, mi vergogno al posto suo. Come fa lui a non vergognarsi?

Al ritorno, in un vicolo, vediamo un povero chiedere l'elemosina tra la spazzatura e i topi. È vestito di stracci. Gabriele ha delle monete in tasca. È il resto che nostra madre ci ha detto di tenere, come paghetta per il servizio. Gabriele si avvicina al povero e gli dà tutte le monete. Quello si alza e comincia a ringraziarci, si toglie il cappello polveroso e lo sventola in un inchino goffo. Dice: Grazie. Grazie davvero. Iddio ve ne renderà merito. Vi proteggerà. Vi renderà trenta volte tanto. Siete stati generosi. Grazie. Ma Gabriele, a sentire quello, si avventa sul povero, gli strappa di mano le monete che gli ha dato e le stringe al petto. Dice: Lei è un impostore, e un bugiardo. Dio non esiste. È per questo che lei è così povero.

Un giorno arriva in visita da Israele un uomo importante. È scuro, ha la barba folta, il cappello nero, un pastrano malandato. Piove a dirotto, rivoli d'acqua melmosa scendono giù per le strade.

Chiediamo a nostra madre: Chi è?

È un nostro parente. È venuto a parlare con la comunità. Resta a dormire e a mangiare da noi.

L'uomo importante estrae dalla valigia i suoi piatti da latte e i suoi piatti da carne. Non si fida del nostro mangiare kosher. Nostra madre, per essere certa di non fare errori, per cena gli cuoce un uovo alla coque e lo appoggia su uno scodellino. Mentre l'uomo importante mangia, il tuorlo dell'uovo gli cola sulla barba, che si stria di giallo. Io e Gabriele lo guardiamo seduti in un angolo: non diciamo nulla, non ridiamo.

Dopo cena, nonostante la pioggia, i nostri genitori e il nonno escono con lui per recarsi a una riunione. Io e Gabriele restiamo soli in casa. Appoggiati con i gomiti al davanzale osserviamo le gocce scivolare sui vetri e tracciare traiettorie bizzarre. Immerso nei miei pensieri, mi chiedo che fine abbia fatto il bosco delle gambe morte. Vorrei parlarne con Gabriele, ma non so come iniziare. Vorrei fosse lui a chiedermelo. Perché non capisce che ho un segreto importante da confidargli? Dovrebbe leggerlo nei miei occhi. Siamo fratelli. E se lui non domanda, io non sono autorizzato a parlare.

Gabriele alita sul vetro e nell'alone di vapore disegna un fucile. Alito anche io sul vetro, e disegno un uomo con il cappello e un foulard al collo. Sono molto bravo a disegnare. So di essere più bravo di Gabriele, ma non lo direi mai. Gabriele alita sul vetro coprendo d'umidità lo spazio tra il mio disegno e il suo. Con dei trattini simula lo sparo del fucile. L'uomo con il cappello e il foulard viene colpito a morte. Gabriele lo cancella. Dice: Sei morto. E mi scaraventa per terra. Rotoliamo l'uno sull'altro. Cominciamo a colpirci, io piano, per non fargli male, lui forte, senza riguardo. All'inizio blocco i pugni con le braccia e le mani, poi smetto. Lascio che mi colpisca al corpo, non oppongo resistenza: sono un sacco di sabbia. Quando sentiamo armeggiare con le chiavi nella serratura ci alziamo e ci rassettiamo i vestiti; abbiamo i capelli scompigliati e le guance paonazze.

Nostra madre, togliendosi il cappotto, ci dice: Cos'è successo?

Stavamo giocando.

È tardi, dice. Andate a dormire.

Chiedo: Dove dorme?

Nostra madre si leva le scarpe con una smorfia: Il nostro ospite?
Sì.
In camera vostra. Voi due dormirete insieme, nel letto di Gabriele.
Prima di addormentarsi, l'uomo importante scalda, in un pentolino di sua proprietà, un po' di latte. Lo versa in una tazza e lo porta in camera. Ne beve un sorso, poi si addormenta. Quando comincia a russare, Gabriele si alza e va in cucina, prende un pezzo di arrosto, minuscolo, torna in camera e lo lascia cadere nella tazza dell'uomo importante.
Abbracciati, sotto le coperte, soffochiamo le risate: io contro il suo petto, lui tra i miei capelli.

* * *

Nostro padre impiega parecchio a trovare un nuovo lavoro. Nessuno sa perché ci metta così tanto. Resta il solo, tra i conoscenti, a non avere di nuovo un posto in qualche azienda. Nostra madre glielo chiede, a volte, e noi attendiamo la risposta con il fiato sospeso, mentre disegniamo sdraiati per terra, in corridoio, ma lui non risponde, si ritrae.
Quando viene assunto all'Istituto idrografico nostra madre trascina tutti fuori a festeggiare. Nostro padre non vuole, si lamenta. Al brindisi, in un bar del centro, alzando il calice nonno dice: Era ora.
Nostro padre è cambiato. Nostra madre ne parla con le amiche, in cucina, mentre prendono il tè. Io lo penso, ma non lo dico; Gabriele, invece, sembra non accorgersene. È spesso via per lavoro, lo vediamo poco. Quando lo incontriamo è taciturno, risponde a mezze frasi bofonchiate che restano sospese come briciole sulle labbra, finché cadono o è costretto a levarsele dalla bocca con il polsino. Non esce mai. Non frequenta la sinagoga. Quando è a casa passa molto tempo in cortile, dove ha preso a cuore il germinare di alcune piantine di basilico e menta, e un rododendro che stava per morire e lui ha salvato. La sera vorrei che si sedesse un po' vicino a me, sul letto. Ma non viene più. Niente: *Shema Israel Adonai Elohenu Adonai Ehad.*

Nostra madre dice: Sei contento del tuo lavoro?

Lui risponde: Sì.

Perché hai sempre quella faccia, allora? Cosa c'è che non va?

Nulla.

Non si direbbe, a vederti. Porti ombra anche quando tutte le luci sono accese.

Mi spiace.

Mi acquatto dietro la porta della loro camera da letto. Sento nostra madre piangere e nostro padre dire mi spiace, mi spiace, mi spiace, a bassa voce, e so che lei è china sulle sue gambe, e so che lui le sta massaggiando la nuca e carezzando i capelli. Io perdo di sostanza. Penetro nel pavimento. Attraverso i mattoni, i rivestimenti di legno, l'intonaco. I chiodi, i tubi, i cavi scorrono davanti ai miei occhi. Scivolo nell'appartamento sottostante dove una signora, che durante la guerra ha perso i figli e il marito, si sta spazzolando i capelli di fronte allo specchio prima di andare a dormire. Cado in una cassapanca che la signora tiene vicino alla porta, piena di foto e lettere e disegni di bambini. Cerco di afferrarne qualcuno, ma le dita sono inconsistenti. Invisibile, filtro al primo piano mentre il proprietario, un avvocato, passeggia cullando la figlia nata da poco. Entro dentro di lui, poi dentro la figlia. Per un attimo scruto negli occhi di lei, ancora torbidi, il viso del padre, enorme sopra il suo; lo sguardo d'amore, d'infinito amore della bambina verso l'uomo che la tiene tra le braccia mi ridona consistenza. Come una bolla risalgo; di nuovo mattoni, tubi, solette, e riemergo in corridoio, davanti alla porta della camera dei nostri genitori. Le loro voci, intanto, si sono spente.

* * *

I dipendenti del nonno sono riusciti a salvare l'azienda. Hanno lavorato finché hanno potuto tenendo in ordine la contabilità e conservando i rapporti con i clienti che non li hanno abbandonati. Quando sono stati costretti a chiudere la fabbrica per la mancanza del pesce hanno messo al sicuro i macchinari, li hanno coperti per proteggerli dalla polvere e dal tempo, hanno nascosto tutti i faldoni con i documenti in una cantina e hanno mandato una lettera a chi li conosceva, clienti e fornitori, assicurandoli che alla fine della guerra il loro lavoro e la loro efficienza sarebbero stati quelli di prima. E così è stato: le bombe non hanno colpito il capannone e nostro nonno è tornato.

Prima che la scuola riprenda, trascorriamo molto tempo lì dove il nonno lavora, tra pesci, scatole di metallo e attrezzi di ogni tipo. Quando dobbiamo studiare, per recuperare il tempo perso, frequentiamo un oratorio dove dei volontari fanno lezione di matematica, italiano e scienze. Io penso spesso a Colle Ferro. Mi mancano i prati e i boschi, la mia tana sotto le felci, Iole e Maria e i loro animali.

Dico a Gabriele: Vorrei tornare indietro.

Lui dice: Indietro c'è la guerra, stupido. Meglio adesso che possiamo andare in giro senza che nessuno ci ammazzi o ci faccia cadere una bomba in testa o meglio quando gli aerei mitragliavano i treni su cui viaggiavamo, eh?

Non cascavano le bombe e nessuno ci mitragliava, a Colle Ferro.

Ma nel resto del mondo sì.

Dico: Noi non eravamo nel resto del mondo. Noi eravamo a Colle Ferro.

Dice: Pensi solo a te stesso.

No. Anche a te, a nostra madre, a nostro padre e al nonno.

Mentre parliamo costruiamo aerei di carta usando le pagine di una rivista. Pieghiamo un foglio per ottenere la punta, lo pieghiamo di nuovo per ottenere una punta doppia, più robusta, poi ci dedichiamo alle ali. Ognuno di noi due ha la sua tecnica. Quando abbiamo finito li lanciamo dalla voliera giù, verso il cortile. Abbiamo fatto un segno nel pietrisco: è lì che dobbiamo atterrare. Costruiamo tre aerei a testa; li lanciamo tutti e tre, poi corriamo giù a controllare chi si è avvicinato di più.

Gabriele dice: Devi smetterla di dire *nostro* padre, *nostra* madre. Finisce che gli altri ti prendono in giro.

Dico: Ma è vero. Sono nostri.

Sì. Ma è vero che sono anche tuoi.

Dico: Ma non sono solo miei.

Parliamo scendendo le scale. Gabriele sbuffa e mi spinge, io non sono pronto a ricevere la spinta, inciampo e cado. Batto il gomito su un gradino di pietra. Il male è atroce, mi annebbia, ma lotto per non piangere. Stringo i denti fino a farmi sanguinare le labbra.

Gabriele s'inginocchia al mio fianco. Dice: Mi spiace. Non volevo. Senti, hai ragione tu. Va bene? Sono nostri. Di tutti e due.

* * *

Nell'estate del '47, io e Gabriele veniamo spediti all'ingrasso a un campo della Croce Rossa, in Svizzera. Un campeggio estivo per bambini denutriti. Ai genitori sono vietate le visite.

La responsabile del campo è una donna, la signora Maike. Le costruzioni, anche quelle di fortuna, e i terreni su cui sono state edificate e i boschi attorno appartengono a lei. Il suo aiutante si chiama Barthold. È austriaco, ha vent'anni. I ragazzi più grandi, all'arrivo, ci raccontano che è l'unico sopravvissuto di una famiglia con undici figli, tutti morti sotto i bombardamenti. È per questo che è così severo e aggressivo, ci dicono. Noi non sappiamo se è una bugia. Ma Barthold è davvero molto rigoroso e, in certe occasioni, persino violento.

La signora Maike lavora nel seminterrato dell'edificio principale. I documenti con tutte le informazioni che ci riguardano entrano ed escono da un portavivande. Spesso vediamo arrivare delle delegazioni, macchine da cui scendono le benefattrici che rendono questo possibile. Sono i loro soldi, le loro donazioni che ci fanno mangiare. Vengono a controllare che ogni cosa funzioni a dovere, che il loro denaro sia speso bene.

Siamo quasi un centinaio, noi bambini. Veniamo da Paesi diversi. Ci capiamo a gesti, ma impariamo in fretta le parole più importanti nelle altre lingue: gli insulti, le minacce, i saluti. Gli scontri e le risse sono continui, anche per i motivi più futili. Gabriele mi protegge.

I dormitori sono stanze enormi, con letti a castello a tre piani. I letti non sono letti, sono brandine; non c'è il materasso, ma della stoffa tesa con dei ganci. Tutti vogliono dormire sopra, così Barthold ha deciso che si fa a turno. Dormiamo una notte al primo, una al secondo e una al terzo.

Manlio è un bambino toscano. La notte si piscia addosso, ma anche lui vuole dormire in alto nonostante la sua piscia permei la stoffa e goccioli. Così, da una latta di metallo, le sere in cui Manlio dorme sopra, estraiamo il nome di chi deve stare sotto di lui.

Io e Manlio diventiamo amici. È l'unico con cui non mi sento in pericolo. Un giorno, mentre guardiamo gli altri giocare nel campo seduti tra le radici di un albero, mi chiede: Tu ti sei mai pisciato addosso?

Dico: Forse da piccolo. Come tutti.

Io non mi sono mai pisciato addosso fino al giorno delle bombe.

Dico: Quali bombe?

Le bombe sulla mia città. Un giorno ero a Messa con mia mamma. Sono arrivati gli aerei e hanno bombardato tutto. C'erano le sirene, gli allarmi. Mentre uscivamo io e mamma ci siamo persi perché c'era un sacco di gente e tutti spingevano. Non sapevo cosa fare. E sono rimasto in chiesa. Mi sono nascosto in un fonte battesimale. Le bombe hanno distrutto le case, anche casa mia, dove c'era mia sorella. E anche un pezzo di chiesa, è crollato. Ma io mi sono salvato. È da quel giorno che mi piscio addosso.

Dico: E tua madre?

Manlio sorride: Lei si è salvata. È andata nel rifugio. Quando alla fine ci siamo ritrovati, come prima cosa mi ha dato due schiaffi che mi sono venute le guance rosse come frittelle, ha urlato Dov'eri finito? E poi è scoppiata a piangere e mi ha abbracciato.

* * *

La cuoca del campo è la signora Recha. Veste abiti da uomo, trasandati, e ha i capelli corti e lisci, tirati indietro con la brillantina. Fuma in continuazione anche mentre cucina, con la sigaretta che oscilla tra le labbra. Se la cenere cade nella zuppa lei, come niente, continua a mescolare finché non s'amalgama. La signora Recha brontola per ogni cosa e se si arrabbia lascia partire degli schiaffi nervosi dietro le orecchie. Ma quando ti incontra per le scale si rovista nelle tasche in cerca di qualche caramella e se ne trova una te la dà.

Per colazione la signora Recha serve a ogni bambino una porzione enorme di porridge, una pappa d'avena con lo sciroppo fatto da lei con i lamponi e i mirtilli che noi, di mattina e pomeriggio, raccogliamo nel bosco. La regola è: nessuno può alzarsi da tavola prima di avere terminato il suo porridge fino all'ultimo cucchiaio. La sala dove mangiamo occupa tutto il primo piano dell'edificio principale, lo stesso in cui la signora Maike ha lo studio, nel seminterrato. Durante i pasti, le due porte della sala vengono chiuse ed è possibile uscire soltanto da quella pattugliata da Barthold, consegnando la propria ciotola vuota.

Una mattina non riesco a finire il mio porridge. Proprio non ci riesco. Ogni volta che faccio per portare alla bocca il cucchiaio mi viene da vomitare. Ormai non c'è più nessuno. Sono l'ultimo. Sento il vociare degli altri che giocano in cortile. Barthold mi attende a braccia conserte, la schiena contro la porta. Poi non so cosa capita, ma so che Barthold esce e la porta resta sguarnita. Entra Gabriele. Corre verso di me. Ingoia in rapida successione due, tre cucchiai di porridge. Poi, quello che resta, lo scaglia fuori dalla finestra, in un angolo dove sappiamo esserci solo dei cespugli.

Dice: Aspetta che torni Barthold. Ed esce.

Quando Barthold torna, gli consegno la ciotola vuota. Lui la prende, mi osserva attentamente, poi fa segno di andare. Ma in quel momento entra la signora Maike insieme a Manlio. Manlio ha porridge in testa, nelle orecchie, sulla camicia. Indica la finestra da cui, dice, qualcuno ha lanciato la zuppa.

Dieci minuti dopo la signora Recha emerge dalla cucina con altro porridge, riscaldato. Dice: È per te.

Barthold mi ordina di sedermi.

Io, in silenzio, comincio a piangere.

* * *

Un pomeriggio esco a fare legna con Manlio e un altro bambino. Tutti, lì al campo, devono andare, a turno, a fare legna. Diversi ragazzi si lamentano. Io no. Mi ricorda i tempi della tana sotto le felci. Mi piace la solitudine e il silenzio del bosco, la luce umida che emerge dall'intrico di rami e foglie. Quando Barthold ci raduna e chiede se qualcuno vuole offrirsi volontario, io alzo sempre la mano.

Quel giorno, sulla strada del ritorno, m'accorgo di un nido, in alto, sopra una quercia. Dico: Aspettate. Poso a terra le fascine legate con lo spago. Mi arrampico su per il tronco. Con fatica arrivo a guardare dentro il nido: ci sono tre uova, striate di nero.

I miei compagni chiedono: Che uccello è?

Dico: Non lo so. Ci sono solo le uova.

Prendile. Le diamo alla signora Recha. Le cucinerà.

Dico: Non voglio. E poi sono molto piccole.

Prendine solo una. Faccela vedere.

Controvoglia ne prendo una e la infilo nel taschino della camicia. Penso che poi dovrò risalire, rimetterla a posto. In quel momento il ramo sul quale sono seduto si spezza e cado giù. Sbatto contro due rami sottostanti e dopo un tempo che mi sembra lunghissimo impatto contro il terreno; sul momento non mi sembra di essermi fatto male: l'erba ha attutito il colpo. Ma l'uovo si è sbriciolato. M'imbratta la camicia, all'altezza del cuore. I miei compagni s'avvicinano, chiedono come sto. Dico: Bene. Ma adagio, come da lontano, emerge un dolore lancinante alla gamba. Ho i pantaloni strappati. Manlio s'inginocchia, alza un lembo di stoffa, sgrana gli occhi, poi li tappa con le mani. Un ramo, cadendo, si è infilato nella parte bassa della caviglia e mi ha tagliato fin quasi al ginocchio.

Corrono a chiamare Barthold. Quando sopraggiunge mi prende in braccio come se non pesassi nulla e mi porta in infermeria. Chiedo di avvisare Gabriele e il medico dice: Dopo. Mi disinfetta, unisce i lembi di pelle con delle pinze, mi benda. Dormo sul lettino dell'infermeria e la signora Recha mi porta la cena; mangio da solo. Il giorno dopo, d'accordo con la signora Maike, decidiamo che sia io a scrivere a casa per raccontare quello che è successo. Barthold mi porta carta e penna. Riscrivo la lettera quattro volte e consegno l'ultima versione. Questa che segue è la seconda. L'ho conservata. Conservo sempre quello che scrivo.

Carissima mamma, ~~il gi~~ ti devo mandare una brutta notizia, un giorno che ero nel bosco a giocare sono caduto su una roccia e mi sono fatto un discreto ~~male d~~ taglio, mi hanno portato subito dal dottore il quale mi ha messo delle pinzette per stringere la pelle e ~~hnno~~ hanno fatto un po' male, ma ora è tutto passato, qui il tempo è bello ma le giornate si sono rinfrescate, e allora ci siamo messi i vestiti più pesanti, tanti baci ~~simone.~~ Simone.

Gabriele dice: Non sei caduto su una roccia. E non ti ha fatto solo un po' male, ma ti ha fatto malissimo. E non è vero che ora è tutto passato.

Dico: Si preoccuperebbero per nulla.

Resto in infermeria per otto giorni. Un gruppo di benefattrici in visita alla signora Maike, saputo del mio incidente, viene a trovarmi. Mi portano delle pantofole nuove in regalo. Non ho mai posseduto un paio di pantofole nuove e quelle mi sembrano stupende. Notano i vestiti appoggiati sulla sedia.

Una dice: Sono tutti rivoltati.

Un'altra dice: Avresti bisogno di un guardaroba nuovo.

Indispettito rispondo: Quello che ho va benissimo. Nostra madre e nostro padre ci danno tutto quello di cui abbiamo bisogno. Poi aggiungo: Le vostre pantofole, però, sono molto belle. Vi ringrazio.

* * *

A fine settembre riprendiamo la scuola. I voti di Gabriele sono molto alti. Io invece mi distraggo, rovescio l'inchiostro, sono goffo. I miei insegnanti ne parlano con nostra madre, dicono: È impacciato. Non è mai dove dovrebbe essere.

Nostra madre chiede: E dov'è?

Dicono: Ecco, lui è seduto davanti alla cattedra, no? Ma è come se non ci fosse. Si confonde con i muri, con i banchi, con la lavagna. Lo interroghi e lui non c'è, non risponde, poi strizzi gli occhi ed eccolo.

Nostra madre dice: Non capisco.

L'insegnante si umetta le labbra: È inquietante.

Gabriele, a casa, passa sempre più tempo da solo, a studiare. Inventa una rivista che scrive insieme ad alcuni compagni e vende agli amici dei nostri genitori o ai condomini. La rivista contiene brevi saggi di letteratura, poesie e racconti. Legge tutti i libri che trova, soprattutto se sono romanzi. Un giorno chiede a nostro padre il permesso di lasciare la stanza che divide con me. Vuole trasferirsi nello studio dove, da due anni, teniamo ammassati tutti gli oggetti appartenuti allo zio Elio, a sua moglie Rita e ai nostri due cugini, Primo e Carla. I nostri genitori ne parlano con il nonno. Io spero che dicano di no, invece loro accettano.

Nostro padre prende la chiave dalla scatoletta di legno che aveva nascosto in fondo al cassetto della cucina. È da quando siamo arrivati in quella casa che nessuno entra nello studio; c'è polvere ovunque. Riempiamo quattro borse con le loro cose. Regaliamo tutto in beneficenza. Passiamo lo straccio bagnato per terra, sui vetri e sugli infissi. Spostiamo il letto di Gabriele, i suoi libri, i suoi oggetti, i suoi vestiti.

Dico: E se dovessero tornare a prendere la loro roba?

Nostra madre risponde: Non torneranno.

Perché non torneranno?

Nostra madre dice: Cosa volete per cena, stasera? Ho delle uova fresche, e dei mirtilli anche.

Gabriele mi strattona per la giacca, mi trascina in quella che era camera nostra e ora è solo camera mia, dice: Idiota, non l'hai ancora capito? Lo zio Elio e la sua famiglia sono morti. Tutti. I tedeschi li hanno presi e portati nei campi di concentramento. Sono morti a Birkenau.

Come lo sai?

Lo so perché studio, leggo e ascolto.

Dico: Anch'io studio, leggo e ascolto.

Sì, dice lui. Ma in te ogni cosa filtra come acqua sulla ghiaia. In me no, io trattengo tutto.

* * *

Imparo a disegnare, dipingere e scolpire. A scuola prendo i voti migliori nelle materie artistiche. Ma non è l'arte ad attrarmi. Sono i materiali, le loro caratteristiche. I colori a olio, per esempio. Si chiamano così perché hanno come legante un olio siccativo; assorbono ossigeno e creano una patina che, con il tempo, aumenta di spessore sulla superficie del quadro. Me li preparo da solo. Uso l'olio di papavero, di lino crudo e di noce. Dell'ossido di zinco per il bianco, del solfuro di cadmio per il giallo e della lacca di garanza per il rosso. Scopro che il dipinto ingiallisce se viene conservato in luoghi bui, e che è meglio prima esporlo alla luce diretta del sole e solo dopo appenderlo. Mi appassiono alla preparazione delle tele e dei cartoni. Nostra madre mi accompagna a scegliere la canapa e il cotone.

Nostro padre lavora sempre di più. Lo vediamo pochissimo.

Nonno si trasferisce in campagna. Dice che non ha più voglia di stare in città, che Genova non è più la Genova di prima della guerra, che gli fa male al cuore a vederla così com'è diventata.

Nostra madre è contenta di vedermi dipingere, pasticciare con i colori e le terre, anche se non capisce bene perché lo faccia visto che getto via tutto quello che produco. Quando mi chiede di appendere un quadro che le piace, in corridoio, o perlomeno in camera mia, che possa vederlo quando entra a mettere ordine, le rispondo che non è ancora finito. Poi lo butto.

Dice: Perché non esci? Gabriele è sempre in giro con i suoi amici. Te non c'è mai nessuno che ti cerca. Sei pallido Simone, e sei ancora troppo magro.

Da quel giorno comincio a fare ginnastica: flessioni sulle braccia e sulle gambe, addominali, esercizi per la schiena. Mi alleno la mattina appena mi alzo e la sera prima di andare a letto. Divento più forte, ma non più grosso. Gabriele mi sfida a braccio di ferro e io riesco a batterlo due volte. Ma mi resta il dubbio che mi abbia fatto vincere.

Vengo spedito di nuovo all'ingrasso, in Svizzera, dalla signora Maike, dalla signora Recha e da Barthold; prima nell'estate del '49 e poi in quella del '51. Solo io, Gabriele no. Lui sta bene.

Nell'estate del '51 sono uno dei più grandi. Tutti i ragazzi con maggiore esperienza hanno delle responsabilità dirette: controllare la camerata, gestire i rifornimenti di legna, animare le serate. Io chiedo di essere assegnato alla cucina. La signora Recha è felice di avermi con sé, la signora Maike è felice del mio trasporto per il cibo. Dice: Forse è la volta buona che ingrassiamo, Coifmann. Ma non è mangiare che mi interessa: sono incuriosito dalla cottura degli alimenti, dalla loro trasformazione. Allo zucchero che diventa glassa e caramello. Al latte che diventa yogurt. Alla frutta che marcisce, alle muffe e all'olio che frigge. Con la scusa di trascorrere gran parte del tempo tra i fornelli, mangio ancora meno del solito. Mi basta l'odore. Anche gli odori si trasformano. Imparo a capire quando le bistecche sono pronte dal profumo che sprigionano. E così il sugo.

Il poco tempo che passo con gli altri ragazzi lo dedico a studiare Sophie, la figlia di una collaboratrice della signora Maike. L'avevo già vista nel '49 e anche lei si è modificata, nel frattempo. I capelli si sono fatti più voluminosi, il seno prominente e la pelle dorata. La osservo da sotto gli alberi mentre gioca a pallavolo, la seguo quando va con le altre ragazze a cercare funghi e lamponi nel bosco, la spio attraverso la finestra che si affaccia sul retro delle cucine. Quando Barthold organizza degli spettacoli lei è sempre la prima ad accettare e a inserirsi in un gruppo di lavoro: canto, recitazione, danza. Prendo parte alle olimpiadi del campo perché lei mi veda lanciare il disco. Ho imparato da Barthold. Non mi piace, ma spero di fare colpo. Lei, però, quel giorno non viene a vedere le gare. Non ci parliamo mai fino a una sera dopo cena. La vedo chiacchierare con le sue amiche, una di loro mi indica. Lei fa finta di niente. Il giorno dopo, mentre sto per accompagnare un gruppo di bambini appena arrivati a fare legna, si avvicina e mi chiede in quella lingua promiscua che qui parliamo tutti se ho voglia di fare una passeggiata, più tardi.

Vorrei dire di sì. Dico: Non lo so.

Lei attende che il mio non lo so si traduca in una scelta.

Dico: Sono stanco.

Lei dice: Va bene. E si allontana.

La mattina dopo la signora Maike mi manda a chiamare: Coifmann, devi tornare subito in Italia.

* * *

Alla stazione viene a prendermi lo zio Marcello, che non vedo da molto. In macchina c'è anche Gabriele.

Chiedo: Perché mi avete fatto venire via dal campo?
Gabriele dice: Papà non è stato bene.
Cosa vuol dire non è stato bene? Cos'ha avuto? Dov'è?
Lo zio Marcello dice: È con vostra madre.
E dov'è nostra madre?
Lo zio dice: Vi raggiungerà stasera.
Perché, dove stiamo andando?
Gabriele dice: Dal nonno. In campagna.
Perché non possiamo andare a casa nostra?
Lo zio Marcello risponde cucendosi la bocca con un ago invisibile; vuole farci ridere e ci riesce. Il resto del viaggio lo spendiamo a gesticolare come ci aveva insegnato a Colle Ferro. È da allora che non passiamo del tempo con lo zio. Ci racconta le avventure con l'aeroplano, di quella volta che è arrivato in Spagna, e di quando ha lanciato dei pacchi di volantini nel Sud della Francia e la contraerea lo ha quasi abbattuto. Scopriamo che prima della guerra ha conosciuto Italo Balbo e che Balbo lo considerava un amico.
A casa del nonno non c'è nessuno; ci annoiamo in cortile, gettiamo pietre nello stagno, catturiamo due rane. Il nonno e nostra madre arrivano quando siamo già a letto. Sentiamo il motore, e le ruote sulla ghiaia, scendiamo in pigiama ad accoglierli.
Diciamo: Come sta nostro padre?
Nonno ci accarezza sulla testa e scompare in camera sua. Nostra madre è pallida, sfinita. Comincia a parlare, poi s'interrompe; tossisce. Dice: Piove, lo sapete? Ho preso freddo. Ho bisogno di dormire. Tornate in camera. Ne parliamo domattina.
Chiediamo: Quando possiamo vederlo?
Non risponde.
Torniamo in camera, ma fatichiamo entrambi a prendere sonno. Parliamo nel buio. Racconto a Gabriele le novità della Svizzera, lo aggiorno sulle due figlie della signora Maike che sono apparse all'improvviso, sui capelli grigi della signora Recha e sulla nuova mania di Barthold per il lancio del disco. Sto ancora parlando quando mi accorgo che Gabriele si è addormentato. Io non chiudo occhio. Resto sveglio tutta la notte. Dal mio letto, stando sdraiati, si vedono le colline, le viti. Osservo il sole nascere e certe nubi basse mu-

tare forma e colore. Alle prime luci mi alzo, sciacquo il viso e le ascelle senza fare rumore. Cammino scalzo per quella casa che non conosco, le mattonelle sono vecchie e graffiate. Osservo un ragno tessere la tela tra la credenza e lo stipite della finestra. Sul davanzale, una formica traina da sola il corpo di una vespa.

Apparecchio il tavolo con il cibo per la colazione: latte, pane, burro. Per tutti. Le tazze, i coltelli, i piattini. Mi siedo, e in silenzio, lì, al tavolo della cucina, con la luce che vira dal bianco al giallo, attendo che il resto della casa si svegli.

Che nostro padre è morto ce lo dicono il nonno, lo zio e nostra madre in sala, a metà mattina. Non aggiungono nient'altro. Quando Gabriele chiede come, cambiano discorso. Che si è suicidato lo veniamo a sapere per caso, il giorno del funerale, origliando frasi smozzicate dai discorsi che gli adulti fanno in salotto, o in cucina, dove si sono riuniti un po' di amici e alcuni parenti che non abbiamo mai visto. Si è tolto la vita con il gas. Immagino la scena; non posso farne a meno. Lui che torna a casa dal lavoro mentre Gabriele e nostra madre sono via, in campagna, dal nonno. Si sfila le scarpe, si slaccia il colletto della camicia, apre il gas, si rannicchia sul tavolo perché il gas arrivi prima, poi chiude gli occhi e pensa alla sua scrivania, in ufficio. Chi lo sostituirà non troverà nulla fuori posto.

Immagino che lui sia ancora in montagna, che stia andando per i sentieri di Colle Ferro con il padre di Iole e Maria. Immagino d'incontrarlo sul tram, vuole pagare il biglietto, ma il controllore non lo vede e si accende la sigaretta. Immagino che ci stia cercando, che stia cercando la sua famiglia, ma non ci trova. Che entri nel portone e chieda alla portinaia, ma che la portinaia non gli risponda. Che salga le scale leggendo tutte le targhette sulle porte e che trovata la nostra suoni il campanello; ma quando andiamo ad aprire non c'è nessuno. Nostra madre furibonda che dice: Inaccettabile, ancora uno scherzo. E affacciandosi dalla tromba delle scale urla: Prima o poi scoprirò chi sei, sappilo. E rientra sbattendo la porta.

Smetto di dipingere, mi rifiuto di cucinare.

CAPITOLO III

C'era uno strato di argilla sotto l'erba dei prati che s'insinuava fin sotto i frassini dietro casa. Tra gli alberi la terra era grassa e umida, e sulle rocce e sulle radici cresceva un muschio verde cupo che, a chiudere gli occhi, a passarci la mano, sembrava di accarezzare un gatto. La mattina presi l'abitudine di andare a camminare nel bosco, da solo. Anche da piccolo non era mai stato un problema, per me, passare del tempo da solo, ed era questo, forse, l'unico elemento in comune, riconoscibile, fra me e il nonno, quell'estate, l'unica caratteristica che ai miei occhi rivelava una parentela. Camminavo nel bosco perché non c'era molto altro da fare. Prendevo il sentiero che passava davanti alla palestra di roccia e scendeva al lago, attraversavo il coronamento della diga, mi arrampicavo sui rami bassi degli alberi e stavo lì a sfiorare l'acqua con le dita dei piedi. Perlopiù inventavo storie, personaggi, luoghi, schizzavo a matita 4B sui fogli trasparenti dell'immaginazione e i disegni si animavano, autonomi e risoluti, tra inseguimenti e vendette e salvataggi di famiglie in pericolo; sì, esatto, non ragazze o gruppi di scolari: famiglie. Il tempo si dilatava fino a sparire. Se poi m'annoiavo, salivo al Monticello. Ad attendere messaggi.

Dopo la sfuriata della notte che ero entrato in cantina, io e il nonno facevamo di tutto per incrociarci il meno possibile. Pasti a parte, ovvio. Ma anche in quelle occasioni, trovando insopportabile il silenzio, avevamo trovato una soluzione: mettere un disco e annullarci nella musica. Il disco lo sceglieva lui, certo. Ma se ora amo jazz e classica lo devo a quegli ascolti forzati. Nonno cucinava. E io, non volendo sentirmi debitore, avevo preso l'abitudine di lavare i piatti.

Era un po' che non vedevo il ragazzo con il pallone da basket. Pensai che mi avesse preso in giro, che non abitasse davvero a Colle Ferro. Probabilmente erano tutte bugie, anche la morte dei suoi, e ora stava ridendo di me con gli amici su una spiaggia, così come in spiaggia stavano organizzando tornei di calcetto Michele e Salvo, a Capo Galilea, dopo il lavoro in chiesa. Quando pensavo che mi avevano tirato in mezzo da innocente ribollivo di rabbia, ma avrei dato qualunque cosa pur di essere con loro.

In un pomeriggio di noia andai alle grotte. Volevo vederle da vicino. Le raggiunsi attraverso un sentiero ghiaioso che costeggiava la montagna. Restai qualche minuto fuori, a esaminarle. L'accesso era ampio, illuminato dalla luce esterna per diversi metri. Poi rimpiccioliva e piegava a destra, e l'oscurità diventava una pasta impenetrabile. Entrai di dieci passi. Accesi la pila che avevo portato da casa in uno zainetto, assieme a un rotolo di corda, ma la luce era troppo fioca e troppo diretta, bastava appena a intravedere il terreno davanti ai piedi o per accorgermi di una sporgenza un attimo prima di sbatterci contro. Una corrente d'aria fredda, forte abbastanza da sentirla sulla nuca come le dita di una mano, mi risucchiava all'interno. Sollevai della polvere battendo con i piedi e subito vidi sparire la nuvoletta nello stomaco della montagna: lo spirito di un serpente. Tornai indietro, annodai l'estremità della corda al ramo di un cespuglio vicino all'entrata e, tenendo l'altro capo stretto in mano, lasciai che la grotta m'inghiottisse. La dipanavo a mano a mano che procedevo con cautela, per non inciampare; saggiavo il terreno con la suola delle scarpe. Pensai che era pericoloso essere lì da solo. Pensai all'ossigeno nelle grotte – quanto ossigeno c'è in una grotta? – alle lampade che usano i minatori nei documentari, quelle che si spengono se c'è un gas velenoso. Pensai che forse avevo bisogno di un canarino. Invece, fu la corda a finire, non l'aria. Strinsi il capo tra due dita e illuminai con la torcia fin dove riuscivo, ma c'era solo altro buio. Diressi il fascio per terra: in un angolo, delle ossa di animale; qualcosa di piccolo e nero si mosse tra le rocce, strisciando. Tornai indietro.

Era ancora chiaro. Scelsi la via del lago. Per strada incontrai i tre anziani della panchina in piazza: andavano a passeggio nello stesso ordine con cui si sedevano. Quello che aveva il giornale sottobraccio mi salutò aprendo la mano e muovendo le dita, il secondo si sollevò il cappello, il terzo disse: «Dove vai?»

«Alla diga.»
«Occhio al tempo», disse lui di rimando.
«Che tempo?» chiesi.
«Sembra che volga al brutto», rispose quello con il giornale.
«Dicono pioggia», disse il secondo.
«Di più. Dicono pioggia torrenziale», disse il terzo alzando gli occhi al cielo. «Erano anni che non avevamo un'estate così piovosa. Ne ricordo tanta così, di acqua, solo nel settantadue.»
«Era il sessantanove», disse quello con il giornale.
«Era il settantadue.»
«Ti dico che era il sessantanove.»
«Settantadue.»
«Sessantanove.»
«Io vado», dissi. «Farò attenzione alle nuvole.»

Le loro voci si erano appena disperse e io avevo svoltato oltre la curva da cui si stacca il sentiero che tra i lecci scende alla diga, quando, alzando lo sguardo in direzione del lago, oltre una barriera di lentisco, vidi la bambina. La stessa del primo giorno, con lo stesso abito azzurro. Era in acqua, immobile. No, non immobile. Con un bastone – o un ramo, ma ero lontano – tracciava linee sulla superficie grigia dell'invaso. Sembrava stesse disegnando e intanto, addentrandosi con passi minuscoli, si faceva prendere dal lago, che le si chiudeva attorno. La gonna toccò l'acqua. Si aprì a ventaglio, allargandosi tra le increspature causate dal vento che lei accarezzava con la punta delle dita.

Mi lanciai a rotta di collo giù per il sentiero. Lo zainetto con la corda e la torcia mi ballava sulla schiena. Lasciata la strada principale non si vedeva più la diga, non si vedeva più nulla, solo tronchi e arbusti fin quasi alla riva. Non so quanto impiegai – non molto, questo è certo, forse cinque minuti, corsi veloce, con la rapidità concessa dal terreno accidentato e dal rischio di infilare il piede sotto una radice e rompermi una caviglia – ma quando uscii dalla macchia esattamente lì dove avevo visto la bambina entrare nel lago, be', quando sbucai tra i rami eccetera, la bambina non c'era più. Nel tragitto mi si era spalmato sulla faccia un sorriso curioso, ma appena mi resi conto che lei era scomparsa di nuovo, mi si sbriciolò come una maschera d'argilla.

Mi guardai attorno. Da dov'era passata? Dov'era andata? Accanto ai miei piedi, un ramo secco bagnato, forse quello che aveva usato per scrivere sull'acqua. Lo raccolsi, lo studiai come si studia una bacchetta magica che emana ancora scintille, ma quasi subito lo sguardo mise a fuoco qualcosa che galleggiava a tre, quattro metri dalla riva. Il cielo si era fatto cupo e gocce rade cominciavano a cadere.

Pensai: E se fosse scivolata in acqua?

Provai a urlare. Urlai un generico ehi, non sapendo il suo nome. Ehi, c'è nessuno? Ehi, tutto bene? Decisi di recuperare la fascia bianca: quella era reale, era la prova che non stavo sognando, che la bambina esisteva davvero. Lasciai lo zainetto a terra, non mi tolsi le scarpe perché non sapevo cosa avrebbero toccato i piedi nudi e non mi sfilai la maglietta perché speravo di non dovermi immergere: in fondo non era così lontana. Entrai in acqua. Era ghiacciata. Digrignavo i denti per il freddo, braccia larghe e pancia contratta. Guadagnai ogni millimetro concesso dalla lunghezza del braccio – omero, ulna, radio – e da ogni singola falange di ogni singolo dito. Mi allungai come avrebbe fatto Reed Richards e c'ero quasi, sì, avevo la stoffa pinzata tra indice e medio. D'improvviso il fondo del lago scomparve. Mi mancò sotto i piedi.

Silenzio e gelo coincisero. Mi strinsero in un'unica morsa. Non fu solo il respiro a mancare, ma la volontà, l'orientamento, il controllo dei muscoli. Lo spavento esplose con un urlo di disperazione che, non trovando voce, si cristallizzò nelle ossa. Mi sbracciavo, ma ero immobile. Raschiavo l'acqua con le unghie. A furia di spingere verso la superficie emersi, ma per pochi istanti. Tentai di stare a galla. Ma andai sotto un'altra volta. Poi una volta ancora. La testa era acciaio, le mani ferro; le gambe non c'erano più. Non ho mai più creduto di morire, in tutta la vita, come in quell'occasione. Se devo evocare la paura della morte per una vignetta di *Shukran*, se devo ritrarre un corpo in mare, con gli abissi che lo afferrano per le caviglie, se devo raffigurare sui volti dei migranti l'angoscia per la violenza degli elementi, il senso d'impotenza e solitudine per il bisogno di aiuto dall'esterno, un aiuto imprescindibile e insperato, perché sai che da solo non puoi farcela, che da solo sei già morto, perché non c'è nessuno per chilometri, nessuno ti sentirà urlare, ecco, ripenso a me quel pomeriggio.

«Che cazzo stai facendo?»

Era una voce maschile, il lago mi stava parlando. Mi sentii sollevare e trascinare. Poi, sotto i piedi, di nuovo il fango e la riva, e le mani nella terra. Non riuscivo a muovermi.

«Aggrappati.»

A cosa?

«Aggrappati.»

Mi aggrappai.

Trovai una mano, un braccio, le spalle. Il lago mi era rimasto agganciato alle caviglie e lo stavo trascinando via con me. Intravidi il sentiero. Sentii odore di legna che brucia. La pioggia.

«Stai in piedi. Non cadere, cazzo. Tirati su.»

Camminammo pochi minuti.

«Entra.»

Stramazzai su una branda, mi avvolsi confusamente in una coperta ruvida. Tentai di togliere la maglietta bagnata, ma era incollata alla schiena; me la strappai di dosso come un cerotto. Tentai di togliere le scarpe, ma non c'erano. Ero scalzo. Quando le avevo perse? Le coperte erano calde, lentamente ritrovai consapevolezza di me, dello spazio, dei muscoli. Di ciò che era successo; di ciò che stava per succedere. Il posto in cui ero, la stanza, più un magazzino che una stanza, affiorò in toni di colore: scaffali e scatole marroni, un filo al centro della volta da cui pendeva una lampadina nuda che spandeva una luce gialla, burrosa, uno scampolo di moquette verde tenuto fermo dalle gambe delle sedie e del tavolo, il fumo di una sigaretta.

«Si può sapere che cazzo ti è preso?»

Il ragazzo con il pallone da basket posò l'accendino. Si era tolto i vestiti e si strofinava il petto con una coperta come la mia, che anche se pungeva ed era vecchia e pulciosa, per me era cashmere, giuro. Sulla moquette, il pallone da basket, un lettore cd, una decina di custodie (di cd), un bicchiere con del liquido ambrato, una bottiglia, qualche rivista, un posacenere pieno di cicche e non so che altro, ma c'era dell'altro; c'era un sacco di roba.

«Allora?»

Tirai un angolo della coperta sui piedi. «Allora cosa?»
«Cristosanto, mi verrebbe voglia di ributtarti in acqua.»
«Dov'è finita la bambina?»
«Quale bambina?»
«La bambina, quella della fascia.»
«Senti, facciamo così. Adesso ti calmi, poi te ne vai da Silente che ti cura lui. Che ne dici?» Strizzò la maglietta sul pavimento e la appese a un gancio. «Tutti gli psicopatici del cazzo vengono in questo paese del cazzo.»
«C'era una bambina, ti dico. Pensavo...»
«Pensavi cosa?»
«Stava affogando. Ho visto la fascia...»
«Eri tu che stavi affogando.»
Mi lasciai cadere all'indietro. Il freddo stava passando. Se c'erano occasioni in cui l'assenza di mio padre riecheggiava con maggiore violenza, questa era una di quelle. Lui avrebbe di certo avuto una spiegazione. Papà aveva una spiegazione per tutto.
«Bevi.» In un bicchiere c'erano due dita di qualcosa che sembrava tè. La voce ormonale del ragazzo saturò la stanza.
«Come ti chiami?» chiesi.
«Isacco.»
Spalancai gli occhi. «Isacco?»
«Bevi.»
«Dici sul serio?»
«Bevi.»
Presi il bicchiere. Lui si voltò e con un balzo s'appese a un tubo di ferro che attraversava la stanza; cominciò a fare trazioni. Portai il bicchiere alle labbra e annusai. Era alcolico. Non mi piacciono gli alcolici. Ma lì per lì non avevo voglia di fare ancora la figura dell'idiota davanti a Isacco, che a dire il vero non ci credevo si chiamasse Isacco: come fa uno a chiamarsi Isacco? Bevvi un sorso, piccolo, ma non abbastanza. Una colata di catrame mi percorse la gola e raggiunse lo stomaco. Era come essere legato a un palo e frustato con il filo spinato. Sputacchiai dentro la coperta.
«Muoio.»
«Se non sei morto prima», disse lui ansimando, continuando a tirarsi su, fino a sfiorare con il mento il tubo di metallo, e poi a la-

sciarsi andare, fino ad avere gli occhi all'altezza dei gomiti, «la scamperai anche stavolta.»

Vampate di calore mi partivano dallo stomaco e salivano alla testa. «Ora mi sento meglio.»

«Non avevo dubbi», disse. «Finiscilo pure.»

«Finirlo?»

«Dopo ti faccio assaggiare altro.»

«Bevi spesso questa roba?»

«Capita.»

Mi guardai attorno. «Dove siamo?»

«Nel magazzino di mia zia.»

«Chi è tua zia?»

«Rosa. Quella del negozio.»

«Lo spaccio di alimentari?»

«Quello.»

C'era una finestrella vicino agli scaffali, a essere precisi tra lo scaffale dei biscotti e quello del riso. Mi alzai, tirandomi la coperta sulle spalle, e guardai fuori. Stava smettendo di piovere. Il magazzino era l'ultimo edificio del paese, quello più vicino al lago, tra gli alberi. Avevo le gambe deboli e la testa lontana.

«Che ora è?»

«Perché?»

«Devo tornare a casa. Nonno non sa dove sono.»

Isacco stava trafficando con il lettore. «Dove potresti essere?» chiese. Da due piccole casse schizzò fuori un assolo di chitarra lungo e furibondo. «Ah già, non dirmelo. Affogato nel lago.»

Mi presi la testa tra le mani. «Credo di avere la febbre.»

«Senti questo. Angus Young.»

«Non so chi sia.»

Isacco era raccolto attorno a una chitarra invisibile, con un plettro fra le dita della mano destra e corde d'aria sotto quelle della sinistra. Interruppe la sua esibizione per trafiggermi con un'occhiata traboccante di sdegno e commiserazione, ma solo per un attimo, poi la musica lo avvolse di nuovo. Tentai di infilarmi la maglietta; era troppo bagnata e decisi di fare senza. Mi accorsi di non avere lo zainetto con la torcia e la corda. Doveva essere rimasto in riva al lago.

«Vado», dissi a Isacco.

Lui fece un cenno distratto con la mano, interrompendo per un istante di suonare.

«E grazie», dissi.

Non rispose.

Il cielo si stava aprendo. L'aria era intrisa di pioggia ma il temporale era cessato. Scesi a recuperare lo zaino e mentre ero lì, anche se mi sentivo sulla pelle, nelle ossa, un malessere affilato, non riuscii a non curiosare in giro, strisciando lo sguardo in cerca di una traccia della bambina. Ma la fascia era scomparsa.

Rincasai furtivo, per non farmi vedere in quelle condizioni, aprendo la porta con movimenti infinitesimali. La casa era immobile e silenziosa tranne che per il solito ticchettio metallico proveniente dalla cantina. Nonno era giù a lavorare, per mia fortuna.

Non mi ammalai. Ma per alcuni giorni fu come se le forze mi fossero venute meno, ero un kryptoniano cui qualcuno aveva nascosto in camera una scheggia di kryptonite verde, non sufficiente a uccidermi o a causare una degenerazione dei tessuti, no, ma abbastanza da farmi alzare la mattina con una spossatezza infinita e un dolore diffuso alle ossa.

Il tempo continuava a essere instabile, come il mio umore. Una mezza giornata di sole e spensieratezza si alternava, con un ritmo sincopato, a tre o quattro ore di pioggia e malinconia. Nonno mi sopportava con impazienza. Avevo la costante sensazione di avere interrotto qualcosa, quell'estate, di essermi incistato nei suoi programmi, anche se mi chiedevo quali fossero questi programmi, visto che la sua esistenza si avvolgeva su se stessa in un loop fatto di campionature di suoni naturali, abitudini sclerotizzate e silenzi repentini. Si alzava la mattina prima di me (sempre), e di rado lo trovavo in casa quando scendevo a fare colazione. Poi, dopo un po', lo vedevo rientrare; spesso era andato a fare la spesa: carne, pane. Il latte glielo portava Cesco, quello dei formaggi; era la sola persona che avevo visto parlare con il nonno. Nessuno saliva a trovarlo, mai. A volte stava fuori per più tempo, non so dove andasse, ma per il resto trascorreva la maggior parte della giornata nei dintorni della casa. Di tanto in tanto lo trovavo appisolato sulla panca, con la schiena dritta, giusto una spalla inclinata da un lato o dall'altro; un libro in bilico tra la mano e la coscia.

Un giorno il libro gli cadde, lo raccolsi da terra e lo pulii dalle formiche. Era una raccolta di racconti di Hemingway. Una vecchia edizione che doveva essere stata letta e riletta, perché le pagine erano gialle e secche come se fossero state bagnate e asciugate diverse volte.

Di sera, dopo un pasto frugale, si incantava a guardare fuori dalla finestra un punto lontano, con la pipa di schiuma tra le dita. Io, allora, mi sedevo di lato, così da scorgere un riflesso di luce nei suoi occhi, perché era come se lì si rispecchiasse una storia che, in qualche modo, era anche mia. Mi cercavo in lui, nelle rughe, nei gesti, nelle unghie e nell'odore, ma quasi mai mi trovavo. Mentre lo sguardo – perdio – quello era mio: ne avrei riconosciuto l'inclinazione e il peso tra mille. Solo la direzione era diversa. Io mi perdevo nel futuro. Lui in ciò che era stato.

L'incedere liquido delle restanti settimane di luglio venne interrotto, oltre che dalle mie esplorazioni del territorio, da due visite di mamma. Sulla salute di papà recava notizie incerte che puntellava di speranza, anche se la fatica quotidiana – la sua – trapelava dalla pelle della fronte e delle guance, dalla perdita di peso che ne sciupava la postura. Quando ripartiva, era il vuoto.

Così correvo al Monticello, sera dopo sera, cellulare alla mano, in attesa di notizie. Capitava che papà scrivesse di pomeriggio, o di mattina, o di notte anche. Raccontava aneddoti sulle infermiere e sui dottori. Stava perdendo i capelli e mamma glieli aveva tagliati a zero, con la macchinetta.

Sembro Charlie Brown.

I dolci, in clinica, facevano schifo e avevano tutti lo stesso sapore, che fossero strudel, tiramisù o budino. Spediva il messaggio, lui, quando poteva, e io lo trovavo ad attendermi, al tramonto, nell'aria salubre del Monticello, tra l'odore di erica e di ginestra, il grido del biancone, ragni e lucertole tra le rocce. Non sapevo cosa rispondere. Allora lasciavo correre lo sguardo e quando si era inzuppato di orizzonte lo strizzavo in una frase tipo «guarisci presto, alligatore», che era un augurio banale, lo so, ma scritto lì in quel momento non era come scrivere «guarisci presto, alligatore» mentre si guarda un film alla televisione o ci si taglia le pellicine dalle dita dei piedi o si cerca il portafoglio per pagare il conto, ma un «guarisci presto, alligatore» grondante bellezza. Un guarisci presto terapeutico. Un alligatore universale.

Pensavo a quella volta sotto la doccia. Stavo lavando via la schiuma dello shampoo, ma non finiva mai e non capivo perché. Tenevo gli occhi chiusi per non farli bruciare e intanto sciacquavo e sciacquavo, ma ogni volta che pensavo di aver eliminato ogni traccia di schiuma eccola di nuovo a colarmi interminabile su collo e faccia. Finché, scostandomi dal getto della doccia, avevo aperto un occhio e, dritto in piedi davanti a me, avevo visto papà con il flacone dello shampoo in mano; me lo versava di nascosto sui capelli. Pensavo al matrimonio in cui aveva rubato l'anello al testimone. Quando tutti erano ormai disperati, ero entrato io dicendo di averlo trovato per terra tra i sassolini del sagrato: un eroe; la gente mi dava pacche sulla schiena; mi dedicarono un brindisi durante il pranzo. Il suocero dello sposo mi fece persino un regalo a Natale per quattro anni di fila. Pensavo alla barca e alla spigola. Alle mani sulla mia testa per farmi addormentare. A quando aveva costruito il soppalco di legno in garage per farmici montare sopra la tenda – una vecchia canadese logora – e fare finta di avere una casa sull'albero, visto che non c'erano alberi, nel nostro cortile, su cui costruire una casa.

Pensavo a quello.

Poi scendevo.

E tornavo dal nonno in tempo per la cena.

Un giorno ero sdraiato per terra a disegnare Magneto contro Silver Surfer quando vidi spuntare Isacco da dietro la curva, di corsa. Si fermò davanti a me trafelato e paonazzo, chinandosi a stringere le ginocchia con le mani per riprendere fiato. Era un giorno caldo, caldissimo, ricordo che c'era questa cosa, quell'estate, che la mattina faceva un caldo torrido e magari il pomeriggio, d'un tratto, precipitava il freddo e il cielo si intasava di nuvole.

Ritrovato il controllo dei polmoni disse: «Ho visto la tua bambina».

«Dici sul serio?»

«Credo. Insomma, è una bambina. E non l'ho mai vista da queste parti.»

Mi sollevai da terra con un salto. «Dove?»

Ripartì di corsa. Gli tenevo dietro a stento. Era più alto, aveva un falcata lunga e slanciata, un ritmo costante e percussivo che accompagnava con il movimento delle braccia e che io faticavo a sostenere.

Ci fermammo davanti a una casa a due piani costruita di recente, con un cancello nero e un'ampia vetrata che prendeva due terzi del pianterreno, un portico di mattoni paramano, rose e ginestre in cortile e un grosso castagno sul retro. Avevo la fronte imperlata di sudore e respiravo dalla bocca producendo un rumore fangoso.

Isacco mi fece segno di seguirlo. Girammo attorno alla recinzione, dietro il roseto, procedendo chini, e ci acquattammo a spiare tra le sbarre.

«Eccola», sussurrò eccitato indicandola con il dito.

Una ragazzina era uscita da una porta che presumibilmente conduceva in cantina, tenendo tra le mani un grosso innaffiatoio di plastica. Si avvicinò a un rubinetto esterno, ci posò l'innaffiatoio sotto e cominciò a riempirlo. Aveva i capelli più biondi che avessi mai visto, lunghi e liberi sulla schiena, il sole si rifletteva contro sprigionando una corona luminosa che rendeva difficile guardarla a lungo e sfocava intorno tutto il resto. Indossava una maglia viola, dei pantaloncini leggeri, ed era scalza. Non avevo mai visto nulla di più straordinario. Ma, senza dubbio, non era la bambina del lago.

«Allora?»

«Non è lei.»

«Non è lei?»

«La bambina del lago ha i capelli neri, corti.»

«Forse se li è tinti.»

«E li ha fatti crescere?»

Isacco fece una smorfia arricciando le labbra come dire: perche no?

«Non dire cazzate.» Gli assestai una spallata. Le nostre voci erano un filo, quasi bastava lo scrosciare dell'acqua dentro l'innaffiatoio per coprirle. E fu proprio lo scroscio dell'acqua in quella giornata torbida, credo, o l'abbaglio del sole sui capelli di lei, o non so cosa, a non farci accorgere del cane. Fatto sta che noi eravamo lì, le mani strette alla recinzione, quando da non so dove, come se avesse scavato un tunnel o fosse strisciato pancia a terra lungo la base del muretto, uno schnauzer infilò il muso tra le sbarre, sbavando e ringhiando, che se non ci fossimo gettati entrambi di schiena con l'agilità di un artificiere uno dei due ci avrebbe rimesso una guancia o un occhio e sarebbe rimasto sfregiato per sempre.

Isacco, per reazione, afferrò una manciata di terriccio e lo lanciò sul muso alla bestia, che ci scrutava con gli occhi storti.

«Cane di merda», disse.

«Che state facendo a Raissa?» La ragazzina aveva chiuso l'acqua ed era arrivata di corsa.

Raissa (Raissa?) si era girata verso di lei, con la testa bassa, mugolando e aveva cercato rifugio tra le sue gambe, leccandole i polpacci.

«Che le avete fatto?»

«Noi?» Isacco si stava spolverando i pantaloni assestandosi delle pacche sul sedere. «Quell'animale è da sopprimere. È pazzo. Quasi mi staccava il naso con un morso.»

«Raissa non è pazza. Non ha mai fatto male a nessuno.» Consolava il cane con carezze lente sul pelo ondulato, e quello sembrava non avesse atteso altro, che avesse fatto tutto apposta per ricevere attenzione.

«Te lo dico, invece. Te lo dico eccome», insistette Isacco, che si era accorto di sanguinare dal gomito. «Bisogna avvisare la polizia. O la forestale.»

«Raissa, dentro», disse la ragazzina. «In casa.» Lo schnauzer si girò e, docile, scomparve dietro i vasi. Lei si voltò verso di noi, le mani premute sui fianchi. «Provate a fare qualcosa di male a Raissa e io vi spacco la faccia, sono stata chiara?»

«Cazzo, ma vieni fuori», replicò Isacco gonfiando il petto e arrotolandosi sulle spalle le maniche della maglietta. «Ti aspetto. Dai.»

«È una ragazza», esclamai sgranando gli occhi.
«E allora?» disse Isacco.
«Cosa vorresti insinuare?» si arrabbiò lei, rivolgendosi a me per la prima volta.
«Be', ecco», balbettai. «Volevo dire...»
«Che se sono una ragazza non posso darvi un calcio nelle palle?»
«Non intendevo questo.»
«Allora cosa?»
«Non stare a sentirla», disse Isacco tirandomi per il braccio. «Vieni via. Fa così solo perché tanto di lì non esce, e io dentro, a farmi strappare i coglioni dal suo cane di merda, non ci vado.» Le mostrò il dito medio e la guardò serio, con occhi che erano chicchi d'uva conficcati negli scuri cerchi di sudore.
Lei non si scompose, disse: «Potete aspettare un momento?» Lo disse con un tono garbato che mi domandai con chi stesse parlando e mi girai a vedere se dietro di noi fosse arrivato qualcuno. Ma non c'era nessuno. La ragazzina prese l'innaffiatoio colmo fino all'orlo, lo sollevò a fatica prendendolo per il manico e lo trasportò fino alla recinzione. Ecco, sì, in quel momento pensai che avesse ragione Isacco, che quella tizia era davvero fuori di testa. Sbraitarci contro, insultarci, quasi prenderci a botte poi, di punto in bianco, riprendere a innaffiare rose e alloro come se nulla fosse. Ma non feci in tempo a finirlo, quel pensiero. Perché la ragazzina sollevò l'innaffiatoio dal manico, l'altra mano sotto, e con una impercettibile rotazione del busto ce lo rovesciò addosso. Il gesto fu talmente inaspettato che nessuno dei due si mosse. Impiegammo alcuni istanti a renderci conto dell'accaduto.
«Che cazzo è successo?» furono le prime parole di Isacco.
Ma il tempo di riaverci e lei era già rientrata in casa. Sentimmo che chiamava qualcuno, con voce calma; il cane abbaiava.
Andai a cambiarmi e restai chiuso in camera tutto il pomeriggio, con la finestra aperta, lasciando che un soffio di corrente mi solleticasse il corpo, fin quando nonno venne a dirmi che era pronto da mangiare. Sdraiato sul letto, lo sguardo fisso sulla cimasa dell'armadio, ripetevo le parole di Isacco, che cazzo è successo, come un mantra, ma con un significato del tutto diverso.

Decisi che il giorno dopo sarei andato a scusarmi. Volevo spiegarle che pensavamo si trattasse di un'altra persona; che non stavamo spiando *lei*, perché non sapevamo che lei non era quella che pensavamo fosse, ecco, cose così.

Quella sera il silenzio claustrale della cena non mi pesò per nulla. La mente tornava alla ragazzina e ai suoi capelli, e al modo con cui aveva tenuto testa a Isacco, al suo non essere femmina come avevo sempre inteso le femmine. Ma non era neanche maschio, no, nemmeno un po'. Era altro, lei. Era semplicemente altro.

Dormii un sonno strano. Il mattino mi svegliò lo scrosciare della doccia del nonno. Attesi che uscisse e saltai giù dal letto. Mi lavai accuratamente ascelle e denti, feci colazione con il latte e, pane e marmellata di mele in mano, presi la strada del paese. In piazza, sulla panchina, c'erano già i tre anziani, stavano discutendo di non so cosa: era un continuo rimbrottarsi, inseguire pensieri che poi svanivano. Si diedero un gran da fare per coinvolgermi in quella loro diatriba, ma io svicolai. Poco oltre, la signora Rosa, la zia di Isacco, stava pagando il corriere che aveva consegnato la fornitura di Chupa Chups (così suggeriva il camioncino con il grosso logo dei lecca-lecca serigrafato sul portellone). Io gli sfilai accanto e lei insistette per regalarmene uno.

Dissi: «Grazie. Potrei averne due?»

«Per chi è l'altro? Non per Isacco, spero. Lui ne ha già sempre le tasche piene.»

«No», dissi. «Non è per Isacco.»

«È per la tua fidanzata?» E fece quella faccia idiota che fanno sempre gli adulti quando parlano di certe cose con i ragazzini.

Stavo per dire no – che in effetti era la risposta corretta – ma mi sembrò di cattivo auspicio, così non dissi nulla.

Raggiunsi la villetta e ci girai attorno per studiarla. Non c'era nessuno in cortile, e muri, vetri e tegole emanavano la quiete di un luogo in cui la vita è in risveglio; odore di lenzuola e caffè. Le siepi, il pergolato, i sostegni per i rampicanti, il lampione esterno di rame, il carrello avvolgitubo per la gomma, un nebulizzatore dimenticato sul prato, rastrello e badile addossati al muro, ogni cosa suggeriva un'esistenza solerte e spensierata, ogni cosa era pervasa da un'energia latente, pronta a esplodere in risate. Non era una casa, quella, perdio, era una pubblicità: la reificazione del paradiso terrestre secondo le agenzie di marketing. E dentro c'era lei. E i suoi capelli su di lei e intorno a lei. E io, ecco – che dire? – io ne ero stato pienamente, imprescindibilmente sedotto. Mi adagiai su una pietra, sotto gli alberi, in attesa di scorgere qualche cambio di luce dietro le finestre. Nel frattempo facevo roteare i Chupa Chups tra le dita, tenendoli per il bastoncino.

Le prime ombre sui vetri, una finestra aperta e accostata, una voce che si sovrapponeva al ronzio degli insetti, emersero mezz'ora dopo. Raissa uscì in cortile, afferrò una palla con i denti, tornò in casa, uscì, posò la palla dove l'aveva presa e si mise a scodinzolare vicino alla macchina, una Toyota nera. Poi comparve il padre, alto, in pantaloni cachi e polo bianca, salì sulla macchina e uscì dal cancello. Poi la madre; ecco da chi ha preso i capelli, pensai. Era come sarebbe stata lei anni dopo (e non lo dico tanto per dire, ma perché lo so): fiera e ironica. E arrogante, nei momenti peggiori. Infine uscì lei. Si sedette su una sdraio con gli occhi socchiusi rivolti al cielo, lasciando che il sole le asciugasse il torpore del sonno dalle ossa. Ciondolava la testa come stesse ascoltando, o cantando, una canzone che le era rimasta impigliata ai capelli la sera prima. La madre le portò una tazza di qualcosa e lei la bevve senza rientrare in casa.

Mi avvicinai al cancello. Lei mi vide attraverso le sbarre e si fece scura, posò la tazza per terra e mi venne incontro con passi rapidi che bruciavano il prato.

«Hai dimenticato il sapone dopo la doccia di ieri?» disse.

«Facciamo che ricominciamo da capo?»

«Non voglio vedervi», disse. «Né te, né il tuo amico. Mai più.»

«Isacco è stato un idiota.»

«È uno stronzo.»

«No», dissi. «È solo impulsivo, credo. E comunque è stata Raissa a spaventarci. Non stavamo facendo nulla di male.»

«Già. Perché uno s'acquatta dietro i muretti così, tanto per fare.»

«Pensavamo fossi un'altra persona. Cioè, Isacco lo pensava. Poi ti ho vista e ho detto che non eri tu.»

«Chi?»

«Una bambina, una che… insomma, lasciamo stare. Vuoi?» Le mostrai un Chupa Chups.

«Che roba è?»

«Me li hanno regalati.»

«E tu chi sei?» La madre si avvicinò sorridendo. Indossava un paio di guanti da giardino, in una mano aveva un sarchiatore e una piantabulbi, nell'altra un sacchetto con dei semi; sulla guancia, uno sbaffo di terra. «È un tuo amico, Luna?»

«No.»

«Ti chiami Luna?» chiesi.

«Tu come ti chiami?» domandò la madre.

«Zeno.»

«Zeno. Deriva da Zeus, lo sai? Sei veneto?»

«Capo Galilea. Sicilia.»

La madre portò le mani ai fianchi nella stessa posizione assunta il giorno prima dalla figlia. «Sicilia? Com'è che ti chiami Zeno? Non è certo un nome siciliano.»

«Per la *Coscienza*.»

«Il libro?»

«Piaceva a mio nonno Carmelo.»

«Be'», disse. «Per fortuna non ti hanno chiamato Italo.» E rise, e fu come se uno stormo di aironi si fosse alzato in volo. Luna continuava a scrutarmi, guardinga. «Fallo entrare», disse la mamma tornando verso casa. «Zeno, vieni, ho preparato della limonata.»

Luna non si mosse, aveva le braccia conserte, gli occhi erano una feritoia.

«Posso?» chiesi.

Senza fiatare allungò una mano e premette il pulsante. Entrai.

Ancora non sapevo che io e Luna saremmo rimasti insieme il resto della nostra vita, o almeno è quello che abbiamo intenzione di fare. Poi, certo, si vedrà, le persone crescono, si trasformano, e armonizzare la trasformazione non è mai semplice, ma ci proveremo, questo è sicuro.

Quando la sera resto a disegnare fino a tardi e torno a letto e trovo la luce accesa e Luna assopita, con un libro tra le braccia, penso che per nulla al mondo rinuncerei a essere io a sfilarle quel libro e a posarlo sul comodino, vicino alla custodia degli occhiali, a spegnere la luce dell'abat-jour e a cercarle le mani, al buio, e i piedi sotto le lenzuola; a vedere lei, prima forma di vita, la mattina (a parte Hiashi, il nostro gatto, ma lui non è propriamente una forma di vita); a organizzare con lei le vacanze e a orchestrare il tempo libero; ad averla accanto al Festival di Angoulême, a Lucca, al Comic-Con di San Diego, anche se Luna di fumetti non s'intende (studia la degenerazione maculare della retina che si manifesta negli anziani e che, in certi casi, porta alla cecità; è assegnista di ricerca).

Ancora non sapevo che dopo quell'estate non ci saremmo più visti per sei anni, per poi incontrarci casualmente alla stazione di Firenze e riconoscerci, entrambi appena maggiorenni, io diretto a Gubbio per un corso intensivo di fumetto – dove Jirō Taniguchi era l'ospite d'onore – e lei nel Chianti da una sua compagna di classe, e che entrambi avremmo perso i nostri treni, smarriti in una chiacchiera di cui non ricordo il contenuto ma l'effervescenza, seduti in un caffè fuori Santa Maria Novella, e che alla fine del corso non sarei, come da programma, rientrato a Capo Galilea, ma l'avrei raggiunta facendo infuriare mia madre come non mai (tra l'altro c'è da dire che vissi sulle sue spalle, sue e della sua amica, per venti giorni: ogni centesimo dei miei risparmi era svanito nel corso). E ancora non sapevo che lì, nella campagna toscana, poco distante dalla Pieve di San Polo in Rosso, nel comune di Gaiole in Chianti, avremmo fatto l'amore per la prima volta.

Ancora non sapevo che avrei scelto di frequentare l'Accademia di Brera per starle accanto (Luna e i suoi genitori vivevano a Milano) e che un giorno, insieme, saremmo andati a cena con dei suoi amici tra cui Roberto Crocci, due anni più vecchio di noi, studente di Lettere e Filosofia con la passione del fumetto e della sceneggiatura, che insieme a me avrebbe dato vita a *Shukran*.

L'idea, ricordo, ci venne seduti su una panchina, sotto i tigli di Place de Vosges. Era autunno e, con Luna e Sonia, la fidanzata di Roberto, eravamo arrivati a Parigi per una tre giorni di visite a budget ridotto. Dove ridotto voleva dire che fra tutti e quattro avevamo così pochi soldi che il viaggio lo avevamo fatto saltando da un regionale all'altro e, su una tratta, senza pagare il biglietto. C'eravamo accovacciati a terra nel corridoio della carrozza, con il cappuccio tirato sulla testa. Accanto a noi c'erano dei tunisini, nella stessa posizione: noi per scelta, loro per urgenza. Avevamo pure scambiato qualche parola grazie al francese universitario di Sonia. Poi li avevamo visti mentre cercavano di sfuggire alla polizia, essere presi ed essere trattati male, ma male davvero, che non è una questione di lividi e sangue, ma di dignità. E per bastonarla, la dignità, basta uno sguardo, una parola.

«Ci vorrebbe Capitan America.»

«Superman, ci vorrebbe», aveva detto Roberto, scartando il pacchetto di sigari (l'unica persona che conosco che fuma i sigari).

«Perché Superman?»

«Lui è il prototipo dell'immigrato. Sai come li chiamano, gli americani, gli stranieri residenti negli Stati Uniti? *Alien*. Neanche venissero da Krypton. Pure a lui hanno americanizzato il nome: Kal-El è diventato Clark Kent. Sai a quanti è capitata la stessa cosa a Ellis Island? E non finisce qui, perché Clark Kent è anche un emigrato interno: da una Smallville qualunque a una Metropolis qualunque. E quanti migranti in terra straniera danno il meglio di sé, come capita a lui che da kryptoniano normale diventa un superterrestre? Giuseppe Di Maggio avrebbe continuato a essere Giuseppe Di Maggio, fosse rimasto in Sicilia: in America è diventato Joe Di Maggio. E Franco Capra, secondo te, sarebbe diventato Frank Capra se non fosse partito da Bisaquino, dov'era nato?»

Chiacchierando ci era venuto in mente questo personaggio, Juan del Ponte, un giocatore di rugby caduto in disgrazia per una questione di scommesse e partite truccate, figlio di un industriale italomessicano, che viene rapito da un narcotrafficante cui deve dei soldi e rinchiuso in un bunker in Somalia. Dal bunker, Juan del Ponte riesce a scappare, ma per non farsi riprendere dai contractor pagati dal narcotrafficante si confonde in una comitiva di migranti centroafricani che, attraverso il deserto del Sudan, vogliono raggiungere il Mediterraneo e da lì passare in Europa. È nel carcere-lager di Sebah, nel deserto libico, dove viene gettato dopo essere stato catturato dai mercenari che pattugliano i confini per conto di Frontex, l'esercito dell'Europa, che conosce la crudeltà inutile dei soldati, la disperazione soffocata di somali e sudanesi, etiopi ed eritrei che scappano dalla fame, dalle tirannie volgari e feroci come quella di Iseyas Afewerki. Lì avviene la trasformazione di Juan del Ponte. Tornato rocambolescamente in patria, si organizza, studia, si mette al servizio del padre – con cui ha litigato molti anni prima – e dalla sua posizione di figliol prodigo comincia a usare i soldi di famiglia per tramutarsi in Shukran. Shukran come la parola che i migranti di lingua araba gli rivolgono, salmodiandola senza fine, quando lui li salva: Grazie. Che diventa *jerejef* per i senegalesi, *yekanyelay* per gli eritrei, *mahadsanid* per i somali.

Ancora non sapevo che io e Luna avremmo litigato una sera d'inverno, e che io avrei lasciato sbattendo la porta la trattoria in montagna dov'eravamo andati con alcuni amici, e che furioso con lei e con me stesso, scendendo al buio lungo una strada di tornanti, avrei sbandato su un lastrone di ghiaccio e avrei distrutto la macchina contro un abete. Mi ruppi un braccio e il setto nasale e dovettero darmi otto punti sul sopracciglio sinistro, ma avrei potuto farmi ben di peggio. Ricordo l'ambulanza chiamata da una macchina sopraggiunta poco dopo, Luna che entra nella stanza d'ospedale dove ero stato ricoverato, ricordo le sue lacrime che si mescolano alle mie mentre ci stringiamo come se avessimo paura di separarci per sempre se solo le dita di uno avessero smarrito quelle dell'altro, se solo il viso di uno non fosse stato in contatto con il viso dell'altro: naso, fronte, bocca. Fu dopo il mio incidente che decidemmo di andare a vivere insieme: la consapevolezza di quello che avremmo potuto perdere ci regalò la forza di scoprire quello che ancora dovevamo trovare. E dire che lei è vegetariana, mentre io non posso vivere senza la mia porzione giornaliera di insaccato. Ma tant'è.

Ancora non sapevo che un giorno lei mi avrebbe detto di tenermi libero da impegni una certa settimana di luglio – le chiesi perché e lei rispose «tu tieniti libero e basta» – e che all'alba saremmo partiti in macchina, avremmo attraversato la Costa Azzurra in direzione della Spagna, avremmo fatto sosta a Barcellona, avremmo raggiunto Algeciras, dove ci saremmo imbarcati per Ceuta e il Marocco, e di lì, attraverso Tétouan, Fez, Errachidia e Ouarzazate, avremmo festeggiato l'anniversario del giorno in cui ci eravamo conosciuti – il giorno in cui lei aveva rovesciato l'acqua dell'innaffiatoio addosso a me e a Isacco, giorno che, da quel momento in poi, è stato sempre ricordato come «il giorno dell'innaffiatoio» – in mezzo al deserto, sulla Grand Duna di Merzouga: io, lei e le Pleiadi. Ancora non sapevo che sulla strada del ritorno, tra Rabat e non so quale microscopico paese, un gruppo di ragazzini, volto scoperto e coltelli in pugno, ci avrebbe rapinato, costringendoci a un girone infernale per raggiungere Tangeri senza più i soldi per fare benzina alla macchina (la vecchia Toyota del padre di Luna), sbrigare le pratiche all'ambasciata eccetera.

Ancora non sapevo che avrei acquistato senza dirle nulla due biglietti per Alghero, in aereo – «Metti due cose in valigia.» «Ma dove andiamo? Cosa devo portare?» «Non ti preoccupare, stiamo via solo un paio di giorni. Basta uno straccetto. Sì sì, quello va bene.» – che usciti dall'aeroporto l'avrei bendata e le avrei permesso di aprire gli occhi, stupefatti, solo dentro la boutique di Antonio Marras, il suo stilista preferito, e che lì, in ginocchio, disorientando lei quanto le commesse, le avrei chiesto di sposarmi e, se avesse accettato, di scegliere l'abito per il matrimonio; ancora non sapevo che lei si sarebbe inginocchiata di fronte a me e avrebbe detto: «Sì. Però tu esci».

Ancora non sapevo nulla di tutto ciò, e anche adesso interi universi di possibilità mi sono sconosciuti. Il germogliare quotidiano è imprevedibile: non conosco i giorni di luce che il futuro ci riserverà; quante volte ci laveremo i denti l'uno accanto all'altra, ascoltando la radio e sputacchiando dentifricio mentre cantiamo un ritornello, gli spazzolini come microfoni; quante volte cucineremo insieme la *tajine* con albicocche, verdure e couscous, senza agnello, che abbiamo mangiato insieme la prima volta su una terrazza di Marrakech, e che da allora è il nostro piatto preferito; quanti bambini avremo, se li avremo, e nel caso non arrivassero cosa decideremo di fare; dove abiteremo; quali e quanti successi o quali e quante difficoltà ci aspettano nel nostro lavoro; non so se uno dei due, prima o poi, comincerà a fare yoga; non conosco i misteri del corpo: come reagiranno le nostre cellule all'invecchiamento? Riusciremo a vedere un concerto dei Pearl Jam insieme? La prima volta è andata lei da sola perché io ero indietro con una consegna, la seconda io da solo perché lei si era presa la varicella.

Chi morirà per primo? Perché uno dei due lascerà all'altro l'incombenza del proprio funerale. È nella natura delle cose, a meno che non si muoia insieme in un incidente o che so io. Ma questa è un'altra faccenda.

Per questo quando la madre di Luna mi ha invitato a entrare in casa, be', ero sì emozionato, ma non come avrei dovuto essere se anche solo un po' di questa consapevolezza avesse fatto parte di me. Così alla domanda: «Ci vuoi lo zucchero?» risposi semplicemente: «No, grazie». Come se si trattasse di una spremuta di limoni qualunque, e non, come invece era, di un brindisi alla nostra vita. Presi il bicchiere, un bicchiere zigrinato, da birra, e mi sedetti su uno dei due sgabelli alti che stavano accanto al frigorifero. Luna, con il suo, sedette sul bracciolo del divano. Bevemmo in silenzio, mentre la madre parlava del tipo di fiori che avrebbe piantato, se la casa fosse stata sua e non di Alessandro, il cognato, che quell'estate era andato in Spagna, e del basilico dell'orto, che per lei era insuperabile.

«Come non ne vedevo da secoli», disse.

«Ti piacciono i formicai?» chiese Luna.

«Moltissimo», risposi. Anche se in realtà mi avevano sempre fatto schifo e a Capo Galilea, con Michele e Salvo, gli davo fuoco.

«Te ne faccio vedere uno.»

Posammo i bicchieri nel lavandino e uscimmo.

Ben Burtt è uno dei più importanti sound designer del mondo.

Lo conosco per due motivi. Il primo è che è stato lui a creare il cinguettio elettronico di C1-P8, compagno del droide protocollare C-3PO in *Star Wars* così come i ronzii delle spade laser e il respiro asmatico di Dart Fener. Il secondo è perché l'ho incontrato al Comic-Con di San Diego lo scorso anno e siamo finiti a cena insieme con due disegnatori amici miei, due sconvolti devoti della marijuana cui non affideresti tuo figlio neanche per un ghiacciolo ma che, perdio, dategli in mano una matita e installategli un programma grafico e ciò che avrete saranno stupore e meraviglia; stavano lavorando a una miniserie ispirata alla saga di Lucas, uno spin-off che prendeva le mosse dalla Guerra dei Cloni.

Ecco, Ben Burtt, nel secondo episodio di *Star Wars* usa un effetto che lui chiama *audio black hole*. Un vuoto. Un momento di totale silenzio prima di una deflagrazione che, nella mente (e nelle orecchie) di chi ascolta, ha il risultato di amplificare la potenza dello scoppio. Quello che successe a Colle Ferro prima che il cielo decidesse di rovesciarci addosso tutta l'acqua del creato, in una versione ridotta del diluvio universale, fu esattamente questo.

Già si è detto del tempo piovoso di quell'estate – uno degli argomenti di conversazione più in voga tra gli anziani di Colle Ferro, soprattutto fra i tre della panchina – ma d'un tratto l'estate si era ricordata di sé, ed era esplosa in un caldo torrido che impregnava le case, cuoceva la frutta sui rami e, a quanto pare, faceva felice gli insetti. Non un filo di vento, non un suono. Ogni cosa era immobile: i prati, le foglie, i vestiti stesi ad asciugare. Se una macchina alzava la polvere della strada, la polvere collassava a terra un istante dopo. Se chiamavi qualcuno, il suono si spegneva dopo pochi metri, e c'era da fare attenzione a non spaventare la gente: il rumore dei passi restava incollato alle suole e non ti si udiva arrivare.

«Che cazzo ci fa lei?» fu la prima frase pronunciata da Isacco quando ci vide entrare, me e Luna, nel cortile di casa sua, Chupa Chups in bocca. «Ti sei venduto al nemico.»

«Ho chiarito la faccenda», dissi.

«Lei torto. Noi ragione», fece lui. «Mi sembra abbastanza chiaro.»

«Aspetta...»

«Aspetta cosa, aspetta? Non aspetto niente.»

Luna fece schioccare le labbra. «Zeno mi ha...»

«Zitta te», disse Isacco, alzando le mani sopra la testa e tappandosi le orecchie con i pollici. «Non voglio sentirti.»

«Oh, ma sei rincoglionito?» Luna scattò e diede un colpetto con le dita sulla spalla di Isacco. «Vuoi che ti chieda scusa? Vogliamo giocare a chi è più adulto? Scusa. Occhei? Non avete fatto nulla a Raissa e non dovevo rovesciarvi l'acqua addosso, anche se tu con quella fogna di bocca te la sei meritata, la doccia. Ma non dovevo.» Allargò le braccia. «Va bene? Ora possiamo tornare nel magico mondo dei normodotati o continuiamo a giocare a Helen Keller?»

«Chi?» chiesi.

Rispose senza voltarsi. «Roba di scuola.»

«Questa non si capisce nemmeno quando parla», sentenziò Isacco.

«Sentite», mi feci avanti. «Ho un'idea...»

«Almeno c'è qualcuno che pensa», disse Luna.

«Deponiamo le armi», dissi, «e andiamo a fare il bagno.»

Isacco raccolse la palla da basket. «Ti ho già salvato una volta.»

«Vorrai mica stare qui a tirare a canestro? Si muore dal caldo.»

Luna andò a buttare lo stecchino del Chupa Chups in un posacenere di plastica rossa appoggiato sul davanzale tra i gerani. «Io ci sto.»

«Isacco?»

Isacco fece un passo a destra e uno a sinistra simulando una finta e liberò un tiro molle e arcuato che s'infilò a ciuffo nell'anello. Si stupì lui stesso del tiro, tanto che s'irrigidì, inorgoglito, e si voltò a guardarci con un mezzo sorriso che gli rimpiccioliva un occhio.

«Metto il costume», disse.

Per scollarci di dosso l'immobilità ardente di quei giorni, cominciammo a trascorrere le ore più calde al lago, a gettarci in acqua avvolti dagli odori della valle, erba, corteccia, terra, che il caldo rendeva ancora più penetranti e intensi di quanto non fossero di solito; a prendere il fresco sotto le chiome dense e tondeggianti dei lecci fabbricando trappole di resina per le formiche; a catturare locuste e cicale con le magliette; a lanciarci addosso le bacche di ginepro con fionde fatte di rami biforcuti ed elastici.

Luna sapeva tuffarsi molto bene e ci insegnò a entrare in acqua con le braccia e le gambe distese, a tenere basso il sedere, a improvvisare un carpiato prima piegando in avanti il busto, poi sollevando la parte inferiore del corpo, tenendo la testa e le spalle ferme, in linea retta con la schiena. Fuori, il corpo s'asciugava all'istante, lasciando sulla pelle una sensazione attutita, soffice, completamente diversa da quella cui mi aveva abituato il mare di Capo Galilea, dove sale e sabbia tendevano a seccare. Uscire dal lago e ritrovarsi tra gli alberi era un rito di purificazione. Solo le nostre voci e le nostre risa interrompevano il volo degli uccelli, solo le nostre pietre irradiavano onde concentriche sull'acqua, solo le nostre mani morbide, i nostri muscoli tonici e infantili cercavano il confronto con la pelle rugosa dei tronchi, quando ci arrampicavamo sui rami facendo a gara a chi saliva più in alto.

Un pomeriggio, poco prima del tramonto, centinaia di coccinelle spuntate dal nulla fecero sosta tra noi, stanche o desiderose di compagnia: ci giocammo fin quando fu buio. E al loro posto giunsero le lucciole.

Pensai meno a mio padre, in quei giorni. Forse allora tentai di soffocarne la consapevolezza, ma oggi, a rivedere le cose, ne sono certo. Addirittura mi ritrovai, sfinito per il gran nuotare e il tuffarmi e l'accapigliarmi con Luna e Isacco, a non avere voglia di salire al Monticello per controllare i messaggi. La scissura che venne a crearsi in quella bolla rovente e rigenerante di tempo, tra la mia esuberanza, il mio vigore, il mio desiderio di godere dell'esistente e la malattia, il degradarsi del corpo di mio padre, fu palese. Ma come capita quando si è bambini, non me ne accorsi: la vita era predominante. La vita è celebrazione, a dodici anni.

Poi, però, arrivò. Cominciò con una pioggia sottile che il vento, destatosi improvvisamente, disperdeva in traiettorie disordinate che si infrangevano contro i vetri della casa, come se ci fosse qualcuno, nascosto fuori in cortile, che frustava l'aria con un lenzuolo bagnato. Ma erano ancora spilli, quelli, aghi d'acqua; durarono un giorno e una notte. Dopo vennero gocce gonfie come acini d'uva; crollavano al suolo sollevando spruzzi di terra e lasciando buchi nell'erba; percuotevano i muri con la violenza di una fucilata, e il tetto della casa rullava e tremava da far dubitare della sua solidità.

Era impossibile dormire al primo piano. Mi organizzai per passare la notte – o le notti – sul divano della sala. Nonno, in tutto questo, continuava ad attraversare gli spazi comuni, a scendere e salire le scale, come se non esistessi se non per quelli che considerava i bisogni essenziali: nutrirmi, usare il gabinetto, accertarsi del cambio costante della biancheria. Ma il temporale più lungo e intenso che l'intera valle di Colle Ferro ricordasse a memoria d'uomo – anche se le cronache raccontavano di un'alluvione nel XIX secolo in cui due frazioni erano state spazzate via dal fango – non dava segni di voler terminare, cosa che, in qualche modo, mise me e nonno nella condizione di spartire tempo e casa come mai era successo fino ad allora. Che fare insieme, giorno e notte, per giorni e notti, mentre fuori c'era la fine del mondo?

Io rilessi tutti i fumetti che mi ero portato, e solo allora mi accorsi che, da quando ero arrivato, non ne avevo più comprati, anche perché in paese non esisteva un vero e proprio giornalaio, ma un bar-trattoria che faceva anche da tabaccheria presso cui si trovavano i quotidiani più importanti, una o due riviste femminili e «La Settimana Enigmistica». Terminati i fumetti cominciai a disegnare: copiai una copertina degli *X-Men* con il professor Xavier seduto sulla sedia a rotelle e Ciclope che lo spingeva, e aggiunsi, dietro di lui, una ragazzina mutante con la capacità di diventare invisibile (e solo quando finii mi resi conto di averle dato i lineamenti di Luna); disegnai Wolverine, che a me era sempre sembrato molto, molto simile a mio padre, tranne per gli artigli di adamantio, ovvio. Wolverine era irascibile come mio padre; ed era intrepido come ho sempre considerato mio padre. Ma a differenza di Logan, mio padre non era mai stato arrabbiato e rissoso. E tutta la sua irascibilità si stemperava nell'ironia, nella creatività in cucina e nel prendersi cura di me e di mamma. Disegnai il disegnabile finché non finii le matite. Allora andai a chiedere al nonno se ne aveva altre. Era in camera a fare non so che. Mi fermai sulla porta.

«Matite?» chiese senza voltarsi.

«Sì.»

«No. Ho delle penne.»

«Le penne non si cancellano.»

«Le penne si riciclano aggiungendo altro inchiostro», disse. «Le matite si consumano, diventano trucioli e polvere di grafite. Inutilizzabili.»

Feci per andare via, ma lui, sempre senza girarsi, disse: «Leggiti un libro, se ti annoi».

«Non conosco niente di quello che c'è sugli scaffali.»

Nonno si alzò, prese un libro dal comodino e me lo diede. Erano i suoi racconti di Hemingway, quelli che portava sempre con sé e che rileggeva in continuazione. «Questo me lo hanno dato quando ero poco più grande di te. Potrebbe piacerti.»

«Tu leggi sempre questo.»

«Sì.»

«Perché lo rileggi, se lo conosci? Il libro non cambia.»

«Infatti siamo noi a cambiare. I libri riletti sono diversi perché nel tempo le persone sono diventate persone diverse. Pensi forse che quelle avventure roboanti dei supercosi ti faranno lo stesso effetto quando sarai un uomo?»

«Mi piaceranno sempre», dissi stizzito.

«Non ho detto questo, non ho detto che non ti piaceranno più. Ma ti sembreranno diverse. Ci troverai altro», disse. «O forse non ci troverai più nulla.»

«Cosa racconta?»

«Chi?»

«Il libro.»

Il nonno me lo prese di mano, lo aprì a caso – o almeno a me sembrò che lo aprisse a caso, ma forse no, forse, grazie alla frequentazione quotidiana di quelle pagine, avrebbe potuto aprire immediatamente pagina duecentosette se avesse voluto aprire pagina duecentosette, o l'inizio di *Colline come elefanti bianchi* se *Colline come elefanti bianchi* era quello che cercava.

Cominciò a leggere con una voce antica. «Era tardi e tutti avevano lasciato il caffè tranne un vecchio seduto all'ombra che le foglie dell'albero formavano contro la luce elettrica. Di giorno la strada era polverosa, ma di notte la rugiada fissava la polvere e al vecchio piaceva stare seduto fino a tardi perché era sordo e di notte c'era un gran silenzio, e lui avvertiva la differenza.»

Alzò gli occhi e mi scrutò cercando sul mio viso segni di stupore, credo; ma io restai a fissarlo a bocca chiusa, le palpebre abbassate, senza dire nulla e senza muovere un muscolo. Emise una specie di grugnito. «C'era un gran silenzio», rilesse, «e lui avvertiva la differenza.» Mi scrutò un'altra volta da sopra le pagine ingiallite. «Ci arrivi? È sordo. Ma nonostante la sordità sente la differenza tra il rumore di fondo...» e fece un gesto con la mano come stesse avvitando un pomolo dentro l'orecchio «... del giorno e il silenzio della notte.»

«Figo», dissi, con il tono di voce meno inerte che riuscii a modulare.

«C'è la vita, in questi racconti.»

«Già.»

«Lo vuoi?»

«Vado a rileggere *Gon.*»

«Ti fai del male», disse lui.

«Hai altre proposte?»

In quel momento ci fu un lampo. Contai i secondi che lo separavano dal tuono perché una volta un pescatore mi aveva detto che per sapere quant'era distante bisognava moltiplicare quei secondi per trecentoquaranta; non feci in tempo ad arrivare a tre e il rombo secco di centinaia di rami spezzati si rovesciò su di noi. Mi chiusi nelle spalle per lo spavento. Il nonno fu come non l'avesse sentito.

«Allora?» feci.

Lui mosse la testa come a dire: Allora cosa?

«Altre proposte?»

«Oh, per carità.» Chiuse il libro e lo gettò sul letto. «Va' di sotto. Guarda fuori dalla finestra. Disegna sulla condensa. Fa' cosa vuoi.»

Disegnare sulla condensa, in effetti, non era male come idea, ma preferii mettermi a scartabellare tra i dischi, guardando le illustrazioni sulle custodie e mettendone su uno, di tanto in tanto, per capire che roba fosse. Era scesa anche la temperatura, infatti il nonno venne ad accendere la stufa.

«Butta un occhio», disse. «Se vedi che si spegne usa il tiraggio. Lo sai fare?»

Non avevo la minima idea di cosa fosse il tiraggio; dissi: «Certo».

Ma la stufa funzionava a meraviglia e non dovetti fare nulla, se non stare sul divano a guardare gli arabeschi delle fiamme dietro il vetro, le ombre vive nella stanza. Scese la notte. Mi avvolsi in una coperta; tra i libri, alla fine, avevo trovato un romanzo di fantascienza che a leggerne dei pezzi mi aveva incuriosito, soprattutto perché pioveva sempre, e perché il titolo, *Il cacciatore di androidi*, mi ricordava Nathan Never (*Blade Runner* non l'avevo ancora visto).

Mi addormentai.

Era la terza notte di tempesta, credo. Non avevamo televisione, né radio. Eravamo completamente isolati, e non sapevamo che la pioggia aveva fatto danni ovunque, in giro per l'entroterra, che nella valle accanto era anche morta una persona, un uomo sorpreso dalla piena del torrente mentre era a passeggio con il suo cane; il cane si era salvato arrampicandosi su una roccia e la sua foto, scoprii nei giorni successivi, era apparsa su tutti i quotidiani. Stavo dormendo abbracciato a un cuscino quando uno schianto roco mi svegliò di soprassalto. Era vicino, era strano, ed era diverso da tutti gli altri rumori che mi erano scivolati addosso in quelle ore, costruendo una texture sonora permanente. Mi alzai dal divano. Avevo l'impressione che fosse venuto dalla cantina, quel fragore. Ma in cantina non potevo entrarci, e non c'ero più entrato. Mi accostai alla porta e la schiusi, giusto uno spiraglio. Nella mescola nuova e inaspettata degli odori – non più la fragranza del formaggio, o non più solo quella – c'era terra e polvere di roccia e di fiume.

Salii di corsa le scale e bussai al nonno.

«Che c'è?»

«La cantina», urlai. «È successo qualcosa.»

Sentii il letto cigolare, e lui che accendeva la lampada e cercava le pantofole con i piedi. Apparve in pigiama. «Che ha la cantina?»

«Non lo so. Non sono entrato. Ma c'è stato un rumore e...»

«Andiamo.»

Lo seguii. Aprì la porta, premette l'interruttore e l'unica lampadina ad accendersi fu quella davanti a noi, in cima alle scale; sotto era il buio.

«Prendo la torcia?» chiesi.

«Sì.»

Tornai in un secondo.

«Illumina davanti.»

«Lo senti?» dissi.

«Cosa?»

«Quest'odore.»

Non rispose, ma tirò dal naso una volta, poi ancora una. Arrivati in fondo strisciai la lingua di luce contro la parete sinistra, ogni cosa era al suo posto: le stagere con i formaggi, una scatola di legno con i manici degli attrezzi che spuntavano dal coperchio sollevato, due sedie pieghevoli e dappertutto una foschia bassa. Spostai il fascio verso il fondo, nulla, e stavo per dirigerlo a destra quando il nonno mi strappò la torcia dalle mani. Diresse la luce verso il pavimento. Mezzo metro davanti a noi, un formaggio, e poco più in là un altro, e della terra smossa attorno, e quella che sembrava roccia, e intonaco. Nonno illuminò la parete destra. Non c'era più. Al suo posto c'era la carne viva della montagna: le infiltrazioni avevano fatto marcire la terra e qualcuno era passato a strapparle via la pelle, e quello che stavamo guardando erano muscoli rocciosi, tendini radicali, vene e nervi: la pioggia aveva scorticato il muro della cantina.

«Che disastro», disse nonno, ma la voce era di uno che a vedere macerie è abituato; c'erano già il lavoro, la fatica, e anche la rassegnazione di chi deve rimettere tutto a posto, in quella voce. «Vai a prendere le candele.»

«Dove?»

«In cucina. Il pensile sopra le conserve. E i fiammiferi, anche.»

Stavo per svanire per le scale quando inciampai in un oggetto metallico. Lo raccolsi. Era una catena. C'era troppa poca luce e non si vedeva bene, ma mi resi conto, al tatto, che la superficie esterna degli anelli era incisa. Stavo per chiedere cos'era quando nonno me la strappò di mano.

«Candele e fiammiferi», disse.

Salii di sopra a tentoni.

Candele ce n'erano una decina, le accendemmo tutte: due sul tavolino, quattro per terra, distanti, le altre sopra gli scaffali ancora in piedi. Presto si diffuse un bagliore caldo, catacombale, grazie a cui iniziammo a raccogliere i formaggi caduti, a pulirli con uno straccio e a riporli ordinatamente sulle stagere rimaste. Non ricordavo neppure di aver dormito solo qualche ora; era strano ed eccitante lavorare di notte in quella luce. Quando tutte le forme furono recuperate – non tutte a dire il vero, le più fresche erano irrimediabilmente perse – e il nonno disse: «Torniamo di sopra. Lasciamo le cose come stanno, per adesso», eravamo entrambi sudati, stanchi, sporchi di terriccio, e il giorno cominciava a elencare gli alberi della valle.

«Vado a fare una doccia», dissi.

«Preparo il tè.»

«Buona idea.» Poi: «Nonno».

«Sì.»

«Ci sono rischi?»

«Che rischi?»

«Non so. Per la casa, tipo.»

«Hai paura che crolli?»

«La cantina sono le fondamenta, no?»

«Non esattamente», disse. «E comunque no. Non ci sono rischi.»

«Occhei.»

Ma doveva esserci stata un'ombra nella mia voce, perché nonno disse: «Convinto?»

«Certo», annuii. E mi diressi in bagno.

«Zeno.»

Mi voltai.

Nonno mi scrutò in silenzio per alcuni istanti. «Grazie.»

Mi strinsi nelle spalle. «Dovere», dissi.

La doccia sciacquò via lo sporco e il sudore, lasciandomi in cambio una spossatezza fina. Bevvi il tè e mangiai della torta di noci mentre nonno si lavava. Fuori continuava a piovere; una fitta coltre di nubi era avvinghiata alle cime degli alberi; sembrava fossero i tronchi e le foglie a produrre i fumi e i vapori. Mi addormentai sul divano; credo che nonno mi abbia aggiustato la coperta, ma non ne sono certo.

Il quinto giorno la pioggia divenne impalpabile e d'un tratto, tra le gocce, si fecero largo i raggi di sole, squarciando la trama delle nuvole, e l'estate si ripresentò come per chiedere perdono della temporanea assenza. L'erba era ingrassata e brillava di un verde intenso; così come gli alberi. Nel fango c'erano vermi che di solito, nelle stagioni calde, cercano l'umido nel profondo, e che l'acqua aveva invitato a risalire. Nonno chiamò qualcuno, non so chi, a sistemare la cantina, e per tre giorni fu tutto un passare di carriole eccetera. Io ci diedi dentro. Dev'essere stato quello. Perché, come il caldo era tornato ad asciugare la montagna, d'improvviso anche il grumo di diffidenza e di tensione che aveva tenuto distanti me e mio nonno, in quell'estate del '99, improvvisamente cominciò a sciogliersi. Lavorare insieme abbatte gli steccati.

Anche questo credo di averlo usato in *Shukran*. La vita, per chi racconta storie, è come il maiale: non si butta mai via niente.

La sera arrivò mamma a controllare che stessimo bene. A Genova erano caduti più millimetri di pioggia in quei cinque giorni che in tutto l'anno, ma senza fare danni, e lei aveva trascorso il tempo a giocare a burraco con papà. E a lei burraco non era mai piaciuto.

Riassunto della mia vita per quanto è concesso
ricordare o ricostruire o immaginare:
dove la memoria illumina
1951-1960

L'ultimo anno di scuola media fatico molto. Gabriele, al liceo, è il migliore della classe. Io evito di essere il peggiore. Una sera sento nostra madre piangere in cucina. M'acquatto. La osservo di nascosto. È seduta al tavolo, tra gli avanzi di cibo e le stoviglie da lavare. Ha il viso raccolto nelle mani, i singhiozzi le scuotono la schiena e le spalle. Gabriele, immobile in mezzo al corridoio, guarda me spiare nostra madre.

Dico: Piange per nostro padre.

Gabriele risponde: Figurati. Piange per te, per il tuo futuro. Hai di nuovo preso qualche brutto voto, vero? Magari in un tema. O in storia.

Dico: È vero, ho preso un brutto voto. Ma non sta piangendo per me.

Sicuro? Perché non vai a chiederglielo?

Cerco il coraggio nelle calze, lo attiro con la punta delle dita. Entro in cucina. Nostra madre volta la testa, tira su dal naso e asciuga le guance con un fazzoletto.

Dico: Stai piangendo per me?

No. Simone. Come ti vengono certe idee?

Soffri per il mio rendimento scolastico?

Risponde: Sto piangendo per tutto quello che non riesco a controllare.

Non sei tu che devi controllare il mio rendimento scolastico. Sono io. Ti chiedo perdono. Prometto che finirò l'anno nel migliore dei modi.

Nostra madre sorride o almeno ci prova, ma senza riuscirci: Cosa pensi di fare dopo?

Non rispondo. Ma sembra che lei non aspetti una mia risposta. Perché d'un tratto s'infervora, dice: Sai, ho trovato una scuola che sarebbe perfetta per te. Giuro: cucita addosso. E dicendolo inarca la schiena. Mi accorgo che misura le parole come gocce di sonnifero. Strizza il fazzoletto che tiene tra le mani e continua: La scuola è finanziata da una azienda che poi gli allievi migliori li assume pure. È una cosa molto, molto tecnica. Si lavorano oggetti e materiali e sostanze; come piace a te, Simone. Però, ecco, è legatissima al paese in cui ha sede; in cui ha sede l'azienda, intendo. Per questo ogni anno accetta solo pochi alunni esterni. Gli altri sono ragazzi del paese, o figli dei dipendenti. Dovresti fare un test. Ma io ho anche delle conoscenze, in quel paese. Delle amiche. E loro hanno detto che potrebbero metterci una parola buona. Anche se sono sicura che non ne avrai bisogno. Perché sono le tue materie preferite. Quelle in cui eccelli. In caso, ma solo in caso...

Dov'è?

Nostra madre riprende fiato: Cosa?

La scuola. Il paese.

A Ivrea.

Dov'è Ivrea?

In Piemonte. Vicino alla Valle d'Aosta. Vicino alle montagne.

Dico: È lontano. Gabriele dovrebbe cambiare scuola.

Noi non verremmo, Simone.

Non so cosa dire, sono paralizzato. Il silenzio gonfia le pareti per alcuni secondi, poi esplode nella supplica di nostra madre: Ma non sono molte ore di treno. Cinque o sei al massimo. Ci vedremo spesso. Tre o quattro volte all'anno. E d'estate. Pensa che meraviglia. E a te è sempre piaciuta la montagna. Farete delle gite. Starai a pensione da qualcuno. Dicono che i laboratori e le officine della scuola siano i migliori d'Europa. Del mondo. E i macchinari anche. Cosa ne pensi?

Va bene.

Nostra madre si alza in piedi: Dici sul serio?

Certamente.

Dovrai imparare a occuparti di te stesso. Non ci sarò io a rincorrerti per ogni cosa.

Dico: Se pensi che sia la cosa giusta da fare, mi abituerò.

Nostra madre mi abbraccia, infila il naso tra i miei capelli.

Mentre indosso il pigiama Gabriele entra in camera mia con una pallina di cuoio in mano, si siede sul letto. Lancia la pallina e la riprende. La lancia e la riprende. D'un tratto la getta verso di me. Io l'afferro e gliela ritiro con violenza. Gabriele si scansa, la pallina impatta contro il muro e rimbalza verso la finestra aperta. Cade di sotto. Per strada. Quando ci affacciamo non riusciamo a vederla. Ormai è tardi e non possiamo uscire. La mattina dopo, prima di andare a scuola, scendiamo a cercarla, ma non la troviamo più. Mi scendono le lacrime, inattese.

Gabriele dice: Che hai?

Mi spiace per la tua pallina.

Dice: Era solo una stupida pallina. Ne trovo quante ne voglio.

* * *

A scuola vengo promosso. Due giorni dopo io e nostra madre prendiamo un treno per Torino. A Torino cambiamo, saliamo su un treno più piccolo e malridotto. Scendiamo a Ivrea. Le cime dei monti sono ancora macchiate di neve, i prati verde brillante e l'aria è fresca e tersa: mi sento bene.

Ci sistemiamo in un albergo accanto alla stazione. È dai tempi della pensione di madame Fleur che non entro in un albergo, la stanza è piccola, ma pulita. Andiamo a cena da alcuni conoscenti: la famiglia Ramella. Sono una coppia anziana. Vivono in un alloggio buio, soffocato da ninnoli, quadri e sculture di legno, tanto che non si vedono i muri. È la signora Ramella a essere in contatto con l'azienda e con i responsabili della scuola.

Dice: Metterò una buona parola per te. Stanne certo. Ma da quanto mi ha detto tua mamma, non ne avrai bisogno. È vero che ti piace lavorare con le mani?

Mi piace vedere le cose che si trasformano.

Da queste parti, si trasforma tutto. Anche troppo in fretta.

Chiedo: Cosa mi faranno fare?

Dei test. A loro, per quanto ne so io, beninteso, e non vorrei far la parte di chi ne sa più del dovuto, gli interessano soprattutto curiosità e affinità.

Affinità?

Dice: Con l'ambiente. Con il lavoro. Quello che non sai, lo imparerai lì.

La mattina ci svegliamo all'alba. Indosso la mia camicia migliore e la giacca di cotone leggero; lucido le scarpe. Impieghiamo venti minuti a trovare scuola e azienda. Chiediamo a un postino che ce le indica: degli edifici enormi.

A sostenere la prova siamo un centinaio. Ragazzi da tutte le regioni d'Italia. Trascorriamo la mattina e il pomeriggio a scrivere, disegnare e fare calcoli. Ci parlano. Visitiamo le officine. Facciamo domande, loro rispondono pazienti.

Alla fine della giornata, tornando alla stazione, nostra madre mi chiede: Com'è andata?

Dico: Non lo so.

Ma tu cosa pensi? Ti prenderanno?

Eravamo in tanti. Molti più bravi di me.

Viaggiamo in silenzio, il sole tramonta. Facciamo una sosta a Torino da alcuni parenti. Il giorno dopo, entrambi sfiniti e nervosi, torniamo a Genova e raggiungiamo Gabriele e il nonno nella casa di campagna.

Gabriele chiede: Quando saprai i risultati?

Dico: Non lo so.

Come fai a non saperlo?

Non ce l'hanno detto.

E tu non l'hai chiesto?

Dico: No.

Da quel giorno, ogni mattina, nostra madre scende in strada ad aspettare il postino. Se il postino passa prima che lei sia scesa, se lo sente armeggiare nell'atrio, spalanca la porta e fa le scale di corsa, con le ciabatte che schioccano contro il tallone. La lettera con i risultati arriva all'inizio di luglio. Ne hanno presi due, di quei cento ragazzi. Uno sono io.

* * *

Trascorriamo l'estate in campagna. Gabriele legge tutto il giorno, seduto su un vecchio dondolo. Io perdo tempo. A volte mi sdraio su una roccia, una grossa roccia che torreggia in mezzo all'orto, e che nessuno ha mai tolto. Mi sdraio e resto lì per ore. Non penso a nulla. Guardo le nuvole mutare. I colombi e i corvi che volano. Insieme, io e Gabriele, costruiamo un arco.

I primi di settembre, un giorno di pioggia fine, Gabriele e nostra madre mi scortano alla stazione. Ci salutiamo davanti al predellino del vagone, poi mi sporgo mentre il treno parte. Nostra madre piange. Io no. L'euforia è più intensa e acuminata della paura e della tristezza. Per tutto il viaggio guardo dal finestrino: strade, paesi, colture. Non parlo con nessuno. Il tempo scorre sul vetro, attraverso il mio riflesso. Il mondo anche.

È la signora Ramella che mi riceve all'arrivo. Ha trovato una donna, una vedova di mezz'età che ha una camera da affittare. Mi indica la strada per raggiungere la scuola e quella per casa sua. Dice: Qualunque cosa, vieni a chiedere a me. Siamo d'accordo? Ho promesso a tua madre che mi sarei preso cura del suo figliolo e ho intenzione di farlo. Va bene?

Dico: La ringrazio molto.

La casa della vedova è praticamente vuota: pochi mobili, pochi oggetti, alle pareti le impronte dei quadri di un tempo. Quando è morto il marito ha dato via tutto, per dimenticarlo. In camera mia c'è un letto sotto la finestra, un comodino, un armadio per appendere i vestiti con due ripiani per le maglie e, accanto alla porta, un settimino traforato dai tarli per la biancheria. Io non ho molto, in effetti. Ho portato via da Genova solo un cannocchiale da tasca appartenuto a nostro padre, una scatola di legno, quella che lui aveva usato per nascondere le chiavi dello studio, un quaderno per appunti, una penna stilografica, qualche busta con i francobolli per mandare notizie, dei carboncini da disegno. Una pallina di cuoio, regalo di Gabriele. Tutto quello che riesco lo comprimo nella scatola di legno che nascondo tra le calze, in fondo a uno dei cassetti del settimino. Vado dalla vedova, dico: Mancano le grucce.

Sta cucendo seduta in poltrona. La stanza è molto buia; non capisco come faccia a vedere. Dice: Quali grucce?

Gli appendiabiti. Nell'armadio.

Annuisce: Domani te li procuro.

È quasi ora di pranzo. Sono invitato dai signori Ramella. Prima di andare da loro faccio un rapido giro del paese; mi guardo attorno per impadronirmi dei luoghi, per sentirli miei. Mi soffermo lì dove i muri finiscono, aprendosi alle montagne. I signori Ramella sono gentili e mangiamo pollo e verdure grigliate; frittelle di mele.

Quando torno dalla vedova, lei non c'è. Vado in camera e mi accorgo che i cassetti sono stati aperti. Me ne accorgo perché io, quando chiudo i cassetti, li chiudo perfettamente. Passo il dito per controllare che siano a filo. Non mi piacciono i cassetti socchiusi. In tutto ciò che è socchiuso può entrare qualcosa. E poi mi piace l'ordine, la pulizia. Guardo dentro. C'è tutto, ma senza dubbio qualcuno ha rovistato tra le mie cose. Mi siedo in soggiorno, sulla poltrona, e attendo che la vedova rientri.

La sento aprire la porta e mi alzo. Lei entra. Dico: Io non verrò mai a rovistare nei suoi cassetti. La prego di non farlo nei miei. I soldi che le do per la stanza includono anche il prezzo della mia intimità.

Lei dice: Non ti conosco. Le garanzie che mi ha dato la signora Ramella sono buone, ma non so chi sei davvero. Io preferisco dare una controllatina subito, per capire con chi sarò costretta a dividere la casa. In ogni caso, dormi tranquillo. D'ora in avanti entrerò soltanto per spazzare in terra.

La notte, chiudo la porta a chiave.

* * *

La vedova non mi dà da mangiare né pranzo né cena. Solo colazione: pane e latte caldo. I primi giorni, per il pranzo, mi aggiusto con il pane che lascio scivolare in tasca la mattina. Poi, grazie all'intercessione della signora Ramella, vengo autorizzato a frequentare la mensa degli operai. Ogni mese mi consegnano dei tagliandi colorati, ogni tagliando vale un piatto; quando sono finiti sono finiti. Il primo mese pasticcio e l'ultima settimana non ne ho più: mangio solo la minestra calda che servono a tutti a fine pasto. In seguito imparo a gestirli e due volte mi capita di avanzarne, così mi permetto dei pasti veri: primo, secondo e contorno. Alla minestra calda mi abituo. Senza mi sembra di non poter più digerire.

Di sera non posso mangiare in mensa; è riservata agli operai del turno di notte. I primi tempi la signora Ramella mi ospita da lei. Poi mi presenta una vecchietta sola e povera che, in cambio di pochi soldi, accetta di cucinarmi un uovo bollito e di darmi un frutto tutte le sere. È gentile, ma parla moltissimo. Comincia a raccontare di sé e del suo paese appena mi siedo a tavola, e ogni volta tarda a servirmi il frutto per chiacchierare ancora un po'. A me non dà fastidio, ma quando parla sputa e a un certo momento prende l'abitudine di sedersi all'angolo del tavolo, proprio al mio fianco, e capita che mi sputi nel piatto. Io proteggo l'uovo con la mano, gli sputi mi colpiscono le dita.

Una sera, prima che me ne vada, dice: Ti piace leggere?

Sì.

Ho trovato un libro. Non so chi lo ha lasciato. Tieni.

Me lo porge. Lo prendo. C'è scritto: *I quarantanove racconti*, di Ernest Hemingway.

Dico: Posso portarlo via?

Certo. Vuoi leggerlo qua?

Dico: Grazie.

A casa, sotto le coperte, alla luce tremula di un abat-jour malmesso che mi sono procurato, lo apro. Non comincio dal primo racconto; sfogliando le pagine ne noto uno intitolato *Un posto pulito, illuminato bene*. Inizio da quello e quando mi addormento sono un vecchio in un bar, seduto all'ombra che le foglie di un albero formano contro una luce elettrica. E il nulla è con me.

* * *

Di tutto, ciò che preferisco è la strada per andare a scuola. Attraverso un vecchio ponte di legno e il rumore sordo delle assi, lo scrosciare del torrente sottostante, mi predispone alla giornata.

La professoressa Scaglioni insegna italiano. È una donna giovane, gentile e premurosa. E anche molto bella. Un giorno, all'uscita, mi avvicino e le dico: Sto leggendo Hemingway. Lo conosce?

Lei s'illumina. Dice: Davvero? Cosa stai leggendo?

I racconti.

I quarantanove racconti?

Dico: Sì. Lei si offre di accompagnarmi verso casa e intanto parliamo di libri, di quello che legge lei, di cosa piace a me. Alla fine ci lasciamo sotto la casa della vedova. Vorrei chiederle di salire. Solo al pensiero di quello che avrei voluto chiederle tremo tutta la notte.

Il professor Dalla Paola fuma tutto il giorno, anche in classe, e l'aria è irrespirabile. È burbero, scontroso, ma io lo stimo molto. Insegna storia. Le ricostruzioni delle grandi battaglie sono il suo pezzo forte. Quando racconta non vola una mosca.

Il professor Cusma è un buon tecnologo, ma ha poca voglia di insegnare. Comincia a spiegare qualcosa, si interrompe, dice: Vabbè, questo lo vedrete in officina; parla del diagramma ferro carbonio, smette e dice: Tanto poi ve lo mostrano in officina. Da lui ho imparato a non prendermi troppo sul serio.

Il professor Verzuolo è il preside, ed è un ex militare. Ha fatto la guerra in Indocina, era nella Legione Straniera. Quando entra vuole che ci alziamo in piedi e sbattiamo i tacchi. Ogni volta riesce a capire chi non li ha sbattuti a dovere e gli fa ripetere il saluto. Insegna matematica. Ci chiede di fare pagine e pagine di esercizi a casa, in bella grafia. Se glieli porti anche solo con una macchia o uno sbaffo o disordinati, li straccia davanti a tutti e ti obbliga a rifarli. Io ho una pessima calligrafia: quindi imparo la matematica.

La professoressa Bo insegna scienze. Lei entra senza salutare o pretendere di essere salutata, prende un gessetto e scrive sulla lavagna senza controllare se la seguiamo. E infatti nessuno la segue.

Ferrero è il professore di meccanica. Verzuolo ci spiega i logaritmi da un punto di vista teorico, con Ferrero li applichiamo per i calcoli dei travi.

Rossa è il responsabile dell'officina. È insopportabile. I primi due anni tiriamo di lima. Solo lima. Se sbagli un pezzo di un centesimo di millimetro devi ricominciare da capo, anche se su quel pezzo hai lavorato per trenta, quaranta ore. Il mio primo lavoro dura tutto l'anno. Gli altri lo finiscono in due mesi.

La professoressa Arengo insegna l'inglese con le canzonette. Anche lei è una bella donna, sebbene sia di qualche anno più vecchia della professoressa Scaglioni. Ma ciò per cui la amo, sopra tutti, è che non dà i voti. Ci ascolta parlare, dialogare, cantare. Ci fa domande sulle storie che racconta. Usciamo a passeggiare e mentre camminiamo descrive il paesaggio in inglese. Ci dice di recitare la parte di un panettiere e di una cliente. Quello che impariamo, impariamo. Quello che non impariamo, non lo impariamo.

Mi piace non essere giudicato.

* * *

I soldi che nostra madre mi manda per posta a fine mese sono pochi. Non bastano per pagare la stanza, il cibo, le matite e i quaderni di scuola. I vestiti si logorano e me ne servono di nuovi. Le suole delle scarpe si consumano. A volte andiamo in gita in montagna: bisogna pagare il treno e la polenta. So che anche a Genova nostra madre e Gabriele hanno problemi di soldi. Lei ha cominciato a lavorare. Il nonno è malato. Sento dire che uno dei soci lo ha truffato. Che ha molti debiti.

Non oso chiedere soldi in prestito a nessuno, ma la signora Ramella e la professoressa Scaglioni si accorgono dei miei bisogni. Ricevo un pacco di matite e una giacca usata. Mi invitano a pranzo la domenica. Un giorno, di ritorno dall'officina, il professor Ferrero mi fa cenno di seguirlo. Superiamo un grosso cancello, entriamo nell'intestino dell'azienda, cortili e magazzini in cui non sono mai stato, in cui non sono certo di poter stare. Il professore m'invita a visitare un deposito. Entro. Sono sbalordito. C'è di tutto: schede traforate, componenti di metallo, vernici. Montagne di scarti di lavorazione. Per l'azienda è il reparto rifiuti. Per me, la soluzione dei problemi. Smetto di comprare quaderni e prendo gli appunti sul retro delle schede di cartone. Se mi serve della colla, è facile che lì ci sia un contenitore abbandonato con del collante avanzato. Se mi servono del fil di ferro, dei chiodi o un gancio, senza dubbio li trovo.

Guadagno qualcosa aiutando un panettiere a pulire il forno la domenica mattina. È stata la professoressa Scaglioni a trovarmi il lavoro; il panettiere è sotto casa sua. Passa a salutarmi mentre sfrego le tavole di legno con la spazzola per eliminare i residui di farina. Chiede a cosa serve quello e a cosa quell'altro. Le rispondo per quanto so. Mi parla di nuovi libri. A volte me ne legge delle pagine.

Dice: Cosa vorresti fare da grande?

Rispondo che non lo so.

Non hai dei sogni?

Dico: Io non sogno mai.

Tutti sogniamo.

Io no.

Vuol dire che non li ricordi, la mattina. Ma fidati, anche tu sogni.

Dico: Se lo dice lei, sarà certamente così.

Quando fa caldo, nei fine settimana, la professoressa usa vestiti lunghi e morbidi. Le scollature lasciano intravedere lo spazio tra i seni; il ciondolo di una collana ci casca in mezzo. Per strada si copre con uno scialle. Nell'afa costante del forno, che dopo aver assorbito calore per tutta la settimana lo rilascia progressivamente da spento, lo fa cadere all'indietro, sulla schiena. Sono costretto a non guardarla in viso per evitare di affondare gli occhi dentro il suo petto. Non la guardo. Non la guardo del tutto. Madido di sudore, rispondo alle sue domande. Gentile, ma attento a scegliere un lavoro che mi obblighi a darle sempre le spalle. Poi, quando il padrone dice che va bene così, che è ora e posso andare, corro a fare il bagno nel fiume. In una pozza sotto il ponte di legno.

Lascio che l'acqua spenga la fatica e le fantasie.

* * *

La vedova continua a frugare tra le mie cose. Scrivo delle lettere che non spedisco: a Gabriele, a nostra madre. A nostro padre.

Ti tenderei la mano, mi tenderesti la mano, ti risolleverei, io solo potrei, disteso sul letto, odore di gas, così passai ~~ogni~~ la giornata, e quando mi mandarono a letto, in quella bella camera elegante, luminosa, piena di bellissimi libri ma a casa d'altri, non me ne accorsi neanche, continuavo a fantasticare, ti vedo, papà, sei lì, mi saluti con un cenno ~~della~~ di mano, ti allontani, non andar via! ma te ne andavi lentamente, lontano, cercavo di trattenerti e tu sva-

nivi: il petto, la gola, volevano ~~bestemmiare~~ piangere ma gli occhi restavano asciutti, ~~scar~~ volevo chiedere, gridare dov'è? lasciatemi andare, voglio vederlo, toccarlo, lui forse mi vedrà, riaprirà gli occhi, mi porgerà la mano, lo tirerò su, fischietteremo e balleremo insieme, è stato ~~solo un sogno~~ tutto uno scherzo!

La vedova legge le mie lettere. Percepisco il suo odore sulla carta, scorgo le sue impronte tra le parole. Ci sono briciole di pane dove io non ho mai mangiato. Gocce d'acqua dove non ho mai bevuto. Lo dico alla signora Ramella e lei sospira, dispiaciuta.

Dico: Potrei sistemarmi qui da voi.

Lei s'irrigidisce, inarca la schiena. Dice: Non è possibile, mi spiace.

La seconda casa che trovo è abitata da un carabiniere e da sua moglie. Il figlio è via, sta facendo il militare. Mi affittano camera sua. L'entrata è dal ballatoio. Anche il gabinetto è sul ballatoio. Lei è gentile e mite: porta i capelli legati in una crocchia, poco sopra la nuca. Lui è grossolano e ignorante: la mattina fa colazione con dei pezzi di lardo bagnati nella grappa, addenta le fette di pane nero proiettando briciole ovunque. Per qualche motivo, però, ama ascoltare l'opera. Ha una collezione di settantotto giri, un grammofono di legno e ottone che tiene sopra un tavolino, in cucina. Certi pomeriggi, mentre studio, entra in camera, dice: Ehi, tu. Vieni di là. Ti faccio sentire un brano che poi c'hai da che guardare il cielo fino a domattina.

Rispondo: Devo studiare.

Lui s'avvicina, mi chiude il libro: Farai dopo. Mica svaniscono le parole. O no?

Dico: No. È il tempo che svanisce.

Alla fine, però, mi alzo e vado in cucina ad ascoltare l'opera. Che non mi piace. A Gabriele piace l'opera, e la musica sinfonica. A me no. Preferisco la musica leggera, le canzonette; quelle che senti di sfuggita per radio e subito sono finite, che non lasciano impronte nell'aria, su cui non bisogna discutere perché non c'è niente da dire, tanto sono tutte uguali.

Il carabiniere e sua moglie litigano spesso, soprattutto la sera. Quando lui beve troppo la picchia avvolgendo la mano in un canovaccio. Lei non dice nulla a nessuno: sono caduta; non ho visto una radice; quella dannata anta che si apre da sola.

Una notte la sento piangere, il mattino dopo mi chiede: Hai dormito bene?

Mi sono svegliato quando ha sbattuto nel comodino.

Lei sbianca in volto.

Dico: Piangeva.

Crampi allo stomaco. Le prugne. Ne ho mangiate troppe.

Dico: Dovrebbe denunciarlo.

Lei mi serve il latte. Bofonchia: Non sai quello che dici. Stai zitto.

Il gabinetto sul ballatoio è in comune con altri tre appartamenti. D'inverno tirarsi giù i pantaloni è una sofferenza. Le cosce si gelano e diventano viola. Il carabiniere, quando fa così freddo che l'acqua che gocciola dalla grondaia forma stalattiti di ghiaccio, non esce e piscia nel lavandino. Poi sua moglie ci lava la verdura. Dice che può farlo solo lui, pisciare nel lavandino. Ma una mattina, all'alba, mi sveglio e mi scappa. Fuori il freddo è incrostato dappertutto: sui vetri, sugli alberi, sui fili per stendere il bucato. Di soppiatto vado in cucina, salgo su una sedia e faccio pipì nel lavandino. Sento una porta che si apre. Il terrore di essere scoperto mi taglia le gambe. Perdo l'equilibrio, cado, ma non riesco a bloccare il flusso del liquido caldo che disegna la traiettoria della mia caduta e irrora il tavolo, la credenza, il grammofono, i settantotto giri e defluisce a terra in piccole pozze.

Un'ombra scivola contro i muri e si staglia sopra di me. Sento la mano del carabiniere avventarsi sul mio collo, prendermi per i capelli. Ma non è così. È una mano di donna, di madre. Una mano che mi solleva da sotto le ascelle, che intercetta il battito accelerato del mio cuore e dice: Adesso asciughiamo tutto, dai. Facciamo in fretta. Prima che lui si svegli e venga a fare colazione.

* * *

Una domenica, a casa della signora Ramella, conosco una famiglia ebrea da poco trasferita in città. Hanno tre figli, uno della mia età: Gioele. Mi prendono in simpatia e insistono per invitarmi a cena, di tanto in tanto. Io esito. Loro sono molto ricchi. Abitano in una villa con un grande giardino. Gioele è sempre vestito da cerimonia e io non ho nulla di equivalente da indossare.

Dicono: Saremmo felici che tu e Gioele faceste amicizia.

Annuisco.

Vieni a cena da noi, domenica prossima?

Penso: No. Dico: Vi ringrazio per l'invito. Accetto con piacere.

Metto da parte i vestiti migliori che ho: i pantaloni meno rattoppati, la camicia con il colletto meno sporco, un gilet di lana. Tuttavia, la domenica successiva, mentre salgo le scale che conducono al salone mi sento vuoto, a disagio. Vorrei confondermi con gli specchi, con il legno intarsiato, e invece ho la sensazione che l'unica cosa che potrei fare, del legno di quei mobili, è mangiarlo. Sono una termite. Verrò scoperto e bruceranno le mie uova. Le gallerie che ho scavato saranno riempite di petrolio.

Mi accolgono come un principe. Sono tutti affabili. Nessuno si accorge dell'inganno, nessuno vede chi sono veramente. Mi viene servita una doppia porzione di gelatina. Adoro la gelatina. Dopo cena io e Gioele ci chiudiamo in camera. Mi mostra la sua collezione di colle. Ne ha a decine e molte le fabbrica lui in un laboratorio nascosto dietro una tenda, un laboratorio da alchimista. Dice di essere il più grande esperto mondiale di colle. Insiste per mostrarmi a cosa servono: ce n'è per la carta, per il ferro e per la stoffa. Quelle per la stoffa mi interessano molto: ho tutte le tasche bucate. Gioele mi insegna a spalmare un po' di colla su uno scampolo di tessuto, a infilarlo in tasca e a farlo aderire come si deve, in modo tale che la toppa non faccia grinze. Il risultato è sorprendente.

Uso le colle di Gioele per qualsiasi cosa. Diventiamo davvero amici e vado a trovarlo sempre più spesso. Gioele è alto come me, ma se possibile ancora più magro, stretto dentro i vestiti di sartoria. Ha i capelli castani e la carnagione lucida. Quando comincia a frequentare la scuola capita che, oltre a me, sia invitato qualche suo compagno. Giochiamo con i mattoni in miniatura: costruiamo interi villaggi medievali. Nel laboratorio alchemico mescoliamo liquidi che odorano di spezie e immergiamo chiodi in provette per osservare i processi di ossidazione. C'inseguiamo per la casa, facendoci paura a vicenda.

Gioele insiste perché ci fermiamo a dormire lì. Se accettiamo, ci infiliamo tutti nel suo letto. Lui si mette sempre in mezzo.
Dice: Sono o non sono il padrone?
Di notte mi stringe la mano.

* * *

A metà del secondo anno, durante le vacanze di Natale a Genova, nostra madre, per il compleanno, mi regala una macchina fotografica appartenuta a nostro padre, una di quelle con il soffietto, completa di custodia di pelle. Dice di averla ritrovata in fondo a una scatola. Gabriele, con i soldi che guadagna scrivendo per un mensile studentesco, acquista della carta fotografica e un manuale che spiega come allestire una camera oscura. Sono felice. Non ho mai ricevuto dei regali così belli.

Tornato a Ivrea mi procuro acidi, pinze e bacinelle nel solito deposito rifiuti dell'azienda. Chiedo alla professoressa Scaglioni di poter usare la sua cantina come camera oscura. Mi iscrivo a un corso di arrampicata. Nel fine settimana vado in montagna a fare fotografie. Gioele quando può viene con me. Anche Gabriele viene a trovarmi, due o tre volte, nella stagione più adatta alle gite. Lo porto ad arrampicare. Io ho sedici anni, lui venti. È la prima volta che sono io a insegnare qualcosa a lui. Gabriele non ci fa caso. Io ho paura che ci sia qualcosa di sbagliato in questo.

Gabriele è entrato alla Normale di Pisa, Lettere e Filosofia. Vorrebbe fare il giornalista, un giorno.

Siamo seduti su una roccia, oltre i duemila metri di quota. L'aria è tersa. Il Monte Bianco si staglia davanti a noi, preistorico ed eterno. Seguiamo con il cannocchiale due camosci che stanno superando un ghiaione per andare ad abbeverarsi a un ruscello. Un nibbio ci gira attorno.

Gabriele dice: Fotografalo.

È troppo distante.

Ma no. Provaci. Ora che si avvicina. Dai, adesso.

Tento di inquadrarlo, di metterlo a fuoco. Mi appoggio alla spalla di Gabriele per muovermi di meno. Restiamo in silenzio per un minuto. Scatto.

Dice: Preso?

Dico: Sicuro. Infilo la macchina nella custodia. Se è venuta bene te ne mando una copia.

Perché ti piace la fotografia?

Ci penso. Dico: Non saprei.

Dovresti, se vuoi fare il fotografo nella vita. Come fai a fare qualcosa se non sai perché vuoi farla?

Non voglio fare il fotografo.

Credevo di sì, con tutte quelle foto che hai appeso in camera. E molte sono magnifiche, davvero. Cosa pensi di fare, allora?

Ci penso. Dico: Non lo so.

Oh, Simone. Non saprei. Non so. Gabriele fa il gesto di imbracciare una macchina fotografica. Dice: Devi guardare attraverso l'obiettivo. Va bene? Devi inseguire qualcosa. E mirarla. Devi bramare e cercare. Mi stringe a sé avvolgendomi con il braccio. Dai ospitalità alla speranza e all'inquietudine. Mi scompiglia i capelli: Siamo intesi?

I due camosci hanno bevuto. Risalgono le rocce e scompaiono infilandosi dentro un canalone. Sentiamo il grido del nibbio. Il sole sta calando. È ora di tornare, ma non voglio. Desidero ancora quel silenzio, quella luce. Desidero il braccio di mio fratello attorno al collo.

Gabriele ripete: Siamo intesi? Poi fa per sfilare la mano, ma io non glielo permetto. Lo freno, mi volto e lo abbraccio come non l'ho mai abbracciato in tutta la vita: gli afferro i capelli subito sopra il colletto della giacca. Da una piega dentro di me, con una violenza inattesa, sgorga ogni molecola del bisogno che ho di lui. Tremo. Gabriele non dice nulla. Accoglie me, le mie paure e il mio corpo con ogni centimetro del suo. Restiamo così, aderenti, per non so quanto tempo. Finché trovo la forza di slegarmi, respirare, e dire: Intesi.

* * *

Imparo ad amare gli odori che impregnano l'azienda: gli attrezzi, i muri, i corpi delle persone. L'odore del ferro lavorato e dell'olio di raffreddamento delle macchine utensili, un olio emulsionato, bianco, che sembra latte; deve essere versato in continuazione. Il suo afrore s'impasta con quello del truciolo di ferro. Ogni materia ha il suo odore. Quando si acquistano gli oggetti lavorati, in negozio, non si sente. Ma è così. L'azienda ha anche un reparto plastica. È una delle prime al mondo, dicono. Quello della plastica è l'unico odore che mi disgusta.

Sotto la guida del professor Rossa imparo a usare il maglio, l'incudine, la forgia. Costruisco una scimitarra. Si spezza la prima volta che la uso contro un tronco. Imparo, ma non riesco. So come si fa, ma non so applicare quello che so.

L'azienda organizza delle conferenze serali aperte al paese, agli operai e a noi studenti. Io sono l'unico della scuola a frequentarle. Scrittori, architetti e ricercatori in ogni campo passano da Ivrea per raccontare i loro studi e le loro esperienze. Mi interessano le dissertazioni sull'economia, e in modo particolare sull'economia aziendale. Ne parlo con la professoressa Scaglioni e con i genitori di Gioele, loro mi incoraggiano. Dicono: Devi iscriverti all'università, Economia e Commercio.

Lascio perdere la fotografia. Quando riesco chiacchiero con gli impiegati. Scopro che alcuni di loro si occupano dei costi di prodotto. Non si spaccano le mani in officina sotto lo sguardo sarcastico del professor Rossa, ma se ne stanno in ufficio a fare calcoli. Contemporaneamente, mi accorgo che gran parte di loro non sa nulla di officina. Chi sa usare le macchine da calcolo non conosce i processi di produzione, chi conosce i processi di produzione non sa nulla di economia, e via così. Ognuno di loro conosce solo uno dei fattori in gioco. E non funziona. Chi si occupa di controllo di gestione deve sapere tutto, non qualcosa. Rifletto sul fatto che io so tutto sui materiali di produzione, sul lavoro in officina. Ora devo studiare ragioneria e contabilità. Devo unire la competenza tecnica a quella teorica. Devo frequentare i dirigenti, se ci riesco. Dire a tutti che farò Economia e Commercio. Anche se sarà difficile, devo lavorare, non ho i soldi per iscrivermi all'università. Nostra madre non può più mantenere due studenti: ha bisogno che io diventi indipendente il più in fretta possibile. In una lettera mi scrive:

Mi fa piacere che a Ivrea tu abbia trovato fiducia in te stesso. Ma sappiamo entrambi che Gabriele è più portato per lo studio di quanto non lo sia tu. I suoi professori a Pisa sono entusiasti, dicono che ha davanti un futuro brillante. È giusto che io e te facciamo tutto il possibile per facilitare la sua carriera. Sei d'accordo?

La professoressa Scaglioni si fa prestare dei libri di economia aziendale da un cugino. Di notte, nel letto, leggo e studio. Quando sono stanco, apro Hemingway.

* * *

Per risparmiare, il quarto anno cambio di nuovo casa. Divido una stanza con un mio compagno di classe; viene dalla Valle d'Aosta e tutti i fine settimana torna dai suoi genitori. Si chiama Tommaso Rey. Suo padre è medico, lui è un ragazzo strano. Si atteggia a intellettuale, predilige la storia e la letteratura, ma frequenta gli operai. Due, in particolare. Li vede la sera, esce a bere con loro, a volte mi invita. Fuma. Torna a casa ubriaco. Capita che debba aiutarlo a svestirsi. Il suo stile di vita mi attrae e mi spaventa. Lo seguo, ma quando sono con lui mi sento a disagio. Se mi rifiuto di uscire mi scruta dall'alto in basso, dice: Capisco. Sghignazza. Accende una sigaretta.

È sporco. Non si lava. Puzza di sudore. Si masturba tutte le notti sotto le coperte. Al fetore delle ascelle si aggiunge quello di cloro dello sperma. Quando la signora che ci affitta la camera viene a rifarci i letti e a togliere la polvere e solleva le lenzuola di Tommaso, si lamenta, dice: E io con queste carte geografiche cosa dovrei farci?

Un pomeriggio tardi, d'inverno, viene a lamentarsi mentre io e Tommaso stiamo studiando. Sediamo vicini all'unica scrivania, le spalle avvolte in una coperta, il cappello di lana in testa e le mani dentro i guanti.

La signora spalanca la porta, i vetri delle finestre scricchiolano: Rey, mi stia a sentire, non posso cambiare le lenzuola due volte a settimana, con questo freddo non s'asciugano. E quelle di ieri sono talmente inzaccherate che nemmeno si piegano.

Tommaso si volta, si alza. Urla: Il freddo, ecco, di questo voglio parlare. Del freddo. Lo vede in quali condizioni stiamo studiando? La consistenza del mio pensiero è la stessa di queste nuvole che mi escono dalla gola. Se ne rende conto? Mette così poca legna in quella sua dannatissima stufa che le equazioni mi si congelano nel cervello. E noi, mia cara, lo sa lei chi siamo noi? Ci indica. Io lo guardo attonito. Lo sa chi siamo? Il futuro di questo Paese, ecco chi. Se ne rende conto? E come pretende che il nostro Paese abbia un futuro se la sua futura classe dirigente ha il culo e il cervello ricoperti di ghiaccio. Eh? Ed ecco che, allora, in qualche modo bisogna pur scaldarsi. Non crede? E la masturbazione non è altro che un modo economico per produrre calore e benessere. Quindi, non venga a farci la predica, va bene? Non se la prenda con noi.

La padrona di casa ha gli occhi come due monete.

Tommaso insiste: Stiamo cercando di ricostruire l'Italia, da queste parti.

La padrona di casa si gira ed esce.

Attendo che si dissolva il rumore dei passi per le scale. Dico: Non posso credere che tu lo abbia detto.

Tommaso si risiede: Cosa?

Quello che hai appena detto.

Sorride: Noi siamo la realtà, mio caro Simone. Siamo noi che la creiamo. Con il nostro sguardo. Nulla esiste prima di noi.

Quella sera, dopo cena, Tommaso esce a bere con i suoi amici operai. Mi invita. Rifiuto. Mi avvolgo nelle coperte, accanto alla finestra, e trascorro un paio d'ore a guardare le montagne e la nebbia che sale. Io esisto se qualcuno mi guarda. Nostro padre mi permetteva di esistere, con la sua voce e i suoi occhi. E così Gabriele. Con un filo di voce, recito: *Shema Israel Adonai Elohenu Adonai Ehad*. Non so perché, ma lo recito.

Quando il sonno sta per vincermi, m'infilo nel letto. Sento scricchiolare il legno delle scale. La porta si apre ed entra Tommaso. È coperto di sangue: il cappotto, la camicia, le mani, il mento, la bocca.

Mi alzo per aiutarlo: Cos'è successo?

Dice: Sono scivolato sul ghiaccio. Credo di essermi rotto il naso.

Devi andare all'ospedale.

No. Aspettiamo che si fermi l'emorragia, poi decidiamo.

Va in bagno, si spoglia, si pulisce.

Dico: La signora sarà disperata, domani. Il sangue è peggio dello sperma.

Tommaso si sdraia sul letto. Dice che alla fine delle scale, tra i portici e il mercato coperto, c'era una lastra di ghiaccio. Lui è arrivato correndo. È già tanto se non si è fracassato la testa contro un pilone di cemento. Poco prima di addormentarsi bofonchia: No. Non credo sia rotto.

Il giorno dopo, per strada, sento parlare di una rissa alla locanda.

* * *

L'esame di maturità lo diamo a Torino, in una scuola pubblica. Mi sento fuori luogo, inadeguato, goffo. Sudo. Il caldo è insopportabile. La mattina dell'orale mi sveglio con uno spasmo all'occhio destro che mi fa tremare la palpebra come le ali di un colibrì. Quando mi chiamano non rispondo. È Tommaso a farmi segno, a dire: Tocca a te. Alzati. Non so dove andare. I miei compagni indicano la commissione.

Esco con un voto altissimo, uno dei più alti tra noi di Ivrea. L'azienda mi propone un lavoro: ufficio costi. Sanno che ho la passione dell'economia e continuo a dire a tutti che mi iscriverò all'università, anche se non sarò in grado di frequentarla. Nostra madre è orgogliosa. Gabriele anche. Il nonno è mancato da alcuni mesi; sono sceso a Genova a fine febbraio apposta per il funerale.

Il mio ufficio si occupa delle distinte per il rifornimento di materiali di tutti gli stabilimenti; non solo in Italia, anche all'estero, in venti nazioni. Tutti i reparti tecnici, tutti i reparti di programmazione, settanta uffici tempi e metodi, uno per ogni tecnologia, fanno riferimento a noi. Dobbiamo elaborare le previsioni finanziarie conoscendo solo il materiale e i tempi di lavorazione. In base ai dati che forniamo ai dirigenti sul costo finale di ogni pezzo, loro stabiliscono le strategie aziendali.

Trovo la forza di iscrivermi a Economia e Commercio, ma lo stipendio è basso e sono costretto ad accettare continui straordinari. Decido di provare subito la materia che mi interessa di più, quella che nessun perito ha mai affrontato per prima: economia aziendale.

Cerco di studiare, ma tra il lavoro e tutto non riesco a farlo. Non leggo le dispense e non compro i libri del mio professore; non posso permettermelo. Li prendo in prestito in biblioteca. A volte i testi sono diversi, ma la materia è quella. Mi convinco di sapere e di poter dare l'esame. Per sostenerlo, prendo un giorno di ferie. A Torino mi ospitano degli amici di famiglia. Sono gentili e hanno una stanza vuota che mi invitano a usare tutte le volte che desidero. Hanno una figlia, anche. Si chiama Elena. Ha due anni meno di me. La sera restiamo a lungo seduti sul balcone a guardare le luci della città e a chiacchierare. Vuole fare Medicina: pediatria.

La mattina mi perdo per i corridoi dell'università. Infine trovo l'aula; gli studenti sono assiepati fuori. Prima di passare dal professore bisogna sottoporsi a un pre-esame da parte di un assistente.

Dice: Davvero lei è un perito?

Sì. Perché?

Non l'ho mai vista. Ha frequentato le lezioni?

No. Lavoro a Ivrea. È impossibile.

Non vedo il libro. Non ha il libro con sé?

Quale libro?

Il libro del professore.

Non ho studiato sul testo del professore. Era obbligatorio?

Su quale libro ha studiato?

Su altri testi di economia aziendale. E poi io lavoro...

Si segga.

Dico: Scusi?

Lui ripete: Si segga.

M'interroga, parliamo per una ventina di minuti. Alla fine flette la schiena sulla seggiola, allaccia le mani dietro la nuca e, passando dal lei al tu, dice: Ne sai più tu di me, su certe cose.

Dico: È serio?

Sono serissimo. Tuttavia, verrai bocciato.

Dico: Non capisco.

Il professore. Ti boccerà. Perché non hai letto il suo libro e quindi non sei in grado di rispondere alle domande usando le sue parole. E poi, ciò che dici è già intriso di pratica; il professore s'intende di teoria. In ogni caso, tieni. Mi consegna il libretto. Dice: Sei il prossimo. Indica la porta dell'aula.

L'esame dura quattro minuti, e vengo bocciato. Sulla carrozza del treno che mi riporta a casa, un uomo con un pesante cappotto fa per accomodarsi accanto a me. D'un tratto si gira con la valigia in mano, per sistemarla meglio, o aprirla, e me la sbatte in faccia con violenza. Mi lacera il sopracciglio. Perdo sangue. Una signora mi soccorre tamponando la ferita con un fazzoletto, mentre il signore si scioglie in scuse. È mortificato. Dice: Non l'ho vista. Glielo giuro. Ma come ho fatto? Ero convinto non ci fosse nessuno.

Dico: Non si preoccupi. Cose che capitano.

Il giorno dopo decido di abbandonare l'università.

* * *

Il sabato mattina, dopo colazione, prendo l'abitudine di scrivere a Elena. Le racconto del lavoro, di uno scambio di opinioni con il mio dirigente, dei successi di mio fratello alla Normale di Pisa. Lei viene a trovarmi con i suoi genitori, li porto in montagna, a camminare o a sciare. Un giorno ricevo una lettera dal comando militare. Sono tenuto a presentarmi per la leva.

Non ho mai chiesto favori. Non mi sono mai sentito autorizzato a farlo. In questo caso, però, telefono a un ex compagno di scuola, uno con cui vado ad arrampicare, che ha il padre maresciallo della scuola militare alpina; e mi arruolo negli alpini. Mi presento al Centro addestramento reclute. Il padre del mio amico, senza dirmi nulla, ha dato mandato di non occuparmi come operativo, ma all'ufficio selezione, dove vengono convogliate tutte le raccomandazioni dei vescovi e dei politici. Il nostro compito è quello di soddisfare più richieste possibile; se si riesce, di soddisfarle tutte.

Il primo giorno mi consegnano un cappello troppo largo e vengo messo in punizione perché mi scivola sugli occhi. Il giorno successivo me ne danno uno troppo stretto e vengo punito perché resta alto sulla fronte. È un ambiente illogico, ma mi abituo. Apprezzo il fatto di essere tutti uguali, uniformati, intruppati: mi dona un forte senso di protezione, di serenità.

Una notte, di ritorno dalla doccia, io e altri quattro ragazzi freschi di leva veniamo fermati da alcuni commilitoni anziani.

Dicono: Inginocchiatevi.

Dico: Perché?

Non stare a discutere, inginocchiati. Inginocchiatevi tutti.

C'inginocchiamo.

Ora faremo la comunione: Tu. Sei un buon cristiano?

Sta parlando con me. Dico: No.

Perché no?

Sono ebreo.

Ebreo? Tutti ridono, il più anziano dice: Quindi stiamo per assistere a una conversione. Prendono una bacinella piena di un liquido giallastro: piscio di mulo. Dentro ci sono delle rondelle di carota. Le afferrano con una pinza. Ce le porgono sciorinando una qualche formula ammantata di Marie e orazioni, dicono: Tirate fuori la lingua. La rondella di carota è macerata, intrisa di urina, si scioglie in bocca; ingoio. Penso al bosco delle gambe morte, al processo chimico di trasformazione della carota nell'acido urico. Uno vomita. Un altro scatta in piedi e corre a cercare dell'acqua. Gli anziani ridono. Io resto in ginocchio.

Dicono: Puoi alzarti, ora.

Obbedisco. Mi sollevo in piedi. Sull'attenti.

Gli anziani si guardano, non capiscono. Dicono: Che fai? Vai a dormire. E magari lavati i denti. Dicono: E non baciare nessuno, eh? Ridono.

Quando arriva lo scaglione successivo lo stesso gruppo di anziani viene a cercarmi. Dicono: Coifmann, questa volta tocca a te officiare. Mi prendono sottobraccio. Raccolgo il piscio, preparo le ostie. Non mi oppongo a nulla. Cammino all'ombra del gruppo: dico quello che devo dire, faccio quello che devo fare.

Tre mesi dopo, alla fine dell'addestramento, vengo assegnato al comando della scuola militare alpina, dove si formano gli ufficiali. Mi mandano a lavorare all'Ufficio addestramento e studi perché sanno che ho una passione per i materiali e ho esperienza di montagna. Sono incaricato di costituire delle squadre e di andare in quota a sperimentare le nuove attrezzature. In quei mesi vedo gli sci passare dal legno alla prima plastica, i ramponi da saldati a stampati, le corde dalla canapa al nylon. Trascorro molto tempo in alta montagna e durante la libera uscita accompagno ad arrampicare dei graduati del Sud che vedono la neve per la prima volta. Non potrei farlo, in realtà. A noi alpini è vietato andare per ghiacciai da soli, ma nessuno dice nulla.

Mi scrivo spesso con Elena. Le sue lettere sono dolci e brillanti, c'è tutta la sua forza e il suo carattere. Ma non riusciamo a vederci quasi mai.

* * *

Preparo i bagagli per il ritorno. I miei commilitoni, di straforo, infilano nella borsa tutto quello che riescono a trafugare: materiale usato e nuovo, sperimentale. Dicono: Dai, dai, poi 'ste cose le vedi col binocolo, da civile. Io non trafugo nulla. Saluto. Vado alla stazione a prendere il treno.

A Ivrea, come prima cosa, mi presento a casa della signora Ramella per lasciare la borsa e per chiedere di aiutarmi a trovare una stanza. Lei non c'è e neppure il marito. Lascio la borsa nell'androne delle scale. Mi dirigo all'azienda. La città è stranamente deserta. Incontro poca gente.

Vengo accolto con un calore inatteso. Mi stringono la mano, mi danno pacche sulle spalle. Mi riprendono subito. È come se non fossi mai partito: il giorno dopo mi attendono per le nove. Chiedo di poter telefonare a Genova, a nostra madre. Compongo il numero. Il telefono squilla a vuoto per un po'. Riattacco. Provo con il numero del collegio dove abita Gabriele. Anche lì squilla a vuoto. Riattacco.

È una bella mattina di settembre. Il sole picchia, ma il vento che scende dai monti ne smorza il calore. Gironzolo per l'azienda. Incontro la professoressa Scaglioni. Lei mi aggiorna subito sui prossimi eventi culturali. Racconta di una conferenza con uno psicoterapeuta molto famoso, austriaco, e di un'altra con un giornalista. Le prometto di esserci. La saluto. Esco. E mentre esco, vedo entrare un volto conosciuto.

Dico: Davide.

Davide è nostro cugino. Abita giù in città, a Torino. È a casa loro che ci siamo fermati, io e nostra madre, il giorno della selezione per la scuola aziendale, sette anni prima.

Davide si avvicina, barcolla. Non saluta. Dice: Stavo cercando proprio te.

Me?

Dice: Devo dirti. Poi si ferma. I suoi occhi diventano rossi.

Cosa devi dirmi?

Devo dirti.

Ma di nuovo non riesce a parlare. Una grossa lacrima, una, gli cola lungo la guancia.

Lo afferro per le spalle, lo scuoto: Davide.

Lui dice: Tuo fratello.

CAPITOLO IV

Per prima cosa cominciai ad alzarmi quando si alzava lui. L'acqua della doccia e il chiudersi delle porte divennero la sveglia, richiamavano ai doveri della giornata e tra quei doveri, dal crollo della parete della cantina in poi, si impose il fare colazione insieme. Senza bisogno di parlare. Le frasi restarono asciutte. Ma il buongiorno, al mattino, era una conferma reciproca di presenza e disponibilità. Quindi vennero le passeggiate e quelle che lui chiamava le commissioni: andare a prendere il pane o portare a una certa ora, in piazza, davanti alla chiesa, alcune forme di formaggio di Cesco a un ambulante che le vendeva alle fiere di paese e che veniva a ritirarle con un motocarro, un Ape Piaggio della fine degli anni Sessanta. La prima volta che ci incontrammo me la descrisse minuziosamente, soffermandosi a lungo sul motore da 175 cc e sul particolare fanale anteriore trapezoidale, collocato sullo scudo anziché sul parafango.

Il problema delle commissioni in compagnia del nonno era che le persone che frequentava leggevano nei suoi silenzi una inesauribile disponibilità all'ascolto, e il semplice gesto di comprare il pane nel negozio di Rosa, per dirne una, poteva significare essere travolti da un fiume di parole che andava dal sistema di conferimento della spazzatura all'aumento del prezzo dei dadi per il brodo. Mi resi conto che il nonno poteva anche essere considerato una specie di eremita fuori di testa, ma, come spesso capita con certe persone, ciascuno vedeva rispecchiarsi in lui parti nascoste di sé; e sarà stata la presunta follia (un folle può sempre essere smentito), sarà stato il bisogno di orecchie non giudicanti, ma chi gli rideva dietro, chi ruotava gli occhi al suo passaggio, era il primo a confidarsi, di soppiatto, in cerca di risposte che nonno, ovviamente, non aveva.

Io preferivo le passeggiate. Un giorno, vedendolo uscire di mattina presto, lo avevo seguito, e lui non mi aveva allontanato. Non c'era mai una meta precisa – o così sembrava – ma il centro gravitazionale era il lago. Quasi sempre finivamo con il girargli attorno. Un giorno ci sedemmo sopra una roccia, vicino alla riva.

«Io ho abitato laggiù per più di un anno», disse indicando l'acqua.

Corrugai la fronte.

«Il lago ha sommerso tutto, quando hanno costruito la diga.»

«Vuoi dire che c'è una casa sott'acqua?»

«Più di una. Anche quella di Iole e di Maria è rimasta là sotto.»

«Chi?»

«Due bambine che conoscevo», disse. «Ero più piccolo di te.»

Mi voltai e piegai il capo: «Mi stai prendendo in giro».

«È successo durante la guerra. Avevo uno zio nella resistenza. Ci aveva procurato dei documenti falsi e ci aveva portato qui da Genova. È stata la nostra salvezza.»

«Perché eravate ebrei?»

«Sì.»

«Io non sono ebreo?»

«No. Tua nonna era una gentile.»

«Ossia?»

«Non era ebrea. Si è ebrei per via materna. Lei non lo era. Tua madre non lo è. Tu non lo sei.»

Intanto osservavo l'acqua sperando di scorgere le rovine della casa in cui aveva vissuto nonno.

«Non ti ho mai visto pregare», dissi.

«No, non mi hai mai visto pregare.»

«I miei nonni, gli altri, vanno a Messa.»

«Tu ci vai?»

«Sì. Con loro. Dopo mi fermo all'oratorio da don Luciano.»

«Fai bene.»

«Ma la casa si vede, qualche volta?» Indicai il lago.

«No.»

«Se svuotano la diga?»

«Da che ci sono io non è mai capitato», disse prendendo il tabacco e lavorando sulla pipa. «Mi piacerebbe vederla.»

A lui sarebbe piaciuto. A me no. Intendo vedere casa mia in macerie – la sua sì, l'avrei vista volentieri – erosa dall'acqua, coperta di fango. La mia curiosità preadolescenziale si nutriva dei drammi degli altri. Era fatta di paura ed eccitazione: il macabro da cui scappare ridendo, fantasmi davanti a cui chiudere gli occhi, ma perché non mi appartenevano. Non è difficile essere coraggiosi se le rovine non sono quelle della tua vita, se le ombre non sono di persone che hai conosciuto.

«Non mi sono mai sentito al sicuro come in quella casa. Non avrei mai dovuto lasciarla.»

Presi un sasso piatto e lo lanciai a filo d'acqua. «Non sempre, quando si è bambini, si può fare quello che si vuole», dissi.

Nei giorni successivi, con il nonno s'instaurò persino una piacevole abitudine serale che consisteva nell'inventare mondi. Di giorno trascorrevo ore esaltanti in compagnia di Luna e Isacco, tra giochi e battibecchi. Di sera, seduto sul divano, o in cortile, a gambe incrociate sull'erba, con una coperta di lana per contenere l'umidità del terreno, ascoltavo quell'uomo inquieto tessere universi che io, trasportato dalla sua voce, completavo e ridefinivo nella mia mente. La diffidenza che ci aveva tenuti distanti per quasi un mese si stava slacciando, rivelando, al suo interno, il fascino della scoperta.

Capitò che una sera – io ero più stanco del solito e mi ero accoccolato sul divano, mentre fuori la luce della luna bagnava i prati – gli chiesi di leggere, per favore, a voce alta. Papà lo faceva spesso. Lui, senza dire né sì né no, prese il racconto di Hemingway che aveva iniziato la sera del nubifragio. Lo lasciai finire, anche se non capii molto: tutto quel dibattere sul lavoro da barista e sulla pulizia e la luminosità eccetera. Ma visto che eravamo sul discorso gli chiesi dove avrebbe voluto vivere se avesse potuto scegliere; valeva anche un luogo inventato.

Non credevo di essere preso sul serio. Ero convinto che avrebbe detto qualche banalità, come capita con gli adulti in questi casi, che se accettano di stare al gioco lo fanno per offrirsi come sponda alle fantasie infantili, non per liberare le loro. Invece: «Sull'isola di Robinson Crusoe», disse. «Sai dov'è?»

«Da nessuna parte», risposi. «È un'invenzione.»

«È a venti leghe dalla costa del Venezuela, vicino al delta dell'Orinoco. L'entroterra è collinoso, ed è diviso in due da una valle. Fertile. Tutt'attorno ci sono spiagge. Spiagge a non finire. E la foce di un piccolo fiume forma un porto naturale sulla costa nord-orientale. Ci trovi delle capre, ma più che altro molte specie di uccelli», disse. Intanto sorseggiava dell'amaro alle erbe da un bicchiere ricamato con fili d'argento. E bevendo fumava. Mi persi nel fumo della sua voce. «Pappagalli, falchi, armadilli. Tartarughe, anche. E lepri. Il tempo non è granché: pioggia da metà febbraio ad aprile e da metà agosto a metà ottobre, e sole, un sole terribile il resto dell'anno. Ma quando scende la sera, nella stagione secca, ci si può sdraiare su un'amaca e cercare le stelle più luminose in cielo, e attendere che si stacchino e cadano in mare. È un posto in cui non ci si annoia, suppongo», disse. «Sai cos'è che ha fatto la fortuna di Robinson?»

«Cosa?»

«Sapeva usare la testa. E sapeva usare le mani», disse mostrandomi le sue. «Lavorare il legno, le foglie e la pietra.»

«Io non sarei in grado neppure di accendere un fuoco.»

«Da bambino amavo i materiali. Tutto si può trasformare.»

Quei vagheggiamenti serali divennero un rituale gentile. Raccontava di oceani e monti, descrivendo con minuzia la Terra di Mezzo e il Bosco Atro, Rohan e Gondor, Narnia e Terebinthia, L'isola di Mompracem e le Tane Fredde, la terra degli Huyhnhnm e Camelot. Credo inventasse tutto, e che giusto il toponimo gli fosse rimasto impigliato ai ricordi delle letture giovanili. O forse no. Non importa. Fatto sta che la notte, poi, mi accoglieva con una grazia sorprendente, i sogni si animavano di immagini cangianti che all'alba svanivano nei muri e, aperti gli occhi, strizzato il torpore fuori dalle braccia e dalle spalle, saltavo giù dal letto con entusiasmo.

Capitava, non di rado, che il giorno dopo coinvolgessi Isacco e Luna in derive fantastiche, germinate dai luoghi descritti dal nonno la sera precedente. L'esplorazione meticolosa di Colle Ferro e dei suoi dintorni era diventata una missione imprescindibile, fatta di sortite improvvise, tracce di antiche civiltà nascoste dal muschio e lunghi bagni nel lago che dal racconto delle case sommerse in poi aveva cambiato, ai nostri occhi, forma, sostanza e valore: non era più un'ordinaria riserva d'acqua, ma un bacino di eventi inspiegabili. Le increspature indicavano la presenza di energie magmatiche, il baluginio quella di entità oscure. Ci tuffavamo a turno, la maschera subacquea del padre di Luna stretta sul viso, nella speranza di scorgere le rovine. Ma non vedevamo nulla.

La vigilia di Natale del 1968 gli astronauti americani Frank Borman, Bill Anders e James Lovell erano nello Spazio. I primi a lasciare l'orbita terrestre, i primi a girare attorno alla Luna e a vederne il lato oscuro. Era su quello che erano concentrati: il lato oscuro. Per tre giri d'orbita osservarono la superficie lunare attraverso gli oblò della capsula, pensando di trovare chissà cosa, ma la vera sorpresa doveva ancora arrivare. Nel corso del quarto giro il registratore vocale di bordo catturò la frase del comandante Borman: «Oh mio Dio, guardate laggiù», disse.

Erano partiti per cercare la Luna e trovarono la Terra. Per la prima volta, un uomo la vedeva sorgere. I tre astronauti fecero in tempo a scattare alcune foto: una di quelle è la storica fotografia dell'alba terrestre di Bill Anders.

Certe cose capitano così. Come quando uno dei tre anziani della panchina si accasciò un pomeriggio tardi di fine luglio, dando appena il tempo agli altri due di accompagnarlo al cemento senza fargli sbattere la testa. Ma era già morto: un infarto. Era quello che mi salutava sempre alzando il cappello. Poco prima era entrato dalla signora Rosa a comprare il pane e il sacchetto si era rovesciato a lato spargendo grissini e pagnotte nella polvere. Chiamarono l'ambulanza, che arrivò subito, ma non c'era nulla da fare, se non constatare il decesso. Era vedovo da dieci anni. Il suo vicino di casa si prestò ad avvisare i figli. Trovò il numero scritto su un biglietto appeso in cucina, sopra il telefono: uno viveva a Londra, l'altro a Brescia.

Noi eravamo di ritorno da un giro per more e lamponi quando arrivammo in piazza. Avevano appena portato via il corpo, nell'aria c'era ancora l'urlo della sirena. Scoprimmo cos'era successo dalla signora Rosa, che quando ci vide ci corse incontro sconvolta, stretta nel grembiule amaranto come per proteggersi da un vento che non c'era.

Luna si portò la mano alla bocca.

«E io che una volta gli ho rubato il cappello», disse Isacco. «Aveste visto come lo cercava, stava impazzendo.» Poi: «Che pezzo di merda che sono».

«Era appena entrato da me», disse Rosa. «Gli avevo tenuto da parte i grissini che gli piacevano tanto.»

«Saranno stati quelli», sospirò Isacco.

Luna gli diede una gomitata, ma la zia non aveva sentito. Era immersa in un ragionamento che le annebbiava lo sguardo. «È che uno non se lo aspetta», disse, «che le persone possano andarsene così. Che quando stai per salutare un cliente dopo una chiacchiera né più intelligente né più insensata di altre, dopo avere commentato qualche sciocco fatto di cronaca e aver preso il caffè in cui lui ha messo troppo zucchero, quella sarà l'ultima volta che lo vedi.» Gli occhi di Rosa erano diventati enormi, che già erano grandi di loro: gli occhi di una veggente. «Come fai a pensare che ogni volta che vedi una persona potrebbe essere l'ultima?» Estrasse il fazzoletto dalla tasca, si asciugò le guance e ci scrutò. Quindi alzò lo sguardo al cielo. «Ma cosa sto dicendo? E a chi? Sono proprio una vecchia stupida. Scusatemi.» Corse via domando le lacrime.

Il funerale si tenne due giorni dopo. In quell'occasione scoprii che il vecchio si chiamava Anselmo. C'era tutta Colle Ferro, persino il nonno. Ma lui si tenne in disparte, nascosto nell'ombra della cappella; quasi non lo si vedeva, non fosse stato per il colletto bianco della camicia che raccoglieva luce dalle finestrelle del transetto. La voce polverosa del parroco inseguiva la liturgia e io, seduto sull'inginocchiatoio di un confessionale, raggranellavo una parola ogni cinque, fin quando uno stralcio di predica richiamò la mia attenzione.

«Non esiste un inizio e non esiste una fine», stava dicendo il prete, «ma esiste l'agitarsi delle molecole: pensiamo all'acqua. Evapora e forma le nuvole per poi tornare alla terra come pioggia. Prima di raggiungere il mare può condensarsi e precipitare migliaia di volte. Alcune molecole si volatilizzano subito, altre s'infiltrano nel suolo e sgusciano fra le rocce. L'acqua è neve d'inverno, nebbia di mattina, pioggia in primavera. Se diventa grandine ferisce la frutta sugli alberi. Se è presa dalle foglie non raggiunge il terreno. Lo sapete meglio di me, cari fedeli, voi che come Anselmo avete abitato questi luoghi e ne conoscete le leggende, questi sono gli stessi pensieri dello spirito-bambina quando nuota nel lago e osserva il paese a pelo d'acqua. Nuota come una rana, lo spirito-bambina. Muove entrambe le braccia simmetricamente con una bracciata laterale, in superficie, i palmi rivolti all'esterno, mentre le gambe disegnano un cerchio. Distende e recupera. Distende e recupera, come un rosario. Non esiste un tempo *giusto* per nulla, nella vita degli uomini; tranne che per morire. E un modo, anche.»

Dopo che la gente fu sciamata via dalla chiesa, tornando a casa, chiesi a nonno se avesse fatto caso all'omelia.

«Eretica», disse. «Mi è piaciuta.»

«Ha parlato di uno spirito-bambina...»

«È una leggenda. Anselmo era appassionato di queste storie. Si dice che durante il riempimento dell'invaso una bambina che abitava in una delle case si fosse intrufolata per recuperare una bambola, scordata durante il trasloco, e non abbia fatto in tempo a uscire.»

«Ed è affogata?»

«È solo una storia, Zeno. Queste valli ne sono piene.»

«Nonno Melo dice che in tutte le leggende c'è un fondo di verità. Chi si prenderebbe la briga, altrimenti, di inventarsi assurdità del genere?»

«Di certo i fantasmi non esistono. Credi ai fantasmi?»

«Io? No.»

La macchina si fermò davanti casa senza sollevare polvere, mentre nonno stendeva pantaloni suoi e magliette mie sui fili in nylon che aveva tirato tra due ganci avvitati nel muro e un palo di metallo biforcuto. Ne scese una donna dai capelli bianchi con due grosse borse di canapa tra le mani. Attraverso il finestrino ringraziò chi l'aveva accompagnata e dopo essersi guardata attorno con evidente soddisfazione, come chi constata che in sua assenza non ci sono stati danni, stese le labbra in direzione del nonno in un sorriso tondo.

Ero seduto sulla panca. Avevo appoggiato un cartoncino su una sedia da cui avevo rimosso l'imbottitura e stavo ultimando l'esplosione di detriti e fiamme alle spalle di Capitan America. Posai la matita. Nonno non smise di stendere. Ma le rispose con un sorriso che implodeva negli occhi.

«Se vieni a prendere 'ste due borse di cibo che ho preparato per te, mi fai un favore, vecchio.» Poi mi vide. La bocca si schiuse per lo stupore. «Zeno.»

Balzai sull'attenti.

Nonno andò da lei e le sfilò le borse. «Sei tornata, finalmente.»

«Guarda, vecchio, che è solo qualche mese.» Gli picchiò sulla spalla. «E tu?» disse rivolta a me. «Da dove sbuchi? Fatti vedere...»

Non feci in tempo a dire buongiorno o salve che mi ritrovai strizzato tra le sue braccia molli. Pensai che se era così amica del nonno doveva aver visto le mie foto appese in casa. M'infilò le dita tra i capelli, nei fori delle orecchie, sollevò il mento per strappare somiglianze.

«Hai gli occhi di tuo nonno.»

«Dice?»

«Dammi del tu. Mi chiamo Iole.»

«Dici?»

Indietreggiò di un passo, in cerca della figura intera come per farmi un ritratto. «Voglio sapere tutto.»

La voce del nonno arrivò dalla finestra aperta. «Se entrate, mangiamo e te lo spiego.»

Impiegò la durata del pasto a riassumere l'urgenza del ricovero di papà e il rifiuto della clinica di ospitarmi; ma tra le parole si formavano dei vuoti, embolie che avrebbe curato in mia assenza. Cose che non voleva che ascoltassi.

Iole divenne una presenza fissa. Aveva una casa in paese, ma la mattina, verso l'ora di pranzo, puntualmente la vedevo apparire da dietro la curva con un gattò di patate, una torta pasqualina, una crostata di mele e pinoli. Lei e il nonno si appartavano spesso a chiacchierare. Sparecchiato e lavato i piatti, si sedevano fuori della porta, con la valle davanti, e se ne stavano così, in contemplazione. Anche le passeggiate erano diventate una cosa loro.

Non li accompagnavo. Li avvolgeva un'intimità che non volevo invadere.

In paese, se mi vedeva, mi trascinava in lavori casalinghi chiedendomi, per favore, di salire sulla scala a recuperare una scatola nel piano alto del mobile, o se potevo chinarmi, io, a controllare se la chiave che cercava fosse finita sotto il divano, che con il suo mal di schiena era tanto se stava in piedi. Una sera mi chiese di aiutarla a fare il pane. Diceva sempre che nonno preferiva il suo integrale a quello di Rosa – quelle parole trasudavano soddisfazione – e sarebbe stato bello se io avessi imparato a farlo. Nonostante la mia famiglia, il mio interesse per la cucina era inesistente e mai, dico mai, mi sarebbe saltato in mente di preparare il pane integrale per nonno, ma non ebbi il coraggio di dirglielo, e accettai.

Impastando le pagnottelle, con la radio di sottofondo, mi raccontò della sua infanzia e del periodo in cui nonno aveva vissuto lì, tra il 1943 e il 1945. Raccontò dei giochi tra le felci, a far finta di avere una casa da ricchi, di quando, insieme a sua sorella maggiore, andavano al pascolo sopra Servo, dove aveva insegnato a nonno come si mungono le capre; di quella volta che lui era andato a lanciare le pietruzze contro la sua finestra per portarla a vedere gli aeroplani al Monticello – mi morsi la lingua per non lasciarmi scappare un'esclamazione, sentendoglielo nominare – e di quell'altra che i tedeschi avevano portato via suo padre e il mio bisnonno, che nonno e suo fratello avevano salvato barattandolo con una stecca di sigarette. Suo padre, invece, non era più tornato.

Iole si girò e si asciugò gli occhi.

Io smisi di impastare.

«Nonno ha un fratello?» chiesi.

«Lo aveva. Non c'è più.»

Prese una manciata di semi di lino rimasti a bagno in una terrina e li aggiunse sia al suo impasto sia al mio. Lavorammo per amalgamarli.

«Tu hai conosciuto mia nonna?»

«Sì.»

«Com'era?»

«Una donna stupenda. Allegra, spiritosa, intelligente.»

«Iole...»

«Sì?»
«No, nulla.»
«Dimmi.»
«Non importa.»
«Zeno...»
«Perché hanno litigato?» chiesi concentrandomi sulla distribuzione dei semi di lino nel mio impasto. «Intendo, mamma e nonno.»
Iole si allontanò per accendere il forno, armeggiò con le manopole. «Non credo tocchi a me parlartene. Dovresti chiederlo a loro.»
«Certe domande sono difficili.»
«Anche certe risposte. E qualche volta, Zeno, neppure ci sono.»
«Ma i grandi devono trovarle. È loro responsabilità.»
«Chi te lo ha detto?»
«Don Luciano.»
«Don Luciano la fa semplice, caro mio.»
«Da un grande potere», dissi, «derivano grandi responsabilità.»
«E questa?»
«Cosa?»
«Sempre don Luciano?»
«No. L'Uomo Ragno.»

Qualche giorno dopo notai sulla panchina i due anziani rimasti. Non li avevo più visti dal giorno del funerale. Uno aveva addosso il cappello di Anselmo. Mi avvicinai per dire che mi dispiaceva che il loro amico fosse morto.
«Grazie», disse quello con il giornale.
«Sei molto gentile», disse l'altro, togliendosi il cappello.
Sostai a chiacchierare. Mi raccontarono che prima della guerra Anselmo andava con loro a studiare nel bosco, in primavera, e d'inverno facevano insieme i compiti vicino alla stufa. Raccontarono di quando con la famiglia s'era trasferito in una abitazione senza luce elettrica, e della sua passione per le lampade a carburo; di quando, con l'inizio della guerra, era sfollata molta gente, lì, e che uno di loro aveva lasciato casa propria con i genitori per darla a degli ebrei, e che per quel periodo aveva vissuto a casa di An-

selmo, con gli zii e un cugino di suo padre, che faceva l'architetto; di quando erano scappati per i boschi per paura di un rastrellamento e la nebbia li aveva salvati; di quando i tedeschi avevano portato via gli uomini del paese; di quando erano andati a Piacenza con il treno senza pagare il biglietto, con le gambe penzoloni dal vagone, e che c'era la garitta con il frenatore, perché certi carri bisognava frenarli singolarmente, a mano; di quando Anselmo aveva organizzato una festa, in paese, per incontrare le ragazze, e di come, poi, una ragazza la incontrò davvero, e quella ragazza diventò sua moglie.

E più parlavano, più gli si illuminavano gli occhi, a tutt'e due.

Nel frattempo erano arrivati Luna e Isacco, e si erano seduti ad ascoltare.

«Chissà dov'è adesso?» chiese l'uomo con il giornale.

«Da nessuna parte», disse quello con il cappello di Anselmo.

«Dici? Non credo. Sarebbe troppo comodo cavarsela così a buon mercato con tutti i danni che facciamo in vita.»

«La cosa migliore sarebbe non morire», disse Isacco.

«La cosa migliore sarebbe risuscitare», dissi io.

«Come nostro Signore?» fece l'uomo con il cappello di Anselmo.

«No, più come Fenice. O Jason Todd. Gesù sarà anche risuscitato, ma nessuno l'ha più visto. Io voglio vederle, le persone.»

«Ci vorrebbe la Fonte della Vita. Fosse vera quella storia che raccontava Anselmo.»

«Quale storia?»

«Una vecchia storia. Da queste parti», disse l'uomo con il cappello, «tiri un calcio a una pietra e ne escono due.» La bocca si curvò in qualcosa di simile a un sorriso. «Pare che nelle grotte, fuori del paese, ci sia una fonte; che se ci bevi guarisci da tutto.»

«Fosse vero ci avrebbero fatto su una fabbrica», disse l'uomo con il giornale.

L'altro agitò le mani in aria, come per mescolare le parole. «O una chiesa.»

«Però», disse Isacco, «nessuno c'è mai entrato a curiosare, là dentro.»

«Mio padre c'è andato, una volta, con mio zio Alessandro», intervenne Luna, che fin lì era stata silenziosa, tanto che ci eravamo scordati di lei.

«Davvero?»

«Con una associazione speleologica.»

«Cos'hanno trovato?»

Si strinse nelle spalle.

«Anche i turchi hanno camminato chissà quante volte sopra i resti di Troia», dissi. «Però è poi quel tipo che li ha trovati.»

«Chi?»

«Un archeologo», dissi. «Ora non ricordo.»

Quando il padre di Luna tornò a casa, quella sera, provammo in ogni modo a convincerlo a portarci con lui nelle grotte, ma fu irremovibile.

«Non se ne parla, no no, è troppo pericoloso. Anzi, dovrebbero chiuderle. Alessandro ha già scritto una lettera al prefetto e al sindaco. Prima o poi qualcuno ci si infilerà a giocare, e vedrete.»

Quando passò la macchina di mamma ero in piazza.

Un uomo infagottato in una tuta protettiva, munito di erogatori pressurizzati, stava disinfestando un sottotetto da un nido di calabroni, mentre il vecchio con il cappello di Anselmo e quello con il giornale raccontavano di quando, dopo la guerra, avevano incontrato un vagabondo che li catturava, i calabroni, li imbrigliava con un filo sottile e poi loro gli volavano attorno, obbedienti.

La vidi passare e le corsi dietro. Quando arrivai a casa era già entrata, Iole le stava servendo il caffè. Nonno, in un angolo, era impegnato ad aggiustare un grosso vaso di terracotta che le radici della yucca avevano rotto in tre pezzi. Non buttava mai via niente, lui: tutto ciò che poteva essere riparato o riciclato lo riparava e lo riciclava.

«Allora?» chiesi entrando dalla porta come una furia.

Le visite di mamma, fino a quel momento, non erano mai state foriere di notizie particolari, la degenza di papà era incappata in una tediosa bonaccia, routine di esami e cure, ma ogni volta speravo in qualche novità.

«Buongiorno», disse. «Un bacio, prima?»

L'abbracciai rapidamente. «Come sta papà?»

«La troppa curiosità spinse l'uccello nella rete», commentò Iole servendo i biscotti allo zenzero che aveva appena tolto dal forno.

«Quale rete?»

Mamma alzò le mani. «Hai voglia di venire a Genova con me oggi?»

«Oggi?»

«Ho trovato un Bed & Breakfast grazioso, non lontano dalla clinica. Ho prenotato tutta la settimana.»

«Tutta la settimana?»

«Pensavo ti avrebbe fatto piacere andare all'Acquario. E possiamo fare il bagno da qualche parte, e...»

«Posso vedere papà?»

«Puoi andare a trovare papà, certo.»

Allargai le braccia per contenere la gioia, ma non ci stava. «Vado a fare la borsa», dissi, e corsi di sopra.

Partimmo quasi subito.

Il Bed & Breakfast aveva tre camere con bagno, aria condizionata e un terrazzino che affacciava su una piazzetta con un alto cipresso al centro e il dehors di una pasticceria rannicchiato in un angolo, vicino alla discesa. Le stanze erano state battezzate dalla proprietaria, una signora vaporosa che dimostrava molti meno anni di quelli che aveva, con i titoli di tre album di Ivano Fossati: *Discanto*, *Lindbergh* e *Macramè*. Il volantino diceva che il Bed & Breakfast era la base ideale per visitare Genova, Portofino, Camogli e Le Cinque Terre, e che al mattino, la colazione, era a base di prodotti tipici locali: focaccia, ciambella, torta al cioccolato, biscotto del lagaccio. Non menzionava la clinica Marescotti, dov'era ricoverato papà, ma la sua presenza era incombente: non la si vedeva da nessun balcone, da nessuna finestra, eppure io sapevo che era lì fuori, oltre il cipresso, oltre il dehors della pasticceria, e dietro due palazzi di sette piani che oscuravano parte della collina. Volevo andare subito a trovarlo. Non mi interessava altro: non l'Acquario, non la spiaggia, tantomeno focacce, ciambelle e terre di ogni genere, qualunque fosse il loro numero.

Ma non si poteva. Andammo il giorno successivo. Entrammo

nel cortile della clinica in un'abbagliante giornata estiva. C'era un vento sottile, ma tenace, che sembrava spazzare da solo ogni lordura dell'aria: fumi, polveri, batteri e virus; un vento purificatore. Per questo vedere mio padre nella trasparenza del vetro della sala d'aspetto, in cui si rifletteva il verde sfolgorante degli alberi, fu come notare una sbavatura su un disegno. Lui s'accorse di me, io di lui, e il sorriso che gli illuminò il volto fu il più felice e il più debole che gli avessi mai visto fare. Ci abbracciammo tra le poltrone di pelle azzurra e i tavolini con le riviste, poi uscimmo in cortile. Era affaticato. Tra i sentieri e le siepi individuò subito una panchina su cui riposare. Chiese della mia estate, del nonno.

Dissi che mi stavo abituando. Il posto era bello e il nonno era gentile, ma strano. Dissi di Luna e Isacco. Raccontai del lago e delle case sommerse, del Monticello e delle grotte. Descrissi la casa in ogni pietra, davanzale, chiodo. Condivisi storie e persone, la signora Rosa e lo spirito-bambina. Che stavo per affogare, no, quello non lo dissi; e neppure della morte di Anselmo. Ma disegnai una mappa del paese nella ghiaia del cortile: la piazza, la diga, le strade. La voce era antidoto alla paura. Finché esaurii qualunque particolare. Gli regalai il disegno di Fenice che avevo fatto apposta per lui; promise di appenderlo in camera, sopra il letto. Mamma si era allontanata per comprare del gelato.

«Hai ancora il brutto rospo?»

«Quale brutto rospo?»

«Mamma la chiama così, la tua malattia. Brutto rospo.»

Sorrise. «Già. Lo è proprio.»

«Ce l'hai ancora?»

«Sì. Ma lo stiamo curando.»

«E le cure fanno male?»

«No. Insomma, sono spesso stanco. Come oggi, vedi? E mi capita di avere la nausea. Faccio molte punture, ma c'è un infermiere, dovresti vederlo, t'infila l'ago e neppure te ne accorgi.»

L'abbronzatura, la salsedine che in anni di sole e mare si era accumulata sulla sua pelle, sedimentando in una patina bruna, salina, senza cui non ricordavo di averlo mai visto, di cui conoscevo persino il gusto – da bambino, giocando a fare la lotta, gli mordevo braccia e polpacci – era completamente scomparsa. La pelle trasparente, le occhiaie, i reticoli di vene erano residui di altre vite, non erano roba sua, non gli appartenevano.

Mamma tornò con il gelato: malaga e vaniglia. Lo mangiammo pescando tutti dalla vaschetta. Papà, rinvigorito, parlò di flebo in modo scherzoso e discutemmo di trasfusioni come si farebbe tra vampiri. Scherzammo sugli ospedali siciliani, anche se non c'era nulla da ridere. Parlammo di calcio, di quali giocatori il Palermo avrebbe dovuto acquistare. Mi sembrava che nel corso della mattina papà si fosse ripreso, che avesse un aspetto più sano di quando lo avevo visto alle nove e trenta oltre il vetro della sala. Glielo feci notare. Lui abbracciò mamma e disse: «È lei la mia unica e vera medicina». E le diede un bacio sulla tempia, vicino all'occhio.

Mi rattristai all'istante. Il dolore di quella sua affermazione fu ancora più violento perché imprevisto. Nemmeno lo compresi, sul momento. Poi, capii. Volevo essere anch'io *la sua* medicina. Li osservavo, e invece di gioire per quella sintonia, per quel loro amore – ne ho una memoria fisica – mi sentii spettatore di una battaglia in cui avrei voluto essere coinvolto e da cui, invece, ero escluso. Avrei voluto scendere in campo accanto a loro, noi tre insieme: Mister Fantastic, la Donna Invisibile e Franklin Richards, loro figlio, uniti nella lotta contro il Brutto Rospo. Tra l'altro, in quanto Franklin Richards, figlio di due supereroi paraumani, sarei stato dotato di immensi superpoteri, in particolare telepatia e telecinesi, oltre alla capacità di alterare la realtà, quindi sarei stato di grande aiuto. Ma nulla: la medicina di mio padre era lei.

Il giorno dopo andammo a visitare l'Acquario. Ero distratto. La gente si accalcava davanti agli squali o ai pesci tropicali. Io riuscii ad abbandonare il sentiero polveroso dei miei pensieri solo davanti alla vasca viola delle meduse. Si muovevano con movimenti lentissimi, galleggiavano traslucide come se il mondo attorno non esistesse; c'erano solo loro, ed era giusto così. Piovevano dall'alto, affioravano da sotto, tracciando percorsi lineari, pacifici. Erano diverse da quelle che invadevano il mare di Capo Galilea; esseri di un altro pianeta.

Mamma mi abbracciò da dietro, stringendomi il petto. «Belle, vero?»

«Magnifiche. Non si possono tenere in casa?»

«Non credo.»
«Pensa averle nel salotto.»
«Pensa.»
«O nel ristorante. Verrebbero tutti a vederle.»
«Si mangiano, anche.»
«Davvero?»
«Sì. Le friggono. I cinesi credo, o i tailandesi. Non so.»

Nel pomeriggio, dopo essere passati dal Bed & Breakfast per una doccia, tornammo alla clinica. Papà era in forma. Uscimmo a passeggiare nel parco e camminammo a lungo. Incontrai un ragazzo della mia età, figlio di un medico, con un pallone. Imbastimmo una partitella tra due panchine. Ogni tanto la palla rotolava verso papà che ci osservava, in piedi, la schiena appoggiata a una fontana, e lui, di piatto, la rilanciava. Ricordo che la gente parlava a sussurri. Come se i rumori potessero peggiorare le condizioni dei malati. Quando delle voci più alte del solito ci giunsero da dietro gli alberi, andammo a vedere cosa fosse successo. Una donna era svenuta. La stavano rianimando.

«Venite, spostiamoci», disse mamma, chiudendo una telefonata.

Raggiungemmo la sala d'aspetto; era ora di salutarci.

Mamma disse: «C'è una sorpresa, Zeno. Domani andiamo all'aeroporto».

«A fare?»

«Di mattina arrivano i nonni. Di pomeriggio lo zio Bruno.»

«I nonni? Lo zio Bruno? Nonna vola?»

Mamma e papà scoppiarono a ridere all'unisono. «A quanto pare...»

«Davvero nonna vola?»

«Le facciamo preparare una stanza in clinica», propose papà.

Il fatto ecco, era che nonna Giovanna non aveva mai volato in vita sua. Non solo. Non era praticamente mai uscita dai confini comunali di Capo Galilea. Il ristorante era la sua vita e come diceva spesso: «È il mondo che si è sempre spostato per venire da noi. Che bisogno c'è d'invertire le parti?» Nonno viaggiava, sì: per fiere, sagre, mostre mercato. Ma lei non l'aveva mai seguito, un po' per stare dietro alle faccende di casa e all'attività – per anni avevano chiuso solo il giorno di Natale e il primo gennaio – e un po' per paura di possibili catastrofi. Insomma, saperla in arrivo a Genova – e in aereo – era la notizia del giorno. Prima di lasciarci giocammo a immaginare le possibili incomprensioni al check-in o con le hostess; lo stupore del volo; la sua mano stretta a quella del marito, con quel calore intimo, protettivo, che scaldava il loro amore da cinquant'anni.

Il volo aveva quaranta minuti di ritardo. Prendemmo un cappuccino al bar, io anche una brioche, mamma comprò una rivista e l'ultimo *Nathan Never* per me. Seduti ai tavolini io crollai nei sotterranei urbani della Città Est, lei, con la rivista sulle gambe, perse lo sguardo dentro di sé. Restammo in silenzio per un tempo che non saprei dire, finché, d'un tratto, disse: «I nonni e lo zio vengono per il trapianto».

Alzai gli occhi dalle pagine. «Quale trapianto?»

«Di midollo. Per tuo padre.»

Chiusi *Nathan Never.* «Cos'è il midollo?»

«È un tessuto che abbiamo dentro le ossa. Controlla la produzione delle cellule del sangue. Però non tutte le persone hanno lo stesso midollo. Per fortuna quello dello zio Bruno è compatibile.»

«Il mio non potrebbe essere migliore?» chiesi. «Sono suo figlio.»

Mamma sorrise. Mi prese la mano attraverso il tavolo. «Sei meraviglioso, lo sai?»

«Allora?»

«No. Genitori e figli non sono quasi mai compatibili. Perché tu sei figlio suo, ma anche mio.»

«Non capisco.»

«Già», sospirò. «Nemmeno io. Quindi tanto vale fidarci.»

Essere tutti insieme – noi, i nonni, lo zio che non vedevo da tre anni – era strano e meraviglioso. Strano perché noi eravamo noi, certo, ma i luoghi erano estranei. Ciascuno si muoveva per Genova con una lentezza sua, intorpidito dalla mancanza di familiarità con strade, case e negozi. Per fortuna c'era il mare. La sera lo cercavamo, occhi e naso. Sapevamo che laggiù, da qualche parte, c'era casa nostra. I nonni avevano chiuso il Mare Montelusa per dieci giorni, con tanto di cartello scritto a mano appeso con lo scotch trasparente alla porta del ristorante. Solo un servizio di catering per la figlia di un amico che si sarebbe sposata quella domenica era confermato: tutte le indicazioni erano state lasciate ai tre dipendenti, l'aiutocuoco e i due camerieri storici, che per l'occasione i nonni avevano autorizzato a invitare amici per farsi aiutare, se lo ritenevano necessario. Di loro si fidavano, «ma perché è un catering», precisò nonna. Era strano anche per la presenza costante, ma invisibile, di papà tra di noi, quando passeggiavamo per i carrugi o mangiavamo la focaccia seduti stretti su una panchina, e quando ci salutavamo, la sera, con le indicazioni per il giorno successivo: a che ora partiamo, cosa facciamo. Allo stesso tempo era meraviglioso. Perché voleva dire che non tutto era mutato: nelle nostre vite c'era continuità.

Per i nonni e lo zio Bruno mamma aveva prenotato le altre stanze del Bed & Breakfast: noi stanza *Lindbergh*, loro stanza *Macramè*, lo zio stanza *Discanto*.

La mattina dopo il loro arrivo ci recammo tutti insieme in visita da papà. Purtroppo non era in grande forma.

A nonna, quando lo vide, vennero gli occhi lucidi. Disse: «Scusate, vado in bagno». Nonno cominciò subito ad aggiornarlo sul ristorante, il numero dei clienti, la sostituzione di un fornitore; affidava al quotidiano il compito di sgretolare i muri della clinica. I suoi racconti fecero sorgere attorno a noi un diorama di Capo Galilea. Lo zio ci mostrò le foto delle mie cugine, di sua moglie e della nuova casa, una villetta in un sobborgo di Melbourne. Mamma propose di uscire un po', ma papà non se la sentiva.

«Scusatemi», disse.

La televisione era accesa: una corsa ciclistica. Ci lasciammo rapire dalla monotonia delle immagini finché nonno Melo disse che se volevamo andava a comprare il gelato per tutti. Mamma annuì e chiese a me di accompagnarlo dove lo compravamo di solito, che era buono.

L'asfalto delle strade emanava un calore umido che afferrava le gambe. Due ragazzi tentavano acrobazie con i roller in una piazzola, inseguendosi e saltando sulle panchine con un gran fracasso di plastica e legno. Mi vennero in mente il caddusu e la mia bicicletta, abbandonata in garage. Pensai alle giostre che la settimana di ferragosto venivano allestite sul campo da calcio della parrocchia: con Michele e Salvo avevo un record da battere al tiro ai barattoli. Con il passo ingrassato dal caldo mi soffermai per la prima volta con nostalgia persino su Colle Ferro, sul fresco che la sera asciugava il sudore.

«Allora, lui com'è?» chiese nonno Melo.

«Lui chi?»

«L'altro nonno.»

«Tu lo sapevi?»

«Di lui? Scherzi?»

Soffiai dal naso. «A quanto pare ero l'unico.»

«Le persone importanti sono quelle con cui cresci», disse. «I fantasmi non contano.»

«Lui non è un fantasma.» Mi resi conto di aver alzato il tono della voce.

«Non volevo offenderti.»

«Non hai offeso me.»

«Non volevo offendere neppure lui. Ma resta quello che è.»

«Ossia?»

Nonno Melo pensò a lungo prima di rispondere. Era molto più anziano di nonno Simone; aveva gli occhi appollaiati su borse prugnose, appannati e maculati come un parabrezza al termine di un guado. Indicai la pasticceria che faceva il gelato artigianale. Nel dehors non c'era nessuno. Solo onde di calore.

«Un fuggiasco», riprese. «Per quello che so, che coincide con quello che Agata mi ha raccontato, suo padre non ha mai smesso di scappare. Al punto di svanire, ha detto una volta. E questo ai miei occhi lo rende un fantasma. Sicuro che non vuoi tornare a Capo Galilea con noi?»

Ecco. Ero sicuro di non voler tornare a Capo Galilea con loro?

«Resto qui», risposi.

«Come preferisci.»

«Sa fare un sacco di cose, sai?»

«Per esempio?»

«Conosce centinaia di luoghi fantastici.»

«Lì dove vive?»

«No. Non dove vive. Isole misteriose, pianeti e giungle.»

Nonno Melo non fece in tempo a ribattere perché eravamo entrati dentro la pasticceria e la commessa, una ragazza con tre grossi piercing e gli occhi più neri che avessi mai visto, ci venne incontro al di là del bancone pronta a servirci. «Ditemi.»

«Gelato da portare via», disse nonno. «Per cinque persone. Zeno?»

«Lime e zenzero.»

Nonno strabuzzò gli occhi. «Lime e zenzero?»

«Buonissimo. L'ho già preso.»

«Poi?» chiese la ragazza.

«Pesca e frutti di bosco.»

Nonno annuì. «Lime e zenzero, pesca e frutti di bosco, grazie. E se ci fa entrare anche una pallina di cocco, mi fa felice.»

«Sono qui apposta per farla felice.»

«Immagino lo dirà a tutti. Ma la prendo come una gentilezza personale, se non le spiace.»

Con nonno Melo non tornammo più sul discorso dell'altro nonno. Forse lui ne parlò con mamma, ma a me non fece più domande, e io apprezzai. A parlarne bene mi sembrava di tradirlo, di tradire nonno Melo, insomma, di farlo ingelosire o che so io. Un po' come capita con tua madre quando devi parlarle della seconda moglie di tuo padre, immagino. Una cosa così. E ora, in fondo, lo capisco. Chi per tutta la vita c'è – fisicamente, emotivamente – vuole essere riconosciuto per la sua presenza. Perché se ami una persona, be', devi esserci e basta. Non vale amare a distanza.

Mangiammo la pizza, quella sera. Poi, rientrati al Bed & Breakfast, io e mamma scivolammo nella stanza *Lindbergh*, nonno e nonna nella *Macramè*, lo zio nella *Discanto*. Ci salutammo in corridoio augurandoci buonanotte. Nella stanza *Lindbergh* c'erano due letti: un matrimoniale e un singolo.

«Scegli tu», aveva detto mamma la prima notte.

Avevo scelto il letto singolo, stretto fra l'armadio e la finestra: preferisco dormire dove mi sento protetto, sempre con un lenzuolo addosso, anche se fa caldo, e a pancia sotto, perché a dormire supino mi sembra di essere esposto e fragile. Tolsi maglietta e jeans e m'infilai sotto il lenzuolo. Giocai a gonfiarlo sbattendolo e lasciandolo cadere. Il fresco della stoffa aderiva con cura alla pelle: cosce, stomaco, petto. Mamma si fece una doccia; si asciugò i capelli senza phon, solo con l'asciugamano, per non fare rumore. La stanza era immersa in una dolce penombra. La sentii sdraiarsi.

«Mamma.»

«Sì?»

«Aspetta...»

In strada stava passando un'ambulanza. Lasciai che il suono intermittente della sirena fluisse e si disperdesse, restituendoci al silenzio, per poter solo sussurrare. È bello poter solo sussurrare.

«Mamma.»

«Dimmi.»

«È pericoloso il trapianto di papà?»

«Dici l'operazione?»

«Devono tagliarlo o che so io?»

«No. È una specie di puntura. Niente di grave.»

«Allora cos'è che potrebbe andare male?»

«Nulla.»

«C'è sempre qualcosa che può andare male.»

«Andrà tutto bene, Zeno. Ora dormi.»

Un cane abbaiò secco, una voce lo fece tacere. Un motorino arrivò dal nulla e in un attimo si spense. Sentii il rumore del cavalletto.

«L'ago potrebbe essere infetto.»

Mamma non rispose subito, valutò l'ipotesi di far finta di dormire, credo. Poi, con la voce soffocata dal cuscino, disse: «No».

«Come fanno a sapere che il midollo dello zio va bene per lui?»

«Hanno fatto delle analisi.»

«Che analisi?»

«Zeno.»

«Allo zio Bruno piace bere e fumare i sigari. E se dopo il trapianto anche papà cominciasse a bere e a fumare i sigari?»

«Non dire sciocchezze.»

«Perché?»

«Perché non devi dire sciocchezze.»

«Perché è una sciocchezza?»

«Se lo sapessi, Zeno, te lo direi. Ma non lo so, va bene? So che non accadrà. So che il midollo non ha nulla a che fare con lo stile di vita di una persona. Neppure con la sua religione o con lo sport che pratica. Anche tu saprai delle cose che non sai spiegare, immagino.»

«Prova», dissi.

«Prova cosa?»

«Fammi una domanda.»

«Zeno, è tardi. Ho sonno.»

«Solo una.»

La sentii sospirare e affondare nel cuscino. «Se ti tuffi nell'acqua fredda subito dopo mangiato ti viene una...?»

«Congestione.»

«Ossia?»

«Muoio.»

«Sì. Ma come?»

«Per congestione.»

«Ossia?»

«Mi si ferma il cuore.»

«Se muori è ovvio che ti si ferma.»

«Quindi?»

«Quindi cosa?»

«Quindi cosa succede?»

«Non lo sai?»

«No.»

«Però sai che muori.»

«Sì.»

«Bene. Anche se il midollo che trapianteranno appartenesse all'uomo più grasso del mondo, papà non si trasformerà nell'uomo più grasso del mondo. Lo so, anche se non so perché. Va bene?»

Pensai al gene X che è alla base della mutazione genetica degli X-Men. «Mamma.»

«Zeno, ora conto fino a dieci e ti addormenti. Va bene? Uno, due, tre...»

«Mamma.»

«... quattro, cinque, sei...»

«Mamma.»

«Che c'è?»

«Il nonno raccontava di luoghi fantastici anche a te?»

«Quali luoghi fantastici?»

«Rohan, le Tane Fredde, Camelot.»

«No, niente luoghi fantastici. Ricordo solo una storia. Me la raccontava spesso. Si chiamava *Il Signore degli Avanzi*.»

«Che storia era?»

«C'era un tizio che riciclava gli oggetti. Non ricordo.»

«E che ne faceva?»

«Ti ho detto che non ricordo. Chiedilo a lui.»

«Posso mandare un sms di saluto a papà?»

«Starà dormendo.»

«Lo trova domattina. Così sa che l'abbiamo pensato. Noi siamo insieme, lui è solo.»

Attesi qualche secondo una risposta che non arrivò. Scesi dal letto e senza accendere la luce andai a rovistare nella tasca dello zainetto dove sapevo di aver messo il cellulare; lo accesi. Quando prese vita arrivò un messaggio.

«È lui», dissi.

«Che dice?»

«È di un'ora e mezzo fa. Forse è ancora sveglio. Dice: *See you tomorrow, alligator*.»

«Cos'è?»

«Nulla, una cosa che diciamo tra di noi.» Digitai il messaggio. Il display emanava una luce soffice e i tasti un cinguettio aereo. «Lo saluto anche da parte tua?»

Silenzio.

«Mamma?»

«Mmmh?»

«Lo saluto anche da parte tua?»

«Sì.»

Spedii il messaggio. Restai con lo StarTAC sul petto per qualche minuto in attesa di risposte; nulla. Lo spensi, lo riposi nella tasca esterna dello zaino e tornai a letto. Non riuscivo a prendere sonno e davanti agli occhi, se li sbattevo, appariva un pulviscolo lucente. Il ronzio della città si spense. Se mi concentravo potevo sentire le molecole d'aria strofinarsi tra loro. Mi alzai e andai a sdraiarmi accanto a mamma. Era coricata su un fianco, aveva il respiro pesante. Mi strinsi alla sua schiena, modellai il corpo nei pieni e nei vuoti, le mie ginocchia nell'incavo delle sue, la pancia contro il sedere, il naso tra i capelli; lasciai cadere una mano, molle, sul suo braccio. Il sonno si trasferì per conduzione, e mi addormentai subito.

L'ultimo giorno entrando in camera di papà lo trovammo in compagnia di una infermiera bionda e allegra che stava raccontando non so cosa mentre gli misurava la temperatura. Lo zio Bruno era andato a firmare le liberatorie.

«Buongiorno», disse papà, ridendo.

Mamma guardò l'infermiera. «Buongiorno.»

L'infermiera tossì, fece il giro e andò ad aggiornare il grafico ai piedi del letto. «A dopo.»

«*Tusen takk*», disse papà.

«*Vær så god*», rispose lei, uscendo.

«Però», disse nonno Melo. «Vedo che ti diverti.»

Mi sedetti sul letto e lasciai che papà mi spettinasse i capelli, che era una cosa che io odiavo e lui amava. «Cos'avete detto?»

«Grazie e prego.»

«In che lingua?»

«Norvegese.»

Mamma scostò la tenda blu per far entrare il sole. «Non credo sia legale assumere infermiere norvegesi.»

«Ripeti grazie», dissi.

«*Tusen takk*. Grazie mille.»

«Quando ti fanno il trapianto?» chiesi.

«Presto.»

«Posso rimanere?»

«No, Zeno», rispose mamma. «Domattina torniamo a Colle Ferro.»

«Se vuoi lo teniamo noi», disse nonno Melo.

Mamma stava tirando fuori dalla borsa le magliette e i pigiami di papà che aveva portato a lavare; si girò di scatto mostrando il palmo delle mani come se potesse uscirne un fluido. «Ne abbiamo già parlato.»

«Sì, hai ragione.»

«Ragione?» Scesi dal letto e mi lasciai crollare sulla sedia di ferro. «E io non c'entro nulla? Perché state qua tutti insieme e io no? Non lo capisco.»

«Papà dovrà rimanere in isolamento dopo il trapianto. Non potresti nemmeno salutarlo.»

«Zeno», disse papà. «Vieni qua.» Si tirò a sedere, sistemandosi il cuscino. «Questo posto non è adatto a te. È pur sempre un ospedale: gente malata, medicinali, urgenze. Sono io che preferisco saperti a Colle Ferro, con i tuoi amici...» Schioccò le dita. «Come si chiamano già?»

«Luna e Isacco.»

«Ecco, saperti con loro a fare il bagno, a divertirti.»

«Ma...»

«Se tu ti diverti, io sto meglio.»

Trattenni il fiato e annuii. Mi abbracciò forte, poi batté le mani. «E ora usciamo fuori nel parco, a passeggiare. Che ne dite?»

Riassunto della mia vita per quanto è concesso
ricordare o ricostruire o immaginare:
dove la memoria illumina
1960-1966

Gabriele si era impiccato nella sua stanza in affitto a Pisa. Dormo una notte a Torino, a casa di mio cugino Davide. Poi, con lui, parto per Genova in treno. Mia madre sarà alla stazione. Da lì prenderemo un secondo treno per Pisa.

La luce filtra di traverso tra nubi basse e gonfie. Arrivati a Principe, la cerchiamo nella sala d'aspetto. Ma lei non c'è. La troviamo seduta composta su una panchina; non dentro la sala, fuori, in corridoio. È sola. Tiene le mani raccolte in grembo, stringe una borsetta; ha lo sguardo perso in un luogo profondo. Un bambino s'inginocchia a recuperare una palla rotolata sotto la panchina. La recupera, dice: Mi scusi, signora. Lei non lo sente, non replica.

Dico: Mamma.

Non risponde.

Mi siedo al suo fianco: Mamma.

Lenta, volta il capo e per alcuni istanti mi osserva come se si stesse chiedendo chi sono. I suoi occhi si muovono sul mio viso in cerca d'indizi: i pori della pelle, le sopracciglia, l'attaccatura dei capelli.

Dico: Mamma, guardami. Sono Simone.

Lei ripete: Simone.

Le prendo una mano, poi l'altra, le stringo.

Dice: Simone, Gabriele non c'è più.

Dobbiamo andare, mamma. Il treno. Parte tra quindici minuti. È quella la tua borsa?

Mi accarezza una guancia: Gabriele non c'è più.

Dico: Lo so, mamma, lo so. L'aiuto ad alzarsi. La prendo sottobraccio. È invecchiata di vent'anni dall'ultima volta che l'ho vista. Ha i capelli grigi, la pelle avvizzita e trasparente. Indossa un cappellino di panno.

A Pisa occupiamo tre camere di un albergo del centro. Chiedo a Davide di stare con lei mentre io sbrigo tutto: vogliamo riportare Gabriele a Genova e seppellirlo a Staglieno. Effettuo il riconoscimento. Mi fermo solo pochi secondi, il tempo che mi venga mostrato il viso. Vado alla pensione per recuperare gli effetti personali: qualche libro, l'orologio, i documenti. Ad attendermi c'è un suo amico. Si presenta, dice: Lo conoscevo bene. Abbiamo studiato insieme per quattro anni. All'inizio abbiamo anche diviso la camera. Sono stato l'ultimo a vederlo.

Chiedo: Cos'ha fatto?

In che senso?

Dico: L'ultimo giorno.

Si gratta la testa: Ci siamo visti a pranzo. Ha trascorso la mattina in biblioteca. Stava concludendo una ricerca. Abbiamo pranzato da Rosa, una trattoria dove andiamo sempre, vicino alla facoltà.

Chiedo: Cos'ha mangiato?

Cos'ha mangiato? Be', non saprei. Un primo. Della pasta, mi pare. Sì, la pasta con le sarde. Ne sono certo. Ne abbiamo parlato con la cuoca, ricordo. È siciliana.

Dico: Poi?

Mi ha chiesto di accompagnarlo a comprare dell'inchiostro per la penna e a pagare l'affitto. È sempre stato puntualissimo in questo. Mai un giorno di ritardo. Ricordo che dopo ha voluto andare in una pasticceria qua vicino, è famosa. Fanno le scorzette di arancia con il cioccolato. Ne andava matto. Poi ci siamo salutati come sempre.

Ringrazio. Faccio per andare via, ma l'amico di Gabriele mi prende per il braccio, dice: Sai cosa mi fa impressione, ora che ci penso? Che camminava come suo solito, Gabriele. Hai presente? Il mento alto a contemplare il cielo, e così garbato e gentile. Con tutti. Garbato e gentile con tutti. Dice: Eppure, apparteneva già alla terra.

Dico: Tutti le apparteniamo.

Sì, ma per destino. Non per scelta.

Lo ringrazio. Gli lascio il nostro numero di telefono in caso voglia essere informato sulla data e sul luogo del funerale.

Torno da mia madre. Dico: Davvero non vuoi vederlo?

È seduta accanto alla finestra socchiusa da cui entra una leggera corrente che fa muovere le tende, non risponde. Scuote la testa, spaventata. Partiamo il giorno successivo. Durante il viaggio, spilucco un sacchetto di scorzette di arancia.

* * *

Torno a Ivrea la mattina dopo la sepoltura. M'immergo nel lavoro. Sono tutti felici del mio rientro, della mia dedizione.

Durante una riunione con i capisettore, azzardo una proposta per migliorare i processi lavorativi. Tutti ascoltano, alcuni non sono convinti, ma alla fine i miei suggerimenti vengono testati e una parte del lavoro svolto dal centro meccanografico viene dirottato sul nostro ufficio: d'ora in poi, saremo noi a dettare i cicli. I risultati sono immediati, fragorosi. Spero in un avanzamento di carriera, un aumento di stipendio. Invece no. Non vengo promosso e il mio stipendio resta lo stesso. Alcuni colleghi meno meritevoli sono premiati. Io no. Perché?

Elena dice: Devi andare e chiederlo. Fatti sentire. Alza la voce.

Dico: Forse l'azienda vuole recuperare l'investimento fatto su di me con la formazione. Sarebbe giusto.

Penso che devo trovare qualcosa su cui concentrarmi. Penso che devo pensare. Che devo dimenticare cose e impararne altre.

Scelgo l'informatica. Non si chiama ancora informatica, ma elaborazione elettronica dei dati. Faccio esperienza con le schede. Vedo i calcolatori a valvole trasformarsi nei primi calcolatori a transistor. Scrivo addirittura un articolo per una rivista, un'importante rivista di settore, sugli scenari aperti dall'evoluzione dell'informatica. Poi scordo di averlo scritto. Lo ritrovo tempo dopo. Furibondo, lo brucio nella stufa. Un giorno apro la rivista di settore e vedo il mio articolo pubblicato. Sgrano gli occhi: non ricordo di averglielo mai spedito.

Capita che nel fine settimana scenda a Torino in treno e vada a pranzo da Elena, dai suoi genitori. Lei nel frattempo si è iscritta a Medicina, come ha sempre voluto. Elena non è ebrea, ma non m'interessa.

Un giorno visitiamo insieme un museo. In una stanza bene illuminata da una teoria di finestrelle c'è una statua di Prometeo incatenato alle rocce del Caucaso, con l'aquila che gli divora il fegato. È di marmo bianco. La sfioro con un dito. È liscia, e fredda.

Dico: A volte mi sento così.

Lei non capisce, sorride e strizza gli occhi.

Dico: Di notte mi sembra tutto così chiaro. Poi, di giorno, ogni giorno, ricomincio a perdere i pezzi. Di notte so cosa devo fare e come farlo. Di giorno mi scordo quello che ho pensato, quello che ho fatto. Di notte scrivo, sai?

Dice: Davvero?

Leggo molto e scrivo lettere. A mio padre, soprattutto. A mio fratello. E in quelle lettere tutto è così evidente. Quel gesto? Inevitabile. Quella scelta? L'unica. Poi, la mattina, rileggo ciò che ho scritto e tutto mi è estraneo: le parole, la calligrafia, il colore dell'inchiostro.

Elena solleva un dito, s'atteggia smorfiosa: Scrivi anche a me?

La luce che inonda la statua di Prometeo le fa brillare la pelle. Il viso e il collo sembrano cosparsi di polvere d'argento.

Dico: A te scrivo di giorno.

* * *

Senza nessun aumento di stipendio, senza nessuna gratifica, l'azienda mi chiede di dirigere un nuovo ufficio, il Centro rilevazione dati. È un'evoluzione dell'ufficio costi. Devo andare nei laboratori e nelle officine per capire cosa stanno producendo, e come. Devo raccogliere informazioni sui costi di produzione, sul lavoro, sui materiali, sulla distribuzione; proporre un'ipotesi di costo per un eventuale prodotto finale fabbricato in serie.

Entro nei laboratori e faccio domande. Entro nelle officine e parlo con gli operai. Ma nessuno mi considera, nessuno mi risponde. La gente mi sbatte contro camminando, poi si guarda attorno come non capisse cos'è successo. Chiedo appuntamento ai ricercatori, ai dirigenti, e quando arrivo loro non ci sono. Il mio appuntamento non è segnato in agenda, o se ne sono scordati.

Dicono: Chi è lei?

Il responsabile del Centro rilevazione dati.

Agitano le mani: Dopo, dopo. Ora non possiamo.

Il capo vuole sapere come procede il lavoro. Io non ho nulla da riferire: non ho dati, non ho idee. Vorrei dirgli che nessuno vuole parlare con me, ma non oso farlo. Sarebbe come svelare il trucco, come dire: Ecco, lo ammetto, io fingo di essere qualcosa che non sono, di pensare qualcosa che non penso, di avere competenze che non ho. Sono un artificio, un espediente. Penso a mio padre, alla pianta, a me che gli salgo sopra.

Rispondo: Tutto procede. E mentre lo dico, sorrido. Sì, procede bene. Ma per raccogliere i dati, io non sono sufficiente. Mi serve aiuto.

Chiede: Quale aiuto?

Dico: Operai.

Operai?

Sette operai.

E per quale motivo?

Chi conosce la materia, i meccanismi di lavorazione e produzione meglio di un operaio? Nessuno. Mi serve un uomo in ogni laboratorio. È con loro che devo parlare, non con i ricercatori. I ricercatori sono poco obiettivi, pensano solo ai risultati delle analisi. L'operaio no, vede le cose come sono: i costi, i tempi. Senza filtri. Lui vede la verità.

Il dirigente ascolta, attento. Si versa da bere. Dice: Ho paura che faremo innervosire un sacco di gente, Coifmann. Ma va bene. Tre operai. Una volta alla settimana. Mezza giornata. Di più non posso fare. Posa il bicchiere su un tavolino di vetro e aggiunge indicandomi: Mi faccia avere dei risultati.

Esco dall'ufficio, ho bisogno di prendere aria. Sbottono polsini e colletto, allento la cravatta. Mi siedo sotto un albero in cortile. Cos'ho detto? Perché l'ho detto? Penso: Non riuscirò a cavarne nulla. Non sono in grado. Perché ho rilanciato, invece di ritirarmi?

Il giorno dopo, nel mio ufficio, incontro gli operai che mi sono stati affidati. Parliamo tutta la mattina. Chiedo di raccontarmi ogni particolare del lavoro: mansioni, pause; il margine di errore. Tento di scardinare il meccanismo per afferrarne i punti deboli.

Ma non mi viene in mente nulla. Penso che forse è un processo lungo, che forse sono solo frettoloso. Devo avere pazienza. Devo prendermi il tempo necessario.

È uno di loro a pronunciare la parola scarti. Non mi piacciono gli scarti. Non mi sono mai piaciuti. Io non butto mai via niente.

Dico: Immondizia?

No. Scarti.

Chiedo: Riutilizzabili?

Si stringono nelle spalle: Bisognerebbe guardare in terra.

I restanti giorni della settimana rimango in ufficio fino a tardi. Ogni sera, quando tutti sono andati a casa e non c'è più nessuno, neppure le segretarie, poco prima che arrivino gli addetti alla pulizia, m'introduco nelle officine e nei laboratori. I pavimenti sono coperti di materiale di ogni genere e chi si occupa della pulizia non distingue cosa è recuperabile e cosa no; butta tutto. Io no. Io so distinguere. Sera dopo sera, di nascosto, riempio interi sacchetti. Alla fine della settimana calcolo il valore complessivo del materiale che ho recuperato. Lunedì mattina mi presento dal dirigente. Svuoto i sacchetti sul pavimento: diodi, transistor, cavi. Mi guarda stralunato, con una mano sospesa a mezz'aria.

Dico: Ciò che vede è una parte di tutto quello che viene buttato via ogni settimana. Estraggo il quaderno. Leggo i dati.

Lui chiede: Perché lo ha fatto?

Cosa?

Raccogliere questo materiale. Dice: Lei doveva rilevare i dati sui costi di produzione e proporre un'ipotesi di costo per un prodotto da fabbricare in serie, giusto? Perché si è messo a raccogliere 'sta roba?

Non so. Dico: Era lì per terra. Aggiungo: Non mi piacciono gli sprechi.

Il dirigente chiama i responsabili: Perché non avete fatto voi quello che ha fatto Coifmann?

I responsabili non rispondono, abbassano lo sguardo e se lo sollevano è solo per affondarlo nel mio. Due persone vengono mandate a filtrare la spazzatura. Tutto ciò che può essere recuperato viene ricollocato nei magazzini.

Il capo dice: Ben fatto, Coifmann.

Sono confuso, lo ringrazio. Sto per uscire, mi trattengo sulla porta, con la mano sulla maniglia, dico: Signore...

Dica, Coifmann.

Sto per sposarmi.

Davvero? Congratulazioni. Quando?

Non so. Prima devo chiederglielo.

Ride: A me?

No. Dico: Alla persona che voglio sposare.

Coifmann, non la capisco. Perché mi dice che si sposa se non l'ha ancora chiesto alla ragazza? Intende forse rapirla?

Si tratta di soldi. Ecco. Dello stipendio.

Il capo sorride, dice: Avrà un aumento, Coifmann.

Mentre torno in albergo incontro Gioele, è molto che non ci vediamo. Lo invito a bere qualcosa con me. Non ricordavo più quanto fosse bello parlare con lui. Ascolta in silenzio, le sue poche domande sono sempre pertinenti e mi incitano a proseguire, stimolano altre riflessioni. Mentre parlo, di tanto in tanto mi prende la mano, la stringe come faceva anni prima, nel letto. Anche lui vuole dirmi qualcosa. Ma non lo fa. Io insisto.

Dice: La prossima volta.

* * *

Siamo su una cima da cui si vede il Gran Paradiso quando chiedo a Elena di sposarmi. Lei scoppia a piangere. Mi bacia. Scendendo parla dei preparativi, del ristorante, degli invitati. Di come dirlo ai suoi genitori. Decidiamo per la domenica successiva: andrò a pranzo da loro, a Torino, poi faremo una passeggiata al Valentino, ci sederemo su una panchina, davanti al fiume, e glielo diremo. Elena parla anche della casa. Lei studia a Torino, non può vivere a Ivrea. Si ferma sul bordo di una falesia e sgrana gli occhi, dice: Come facciamo?

Dico: Sarò io a fare il pendolare. Quando non potrò scendere da Ivrea, mi fermerò a dormire a pensione, come ho sempre fatto.

Mi abbraccia. Dice: Ti amo.

Dico: Vorrei trovare una sistemazione a Torino anche a mia madre. Non a casa nostra, ovvio. Due appartamenti vicini.

Perché non a casa nostra? Mi prende per mano, ricominciamo a scendere. Dice: Tua madre mi è molto simpatica.

Vi siete viste solo una volta.

So che andremo d'accordo.

Lo dico a mia madre che rifiuta. Non vuole lasciare Genova. Dice che ha già perso troppe cose nella vita: non vuole strapparsi anche dai ricordi. Dice che devo vivere i miei giorni senza pensare a lei.

Vado a trovarla con Elena, un fine settimana. Dopo pranzo, Elena esce a passeggiare per lasciarci soli. Siamo seduti sotto un sole tiepido che, tra gli alberi, chiazza di luce il terrazzino di quella che chiamavamo la voliera, la stanza del nonno. L'aria è immobile come la casa: il portaombrelli a forma di gatto, le due cassettiere intarsiate nell'ingresso, le foto incorniciate alle pareti. Dalla cucina portiamo due tazze con il tè; in un piattino dei biscotti al cocco.

Dico: Vorrei davvero che tu venissi a Torino.

Ne abbiamo già parlato.

Sorseggia il tè, dice: Questa casa è piena di fantasmi. E hanno bisogno di me, e io di loro. Beve un sorso, è bollente, soffia. Poi mi guarda. Ha degli occhi bellissimi, mia madre. Dice: Non li vedi?

Quando è ora di andare via, si veste ed esce con noi. Si ferma di colpo all'angolo di una strada che scende verso il mare. Dice che non ha voglia di accompagnarci fino alla stazione, chiede se ci dispiace salutarci lì, così. Ci abbracciamo. La osservo tornare indietro, rasente il muro.

Con Elena ci fermiamo in una panetteria e prendiamo della focaccia da mangiare in treno. Infilo la mano in tasca per prendere il portafoglio, sento qualcosa di rotondo e liscio. Lo estraggo. È una pallina di cuoio.

Dico a Elena: Devo tornare indietro.

Dove?

Da mia madre.

Simone, il treno parte tra venti minuti.

Urlo: Ci vediamo lì. E mentre urlo sto già correndo. Raggiungo il palazzo con il cuore dentro le orecchie. Suono. Divoro le scale, tre gradini alla volta.

Mia madre mi accoglie sulla porta: Hai dimenticato qualcosa?
Mi hai messo tu questa pallina in tasca?
Quale pallina?
Gliela mostro. Dico: L'hai messa tu?
Me la prende di mano e la stringe con la punta delle dita come un oggetto fragile, d'altri mondi. Dice: Dove l'hai trovata? Pensavo di averla persa.

* * *

Ci sposiamo in municipio. La famiglia di Elena non solo non è ebrea, ma non è neppure religiosa. Suo padre si definisce agnostico, sua madre atea. Lei non dice nulla. Lei riflette. E ora rifletteremo insieme. I miei testimoni sono Tommaso Rey e Gioele. Quando cerco Tommaso al telefono sono due anni che non ci vediamo. È stupito, chiede: Non hai nessun altro?
Dico: Se non vuoi puoi rifiutare.
Dice: Stai scherzando?
Li aspetto nella sala grande del Comune. Arrivano contemporaneamente. Vado loro incontro: Grazie di essere venuti.
Tommaso si guarda attorno: Come funziona?
Dico: Nulla più di una formula e una firma su un contratto.
Tommaso affonda le mani nelle tasche, annuisce: Un contratto. È giusto. I matrimoni si contraggono. Come le malattie.
Dopo la cerimonia andiamo a mangiare il fritto misto in una trattoria in collina. Mia madre lega con la madre di Elena, e questo mi rende felice. La luna di miele è una notte in uno chalet ai piedi del Monte Bianco.
Comincio la vita da pendolare, ma non mi stanca. Il treno è un luogo che mi si addice. Posso perdermi nello scorrere dell'esistente: case, luci, campi. Posso seguire con il dito le striature della pioggia contro il vetro, posso leggere un libro. Su un treno non sei da nessuna parte: sei energia cinetica, passato e futuro; mai presente.
Un giorno mi telefona un vecchio dirigente che ha cambiato lavoro. Si è trasferito dall'azienda di Ivrea a una più piccola che lui descrive come molto agguerrita. Dice: Produciamo ruote per au-

tomobili e trattori, ma vorremmo cominciare a fabbricare macchine. Intere. Non solo ruote. Dice: Mi serve un responsabile dell'Ufficio tempi e metodi. La sede è a Torino. Ho pensato a te.

Di notte ho gli incubi, non riesco a mangiare, non riesco a concentrarmi. Perdo il treno due volte. Mi confido con Gioele, dice: Accetta. Con Elena ne parliamo a lungo la sera, dice: Non saresti più costretto a viaggiare. Ti avrei a cena ogni giorno. La mattina potremmo fare colazione insieme. E poi lo stipendio. Dice: Potresti avere un aumento. Devi discutere sui soldi.

Non rispondo, mi chino e poso la testa contro il suo grembo. Mi passa le dita tra i capelli. Il giorno dopo mi licenzio. Sono tutti stupiti e dispiaciuti e io mi sento un traditore; evito gli specchi.

Quando vado a firmare il contratto nella nuova azienda mi comunicano lo stipendio, che è esattamente lo stesso di prima. Chiedono: Va bene?

Dico: Sì, certo.

La sera, quando torno, ho paura a dirlo a Elena, mi sento in colpa; ma lei non si arrabbia, non mi dà del vigliacco, come dovrebbe, dice: Non importa. Ti premieranno loro, quando si accorgeranno di quello che vali.

Lavoro con una squadra di cronometristi per progettare la produzione. I cronometristi sono specializzati: c'è quello che conosce ogni segreto dello stampaggio lamiere, quello che si occupa solo di stampaggio plastica, quello che sa tutto di assemblaggio. L'unica conoscenza diffusa ha a che fare con i contratti e i rapporti sindacali. Io devo coordinare il loro lavoro. Comincio a sentirmi a mio agio. Ho fatto la cosa giusta: Elena è felice, ed è soddisfatto il dirigente che mi ha assunto.

Un anno dopo mi affidano il lancio della prima auto prodotta. Devo andare in Germania a trattare con un distributore, il più importante distributore tedesco, un certo Schnellinger. Partiamo in due. Il mio collega parla molto bene inglese. Nessuno dei due conosce il tedesco. All'aeroporto troviamo una macchina mandata lì a riceverci. L'autista, un uomo enorme, muscoloso, ci dice in tedesco di seguirlo. Durante il tragitto il mio collega parla di cosa dobbiamo dire e di cosa dobbiamo fare. Io non rispondo. Ascolto. Annuisco. La mattina successiva lo stesso autista viene a prenderci in albergo. Gli uffici di Schnellinger sono al terzo piano di un palazzo imponente di vetro e cemento. Schnellinger fuma il sigaro. L'aria è irrespirabile. Dopo una mezz'ora di preamboli chiedo di andare in bagno. In fondo al corridoio c'è l'autista. Sta parlando con un fattorino: ritira due cartoni di pizza, lo paga, lo saluta. In italiano. Quando torno dal bagno trovo la pizza sul tavolo, con della birra tedesca.

Schnellinger dice: Per festeggiare il matrimonio tra Italia e Germania.

Quella sera, in albergo, non riesco a prendere sonno. Scendo nella hall a guardare la televisione. Il ragazzo che fa il turno di notte è anche lui italiano e cominciamo a chiacchierare. Gli chiedo di Schnellinger. Il ragazzo dice: È un uomo potente. Possiede quasi tutta la città.

Dico: Famiglia di industriali?

No. Dice: È un ex ufficiale nazista. Ha fatto fortuna durante la guerra.

Il giorno dopo Schnellinger ci porta sulle montagne russe. Sono nuove, appena inaugurate. Il parco di divertimenti è suo. Ci fa bere molta birra e mangiamo würstel e crauti e gelati italiani. Dice: Adoro l'Italia. E quando lo dice il suo alito sa di carne, tabacco e aceto.

Torniamo indietro con un pessimo contratto.

* * *

Il padrone dell'azienda invita Schnellinger a Torino. Il dirigente dice che devo occuparmi io di tutto: arrivo, pasti, soggiorno. Si raccomanda di farlo divertire.

Obbedisco.

Gli prenoto l'albergo e il ristorante, lo porto a mangiare il cioccolato migliore della città e a visitare una cantina nelle Langhe dove compra una decina di casse di bottiglie di vino che si fa spedire in Germania.

Schnellinger resta colpito dalle nostre officine, soprattutto dai processi di assemblaggio. Il terzo giorno il mio dirigente mi chiede di accompagnarlo al centro stile, dove si disegnano i modelli. La sede è fuori città, in un grosso edificio a tre piani; due sono occupati dagli uffici, il terzo è privato, lo usa il proprietario. Ci si accede tramite un ascensore con la chiave. Non sono mai salito al terzo piano. Il proprietario ci accoglie in giacca di tweed, ci fa strada personalmente. Mostra a Schnellinger i disegni e i progetti. Dopo un'ora di visita mi si avvicina, dice: Di' a tutti di andare a casa.

Dico: Mi scusi, a tutti chi?

Agli impiegati, alle segretarie, ai progettisti. Dice: A tutti. Voglio che il capannone si svuoti entro venti minuti.

Obbedisco. Passo negli uffici a dire che si prendano il resto della giornata libera. Torno a cercare il proprietario dell'azienda e Schnellinger, ma non li trovo. Poi sento sparare. Mitra, pistole, fucili. I colpi rimbombano vicini, tra le mura del capannone; sono dentro. Seguo la scia di quel frastuono e noto che l'ascensore privato ha la chiave inserita. Entro, schiaccio il pulsante e salgo al terzo piano.

È un poligono di tiro. Il mio datore di lavoro è un collezionista di armi. Lui e Schnellinger indossano un paio di cuffie con il pelo; ridono, bevono e fumano. Si scambiano le armi. Parlano di automatiche e semiautomatiche, le confrontano. Non so cosa fare. Li osservo in silenzio. D'un tratto mi sembra che abbiano gli occhi gonfi, le guance arrossate dal freddo, i peli radi. Sono giovanissimi, non fanno paura. Vedo Gabriele che offre a entrambi la stecca di sigarette in cambio di nostro padre. Il padrone dell'azienda ha una ferita sul labbro e l'aria infinitamente stanca. Getta un'occhiata a Schnellinger, un'altra alla testa della colonna. Strappa le sigarette di mano a Gabriele e poco prima della curva, con una spinta secca, fa rotolare nostro padre fra i rovi.

Dice: Lei può andare.

Il padrone dell'azienda sta parlando a me. Dico: Io?

Indica la porta: Se ne vada.

Ringrazio ed esco. Torno a casa da Elena che sta preparando una crostata di formaggio e lamponi. La radio è sintonizzata su un canale di musica classica. Quando entro mi corre incontro, m'abbraccia a mani larghe per non macchiarmi d'impasto. Io ricambio e non la lascio più andare. Lei tenta di svincolarsi. Non glielo permetto.

Dice: Cosa c'è?

Non rispondo. Stiamo lì in piedi nell'ingresso non so per quanto. Elena mi stringe la schiena con gli avambracci, la crema le gocciola dalle mani sul pavimento. Sono avvinghiato a un tronco in mezzo all'oceano. Dopo, seduti sul letto, le racconto di Schnellinger e del padrone dell'azienda, delle armi e della guerra. A Elena ho sempre detto poco della guerra. Giusto la fuga in Francia e la clandestinità a Colle Ferro, nulla più. Niente eventi, niente ricordi, nessun aneddoto. Quella sera le racconto della stecca di sigarette, del bosco di gambe morte e dei tedeschi che si stavano portando via nostro padre. E mentre racconto penso che forse è giunto il momento di mettere ordine nei ricordi. Non ceno. Vado a dormire. È notte fonda quando Elena mi sveglia e mi offre una fetta di crostata. Beviamo della tisana.

Chiede: Cosa farai?

Non lo so. Dico: Devo pensarci.

È quasi l'alba, non ho più preso sonno. Elena dorme al mio fianco. D'un tratto comincio a sprofondare attraverso il materasso. Mi trascino dietro le lenzuola e le coperte; la trapunta è smisurata, un paramento rosso che mi impedisce di scorgere le pareti del pozzo in cui sto precipitando. In alto, nel rettangolo di luce che si allontana, scorgo dei volti affacciarsi, lanciare terriccio e foglie, versare del vino; gettano tutto lì dentro perché quella è la mia tomba. Mi stanno calando nella fossa. Ma non mi sento a disagio. È normale.

La mattina dopo mi sveglio tardi. Elena mi ha lasciato dormire. Non vado al lavoro. Non scendo dal letto. Mangio altra crostata. Bevo latte. Decido di non presentarmi neppure il giorno dopo. Il telefono squilla, non rispondo. Il secondo giorno scivola via allo stesso modo, ottenebrato e poroso. Elena ha portato in casa nostra i libri della sua biblioteca: *I viaggi di Gulliver*, *Robinson Crusoe*, *Ventimila leghe sotto i mari*. Leggo tutto il giorno. Cerco altri posti in cui vivere. La terza mattina Elena dice: Non puoi continuare così, devi dirglielo. Chiamali e di' loro che ti licenzi.

Chiedo: Posso farlo?

Elena dice: Oh, Simone. E mi tira a sé, e mi accarezza.

* * *

Sono senza lavoro. Mando curricula in giro offrendomi come

consulente. Mi presento a piccole aziende perché non ho il coraggio di bussare alla porta di quelle importanti. Ma nelle piccole aziende non c'è niente che possa fare, non hanno bisogno di me. Un giorno ricevo una telefonata da Firenze: una azienda che produce collant vuole vedermi per un colloquio. Accetto di andare a incontrarli. Il viaggio è pagato. È la prima volta che mi pagano un viaggio per un colloquio di lavoro.

Vado a Firenze, loro sono gentili e professionali. Potrei andare bene per i loro bisogni, ma l'incontro va male. È colpa mia. Sono agitato. Balbetto. È giugno e Firenze è la città più calda d'Italia e l'ufficio dell'amministratore è l'ufficio più caldo di tutta Firenze. Mi sento sciogliere. Sono una candela con lo stoppino in testa. Nel momento in cui ci salutiamo capisco che non sarò mai richiamato per un secondo colloquio.

Quando mi siedo nello scompartimento del treno che deve riportarmi a casa sono un grumo di cera triste, l'odore del fallimento emana da me come se avessi un pesce marcio in tasca.

Un tizio seduto al mio fianco mi rivolge la parola, se ne esce dal nulla e dice: Lei si intende d'arte?

Sussurro: Dice a me?

Sì, a lei. Spero di non offenderla, ma ha l'aria di uno che non se ne intende per nulla e ho bisogno di un giudizio, così, di pancia, diciamo. Posso mostrarle dei disegni?

Rispondo di sì.

L'uomo è vestito in modo elegante, ma ha l'aria sanguigna del contadino, dell'operaio; denti bianchissimi, naso da avvinazzato, capillari in superficie, mani spesse e rovinate, da battilastra. Non parla in dialetto, ma in un italiano sporco, colorato. Mi mostra i disegni e dice che sono di un pittore sconosciuto: ritratti di donne, cani e bambini.

Dice: Mi hanno detto che il prezzo dovrebbe raddoppiare in tre anni.

Dico: Sono belli.

Dice?

Sì.

Li ho presi per l'ufficio. Dice: I quadri che appendi alle pareti dell'ufficio raccontano molto di ciò che sei. Lei che lavoro fa?

Dovrei dire: Nessuno. Ma trovo la forza di dire: Il consulente aziendale. Il mio specifico sono i tempi e i metodi, mi occupo di ristrutturazioni.

Ossia?

Traggo un respiro profondo. Glielo spiego. Alla fine l'uomo dei quadri mi osserva perplesso, dice: Perché qualcuno dovrebbe chiamare un esterno per riorganizzare un lavoro che chiunque, in azienda, conosce meglio di lui?

Dico: Perché l'abitudine è una brutta bestia. Se hai sempre fatto le cose in un certo modo, pensi che sia l'unico modo per farle.

Riflette, dice: Io ho un'azienda.

Davvero?

Produco lampade. Dice: Che ne dice di passare a trovarmi?

Quando?

Dice: Quando vuole.

Ci scambiamo i numeri di telefono. Rientrato a casa ne parlo con Elena, le spiego che la fabbrica di lampade è in Toscana. Si tratta di viaggiare, e se ne nascesse qualcosa di buono potrei dover continuare a viaggiare ancora, e stare via di casa per intere settimane.

Elena dice: Hai già deciso, te lo leggo negli occhi. Quindi, va bene. Poi si mette a ridere e mi bacia: Festeggiamo?

* * *

La fabbrica dell'uomo dei quadri è una fabbrica modello. Cinquecento persone: operai, impiegati, segretarie. Non acquistano nulla fuori, ogni cosa è prodotta internamente, anche le macchine per gli stampi. Vengo incaricato di controllare l'efficienza di una catena di montaggio.

L'uomo dei quadri dice: Le do due giorni.

Parlo con le persone. Studio il processo. Mi guardo attorno. Per la notte ho prenotato una stanza in un albergo lì vicino. Avrei la mezza pensione, ma quando esco dalla fabbrica è quasi mezzanotte e la cucina è chiusa. Mi danno del pane e tre fette di prosciutto, un bicchiere di vino. La sera del secondo giorno mi presento dall'uomo dei quadri e gli dico in quale modo si potrebbe migliorare la catena. Ascolta senza muovere un muscolo. Io sudo, non capisco se quello che dico gli sembra intelligente o un grumo di fango e cenere. Finisco l'analisi, mi appoggio contro lo schienale della sedia, con le mani sulle ginocchia, e attendo. Ci guardiamo in silenzio, a lungo.

Poi dice: Mi ha convinto.

Batte le mani sulla scrivania e il rimbombo è un gong che si propaga per i corridoi. Si alza e gira attorno al tavolo. Dice: se è d'accordo vorrei che facesse lo stesso lavoro con le altre catene di produzione. Quante giornate le occorrono?

Non ne ho la minima idea. Dico un numero di giorni a caso.

Chiede: Quanto vuole?

Non ne ho la minima idea. Dico una cifra a caso.

Lui calcola il costo complessivo della consulenza. Dice che è troppo, non se lo può permettere, lo riduce di un quarto.

Dico: Accetto.

Quando torno a casa e abbraccio Elena, lei dice: Ma stai tremando.

Dico: Tremo per la felicità. Ho un lavoro. Ho un impiego da consulente.

Chiamo mia madre a Genova. Le racconto le novità, le spiego che quello del consulente è un ruolo importante, i consulenti sono stimati, e che con il tempo è possibile guadagnare molto.

Dice: Non dovrebbe essere laureato uno che fa queste cose?

Dico: Sì. Di solito in Economia. Ma cosa importa? Quello che interessa all'azienda è che io sappia fare ciò che dico di saper fare.

Ma se ti chiedono se sei laureato? Mia madre sospira: Cosa ti succede?

Dico: Nulla, mamma. Cosa vuoi che mi succeda? Ma mentre lo dico, non ci credo. Tutti i dipendenti dell'uomo dei quadri mi hanno chiamato dottore, l'uomo dei quadri in persona mi ha chiamato dottore e io non ho detto nulla. Non sono stato io a ingannarli, io non ho mai detto di esserlo, ma non ho smentito. Scivolo per terra accanto al telefono, in corridoio.

Dico: Ti richiamo, mamma.

Ora dovrò fare di tutto per non farmi scoprire.

* * *

Io ed Elena ci iscriviamo al Cai. Andare in montagna è l'unico modo che conosco per sentirmi adeguato. Io so scalare, mi sento autorizzato a farlo, se voglio posso farlo anche da solo, senza rendere conto a nessuno. Mi capita spesso di svegliarmi la domenica mattina quando la città dorme, ed Elena è immobile, stretta al cuscino, e non si rigira nel letto, non è ancora scossa da quei sogni che fa lei, che dice che sono più frequenti poco prima del risveglio. Sogni minerali, polverosi. Così dice, per spiegarmi cosa sono i sogni, a me, che non sogno mai. A volte scrivo un biglietto: Ci vediamo a pranzo. Metto una borraccia d'acqua nello zaino già pronto dietro la porta della camera da letto. Esco e dopo meno di un'ora sono attaccato a una parete. O anche solo lungo un sentiero.

Per questo ci iscriviamo al Club alpino italiano, con Elena. Perché a lei non piace che io vada in montagna da solo. Stringiamo amicizia con altre due coppie di Torino. Partecipiamo alle gite dell'associazione sulle Dolomiti e lungo l'arco alpino. Poi, il lunedì mattina, dopo colazione, insieme alla giacca e alla cravatta indosso la maschera. Salto su un treno, poi su un altro, passo da un'azienda di biscotti a un'industria tessile, da un produttore di riso a un distributore di libri, da un allevatore di maiali a una banca. Dico sì a qualunque cosa mi chiedano e ogni volta, dopo aver detto sì, corro in bagno a sciacquarmi il viso, per non svenire.

Nel momento stesso in cui accetto, lavoro soltanto per finire. E per non farmi notare. Devo essere efficiente e invisibile. Non devono vedermi nei corridoi, non devono ricordarsi il mio volto. Il nome; il nome è necessario, porta altre commissioni. Ma non voglio mi riconoscano se mi incontrano per strada. Devono essere soddisfatti, questo sì: la soddisfazione è un anestetico. Negli ascensori non mi domandano a che piano devo scendere, si siedono al mio tavolo senza chiedere il permesso, quando pagano per tutti, non pagano per me. Poi a volte si scusano. Dico: Lasci stare, ci mancherebbe. Gli autisti si scordano di passare a prendermi quando arrivo all'aeroporto. Se si ricordano, non mi trovano e se ne vanno, sebbene io sia in piedi, all'angolo del parcheggio, esattamente dove ci siamo detti che avrei atteso. Lavoro la notte per finire di scrivere le relazioni da illustrare la mattina dopo all'amministratore delegato di un'importante azienda e quando arrivo imploro qualcun altro di leggerla lui, io sono senza voce; scelgo un angolo appartato, mi siedo, la testa appoggiata al muro, ascolto il mio lavoro. Alla fine tutti applaudono, si alzano e si congratulano con chi ha letto. Esco. Mi accendo una sigaretta.

* * *

Ho cominciato a fumare. La mattina appena alzato, alla stazione in coda per il biglietto, dopo pranzo, dopo cena, dopo il caffè. Quando sono a casa vado sul balcone, lascio vagare lo sguardo sulle case e lo allungo fino alle montagne. Non mi piace fumare: odio il sapore di catrame che ti resta sul palato e tra i denti quando passi la lingua; non ingoio il fumo, lo trattengo in bocca, poi lo soffio. Ma fumo. Quando fa freddo fumo in casa.

Un giorno Elena dice che non devo più fumare dentro, dice che è meglio se esco, anche se fa freddo: Indossa il cappotto, se è necessario.

Dico: Mi spiace. Non sapevo ti desse fastidio.

Non è a me che dà fastidio.

Chiedo: Si è lamentata tua madre?

Elena sta completando un puzzle, la riproduzione di un dipinto di Alfons Mucha. Seduta al tavolo, le ginocchia piegate, vaga con un pezzo tra le dita come un aereo in ricognizione, dice: Aspetto un bambino. Mi scruta con un sorriso beffardo appeso all'angolo della bocca: Cioè, noi due aspettiamo un bambino.

Dico: Sei incinta?

Dice: Non credo ci sia altro modo per aspettare un bambino.

Resto seduto in poltrona, le gambe atrofizzate: Un bambino. Penso agli occhi, alla bocca, alle orecchie, alle mani, ai polmoni, al fegato e ai reni che stanno crescendo dentro Elena mentre lei, davanti a me, cerca di far combaciare un angolo di una foglia con il disegno steso sul tavolo, un frammento con il tutto. Penso all'embrione che cresce. Che da un certo momento in poi riconosce la voce della mamma e del papà, ascolta la musica e distingue la luce dal buio, che può avere il singhiozzo, e che inizia a succhiarsi il pollice per prepararsi all'allattamento. Che sogna.

Mi avvento su Elena, la bacio. Sposto la sedia di forza. Lei dice: Attento. E si appoggia una mano sulla pancia. Mi inginocchio e le ausculto il ventre. Dico: Pronto, mi senti? Poi, a Elena: Mangia? Forse ha già dei gusti. Hai le voglie?

Dice: So che avvertono il gusto attraverso il sangue.

Dico: Ti è piaciuto? Sì, grazie, gradirei un bis.

Elena si scosta i capelli dal viso: Abbiamo davanti nove mesi pieni di imprevisti.

Dico: Nove mesi. Perché ci mettono così tanto?

La vita la si costruisce adagio. Dice: Anche se credo che i nove mesi servano più a formare i papà e le mamme che i bambini. Certe specie animali hanno una gravidanza corta. Gatti e cani di una trentina di giorni. Leoni e tigri un centinaio. Per loro è più facile.

Dico: Noi lo saremo.

Cosa?

Dei buoni genitori.

Scorgo un pezzo del puzzle sotto il tavolo. Lo raccolgo.

Elena urla: Ecco dov'era finito. Proprio quello che cercavo.

Lo prende e lo incastra al suo posto.

Dice: Ora tutto funziona.

* * *

Uscire di casa la mattina diventa più difficile. Elena e nostro figlio sono l'energia, il senso, la risposta alle domande. Accanto a loro il sangue mi scorre nelle vene con rinnovato vigore, i miei capelli sono più lucidi e forti e quel dolore persistente che mi attorcigliava la schiena svanisce senza lasciare traccia.

In casa tutto mi riesce bene, costruisco una libreria, appendo quadri alle pareti. Al lavoro mi scivola tutto di mano: la penna, la cartellina con le relazioni, la tazzina del caffè. Certi giorni non mi scivola nulla perché non riesco ad afferrare nulla. Le dita mancano la spillatrice come se fossero d'aria. Mi siedo e casco per terra, come se ci fossi passato attraverso.

Lavoro male. Mi tremano le gambe. Vado dal medico, ma non riscontra nulla, dice che sto bene, anzi, benissimo. Io ed Elena andiamo a Genova per mostrare a mia madre come prosegue la gravidanza, Elena con il pancione. Dopo pranzo le lascio a parlare in sala con un plaid sulle gambe. Esco e raggiungo il cimitero di Staglieno. Le tombe di mio padre e mio fratello sono un giardino fiorito: mamma va tutti i giorni a curarle e quando non può incarica una vicina. Resto in piedi per alcuni minuti, senza pensare a nulla, senza pregare; poi vado via.

Cammino a lungo. Salgo una scalinata che fiancheggia le rotaie della ferrovia. C'è un vecchio ponte di pietra. Sul ponte mi fermo. Torno indietro, scavalco una staccionata di metallo e sono ai binari. Ce n'è quattro file. Un cane, un bastardino malaticcio, sporco, mi guarda. Io mi chino, appoggio il palmo della mano prima sulla traversa di legno, poi sulla rotaia. È calda. Dev'essere passato un convoglio da poco. Il bastardino si avvicina, il muso curvo, ciondola indeciso verso di me. Ho in tasca delle caramelle. Ne scarto una e gliela tiro. Lui l'annusa, diffidente, sembra che la rifiuti, invece d'un tratto la raccoglie e la inghiotte con un inutile rumore di denti. Sono ancora lì, vicino al binario. Poso di nuovo la mano e la rotaia si scuote, prima una vibrazione lieve, incerta, poi sempre più vigorosa. Non mi alzo. No. Mi chiedo da che parte stia arrivando il treno. Sono al centro di una curva e la porzione di binari che vedo non supera i due o trecento metri. Ora sento il rumore. C'è un fischio, e dentro il fischio l'attrito delle ruote, lo stridore del metallo. Stringo la rotaia con maggiore foga, il fischio si ripete, vicino. Ora il frastuono è immenso e rapido, e mi avvolge: il risucchio dell'aria, la motrice, le carrozze, una striscia di colore; il silenzio.

Crollo di schiena sull'erba secca e sporca, ansimando. Il treno era sull'altro binario. Le vibrazioni continuano a propagarsi attraverso il braccio a tutto il mio corpo.

Apro la porta di casa. Poso le chiavi sulla cassettiera e dal soggiorno mi giungono due voci femminili, profumate di fiori e luce. Elena dice: Dove sei stato? Pensavamo di averti perso.

Mia madre si alza e mi versa del succo di carota: Abbiamo anche fatto un elenco di nomi, mentre tu bighellonavi. Vuoi saperli?

Dico: Certamente.

Nomi da maschio e nomi da femmina. Da quale vuoi che cominciamo?

Dico: Nomi da maschio, sarà certo un maschio.

Raggiungo Elena, è seduta accanto alla finestra, immersa in un vapore luminoso che le tende nebulizzano in giro per la stanza. La cingo da dietro e le appoggio il viso contro i capelli; annuso l'odore della cute.

Dico: Il mio bambino.

* * *

Sono in uno dei laboratori della fabbrica che produce lampade. L'uomo dei quadri è diventato uno dei miei principali clienti e grazie a lui ho trovato molte altre commesse.

Sto studiando un processo di colorazione, fuori piove a dirotto: vento, fulmini e tuoni che scuotono i vetri del capannone. Una delle segretarie entra di corsa, agita la mano verso di me, dice: Dottor Coifmann, venga, al telefono. È sua moglie.

Non è mia moglie, è mio suocero; ma riguarda Elena. Dice: Il travaglio è appena cominciato. Corri.

Dico: Sono a quattrocento chilometri. E sono in treno.

Dice: Be', corri alla stazione.

Chiedo: Lei come sta?

Bene.

Il bambino?

Bene.

Una macchina mi accompagna a prendere il treno, il tabellone indica che il primo parte dopo un'ora. Mi aggiro per la sala d'aspetto contando le mattonelle, leggo il regolamento del deposito bagagli, vago in lungo e in largo per la banchina. Sulla carrozza percorro avanti e indietro il corridoio centrale, mi appendo al vano portabagagli e mi curvo a scrutare fuori dal finestrino. Entro in ospedale divorando gli scalini: ingresso, primo piano, secondo piano, maternità. Vedo i miei suoceri.

Chiedo: Dov'è?

Mi sento chiamare: Simone.

Mi volto.

Elena è su una barella reclinabile, due infermiere la stanno spingendo in camera. In braccio, stringe un fagotto avvolto in panni bianchi. È provata ed euforica allo stesso tempo, ha i capelli sudati appiccicati alla fronte, dice: Posso fare le presentazioni? Simone, questa è Agata. Agata, questo è il tuo papà.

Mi porge il fagotto.

La stringo al petto, scosto la coperta per vederle il naso, gli occhi: Agata?

Elena annuisce, mi carezza una gamba: La nostra meravigliosa bambina.

CAPITOLO V

«Erano in molti. Perché in città lo conoscevano tutti, il Signore degli Avanzi. Lo salutavano i proprietari delle ville lungo la costa quando uscivano di casa al volante delle loro auto, gli impiegati della centrale elettrica al cambio turno, i commessi del centro commerciale. Al Signore degli Avanzi facevano ciao i bambini assonnati e infreddoliti, la mattina, mentre andavano a scuola. I più piccoli strisciavano la mano sul finestrino posteriore dell'auto dei genitori. I più grandi gridavano ehilà con un cenno del mento, poi riprendevano a spintonarsi contro cancelli e lampioni. Nessuno negava una sedia al Signore degli Avanzi. E una sedia era l'unica cosa che il Signore degli Avanzi chiedeva per assopirsi, di tanto in tanto, sul ciglio della strada. Per questo erano in molti quel pomeriggio di novembre, tra le foglie umide che otturavano i tombini e un cielo che si apriva al vento. Tutti conoscevano il Signore degli Avanzi, e nessuno, nessuno, lo avrebbe lasciato solo. Si diceva fosse stato un chimico importante. Si diceva fosse stato postino in un'altra città. Fruttivendolo, antennista, pirata. Si diceva fosse stato in carcere, ma a questo nessuno credeva. E anche fosse, la vita lo aveva riscattato. Quello che era certo è che, molti anni prima, il Signore degli Avanzi aveva aperto una cooperativa sociale che si occupava del riciclo di oggetti usati: sveglie, mobili, quaderni. Passava a ritirarli nei cortili dov'erano stati abbandonati. Recuperava le apparecchiature elettroniche, i computer, le stampanti...»

«Quando eri giovane c'erano computer e stampanti?»

«Zeno. Cos'ho detto?»

«Scusa. Vai avanti.»

«Se era capace li riparava e li rivendeva a chi non poteva permettersi prodotti di ultima generazione; se non ci riusciva li smontava e separava i materiali: ferro, plastica, schede elettroniche, rame. Spediva tutto al riciclo. Ritirava fogli di carta su cui bambini e tate avevano disegnato fenicotteri e balene con i pastelli colorati, post-it con liste della spesa, buste che avevano contenuto lettere d'amore e di licenziamento e ora non contenevano più nulla, bollette della luce e del gas, pagine di riviste ritagliate per conservare foto di grattacieli. Ritirava le bottiglie di vetro alla fine delle feste. Ritirava barattoli di salsa di lenticchie, panna acida e lucido da scarpe. Mangiava i prodotti alimentari che i supermercati della città avrebbero gettato via, e che secondo la legge erano scaduti e secondo lo stomaco no. Passava per le vie della città senza sollevare polvere a bordo di un furgone malconcio che qualcuno gli aveva ceduto in cambio di un tostapane e di una sveglia che allo scoccare di ogni ora imitava il verso di un uccello differente. La cinciallegra alle tre, il barbagianni alle sei, il fringuello alle nove. Sul furgone, in blu e argento, campeggiava il nome della ditta: Viaggi nel tempo.»

«Viaggi nel tempo?»

«Viaggi nel tempo», disse nonno, tirando dalla pipa boccate golose e distanziate. «In quella città che sorgeva ogni giorno come se fosse quello della fondazione, in quella città che viveva affacciata sul domani, pettinandosi i lunghi capelli alla luce del sole, in quella città che stracciava involucri e apriva confezioni senza sosta, il Signore degli Avanzi era l'unico a occuparsi del passato recente. Di notte, a causa di un'insonnia insanabile, vagava per i vicoli del porto, costeggiava i sentieri del parco punzonati dalle radici dei castagni o le recinzioni dei campi da pallone, e alla luce dei lampioni curiosava febbrile nei cestini. Se trovava una mappa della città abbandonata da un turista la raccoglieva e si acciambellava su una panchina di legno, perché il Signore degli Avanzi adorava le panchine, soprattutto quelle di legno, quelle con lo schienale ricurvo, e cercava sulla cartina le tracce di un passaggio, le vie cerchiate a penna, i monumenti evidenziati con una freccia e, sotto, la cenere senza vita di una giornata ormai conclusa, affidata alla sola memoria delle macchinette digitali. Il Signore degli Avanzi riattizzava la brace sotto quella cenere: il caffè macchiato, "macchiato freddo, per favore", ordinato in quel bar del centro, il ricordino magnetico acquistato sulla bancarella davanti alla fontana; aveva fatto bel tempo, non avevano avuto voglia di chiudersi in un museo, era giorno da erba e nuvole, quello, pattini e lungomare; erano in cinque, con tre bambini, venuti in treno.»

«Come lo sapeva?»

«Erano gli avanzi, a dirglielo. Anni prima, una mattina, aveva trovato un album fotografico tra le bucce di banana e i gusci delle uova. Sfogliando le pagine di cartoncino nero aveva riconosciuto una donna dai capelli rossi che viveva poco distante. Aveva suonato alla porta. Hai perso la memoria, le aveva detto. Cosa? aveva risposto lei. Hai perso la memoria, aveva ripetuto, mostrandole l'album delle foto. La donna aveva preso il librone foderato di verde, lo aveva guardato come si guarda un fachiro ingoiare il vetro, e lo aveva aperto con una lentezza tale da far pensare che la Terra avesse smesso di ruotare; persino il cane s'era zittito. Poi si era seduta sul primo gradino del portico e aveva cominciato a girare le pagine. Il sole era tramontato, lui le aveva acceso la luce esterna della casa e si era seduto al suo fianco, ma un gradino dietro, per scorgere le foto su cui la donna dai capelli rossi si soffermava di più: lei tra gli scogli con un bambino in braccio, una festa di compleanno con la torta di panna e cioccolato, insieme a un uomo, la sua testa sulla spalla di lui. Poco dopo mezzanotte il Signore degli Avanzi, in silenzio, aveva accennato ad andarsene, ma la donna si era alzata di scatto e aveva detto: Portalo via. È la tua memoria, aveva risposto, ti appartiene. Non è la mia memoria, è quella del mio ex marito, aveva detto lei, portala via. Dimmi dove abita, aveva detto il Signore degli Avanzi, prendendo in consegna il librone foderato di verde. Non ho idea di dove si sia rintanato, aveva detto la donna, e non voglio saperlo; se uno vuole perdere la memoria ha diritto di farlo, non credi? Un'ambulanza era sfrecciata per il viale. Lui aveva atteso che il suono delle sirene venisse assorbito dalle case, poi aveva detto: No.»

Nonno fece una pausa e andò ad aprire la finestra per lasciar entrare la notte.

«Erano in molti, al suo funerale, perché lo conoscevano tutti. Brandelli delle loro esistenze gli erano stati affidati perché tornassero a vivere. Pezzi di ricambio che ancora facevano funzionare elettrodomestici e macchinari nelle loro case, nei loro uffici, nei loro garage, erano stati sottratti da lui alla polvere e all'oblio. Scrutandola attraverso le prese della corrente, le tubature, le condotte d'areazione, ci si sarebbe accorti che la città era diventata memoria collettiva, un unico organismo amalgamato dall'uso di oggetti che tutti, un giorno, avevano utilizzato. La tastiera del computer con cui il padrone dell'emporio aveva scritto il proprio testamento era servita al figlio del giardiniere per battere la tesi di laurea. Sulla poltrona che la moglie del sindaco usava per leggere, ora si accomodavano i pazienti del dermatologo in sala d'attesa. Nella culla del nipote del dermatologo, ora dormiva il figlio della lattaia, quella con il negozio davanti alla chiesa. Erano in migliaia al camposanto.»

«C'era anche la signora con i capelli rossi?»

«Penso di sì», disse nonno. «Dietro sua richiesta lo deposero nella terra, senza bara.»

«Perché?»

«Che spreco di legno sarebbe stato.»

Bevendo una granita preconfezionata offerta da Rosa, seduti sul muretto della canonica, raccontai a Luna e Isacco la settimana genovese: il Bed & Breakfast, la clinica, l'Acquario. Un'immersione nella famiglia che aveva lasciato, come residuo, un feroce mal di testa. Non avevo rispettato i tempi di decompressione; ero affiorato troppo in fretta.

La sera arrampicavo febbrile al Monticello, attendendo notizie sul trapianto. E quando le trovavo non mi appagavano. Tutto bene, scriveva mamma, tutto bene. Ma non le credevo. Fosse andato tutto bene sarei stato con loro. Fosse andato davvero tutto bene sarei stato a giocare a burraco sul letto di papà. C'erano senza dubbio dei pericoli nascosti, in quelle parole; dovevo scovarli. I tuffi nel lago non aiutavano, i litigi tra Luna e Isacco nemmeno. I racconti serali del nonno mi distraevano, sì, ma s'insinuavano nei sogni e, la mattina, mi svegliavo più stanco di quanto non fossi stato la sera precedente.

Un pomeriggio ero di ritorno dal Monticello quando, poco prima della palestra di roccia, gettando un'occhiata distratta all'invaso, tra gli alberi e l'acqua caliginosa, la vidi: lei, lo spirito-bambina.

Era sulla sponda, seduta, e giocava con le pietre. Mi gettai a rotta di collo giù per i terrazzamenti, quelli che a Colle Ferro chiamano fasce, e un minuto dopo penetrai correndo nel muro d'alberi. Il lago scomparve alla vista ed ero certo che uscito dai lecci, lei non ci sarebbe stata; come le altre volte. Lei annusava l'aria, aveva naso da bestia. E io non avevo tempo di aggirarla sottovento.

Corsi a perdifiato, raschiando i tronchi e saltando le radici dei castagni. Un picchio rosso volò via terrorizzato. Inciampai e rovinai a terra. Mi rialzai subito. Correndo evitavo di pensare a ciò di cui avrei dovuto avere paura. Il suo volto, per esempio. Che faccia aveva uno spirito-bambina? Era annegata. Avrebbe avuto la pelle marcia e le orbite vuote, scavate dai morsi dai pesci? Da piccolo avevo paura della cantina perché c'era un odore strano di foglie in decomposizione; pensavo fosse l'odore del mostro che l'abitava.

Sbucai sulla riva come una furia, preparato al nulla.

Invece, era lì.

Il bosco mi aveva espulso con la violenza di una pistola ad aria compressa. Per fermarmi dovetti sventolare le braccia in cerca d'equilibrio.

Lei era accovacciata a cinque, sei metri da me, seduta sui talloni; mi dava la schiena. Senza alzarsi, ruotò il collo. Mi preparai a vedere quello che non avrei dovuto, pensai al mostro della cantina convinto che le mie più tetre fantasie sarebbero, quel giorno, diventate reali, e che la mia sanità mentale stesse per essere distrutta in un sol colpo. Lo spirito-bambina girò la testa, la chinò di lato e sorrise; c'era odore di nocciole tostate e zucchero. Aveva la pelle chiara, le gote rosse, i capelli neri erano chiusi in un cerchietto.

«Ciao», disse.

Aveva un'aria astratta. Da lontano l'avevo presa per una bambina perché era bassa – più bassa di me – ma a vederla da vicino pensai che doveva avere circa la mia età.

«Ciao», ripeté, pensando non avessi sentito.

«Allora esisti.»

Si alzò in piedi con un movimento garbato. «In che senso?» disse senza smettere di sorridere. «Perché non dovrei esistere?»

«Sei sparita. Due volte.» Riprodussi il numero con le dita, medio e indice, per rimarcare la concretezza di quegli eventi. Non parole, non impressioni o miraggi: fatti. «Una volta nel lago... sei entrata nel lago e sei sparita.»

«Scusa, ma non capisco.» Raddrizzò la testa. La tenne dritta un istante, poi la inclinò dalla parte opposta. Sembrava cercasse la posizione più adatta a inquadrarmi.

«Ti dico che ti ho vista. Pioveva e ti ho vista entrare in acqua. Ero lassù, vedi? Sulla mulattiera. Ma quando sono arrivato non c'eri più e la fascia bianca galleggiava sull'acqua. Sono quasi annegato per recuperarla.»

Il sorriso si fece più largo, gli occhi le si svuotarono per racchiudere il ricordo di quel giorno. «Certo», disse. «Mi stavo rivestendo dopo un bagno e il vento mi ha strappato di mano la fascia. Ho cercato di riprenderla con un bastone ma non ci sono riuscita. Quando ha cominciato a piovere ho pensato che di fasce ne trovavo quante volevo. Così me ne sono andata.» Si era fatta scura. Lasciò crollare lo sguardo sulle mie ginocchia e sbatté le palpebre. Quando lo raccolse e lo annodò al mio ne avvertii la forza e l'apprensione. «Davvero stavi annegando?»

Annuii. «Se non fosse stato per Isacco...»

«Chi è Isacco?»

«Un amico.»

«Mi spiace.»

«Non devi», dissi. «Non è stupido come sembra.»

Un sorriso lacerante le infiammò le guance; gli occhi erano due fessure. «Non intendevo quello.» Aveva un sorriso magnifico. Mi rilassai.

«Poi mi stavi guardando», dissi. «Quando sono arrivato a Colle Ferro. Io ero sul balcone e tu sotto, per strada, lungo la sterrata. Ne sono certo: mi stavi guardando. Ma quando ti ho salutata non ti sei mossa.» Mimai la posizione. «Immobile», dissi. «Lo sai, vero? Lo sai quanto può far paura una persona che ti fissa come hai fatto tu? Hai presente?»

«Non è vero.» Sembrava offesa. «Non ti ho mai visto prima d'oggi.»

«Ma se ti ho anche fatto segno. Ho alzato il braccio.»

«E ti ho risposto?»

«No che non hai risposto.»
«Se non ti ho risposto è perché non ti ho visto.»
«Ma ero lì, sul balcone.»
«Quale balcone?»
Allungai il braccio in direzione della casa del nonno.
Lei unì le mani sul petto, eccitata. «La casa del vecchio Simone?»
«Conosci mio nonno?»
«Chi sei?»
«Come fai a conoscerlo?»
«Mia sorella mi ha parlato di lui. Prima che partissi per venire qua mi ha chiesto di portargli un messaggio: che ha visto il film.»
«Quale film?»
«Ecco», si fece triste. «Il fatto è che ho scordato il titolo. Ora è in Africa, mia sorella, non posso chiederglielo.»
«Mio nonno non ha neppure la televisione», dissi. «Come si conoscono?»
«Venivamo qua per l'estate. Stiamo dai miei cugini a Servo, il borgo lassù.» Indicò il lato sinistro della valle.
La vita del nonno, alla fine, era molto più abitata di quanto credessi. «Io sono Zeno», dissi.
«Irene.»
«Vuoi venire da lui?» chiesi. «Forse ricorda il titolo del film.»
«Ora devo andare. I miei saranno già allo svincolo.»
«Quale svincolo?»
«Quello davanti alle grotte. Ai miei piace camminare. Quando escono in gita, e io le odio le gite, vengo al lago. Ma non stanno mai via a lungo. La prossima volta ti cerco, va bene? Chiediamo del film. Da sola mi vergogno.»
Io annuii. Lei disse ciao, si voltò e andò via. Mi venne in mente che avrei voluto domandarle il perché di quel vestito bislacco che indossava sempre, ma era già lontana.

Decisi che dovevo entrare nelle grotte. La storia di Anselmo, della Fonte della Vita, era senza dubbio una bufala, così come Irene non era lo spirito-bambina. Ma chissà. E in ogni caso non avevo altro da fare.
Isacco lo convinsi subito. Insieme andammo da Luna. Suo pa-

dre stava giocando a scacchi contro se stesso seduto al tavolo, gli occhiali nel taschino della camicia: quando toccava all'altro girava la scacchiera. Sua madre era sul divano con le gambe piegate (la stessa posizione di Luna quando dopo cena si distrae con un saggio sulle *Nuove tecnologie per un esame facile della macula* o sulle *Prospettive per la Corioretinopatia sierosa centrale*), leggeva una rivista.

Senza perdere tempo proposi di sottrarre in casa l'attrezzatura da speleologo dello zio Alessandro: caschi, corde, pile. Luna si rifiutò categoricamente.

«Lo avete sentito papà. Sono pericolose. E poi volete che mi uccidano? Avete presente cosa succede se scopre che ho preso quella roba?»

«Fossero pericolose le avrebbero già chiuse, non credi?» disse Isacco.

«Esattamente quello che mio zio e la sua associazione cercano di fare.»

«Quelli sono speleologi di città.»

«Con questo cosa vorresti dire?»

«Oh, non t'incazzare.»

«Smettetela», dissi. «Luna, non faremo niente di pericoloso, va bene? Ho solo bisogno di dare un'occhiata in giro. Bisogno, mi capisci? Ti prego.»

Luna si fece seria e restò in silenzio. Su uno degli alberi del cortile doveva essersi posato un uccello che ora ci dava dentro a cinguettare.

«Domani mattina», disse, «i miei andranno a visitare una chiesa. Ci vediamo alle dieci precise alle grotte. Abbiamo un paio d'ore. Non di più.»

Avrei voluto saltarle addosso, abbracciarla, ma non lo feci. La ringraziai e uscii di casa prima che cambiasse idea. Il giorno dopo, alle dieci meno un quarto, aprii la porta e mi ritrovai davanti Irene.

«Ciao. Stai partendo?»

«No. Perché?»

«Che c'è nello zainetto?»

Storsi il collo per controllare la spalla destra come non fossi consapevole di cosa portavo con me. «Niente di che», dissi.

«Tuo nonno è in casa?»
«No.»
«Davvero?»
«No.»
Irene sorrise. «Scusa?»
«Voglio dire: è in casa, sì, ma è occupato. E quando lavora è meglio non disturbarlo.»
«Lo chiami, per favore? Credo che la settimana prossima andremo via, non so se potrò tornare.»
In quel momento il nonno apparve alle mie spalle.
«Buongiorno», disse.
«Il vecchio Simone? Mi scusi... Il signor Coifmann?»
«Sì.»
«Signor Coifmann, devo portarle i saluti di mia sorella. Che aveva detto di riferirle che aveva poi visto quel film, quello di cui avevate parlato insieme, e che la ringraziava. Ma non ricordo più il titolo del film, mi dispiace.»
Pensai che a quel punto si sarebbe esibita in un inchino.
«Chi è tua sorella?»
Irene si picchiò in testa con il palmo della mano. «Che sciocca. Si chiama Elena.»
La barba del nonno disegnò un sorriso storto. «Quindi devi essere Irene.»
Sulle sue guance sorse l'aurora boreale.
«Elena non c'è?»
«No. È in Africa.»
«A fare?»
«Il suo ragazzo è volontario in una missione, lo ha raggiunto. Per questo ha detto di ringraziarla. Per un film che le ha fatto capire qualcosa. Credo su un anello.»
Nonno sedette sulla panca e accavallò le gambe. «*Colazione da Tiffany*.»
Irene esplose. «Esatto», gridò. «Quello.»
«Gliel'ho consigliato per farle cambiare idea su un anello di fidanzamento che le era stato regalato da un ragazzo. Aveva scoperto che lo aveva trovato in un sacchetto delle patatine. Oh, sì. Era offesa a morte.»

Ecco. Mai avrei immaginato che nonno potesse dare consigli sentimentali a una ragazza, andava oltre ogni immaginazione. Ora era possibile tutto: che fosse una spia russa, che venisse dall'Impero Klingon, che appartenesse alla Justice League.

«Sentite», dissi. «Io devo andare.»

«Dove?» chiese nonno. Era la prima volta che mi faceva quella domanda.

«Mi trovo con Luna e Isacco», risposi. «A casa di Luna.»

«Iole viene a pranzo. Ti fermi, Irene?»

«Volentieri. Lo dico ai miei quando passano a prendermi.»

«Be'», disse lui alzandosi dalla panca per rientrare. «Intanto, divertitevi.»

Irene mi abbracciò raggiante. «Sono così felice di averlo conosciuto. Ora che facciamo?»

«E lei chi sarebbe?»

Isacco era seduto per terra con le gambe incrociate. Lanciava pietre contro una lattina vuota poggiata su un tronco segato.

«Sei in ritardo», disse Luna.

«Dieci minuti», risposi. «Lei è Irene. Irene: Isacco e Luna.»

«Viene con noi?» chiese Luna. «Io ho solo tre frontalini.»

«No, non preoccupatevi», disse Irene. «Io non entro. Ci saranno di sicuro i pipistrelli. Io li odio, i pipistrelli.»

Isacco tirò un sasso e centrò la lattina che rotolò lontano in un clangore metallico. «I pipistrelli non fanno nulla», disse. «Allora, andiamo? Ho sette bottiglie vuote di plastica da riempire alla fonte. Guarisce anche dai brufoli, secondo voi?»

Luna estrasse i caschi dallo zaino in Pvc, uno zaino capiente che avrebbe potuto contenere Irene. «Ho anche tre corde, dei moschettoni, le batterie di riserva e due torce a dinamo in caso di emergenza. E ho preso questi a mia madre», disse. «Abbiamo quasi lo stesso numero.» Ai piedi aveva un paio di scarponi con la tomaia scamosciata. Due calzettoni in lana rossa, ripiegati bene, uscivano dal collo risalendo a metà polpaccio.

«Io non ne ho trovati», disse Isacco. «Ho cercato dappertutto.» Si guardò i lacci mangiati e lerci delle scarpe da ginnastica.

«Neppure io. Ho provato quelli di mio nonno, ma sono enormi.»

«Ecco», disse Isacco indossando il casco. «Con questo i pipistrelli si spaccano le unghie.»
«Però non fa nulla contro i ragni», sentenziò Irene.
Isacco impallidì. «Ragni?»
«Piccole forme di vita pelose e multizampe.»
«Non dirmi che hai paura dei ragni», dissi.
«Io sono terrorizzato dai ragni.»
«Resta poco più di un'ora», disse Luna accendendo la luce frontale. «Vogliamo andare?»
Prendemmo una corda. Era molto più lunga di quella che avevo usato la volta precedente. La legammo attorno a un albero e chiedemmo a Irene, visto che non entrava, di controllare che uno strattone imprevisto non la sciogliesse.
«Potremmo legargliela alla caviglia», disse Isacco.
Entrammo io per primo, Isacco per secondo e Luna a chiudere. Gli spigoli, le fenditure e i morsi della montagna si rivelarono nell'incertezza. I frontalini spandevano nell'umidità della grotta una luce sporca, e dovevamo cambiare spesso direzione allo sguardo per costruire un'immagine mentale completa di ciò che avevamo attorno. Svoltammo nel primo cunicolo. Luna, ultima, dipanava la corda. L'antro era più angusto di quanto ricordassi, e di una cecità viscosa. Ma c'era la stessa corrente d'aria fredda che spingeva all'interno, le stesse piccole creature che si dileguavano al nostro passaggio rifugiandosi nelle fenditure della roccia. Procedemmo in silenzio per una decina di minuti, emozionati e attenti a dove mettevamo i piedi. Finché Luna disse: «La corda è finita».
«Di già?»
«Sono lunghe settanta metri.»
«Annodiamo l'altra.»
«Serve un nodo inglese.»
«Abbiamo un'esploratrice, qua», commentò Isacco.
«Sei sicura che tiene?» chiesi.
«Certo che sono sicura.»
Settanta metri dopo era finita anche la seconda.
Luna rovistò nello zaino. «Ne resta solo una.»
«Poi vediamo», dissi. «Annodala.»

Riprendemmo a scendere. Nessuno di noi aveva pensato a quale sarebbe stata la temperatura. L'umidità ci trapassava le ossa. Camminando sudavamo, ma da fermi il calore del corpo si disperdeva rapidamente e saliva il freddo. Il respiro saturava l'aria di condensa. Dopo altri settanta metri anche il terzo tiro di corda era finito.

«Ora?» chiese Isacco.

«Ora la posiamo per terra. Così», disse Luna, placida, lasciandola cadere sul terriccio umido. «E quando torniamo indietro la riprendiamo da qui.»

«Se ci perdiamo?»

«Andremo dritti», dissi. «Nessuna curva. E torniamo indietro per la stessa strada, senza svolte.»

«Cosa sono quelli?» La voce di Isacco era uno scricchiolio. «Qualcosa si è mosso là dietro.»

«Andiamo», sbuffò Luna. «Faccio strada.»

Isacco ci raccontò che aveva sempre avuto paura dei ragni, già da piccolo, e che gli incubi che gli squassavano le notti e lo facevano correre nel letto dei genitori erano popolati di piccole masse pelose e putrescenti; che ciò che odiava, dei ragni, era che non ne comprendi forma e confini. Disse: «Un coguaro è pericoloso, ma sai dove iniziano e finiscono le zampe, che quella è la bocca e che dalle unghie e dal morso devi difenderti. I ragni no, sono un grumo zampettante, ogni cosa è minuscola, in un ragno, e irriconoscibile: dove sono gli occhi, dove sono gli artigli... hanno gli artigli? E poi: Dov'è? Oddio, è scomparso! Lo avrò addosso!»

Mentre Isacco parlava io pensavo al brutto rospo, all'inafferrabilità della malattia. A questo pensavo – o cercavo di non pensare – quando il corridoio terminò, schiudendosi in una sala imponente con una pozza d'acqua al centro alimentata dal ticchettio monodico di gocce che precipitavano dalle inquiete formazioni calcaree sul soffitto. Il bagliore invadente delle nostre lampade si rifletteva ovunque.

«È questa?» chiese Isacco.

Luna cercò altri cunicoli nelle pareti della sala.

«Niente», dissi. «Di qua non si prosegue.» Piroettai inseguendo il fascio luminoso che partiva dalla mia fronte. «Non capisco. Tutti i grandi misteri di queste grotte, le leggende e i segreti, si risolvono in qualche centinaio di metri di cunicolo e in un pisciatoio?»

«Ci hanno preso in giro», sentenziò Isacco.

«Ci siamo presi in giro da soli, Isacco», disse Luna. «Però mi sarebbe piaciuto andare avanti. Mi stavo divertendo.»

Si voltò. La sua luce mi riempì gli occhi di un bianco lattiginoso: abbassai il viso, feci scudo con le mani.

«Scusa», disse, sollevando il frontalino. «Torniamo indietro?»

«Sì.»

«Non riempiamo le bottiglie?» Isacco stava saggiando l'acqua con le dita. «E se è questa, la fonte?»

«Serviti, Isacco. Tutta tua. Se poi la prossima settimana la passi con la cacca che ti scende a rivoletti giù per le cosce, non lamentarti con noi.»

«Sei disgustosa.»

Mentre loro discutevano, io pensavo che lo sapevo che era una frottola. Allora perché ero così triste? M'infilai nella galleria da cui eravamo arrivati. Luna mi seguì. Isacco arrancò dietro.

Ciò che è inaspettato si definisce così perché non te lo aspetti; i sinonimi sono inatteso, imprevisto, inconcepibile. Allo stupore appartiene lo stato di turbamento e confusione che lascia attoniti: lo sbalordimento. Ecco, quando dopo dieci minuti di cammino non avevamo ancora raggiunto la corda abbandonata a terra, quell'intruglio pastoso di sensazioni cominciò a trasudare dalla pietra e a gocciolare, insieme ai residui calcarei, sulla mia fronte. Durante un trekking con l'oratorio, don Luciano mi aveva detto che una persona, procedendo a velocità media, a passo modesto, impiega circa un quarto d'ora a percorrere mille metri; noi, nell'incedere claudicante cui ci obbligavano il buio e la roccia scivolosa, avevamo impiegato quel tempo, all'andata, per avanzare circa di duecento metri e raggiungere la caverna della pozza. Ora camminavamo da almeno dieci minuti e della corda nessuna traccia.

«Non dovremmo già averla trovata?»

«Strano», disse Luna. «Eppure siamo arrivati di qua.»

«Non è che ci siamo infilati in un altro cunicolo?» chiese Isacco.

I passi generarono altri passi: la roccia attorno a noi era sempre uguale. Il timore di esserci persi era un rampicante che cresceva in fretta. Le radici filamentose della paura ci penetrarono negli occhi, nelle orecchie, nelle narici, ci invasero il setto nasale, s'infilarono in bocca, attorcigliandosi alla lingua e alle corde vocali, scesero nell'esofago fino allo stomaco. A un certo punto: un bivio.

«E questo?» esplose Isacco. «Non abbiamo incontrato bivi all'andata.» Ci cercò sottraendosi alla luce dei frontalini: voleva i nostri occhi, le nostre facce. «Vero che non c'era nessun bivio?»

«Nessuno», dissi.

«Zeno.» Luna mi si accostò. Con un movimento leggero che ricorderò per sempre, mi prese la mano intrecciando le dita. «Comincio a essere in ansia.»

«Credo sia meglio tornare indietro.»

Poco dopo – o molto, non so, il tempo aveva preso direzioni sconosciute – ci ritrovammo nuovamente nella caverna della pozza. Non sapevamo che fare. Una spossatezza profonda aveva impregnato i nostri muscoli e le nostre ossa ed era come se avessimo smarrito non solo la via del ritorno, ma noi stessi; come se la nostra capacità di discernimento si fosse dissipata con l'energia di quel procedere ingannevole. L'unica cosa di cui ero certo, io, è che non avrei lasciato andare la mano di Luna: quel contatto creava una bolla di possibilità e pace cui non volevo rinunciare.

«Sediamoci e aspettiamo.»

Isacco mi si piazzò davanti. «Sederci?»

«Cos'altro possiamo fare?»

«Cos'altro possiamo fare?»

«Perché ripeti le mie domande?»

«Perché...»

Ci sedemmo sulla roccia umida. Il frontalino di Luna si fece debole, fino a spegnersi; cambiammo la batteria. Isacco, ciclicamente, insisteva dicendo che era una sciocchezza restare lì, che avremmo dovuto trovare l'uscita, che nessuno sarebbe venuto a cercarci. Io rispondevo che fuori c'era Irene.

«Sarà già andata a chiamare qualcuno, rilassati.»

Io volevo essere salvato, volevo avere la conferma che il mondo degli adulti esisteva e ci si poteva fare affidamento. Parlammo di tante cose. Da un commento banale scaturivano aneddoti delle scuole elementari o di una vacanza. E fu mentre discutevamo su quale fosse lo scivolo più elettrizzante tra quelli da cui eravamo scesi in un parco acquatico, che sentimmo delle voci che si sovrapponevano alle nostre: la montagna ci stava chiamando. Si fecero sempre più spesse, pronunciavano i nostri nomi; poi due luci non dissimili dalle nostre sbucarono dal cunicolo.

«Eccoli.»

«Papà.» Luna slacciò le dita dalle mie per correre incontro al padre e quel gesto mi fece male, per tanti motivi. «Papà, mi spiace.» Si abbracciarono, ed erano ancora stretti che già Luna si era lanciata in articolate spiegazioni che potessero, in qualche modo, motivare la nostra sciocca disavventura.

«Zeno.»

Scrutai in direzione della voce. «Nonno», dissi. E per un secondo fui così stupito di vederlo lì – era venuto a cercarmi – che non mi sentii neppure in colpa per lo spavento che, con tutta probabilità, gli avevo procurato.

Indirizzò la pila contro la roccia perché riflettesse la luce. «Tutto bene?»

«Sì.»

«Cosa ti è saltato in mente?»

Già, cosa mi era saltato in mente? Cosa potevo rispondere? A dirla tutta, nulla. Non c'era niente che potessi raccontare. Niente di sensato. Uscimmo in fila indiana. A metà strada, a terra, trovammo la corda e il padre di Luna la riavvolse. Dissi che l'idea era stata mia e mi addossai ogni colpa, soprattutto di fronte al padre di Luna, furibondo non solo perché non avevamo dato retta ai suoi avvertimenti, ma anche per l'attrezzatura dello zio Alessandro. Fuori, alla luce del sole, ad attenderci trovammo Irene. Era stata lei ad avvisare il nonno non vedendoci tornare. E nonno era andato a chiamare il padre di Luna, appena rientrato con la moglie dalla visita alla cappella affrescata di Santa Margherita. Entrambi ci scaricarono addosso una pletora di rimproveri: quanto eravamo stati superficiali e irresponsabili, tutti i rischi che non avevamo calcolato eccetera.

Il padre di Luna salutò nonno stringendogli la mano. Isacco attese con noi allo svincolo che arrivassero i genitori di Irene.

Non era il caso di ricordarle che si sarebbe dovuta fermare a pranzo.

Tornammo a casa in silenzio; non c'era altro da aggiungere, in effetti. Ricordo che tenni una mano in tasca e l'altra, quella stretta da Luna, a una spanna dal corpo; aperta al vento, come per spegnere un'ustione.

Dall'episodio della grotta, agosto trascorse senza fretta in un susseguirsi di giornate identiche. Salivo al Monticello a scambiare messaggi con papà – dopo che era stato dimesso dall'isolamento – e mamma. Il tono era sempre lo stesso.

Lei sintetica e monotona:

Miglioramenti. C'è solo da aspettare. Ti voglio bene.

Lui sarcastico e frizzante:

Clinica Marescotti, ultima frontiera. Eccovi i viaggi dell'astronave Montelusa durante la sua missione quinquennale, diretta all'esplorazione di nuovi mondi, alla ricerca di altre forme di vita e di civiltà, fino ad arrivare laddove nessun uomo è mai giunto prima.

Vorrei essere lì con te, papà.

Be', che aspetti?

Mi porti su, signor Scott.

Irene venne a trovarci ancora una volta, prima di partire. Era vestita con un paio di pantaloncini rossi, una maglietta bianca e una collana di margherite di plastica colorata: niente vestito azzurro con la fascia bianca.

«Posso farti una domanda?»

«Certo.»

«Perché ti vestivi in quel modo?»

«Erano vestiti di mia nonna, li ho trovati in una cassapanca, dai miei cugini. Ne ho due. Uguali. Li metto solo quando sono qui. Non so nemmeno io perché.» Fece una piroetta. «Le volevo molto bene, ma ho passato poco tempo con lei. Indossarli me la fa sentire vicina.»

«Te la fa sentire addosso.»

Uno di quei sorrisi schietti che le deflagravano in faccia senza preavviso la costrinse a coprirsi gli occhi con le mani, come per proteggersi dalle schegge di sole che lei stessa produceva. «Hai proprio ragione», disse.

Pensai che, perdio, era un gran bel personaggio, e che dovevo ricordarmi di disegnarla.

«Ora la nonna la lascio qua», aggiunse. «Se torno la ritrovo.» E andò via.

Ripresi a disegnare: non c'era molto altro da fare. Per togliermi dagli occhi la sensazione di inattività, di inconcludenza che il mio permanere a Colle Ferro portava con sé, avevo bisogno di purezza e infinito. Per questo cominciai un Silver Surfer sfrecciante tra agglomerati di vecchi satelliti in disuso e altra spazzatura cosmica. La cosa che ho sempre amato, di Silver Surfer, è che mentre gli altri supereroi lo sono per nascita, oppure lo diventano a causa di un incidente – esposizione alla radioattività, morsi di ragni, inalazione di sostanze chimiche – o grazie alle supertecnologie cui hanno accesso rampolli di miliardari precocemente orfani, lui lo è per scelta: Norrin Radd si è sacrificato per salvare il suo pianeta, Zenn-La, da Galactus, accettando di diventare il suo araldo. Sacrificio e libero arbitrio: fare quello che si vuole fare perché farlo è giusto, a costo di rimetterci.

Avrei voluto qualcosa del genere anche per Shukran, ma come ha ripetuto spesso Roberto durante le nostre sessioni di lavoro ai tavoli della Trattoria La Maggiore – tovaglie a quadretti rossi e bianchi e la migliore birra artigianale della regione, servita da una ragazza vitaminica – un eccesso di riferimenti messianici avrebbe sbilanciato il personaggio.

«Lo vogliamo laico», diceva. «I diritti umani sono universali e laici. Che le religioni li abbiano coltivati, be', mi fa felice, applausi, ma non hanno il copyright.»

Un giorno, dopo una cena a base di omelette agli asparagi e formaggio di capra con miele e pinoli, dopo aver sparecchiato il tavolo dai residui di quel pane nero che Iole ci portava tutti i giorni, mi sedetti a colorare un'antenna parabolica accartocciata nella mano di Hulk quando nonno se ne uscì con questa cosa che anche a lui, da bambino, piaceva disegnare.

«Davvero?»

«Dipingevo. Mi preparavo anche i colori a olio da solo.»

«Tu facevi i colori?»

«Perché ti stupisci?»

«Saresti ancora capace?»

«Credo. Ricordo che serviva l'olio di lino crudo. Dell'ossido di zinco per il bianco, del solfuro di cadmio per il giallo e della lacca di garanza per il rosso. Potrei provarci.»

«Su cosa dipingevi?»

«Tela. Cos'altro? Anche quelle le facevo io. Compravo la canapa, il cotone e il legno per l'intelaiatura. Era un bel modo per passare il tempo.»

«Ci proviamo?»

«Cosa?»

«Prepariamo i colori a olio?»

«Be'... ma non ho il necessario. Non saprei dove...»

«Domani mattina», dissi. «Domani mattina possiamo andare a comprarlo. Ci sarà pure un colorificio da queste parti», dissi. «Almeno che tu non voglia scavare in una miniera per trovare lo zinco e raccogliere il lino per spremerne i semi.»

Nonno chiuse gli occhi e m'indicò con un dito. Non disse nulla. Il giorno dopo scendemmo a valle, finché in un paese poco prima dello svincolo per l'autostrada trovammo un grosso fornitore di articoli per belle arti: olio e pennelli, pigmenti e tubetti vuoti per conservare i colori. Le tele le prendemmo già montate: quattro piccole, quadrate, trenta per trenta, e una grande, rettangolare, cinquanta per un metro.

Decidemmo di dipingere ciascuno qualcosa di proprio sulle piccole (due a testa) e di lavorare insieme sulla grande.

Il primo pomeriggio lo dedicammo ai colori. Portammo l'occorrente in cortile. Era una giornata da abbracciare i tronchi degli alberi, quanto era bella: il cielo ferrocianuro di ferro, i prati ossido di cromo e dei fiori di cui ignoro il nome che brillavano come candele accese. Posammo la tavola di legno che il nonno teneva in cantina – quella su cui spargeva il suo sudore da fabbro di notte – sopra due cavalletti. Con il pigmento in polvere facevamo delle montagnole; al centro, in un buco fatto apposta, versavamo l'olio di lino – «Poco, ne serve meno di quello che si pensa» – quindi, con la spatola, rovesciavamo la polvere dai bordi verso il centro, dentro il buco, per coprire l'olio, facendo attenzione che quello non scappasse dai lati. Poi amalgamavamo e impastavamo finché il colore non aveva raggiunto la giusta consistenza. Il preparato si poteva usare subito, oppure metterlo nei tubetti. Fu in quella occasione che scoprii che i tubetti si riempiono dal fondo e non dalla parte del tappo.

Decidemmo come impegnare le prime due tele. Le mie avrebbero avuto come soggetto Silver Surfer, che tra tutti i supereroi era senz'altro quello più semplice da dipingere, metallico e fluttuante; gli altri hanno costumi complessi, pieni di ammennicoli e sfilacciature. Le sue la valle con l'invaso artificiale e la diga (una) e una grossa roccia con dietro un castagno secolare (l'altra). La mattina ci svegliavamo e iniziavamo subito a dipingere. *Kind of Blue*: la tromba di Miles Davis frusciava fuori dal vinile. Iole arrivava verso le undici.

Il dieci agosto c'era stato il compleanno di Isacco. Non sono mai riuscito a capire con precisione quanti nonni, cugini o altro si occupassero di lui, ma certo era un caotico e commovente assortimento di parenti. Per l'occasione gli avevano organizzato una grigliata in cortile – pesce, carne, verdura – e regalato un televisore con videoregistratore incorporato e una collezione di film degli anni Ottanta e Novanta che andava dai *Goonies* a *Edward mani di forbice*, da *Arma letale* a *Seven*. Così, nonostante il caldo invitasse ancora al lago, i pomeriggi ora si districavano tra il richiamo del sole, dell'acqua e degli insetti, e i seducenti brusii della penombra, sdraiati proni sul parquet del salotto di Isacco, la zia che versava limonata e ghiaccio nei nostri bicchieri e spalmava fette di pane grigliato con mascarpone e cacao. Ma la mattina era dedicata alla pittura. Nonno era più bravo di me, con il pennello: passava sulla tela come il maestrale. Spesso io mi sedevo alle sue spalle e lo guardavo.

Dieci giorni dopo le sue tele erano terminate. Io tentavo ancora di rendere i riflessi della luna sull'epidermide argentea che permette a Silver Surfer di attraversare gli spazi siderali sulla tavola, i riverberi cosmici del metallo fuso sfiorato da un meteorite, e lui, nonno, aveva già riprodotto foglie e scrosci di semi bianchi soffiati via dal pappo del tarassaco, il lago e la cornice di monti, il monolite roccioso e la carnosità del castagno. Tutto era sintesi. E la sintesi rendeva il mondo riprodotto più comprensibile. Mi capita di pensare che non sarebbe male vivere in un disegno. In modo particolare vorrei vivere in un lungometraggio di Hayao Miyazaki. Nei suoi disegni tutto è limpido, accessibile: i gesti delle persone, i contorni degli oggetti, persino il dolore. La luce è la luce perfetta: una mattina di libeccio, il baluginio di un'automobile rossa sul lungomare, il calore terapeutico di grappoli di candele fuse sui tavoli di una vecchia locanda.

Restava da decidere cosa avremmo fatto della tela comune.

«Sei tu il disegnatore», disse nonno.

«E tu il pittore.»

«Allora tu disegni e io coloro.»

«Mi piace come hai fatto la diga e il lago. E gli alberi dietro.»

«A me non dispiace quel tuo coso metallico. L'olio gli rende giustizia.»

«Potrei farlo atterrare sul lago.»

«Potrebbe scivolare a un metro dall'acqua, ma così veloce da alzare onde.»

«Una scia di gocce e spruzzi.»

«Aggiungi una locanda, vicino agli alberi. Vuoi?»

«Certo.»

«Chiamala *Auberge des deux noms*.»

«Va bene. Ma non so scriverlo.»

«Te lo scrivo io», disse. «Prendi un foglio.»

Giorni dopo, mentre una nuvola copriva il sole e l'ombra calava come tra le navate di una cattedrale, mamma fermò la macchina sotto la grande roccia. Ho mai detto che macchina avevamo?

Una Fiat Marea verde. Papà l'aveva comprata per il bagagliaio capiente che, quando andava al mercato a ritirare casse di carote, peperoni e cipolle di Tropea, gli tornava comodo. Ero appena rientrato e avevo le scarpe lorde di fango, così le stavo sbattendo contro il muro. Non l'aspettavo. Gli ultimi messaggi, vaghi, recitavano il mantra dell'attesa e della pazienza. Quando la vidi inserire il freno a mano, scendere dall'auto con due borse della spesa che avevano viaggiato sul sedile anteriore, i miei sentimenti persero lucidità e definizione. Cercai di leggere le novità nei suoi gesti. Quali verità contenevano? C'era qualcosa di arruffato e timoroso nello sforzo con cui le mani stringevano l'impugnatura dei sacchetti, qualcosa di iniquo e disonesto nel modo con cui la suola dei sandali comprimeva l'erba, qualcosa di rotto e corrotto nei suoi occhi? Quale versione dei fatti mi avrebbe scodellato?

«Ciao», disse.

Le andai incontro e la baciai sulle guance; le sfilai le borse dalle mani.

«Ciao. Non ti aspettavo.»

«Perché?» chiese. «Sono dieci giorni che non ci vediamo.»

«Nonno è andato a consegnare del formaggio di Cesco. Torna subito.»

«Ha già preparato la cena?»

«Non so.»

«Aiutami», disse. «Gli facciamo una sorpresa.»

La fermai mettendole una mano sul braccio. «Papà?»

«Dopo ti dico. Ora pensiamo a mangiare. Ho una fame che non ci vedo.»

Apparecchiammo parlando di Capo Galilea, della partenza dei nonni, di un furto avvenuto nel ristorante in loro assenza – poca cosa, l'affettatrice e lo scaldavivande: chi entra in un ristorante per rubare l'affettatrice e lo scaldavivande? – ma ogni piatto, ogni bicchiere, ogni pezzo di focaccia che posavamo sulla tovaglia era intriso delle mie domande. Pensai che le notizie dovevano essere buone. Sono le buone notizie che si danno per ultime. Quelle per cui magari si apre una bottiglia e si festeggia.

Arrivò anche nonno. Il fritto misto di pesce che mamma aveva comprato lungo la strada, gli involtini di spada con i pinoli e le zucchine e gli spiedini erano in forno a scaldarsi. Misi su della musica.

Iole ci raggiunse dopo cena con una torta di mele e la panna acida.

«Cos'è quello?» chiese entrando.

«Già», disse mamma, «cos'è quello?»

Guardavano entrambe il quadro appoggiato al muro, per terra sopra un giornale. Iole si avvicinò, lo prese e lo portò alla luce per studiarlo.

«Bello», disse. «Chi l'ha fatto? Chi è quell'essere al centro?»

Mamma mi precedette. «Domanda sbagliata, Iole. Se si tratta di fumetti, mai chiedere spiegazioni a Zeno. Rischi di doverlo abbattere.»

«Perché? È un personaggio dei fumetti?»

«Silver Surfer», dissi io. «E non aggiungo altro.»

Per essere precisi: Silver Surfer che vola radente sul lago in tutto il suo splendore magmatico. Silver Surfer vincitore di una battaglia contro Mefisto per liberare la sua amata Shalla-Bal, imperatrice di Zenn-La. Silver Surfer che di ritorno sulla Terra, prima di ricongiungersi ai Fantastici Quattro, devia e cerca ristoro nella valle di Colle Ferro. Perché c'è qualcosa di prodigioso sepolto in fondo all'invaso. E lo si intravede in trasparenza, lì dove la velocità chirurgica di Silver Surfer lacera la superficie dell'acqua mostrandone le profondità. O la cicatrizza, forse. Ecco emergere l'eterno dilemma intorno alla presenza dei supereroi nelle nostre vite: ci attaccano o ci difendono? Silver Surfer sta squarciando o suturando il riflesso di una locanda, l'*Auberge des deux noms*, sulla cute del lago?

Nonno, orgoglioso tanto della collaborazione quanto del risultato, chiese a Iole di passargli il quadro. Sganciò dal muro un calendario perpetuo e una riproduzione di *Le déjeuner sur l'herbe* e lo appese al loro posto.

Indietreggiò di tre passi.

«Voi cosa ci vedete?»

Riassunto della mia vita per quanto è concesso
ricordare o ricostruire o immaginare:
dove la memoria illumina
1966-1999

È domenica sera, siamo tutti e tre in cucina. Elena sta allattando Agata. Mentre allatta canta una canzone per bambini. Io tento di concentrarmi sulla relazione che devo presentare l'indomani al consiglio di amministrazione di una importante azienda tessile. Sono nervoso, perché sarò solo. Non ci sarà nessuno cui delegare l'esposizione. Sono nervoso nonostante l'abbia già fatto decine e decine di volte. Leggo e mentre leggo le parole si squagliano come se fossero burro, il loro significato svanisce. Non riesco a fermarne neppure una.

Elena dice: Mi tieni Agata, per favore? Stacca la bambina dal petto, me la porge, io la prendo, lei s'aggiusta il reggiseno e la sottoveste. Dice: Senti, non è che posso fare un bagno? Ne avrei davvero voglia. Dieci minuti. Mentre lo dice assume la faccia da cane bastonato. Adoro la faccia da cane bastonato di Elena.

Dico: Certo.

Sorride: Ti amo, lo sai?

Elena entra in bagno, chiude la porta. Io continuo a girare le pagine della relazione. Ci sono parole come: managerialità, innovazione, sviluppo, reti, flussi, piattaforme integrate, analisi, reputazione, obiettivi. Le ho scritte io, quelle parole. E quando le ho scritte erano chiare, ovvie. Ora non le capisco. Non hanno più senso. Le ripeto a bassa voce come una litania di concetti inerti, da mandare a memoria così come sono, senza chiedersi perché, senza farsi domande; ma svaniscono appena abbandonano la lingua. Stringo Agata. Ho l'impressione che mi scappi. Più ripeto quelle parole, più mi accorgo che sta scivolando via da me. L'acqua scorre in bagno. Elena canta. Cingo mia figlia con entrambe le braccia, ma continua a sfuggirmi. Le mani non fanno attrito.

Urlo: Elena.

Non risponde.
Urlo di nuovo: Elena.
Dice: Che c'è? È immersa nella vasca, lo si sente dal vapore dentro la voce. Il rubinetto aperto mantiene la temperatura costante.
Vorrei gridare: Aiuto, Agata mi scappa. Invece dico: Nulla, scusa. Ma non è così. Divento un guscio, mi faccio tana, scodella, per accogliere il corpo di mia figlia, la trattengo con le cosce, mi sporgo dalla sedia, mi riverso sul pavimento e smorzo la botta con le natiche, con i fianchi. Sbatto il gomito contro lo spigolo del carrello. Un dolore atroce si irradia per il braccio e mi acceca. Agata percepisce la contrazione dei muscoli, comincia a piangere. Dico: No, no, non è successo nulla. Sto bene. La cullo con l'addome e con le gambe.
La porta del bagno si apre. Elena esce in accappatoio frizionandosi i capelli con un asciugamano. Smette di canticchiare, ci guarda. Dice: Cosa fate per terra?
Dico: Nulla, giochiamo. Con le braccia senza vita abbandonate al mio fianco, guardo mia figlia, le sorrido. Dico: Non è vero, Agata?

* * *

Un dirigente del Gruppo Ferroni, la più importante società di consulenza italiana, mi chiede un appuntamento. Lo incontro da Cucchi, a Milano. Sono nervoso perché non so cosa vuole. Non ha voluto dirmelo. Ci sediamo a un tavolino. Ordiniamo due caffè.
Dice: Abbiamo bisogno di uno come lei, Coifmann.
Dico: Perché, come sono io?
Uno che si intende di analisi economica, di organizzazione aziendale e di controllo di gestione. Ecco cos'è lei. Lo sa bene, noi siamo i primi in Italia. Ma siamo tutti ingegneri. Dice: La nostra cultura economica è pessima. Ride, e mentre ride il caffè schizza dalla tazzina sulla cravatta. Fa un cenno alla ragazza dietro il bancone. Dice: Signorina.
Lei porta uno spray. Lui lo spruzza sulla macchia.
Penso a cosa direbbe Elena. Dico: Qual è il trattamento economico?

Snocciola delle cifre che, a fine anno, fanno meno di quello che guadagno a lavorare da solo. Dico: Perché dovrei unirmi a voi?

Perché noi siamo un gruppo. Dice: Un gruppo è un ottimo paracadute. Sa cosa intendo, no? E poi non stia a preoccuparsi. Entro due anni le prometto che guadagnerà come prima ed entro quattro il doppio. Lei porta i suoi clienti da noi. E noi le assicuriamo nuove commissioni dai nostri clienti storici. Ne viene del bene a tutti. Ha figli?

Dico: Una bambina.

Lo faccia per lei.

Dico: Dovrò trasferirmi a Milano. La vedrò pochissimo. Se pensassi a lei dovrei dirvi di no.

Ha ragione. Dice: Ma quando il sabato e la domenica tornerà a casa con il conto in banca che immaginiamo, potrà farla sentire una principessa, vecchio mio. Principessa lei, e regina la sua signora. Che dice?

Dico: Ci penso. La chiamo domani.

Quella sera, a cena, ne parlo con Elena. Dico: Ho avuto un'occasione.

Quale occasione?

Il Gruppo Ferroni, la più grande società di consulenza italiana. Mi vogliono con loro.

Elena smette di tagliare la carne, dice: Simone, è stupendo.

Però devo trasferirmi a Milano.

In che senso?

Da lunedì a venerdì. Oppure ci trasferiamo tutti.

Non voglio lasciare Torino ora che ho anche i primi pazienti.

Il primo anno forse guadagnerò meno di quanto guadagnavo da solo. Ma c'è la forza del gruppo.

Qual è la forza del gruppo?

Il gruppo ti protegge.

Non capisco. Hai parlato di un'occasione e ora dici che devi vivere lontano da noi cinque giorni alla settimana e il primo anno avremo anche meno disponibilità.

Dico: Ma c'è il gruppo.

Dice: Non capisco.

Agata è cresciuta, va all'asilo. Insegue per la casa il gatto che i vicini ci hanno chiesto di tenere mentre sono in viaggio. Si chiama Cenere, per via del colore. Gli verso del latte nella ciotola. Elena sparecchia. Mentre lava i piatti mi avvicino e le accarezzo la schiena.

Mi spoglio e mi infilo sotto le coperte. Elena addormenta Agata. Il gatto salta sul letto e mi lecca le orecchie. Elena ci raggiunge, si rannicchia al mio fianco, mi stringe un braccio. Dice: Ho fiducia in te. Fa' quello che devi fare.

Prima di svanire nel sonno penso a cosa farebbe mio padre.

Dico: *Shema Israel Adonai Elohenu Adonai Ehad.*

* * *

Siamo alla riunione mensile del Cai. I responsabili presentano la gita del prossimo fine settimana. Si discute della fattibilità del percorso, del caldo di questi giorni, della neve che si scioglie. Chi parla ha una voce mesta e noiosa. Mi sporgo verso Elena. In un orecchio le sussurro: Non ho voglia di farla, questa gita. Che ne dici se andiamo a Genova a trovare mia madre?

Elena annuisce, si sporge anche lei: Speravo lo dicessi.

Soffochiamo una risata. Stringiamo la mano agli amici vicini che tentano di trattenerci. Usciamo curvi, in punta di piedi, per non disturbare. Passiamo a recuperare Agata dai genitori di Elena. Sta dormendo avvinghiata a Teo, il pupazzo che le ho regalato di ritorno da un viaggio in Polonia. La sollevo avvolta nella coperta.

A Genova, dopo pranzo, portiamo Agata a vedere barche e gabbiani. Mia madre cammina attaccata al mio braccio. Ogni volta che la vedo è un po' più fragile, ma anche più presente e consapevole. Dice: La vecchiaia aiuta la concentrazione. Sei meno distratto, più presente a te stesso; hai meno scuse. Mi piace invecchiare. Certe sere che non riesco a prendere sonno vago per casa, ascolto l'eco delle vostre voci, appoggio l'orecchio contro i muri e sento le parole e la vita che hanno assorbito in tanti anni: Gabriele che ripassa la lezione, tuo padre che al ritorno dai suoi viaggi descrive una città o una camera d'albergo o un ristorante, tu che leggi Hemingway. Ti ricordi che mi leggevi sempre Hemingway?

Com'era quel racconto che ti piaceva tanto? Sei più stato a Ivrea? I tuoi amici?

È molto che non ci vado. Dico: Non sono bravo a tenere i contatti. Tu ci sei più andata a Colle Ferro?

Lei si ferma. Dice: Perché mi chiedi di Colle Ferro?

Mi stringo nelle spalle. Dico: Così. Mi è venuto in mente.

Non saprei nemmeno arrivarci.

Agata grida: I gabbiani. Mia madre estrae dalla tasca un sacchetto di briciole, gliene riempie una mano. Lei le lancia tra mare e sabbia. Quelli si avvicinano. Agata si sbraccia e ride con tutto il corpo.

Elena torna con due coppette di gelato. Ci sediamo a mangiarle su una panchina di legno lungo un pontile. Per meglio sentire il gusto chiudiamo gli occhi; ma a occhi chiusi tutto lo spazio in testa se lo prende la risacca; e il vento.

Lunedì mattina mi alzo presto per andare a Milano. Sono in ritardo. Non compro il giornale. Quando raggiungo la sede del Gruppo Ferroni, dove ho l'ufficio, la segretaria mi dice di chiamare subito mia moglie a casa. Nella sua voce si percepisce un tremore inconsueto. Il cuore mi batte più forte, lo sento nei muscoli, nelle vene lungo il collo. Chiamo.

Dico: Elena?

Lei scoppia a piangere.

Dico: Elena, cosa c'è? Cos'è successo?

Sono morti. Sono tutti morti.

Chi?

Piero, Luigi, Enrica. Tutti. Dice: Ieri. Alla gita.

Scendo a comprare il giornale. La notizia è in prima pagina. Il gruppo del Club alpino con cui saremmo dovuti andare in gita è stato travolto da una valanga. Stavano risalendo con gli sci il versante sud di una montagna in Valle d'Aosta, sul confine. Volevano scendere dall'altra parte, in Francia, e tornare alle macchine con la corriera. Lo zio di Luigi, intervistato, racconta: Noi eravamo già sul costone. Ho sentito come uno scoppio, lo sparo di un fucile. Mi sono voltato: ho visto la neve portarseli via, sembrava un fiume in piena.

Su dieci, sono morti in cinque. Il giornalista dice che i corpi di Piero e Luigi sono ancora sotto la neve. Mi siedo in un bar, ordino un caffè, e rileggo l'articolo fino a consumarlo. Ogni volta mi stupisco di non trovare il mio nome.

* * *

Ho finito di lavorare tardi. Mi aggiro per le strade cercando una trattoria aperta. A casa non ho nulla da mangiare e comunque non avrei voglia di cucinare. M'infilo in un locale fumoso, segnalato da una vecchio lampione con i vetri gialli. Dentro, mi guardo in giro per vedere se c'è un tavolo libero. Sono tutti occupati; qualcuno, però, da una sola persona. Non mi piace dividere il tavolo con gli sconosciuti, ma non posso fare altro. Studio gli avventori, e tra loro mi sembra di riconoscerne uno. Mi avvicino.

Dico: Gioele.

Lui solleva gli occhi stanchi, mi riconosce, s'illumina: Simone. Si alza e ci abbracciamo.

Posso sedermi qui con te? Volevo mangiare qualcosa, sono appena uscito dall'ufficio.

Ma certo. Dice: Come stai?

Da quant'è che non ci sentiamo, Gioele? Aspetta, ti ho chiamato quando è nata Agata, vero?

Sì. E io ti ho promesso di passare da Torino a omaggiare la creatura. Dice: Ma non l'ho mai fatto, scusa.

Chiedo: Cosa fai a Milano?

Gioele abbassa lo sguardo, prende del pane avanzato dalla sua cena, dice: Vivo. O almeno ci provo. Allunga la mano sul tavolo e me la stringe come sempre. È una mano adulta, ruvida e asciutta. Chiamo il cameriere che mi elenca i piatti rimasti. Ordino dei ravioli al ragù e un bicchiere di vino. Dico: No, niente dolce. Porta del pane?

Gioele abbandona la mano per permettere al ragazzo di apparecchiare, a me di spezzare un grissino. Dice che il padre è riuscito a trovargli un posto in un laboratorio di ricerca; ma non gli piace, non gli interessa: Ho altre cose cui pensare.

Quali?

Sorride, dice: A lui, per esempio. Indica con la mano un uomo appena entrato. Indossa un cappello piuttosto vistoso, una giacca grigia, una sciarpa gialla. Ci raggiunge e si siede. Gioele fa le presentazioni. L'uomo è un po' più vecchio di noi, ha la barba brizzolata e un paio di pince-nez. Gioele ordina per lui un amaro. Poi dice: Da un mese io e Mario abitiamo insieme. Sospira: E devo trovare il modo di dirlo ai miei. Fatto questo, potrei anche andare a vendere il pesce, per quanto m'importa.

Il cameriere posa il piatto con i ravioli di fronte a me e l'amaro davanti a Mario. Questo mi permette di rifugiarmi nel cibo, di occupare occhi, mani e pensiero per alcuni minuti. Trovo la forza di chiedere: Dove abitate?

Mario dice: Vicino alla stazione. Tu che lavoro fai?

Dico: Consulente. Controllo di gestione. Ristrutturazioni aziendali. Tu?

Questo. Indica il bicchiere.

Amari?

Li produco, li importo, li vendo. Amaro alle erbe, mirto, vino. Ho ereditato l'azienda che era di mio nonno, e cinque anni fa ho aperto due enoteche, una a Milano, una a Roma.

Non so come mi viene in mente, e perché lo dico, ma dico: Lo sai, Mario, che Gioele aveva una passione per le colle, quand'era ragazzino?

Gioele si drizza: Come fai a ricordartelo?

Come potrei dimenticarlo?

Mario dice: Una passione per le colle?

Qualcuno mi aveva regalato un kit, che so, tipo piccolo chimico. E io mi divertivo a inventare colle. Ne avevo per ogni necessità.

Raccolgo il ragù con la crosta del pane, dopo aver tolto la mollica: Posso confermare.

Mario dice: Non me l'avevi mai detto.

Forse perché ci vogliono i vecchi amici per rimestare nei ricordi.

Pago per me e per loro. Li saluto. Promettiamo di rivederci.

* * *

Quando sono a Torino, in settimana, per impegni di lavoro o per riposo, mi piace andare a prendere Agata a scuola. Andiamo insieme, io ed Elena, ci sistemiamo in prima fila davanti al portone della scuola; davanti a tutti gli altri genitori. Appena suona la campanella i bambini si precipitano fuori e cominciano a cercare il padre o la madre tra la folla. Agata si sporge tra i compagni, tra le cartelle, e ci vede. Il viso le si colora di gioia. Si scapicolla verso di noi; tenta di comprenderci in un solo abbraccio.

Un giorno d'autunno Elena sta poco bene, vado a prendere Agata da solo. Stretto in mezzo agli altri genitori attendo che aprano il cancello. Suona la campanella. I bambini sciamano, si accalcano. Ecco Agata. Le faccio segno con la mano. Lei, mordendosi il labbro, come fa sempre, si solleva sulle punte. Io alzo il braccio più in alto che riesco, mi sporgo per farmi vedere. Non mi vede. Dico: Agata. Non mi sente. Tra le teste, nell'ombra, vedo che spia ancora, e io continuo a sbracciarmi, e sono il primo, davanti a tutti. Mi faccio largo tra i bambini che mi superano di corsa e vado fin sotto le scale.

Dico: Agata. Sono qua.

È la maestra, una donna alta, severa, ad accorgersi di me. Tocca la testa di mia figlia e con il dito mi indica. Sono a pochi metri da lei. Sembra ancora non vedermi, poi, d'un tratto, sorride e mi si avvicina.

Dice: Dov'eri?

Dico: Davanti a te, Agata. Lì. Ma dove guardavi? Mi sono quasi slogato un braccio a forza di agitarlo. Tutto bene?

Perché non c'è mamma?

Era stanca. Forse un po' d'influenza.

Ho tre operazioni da fare.

Tre operazioni?

Tre operazioni.

Allora bisogna mettersi subito al lavoro. Merenda?

Ci pensa, dice: Un panino dolce.

Dico: Vada per il panino dolce. Conosco un fornaio, dietro il mercato, che fa i migliori panini dolci del mondo.

Elena resta a letto per parecchio tempo, non si capisce cos'abbia. Io vado a prendere a scuola Agata sempre più spesso, ma ogni volta fatico a farmi vedere. Ho l'impressione che mi guardi attraverso. Se Elena sta bene e viene anche lei, allora no, Agata ci individua subito, ci si getta addosso e ride, poi abbandona la cartella sul marciapiede per rincorrere un compagno. La sera le racconto una storia: *Il Signore degli Avanzi*. La mattina dopo le chiedo se le è piaciuta.

Dice: Non la ricordo.

La sera gliela racconto di nuovo, come se fosse la prima volta. Tutta la stanza si impregna di quella storia, ma in lei non resta che un'eco.

Prendiamo l'abitudine di comprare i panini dolci dal fornaio. Invento un richiamo che lei possa riconoscere. Due fischi brevi e bassi, poi uno lungo alto e uno lungo basso. Ci alleniamo a casa. Lei chiude gli occhi, io mi nascondo e quando sono sparito fischio; mi cerca, mi trova, ci rotoliamo per terra. Se c'è Elena funziona. Se Elena non c'è, Agata non sente il fischio. Chiedo alla maestra se può farci caso lei.

Dico: Forse non fischio abbastanza forte. A casa non c'è rumore. Davanti a scuola ci sono le urla, i giochi, il traffico.

La maestra dice: Ma le sembra possibile? Pensi se me lo chiedessero tutti? A volte voi genitori avete certe pretese.

* * *

Per vent'anni lavoro per il Gruppo Ferroni: loro sono me, io sono loro. In vent'anni di consulenze ristrutturo oltre duecento aziende. Mi presento con la mia cartella sottobraccio, osservo, studio, riorganizzo, vado via. Permeo i luoghi che abito con le mie idee, assimilo la tradizione industriale di chi mi ha preceduto, poi la modifico geneticamente. Mi muovo per i corridoi, parlo con gli impiegati. Imparo le fasi della concia delle pelli, della distribuzione e della conservazione delle ricotte, il processo di smaltimento dei rifiuti. Ma quando ho finito, scompaio. Guadagno bene. Molto bene. Acquisto due case: una al mare per fare contenta Agata e una in montagna per me e Elena. Investo una parte dei guadagni, studio la Borsa. I ricavi portano altri ricavi.

Muore mia madre. La seppelliamo tra mio padre e Gabriele. Lo zio Marcello è due tombe più in là.

La casa di Genova non la vendo e non l'affitto. Ci vado di tanto in tanto, da solo. Appoggio l'orecchio contro i muri, mi siedo per terra e lancio la pallina di cuoio di Gabriele contro la parete di fronte: rimbalzo, presa, tiro. Passeggio per i carrugi. Finisco sempre alla ferrovia. Scavalco il muretto di ferro e mattoni che hanno costruito per impedire alle persone di avvicinarsi ai binari. Mi siedo e aspetto il passaggio dei treni, tocco le rotaie e indovino i secondi che mancano all'arrivo della motrice. Oltre i finestrini, come fantasmi sfocati, intravedo occhi, libri, giacche. Parlo con le persone di me e della guerra, soprattutto con persone che non mi conoscono. Quando scoprono che sono ebreo mi chiedono se ho conosciuto la deportazione, se i miei genitori sono morti nei lager. Dico no. Loro mi guardano come se non avessi più nulla da aggiungere. Cerco Colle Ferro sulle cartine. Non ci sono mai tornato; non è che non ho voluto, non ci ho più pensato. Se per un secondo mi tornava in mente era sufficiente che scuotessi la testa per trasformare il pensiero in fumo. Mi assento, talvolta. So che c'è un mondo intero attorno a me: formiche, fragole, altalene da spingere. Io però mi assento e non lo vedo, non lo sento, non lo percepisco. Mio padre è morto quando non c'era più nulla da fare: ci aveva portati in salvo; il resto era solo una ferita in cancrena. Gabriele se n'è andato quando tutto stava per cominciare: appena laureato, con un futuro radioso, da proteggersi gli occhi con le mani. Troppa luce, forse. Ecco, troppa luce.

A Milano, la sera, frequento solo Mario e Gioele. Andiamo a cena in una trattoria, parliamo di cose futili, chiacchiericci, indiscrezioni. D'inverno, se fa davvero freddo, porto un cappello che mi ha regalato Mario; una coppola di lana irlandese. Mi prende le misure della testa una sera mentre aspettiamo il caffè e l'amaro.

Dice: Hai la testa piccola. Poi mi tocca i capelli: Hai dei bei capelli.

Dico: Sono i capelli di mio padre. Aggiungo: Anche la testa.

Agata no. La sua testa è quella di Elena. Agata cresce, si fa ragazza, si fa donna. Porta a casa i suoi compagni. Mi chiede di aiutarla nello studio, ma io mi distraggo, mentre lei studia. Mentre sono con lei penso alle relazioni da presentare ai consigli di amministrazione o agli investimenti in Borsa. Mentre presento le relazioni ai consigli di amministrazione o ragiono sull'andamento della Borsa penso alla ricerca di Agata sul Rinascimento, alla litografia di Maurits Cornelis Escher che ha dovuto riprodurre a matita, la litografia che si chiama *Casa di scale*. Voglio aiutarla. Le ho detto che ero bravo a disegnare. Ma quando prendo la matita, quando sto per appoggiare la punta di grafite contro il foglio bianco, per incanto entro in quella casa e comincio a vagare per le scale.

Lei mi strappa il disegno da sotto la mano.

Dico: Scusa.

Ma ha già sbattuto la porta della stanza. Torna dopo un po', dice: Perché non sei mai dove devi essere? Stai sempre lì a dire che tu fai quello che devi fare e bla bla bla, ma non è vero, ti parlo e non mi ascolti, ti chiedo aiuto e ti perdi. Perdi come un tubo bucato, hai l'attenzione che ti scorre via e non lo sai, o forse lo sai, sì, forse è la vita che ti scorre via e tu non fai niente per fermarla, per tapparlo, quel buco, meno male che c'è la mamma, almeno lei esiste: non è come te.

Dico: Lo so.

* * *

D'estate Elena accetta di rinunciare a dieci giorni di montagna. Le ho chiesto di accompagnarmi in due viaggi che ho rimandato troppo a lungo. Uno è alla ricerca dell'*Auberge des deux noms*. L'altro a Colle Ferro, da Iole e Maria.

Partiamo in macchina. Ci fermiamo in Camargue per una notte in un Bed & Breakfast. Entriamo a Blanquefort il giorno dopo, il sole sta tramontando e stormi di uccelli s'inseguono sfiorando la torre del municipio.

Sono passati quarant'anni. Il paese non assomiglia per nulla a quelle immagini sgranate che mi vacillano nella memoria. Lasciamo la macchina in un parcheggio sotterraneo. Un ragazzino con le cuffie e il walkman ci consegna un tagliando, dice di presentarlo all'uscita, di non perderlo. Dice: Se lo perdete vi tocca pagare tutta la giornata. In fondo a un corso molto trafficato, dietro l'insegna di un cinema, vedo la stazione. È la stazione da cui è partito il treno che ci ha riportati a Genova: ricordo le voci italiane, ricordo i sedili e i finestrini. Entriamo. Solo la facciata è uguale. Il resto è luce, vetro e sedie traforate di plastica gialla. Cerchiamo l'*Auberge des deux noms*, ma non c'è nessun *Auberge des deux noms*. Lo chiediamo all'ufficio turistico.

Dicono: Non c'è nell'elenco. E non sappiamo se è mai esistito.

Dico: Esisteva. Ci ho vissuto.

La ragazza allo sportello ha una targhetta sul taschino con su scritto: *Je parle anglais, italien et espagnol... et français, bien sûr*. In italiano replica: Se lo dice lei. Forse l'hanno abbattuto.

Anche il vino non esiste più. Visitiamo cinque enoteche diverse; nessuno lo conosce. Vorrei ritrovare la casa dove siamo andati a vivere quando abbiamo lasciato la locanda di madame Fleur. Non so come fare. Vaghiamo con la macchina per le campagne circostanti, mi guardo attorno cercando una traccia, un incrocio, qualcosa che infiammi i miei ricordi. Ma nulla.

Dopo cena chiamiamo Agata da un telefono pubblico. È al mare con degli amici. C'è un ragazzo che ha conosciuto da poco, un siciliano. Elena è convinta che siano fidanzati. Dice: Si vede.

Chiedo: Da cosa?

Si stringe nelle spalle. Dice: Si vede.

Dico: Se è vero vorrei ce lo dicesse.

Troverà lei il momento giusto.

Torniamo in Italia. Ci fermiamo a Genova. La mattina dopo andiamo a Colle Ferro. La piazza della chiesa è lei. Come non fosse passato un giorno. L'ufficio postale è nuovo, la strada è asfaltata, intonaci e cancelli hanno colori differenti anche se gli edifici sono gli stessi.

Al cimitero indico a Elena il punto in cui è sepolta la nonna.

La porta del negozio di alimentari ha una tenda con i campanelli che tintinnano quando entriamo. La padrona sta affettando il prosciutto. Ci rivolge un sorriso largo. Dice: Buongiorno.

Dico: Vorremmo un'informazione, se è possibile.

È possibile tutto, qui da me.

Spiego chi sono. Spiego della guerra e della casa vicino ai lecci; di Iole e Maria.

Dice: Iole c'è ancora.

Elena si attacca alla mia spalla.

Dico: Alla borgata?

La proprietaria dello spaccio ride: La borgata non esiste più. Non lo sa? L'hanno sgomberata per farci l'invaso.

Quale invaso?

La diga. Comunque, Iole la trova al mercato, a quest'ora. Segua la strada in salita, poi vada a destra. Il paese è piccolo, non si perde di certo.

Dico: No. Non mi perdo di certo.

Di fronte a un campetto da calcio con le porte scrostate, proprio in faccia alla valle, una decina di banchi si sostengono a vicenda: marmellate, stoffa, formaggio, casalinghi. Iole spalma del miele su un crostino, lo porge a un bambino che la ringrazia e scappa via. La riconosco subito. Mi avvicino un passo alla volta. Lei alza gli occhi e mi vede, nota che la osservo. Prima mi sorride come si sorride a un cliente. Poi il sorriso si trasfigura. È un viraggio lento, il germogliare della primavera quando la neve si scioglie. L'abbraccio affonda nel tempo. Elena ci guarda, all'ombra di un pino, e si commuove.

* * *

Iole ci porta a vedere l'invaso. Ci arrampichiamo su per una scala stretta e umida che porta al passaggio pedonale della diga. Ci affacciamo. L'acqua lambisce i boschi come se la montagna, digradando, si fosse accorta del lago solo all'ultimo e non avesse fatto in tempo a fermarsi. Certi alberi hanno le radici e parte del tronco sommersi. L'erba dei prati si tuffa in acqua senza appassire in terra o sabbia.

Iole dice: L'hanno costruita tra il cinquantasette e il sessantadue. Hanno dato da mangiare al paese per cinque anni, 'sti lavori. Forse di più. Però il lago si è mangiato la borgata. A noi hanno dato un rimborso e una casa in paese. Gli animali li abbiamo venduti.

Dico: Non riconosco il posto. Dov'erano le case?

Iole indica l'acqua con il dito, lì dove la montagna fa una piega. Dice: Vai avanti un palmo, scendi in acqua e grigie come gli affogati le trovi. Le ho viste affiorare qualche anno fa che hanno svuotato in parte l'invaso per non so cosa. M'hanno fatto un'impressione che son dovuta scappare. È come quando riesumano i morti.

Restiamo a cena da lei, parliamo, vediamo foto. Ci racconta che Maria è andata a stare a Roma con il marito, un professore di liceo. Anche lei era sposata, ma poi non era cosa, dice: Troppo diversi. Un matrimonio fatto solo perché si doveva fare. Un giorno lui ha trovato lavoro fuori e io gli ho detto di andare. All'inizio mi ha scritto, poi più nulla. Non so neppure se è vivo o morto. Niente figli. In compenso mi sono messa a fare il miele. Ho dodici arnie su in alto.

Io le racconto di mio padre, di Gabriele. Lei si copre gli occhi e le scende una lacrima grossa e solitaria, lungo tutta la guancia, fino al collo. Elena l'aggiorna su Agata. Abbiamo anche una foto da mostrare, nel portafoglio.

Iole dice: È tutta tua moglie.

Dico: Meno male.

Ridiamo e in quel ridere, lì, a Colle Ferro, sto bene come se fossi tornato a casa dopo anni che mi ero perso. Ci sarebbe una locanda in paese, ma Iole non vuole sentire ragioni e ci ospita da lei. Le lenzuola sanno di vecchio, il letto è gonfio di nodi, ma dormo un sonno che non ricordavo. La mattina il miele sul pane caldo e una passeggiata sulle sponde del lago ci mettono appetito e stiamo a pranzo, e ci fermiamo ancora un giorno, e il giorno dopo dobbiamo farci forza. Agata torna dal mare.

Con Iole ci abbracciamo sulla porta di casa. Dice: Io e te non dovevamo sposarci?

Rido: Mai dire mai. E guardo Elena che fa la finta offesa e poi si stringe a Iole anche lei, come se la conoscesse da sempre. Elena è così: le bastano due o tre giorni per far entrare una persona nella sua vita.

Agata si è divertita, ci parla in continuazione dei giorni trascorsi al mare; con quel nome, Vittorio, che balena più degli altri. Elena dice: Te l'avevo detto.

Detto cosa?

Le hai visto gli occhi?

Dico: Sì.

Allora?

Allora cosa?
È o no innamorata?

* * *

Capita in un giorno come tanti. Due anni dopo la nostra estate tra Blanquefort e Colle Ferro. Da Iole siamo ritornati altre volte, almeno quattro. Una volta, a Natale, controvoglia, è venuta anche Agata, ma se non c'era Elena a trovare le parole, non sarei mai riuscito a portarla, a farle vedere dove avevo trascorso gli anni dell'infanzia quando io non potevo essere io, quando Coifmann era Carati. Con Agata parliamo sempre meno. Non lo so il perché. Mi rivedo in continuazione davanti alla sua scuola, scuoto il braccio, salto, ma lei non mi vede. Dice: Ti porti dentro qualcosa di buio. Dice: Io voglio la luce. E forse ha ragione.

Ma non è buio il giorno in cui muore Elena. È un giorno come tanti altri, siamo in montagna, io e lei, l'erba è ancora bagnata dalla notte, il sole si arrampica sulle cime. Sono in cucina, sto spremendo un limone. Elena è uscita a comprare brioche e pane appena sfornato. La vedo risalire lungo il sentiero. La finestra della cucina incornicia, tra legno e tendine, la schiena minerale delle Alpi, un bosco di abeti, parte dei tetti del paese, la curva del sentiero che conduce al nostro prato, e il prato, con due sdraio disposte in direzione del tramonto. Spremo, alzo lo sguardo e la vedo entrare nel vialetto. Mi chino per gettare l'avanzo del limone nel secchio della spazzatura, risollevo gli occhi e la vedo inginocchiata, il sacchetto aperto accanto, brioche e pane nell'erba.

Una mano è radice nella terra. Con l'altra si stringe il cuore.

Prima viene il freddo. Si propaga attraverso le ossa, i muscoli. Ghiaccia il sangue. Le vene lo trasportano alla pelle. Poi la frenesia. Il telefono, la voce tranciata dentro la cornetta, il senso acuto di impotenza. Dopo, la corsa in ambulanza. La ricerca di informazioni sui volti di medici e infermieri, la sala d'attesa, le generalità. Alla fine è come dopo una corsa in discesa. La mano di uno sconosciuto sulla spalla. Un bicchiere di tè caldo. E quell'indecifrabile vuoto. Incolmabile, improvviso. Chiamare Agata, la madre anziana di lei, un vecchio amico, un collega perché lo dica a chi la conosceva.

* * *

Perché la vita mi frana accanto?
Non addosso.
Accanto.

* * *

Devo tornare in ufficio. Sono in aspettativa da oltre cinque mesi. Agata si è trasferita a casa di Vittorio. Dice: Viene male allo stomaco a entrare qui dentro. E perché stai sempre fuori sul balcone?

È vero. Passo molto temo sul balcone. Mi piace, il balcone. Mi piacciono i tetti della città, i comignoli, le antenne. Le ragnatele di cavi. Gli uccelli, che mi osservano mentre studio le loro traiettorie. Tra i palazzi si scorgono le montagne. Trascorro ore guardandole. A volte, se c'è la luce giusta, si riflettono nelle finestre di una banca. Agata dice: Cosa ci trovi lassù? È in montagna che è morta mia madre; non voglio andare in montagna mai più, non voglio più neppure vederla. Voglio abitare al mare. Poi: Io e Vittorio pensiamo di andare a convivere. Suo padre ha un ristorante in Sicilia, è il pesce migliore della regione. Stiamo discutendo di prenderlo noi due. Lui comincia a essere stanco. Cosa ne pensi?

A volte sprofondo attraverso la soletta del balcone giù fino al terzo piano, dove una pianta rampicante che copre tutto s'inerpica tra i rombi di un graticcio. Sprofondando non spio mai nelle case degli altri, attraverso i vetri. Non sta bene. Se invece il proprietario è sul balcone ed è lì a lavorare, allora non posso farci nulla.

Agata dice: Mi hai sentito?

Emergo dal torpore: Cosa?

Agata mi guarda con disprezzo. Non so perché. Dice: Incredibile. Scuote la testa e rientra in casa.

Due mesi dopo lei e Vittorio partono per la Sicilia. Hanno un furgoncino che caricano oltre ogni limite, libri e magliette in ogni interstizio, cuscini e coperte che proteggono le bottiglie e un piccolo televisore. Prima di perdersi verso l'autostrada si fermano a salutarmi. Scendo in pantofole. Sul marciapiede stringo la mano a Vittorio. Lui sorride, gentile. Ha un'aria scapigliata, da bravo ragazzo visionario. Penso che possa essere un buon cuoco. Non so perché, ma lo penso. Agata mi si avvicina guardando a destra e a sinistra, come se non riuscisse a centrare il mio volto. Poi, a un passo da me, comincia la scalata agli occhi. Parte dal collo, il mento, le guance. Dice: Devi farti la barba.

Dico: Mi telefonerai?

Tu telefonerai a me?

Dico: Non lo so.

Non lo so neppure io.

Dico: In fondo ci assomigliamo.

Agata fa il gesto di aggiustarsi un orecchino, ma non indossa orecchini, non li ha mai voluti. Dice: No. Non credo.

Restiamo in silenzio per alcuni istanti, nessuno dei due sa cosa aggiungere. È Vittorio a salvarci, chiude il portellone, dice: Mi spiace farvi fretta, ma dovremmo andare. Rischiamo di trovare traffico.

Agata annuisce, gira sui tacchi e fa per raggiungerlo. Mi rendo conto in quell'istante che non so quando la rivedrò, se la rivedrò. Non per l'impossibilità materiale di incontrarci, ma per il significato profondo che ciascuno di noi darebbe alla ricerca dell'altro. Per un breve istante ho la tentazione di correrle dietro, stringere le spalle, costringerla a voltarsi, abbracciarla fino a sentire le sue ossa. Nel momento in cui s'innesca la resistenza è lei a voltarsi, a tornare indietro. La strada è fango; fa forza con le gambe. Mi prende la testa e mi bacia in fronte. Si curva verso l'orecchio.

Dice: Tra l'altro aspetto un bambino.

* * *

Do le dimissioni. La liquidazione del Gruppo Ferroni è molto alta, e se si contano i risparmi, i ricavi degli investimenti, le quattro case, quella di mia madre, quella in città, quella al mare e quella in montagna, e la pensione che prima o poi arriverà, ho senza dubbio più soldi di quanti me ne servano per vivere il tempo che mi resta. Vendo la casa di Torino. Affitto le altre due. Genova no, la tengo libera; la intesto ad Agata. Mi ci trasferisco per un po'. Intanto con l'aiuto di Iole trovo un casolare appena fuori Colle Ferro. Attorno solo boschi, e un torrente, e un enorme masso rotolato lì chissà quando, e due sentieri poco battuti che divergono all'altezza della roccia, indecisi tra i campi e le cime degli Appennini. Dal balcone al primo piano si vede dove l'acqua ha sommerso il mio passato.

Due anni li passo a ristrutturare la casa e camminare. Cerco la radura delle gambe morte e alla fine credo di trovarla. Cerco il punto esatto dove il soldato tedesco ha ceduto all'offerta delle sigarette e ha spinto mio padre tra i rovi di more coperti di neve e lo trovo dietro il capanno degli attrezzi di una villetta. Mi riprendo il passo che era mio da giovane, nel periodo del Club alpino. Mi approprio dei sentieri e delle mulattiere, ne esploro ogni variante. Due volte a settimana io e Iole pranziamo insieme; una volta scendo io, una volta sale lei. A Natale rivedo Maria, che da Roma viene con il marito a passare le feste a Colle Ferro.

Dormo molto. La mattina, quando mi sveglio, scendo a fare colazione con pane e miele, o un pezzo di formaggio. Poi esco, mi siedo sulla panca che ho costruito e accostato al muro della casa, chiudo gli occhi e mi addormento di nuovo. Mi svegliano gli uccelli. Se è una bella giornata entro nel bosco e raggiungo la radura delle gambe morte, tiro fuori il plaid e mi sdraio a guardare il cielo oltre le chiome degli alberi. Le nuvole assumono profili e significati. Il latte me lo portano a casa, fresco. Per precauzione lo faccio bollire; mentre il fuoco scalda la casseruola osservo il gorgoglio, la formazione della pelle.

Una mattina sono lì, ho il sole in faccia, sento dei passi. Apro gli occhi. È una ragazzina.

Dice: Buongiorno.

Schermo il riverbero con la mano. Dico: E tu chi sei?

Mi chiamo Elena. Ha per caso visto una bimba?

Non rispondo.

Ha nove anni. È mia sorella, si chiama Irene.

Dico: Io ho un nipote che ha nove anni.

Forse sono insieme.

Non credo.

La ragazzina si guarda attorno. Mi sposto all'ombra per vederla meglio. Dice: Come si chiama suo nipote?

Zeno.

Strano nome. Non conosco nessuno che si chiami Zeno. Perché l'hanno chiamato così?

Non so.

Perché non lo sa?

Perché non ho mai potuto chiederlo.

Perché non ha mai potuto chiederlo?

Non rispondo.

Se vede mia sorella le dice che la sto cercando, per favore? È alta così e indossa un vestito liso, una cosa vecchia, apparteneva a nostra nonna.

Se la vedo glielo dico.

Quella sera non riesco a prendere sonno, mi rigiro tra le lenzuola, scendo a bere dell'acqua; mi verso mezzo dito di liquore alla salvia. Davanti alla stufa spenta rigiro tra le mani le lettere di Agata: nove in nove anni. Io gliene ho scritte altrettante. Conservo la brutta copia di ognuna, come sempre. Cerco l'angolo giusto per vedere le foto di Zeno alla luce della luna: ne ho nove, una per ogni lettera.

Nella cantina di Iole ho trovato un vecchio giradischi, e alcuni vinili di jazz e classica. Metto sul piatto John Coltrane.

Prendo un foglio e una penna, scelgo le parole con cura.

Cara Agata, vorrei sapere perché avete chiamato Zeno vostro figlio. Oggi me lo ha chiesto una ragazzina gentile che si chiama Elena. La prossima volta che la vedo mi farebbe piacere risponderle.

Scrivo sei pagine fitte, le leggo, le rileggo, le ricopio. Quando le imbusto è quasi l'alba. Torno a letto senza spegnere il giradischi. I giorni successivi Elena torna a trovarmi.

* * *

Ci sono molti modi per togliersi la vita, ma perlopiù prevedono che alla fine un parente, un amico venga a raccogliere il tuo corpo da terra o a sganciarlo da una corda; c'è l'odore del gas, il problema della sepoltura. Non mi va. Non voglio lasciare queste incombenze a qualcuno, non è corretto. Decido che sarà il lago la mia tomba. Compro due catene di metallo con gli anelli larghi e spessi. Quando sarà ora, mi procurerò due pesi da agganciarci. Vogherò fin sopra la casa che ha protetto me e la mia famiglia quando ero bambino e mi lascerò sprofondare. Lì, sarò al sicuro per sempre. E nessuno dovrà preoccuparsi di niente.

Non ho fretta. Sulle catene comincio lentamente a incidere *Shema Israel Adonai Elohenu Adonai Ehad*. Non ha un valore religioso; lo faccio per mio padre. È stato lui ad aprire la porta, a trascinare mio fratello, e ora spetta a me. Ma mi concedo di fare tutto con calma.

Elena ritorna l'anno successivo e quello dopo ancora. La vedo crescere. Lei mi vede incidere la preghiera sulla catena.

Un giorno dice: Cosa stai facendo?

Nulla.

È un modo faticoso di non fare nulla.

Dico: I fanciulli trovano il tutto nel nulla, gli uomini il nulla nel tutto. Poi mi volto, le faccio l'occhiolino: Leopardi. *Zibaldone*.

Tu cosa sei?

In questo caso? Un fanciullo, direi. E rido. Sono poche le volte che rido. Spesso capita quando c'è lei. Entro in casa, prendo del latte, dei lamponi, dei biscotti di pasta frolla. Facciamo merenda insieme, seduti sul prato davanti casa. Si è slanciata; ha un orecchino solo, di legno. Anche quello è intagliato, ma non è una preghiera.

Dice: Sono disegni tribali.

Chiedo: Di quale tribù?

Dice: Ma cosa ne so.

Mi racconta della scuola, del perché ha scelto la scherma quando tutte le sue amiche si sono iscritte a pallavolo, di un ragazzo che le piace e che le ha regalato un anello che lei ha scoperto essere stato trovato in un sacchetto di patatine; così si è offesa e non gli ha più rivolto la parola. Ma le piace, oh sì, le piace ancora, e molto.

Dico: Hai mai visto *Colazione da Tiffany*?

Cos'è?

Un vecchio film. Però ci sono due che si amano e scelgono di far incidere una frase romantica, dalla più costosa gioielleria di New York, dietro a un anello trovato in un sacchetto di patatine. Dovresti vederlo.

Lei resta immobile alcuni istanti, poi s'illumina e mi abbraccia; resta così, avvinghiata a me, e io sento tutto il peso del suo corpo, e l'odore dei capelli, e il calore delle guance. Il riverbero della vita e dei desideri. Dice: Ti sono debitrice, lo sai? Debitrice. Per sempre.

Ci salutiamo, sbaracco il cortile, mi chiudo in casa. Mentre preparo la cena mi sento confuso, sono scosso da una febbre leggera. Dal mucchio di vinili prendo una raccolta di Gershwin. Lo poso sul piatto. Sollevo il braccio e colloco la testina sulla prima spirale. Alzo il volume e spalanco le finestre. Aggiungo le cipolle allo stufato, lascio che la musica si disperda nel bosco.

* * *

La mia prima intenzione era di incidere le parole, una per anello, su sei anelli consecutivi. Poi mi sono accorto che gli anelli erano dodici; ho deciso di incidere la preghiera due volte su ogni catena. In un negozio di un paese a valle che vende attrezzi ginnici acquisto due manubri con sei dischi da due chili. Da un ferramenta compro due lucchetti. A casa mi accorgo che il manubrio non passa negli anelli. Allo spaccio, da Rosa, trovo due moschettoni grandi e larghi. Li compro. Vanno bene.

Iole viene ancora a pranzo da me ogni mercoledì e io da lei il venerdì. Un giorno di primavera abbiamo finito di mangiare e siamo seduti attorno al tavolo con il caffè. Stiamo in silenzio. Non abbiamo bisogno di parlare, io e Iole; possiamo pranzare insieme e farci compagnia per ore senza dire una sola parola. Quel giorno lei, d'un tratto, dice: Vado a vivere a Roma.

Dico: Non ti piace più il paese?

No. Che c'entra? Certo che mi piace. Ci sono nata, qui. E ci ho vissuto tutta la vita. Come potrebbe non piacermi? Ma è tanto che ci penso. Sto invecchiando e mia sorella ha un appartamento enorme. Ci faremo compagnia. La casa non la vendiamo.

Dico: Quando ti trasferisci?

Tra una settimana. Viene mio cognato a prendermi con il furgone e cominciamo a portare via un po' di roba.

Potevi dirmelo prima.

E che ci avresti fatto con la notizia? Ci attizzavi il fuoco? Ma per la fine di luglio ho intenzione di tornare, vecchio. Tranquillo. Non passo di certo l'agosto in città. Arriverò carica di cibo come al solito. Sia mai che ti faccia deperire.

Dico: Ottimo. E le sorrido. Ma penso che ad agosto, io, non ci sarò più.

CAPITOLO VI

Potrei dire, vorrei dire, che quando ho lasciato Colle Ferro nell'aria si sentiva già la vischiosità dell'autunno, che l'estate era finita; ma non è così. Il sole splendeva, le api operaie s'attardavano tra fiori e cortecce per approvvigionare l'alveare di propoli, polline e nettare, e non poche morivano di sfinimento nel giro di bottinaggio; la terra, irrigata dalle piogge di luglio, ora chiedeva di nuovo acqua, in quell'alternarsi di troppo e troppo poco che imbullona la vita tra appagamento e insoddisfazione. L'estate, a Colle Ferro, in tutta la valle, era nel pieno del suo splendore e del suo dolore quando, con l'aiuto di nonno, io e mamma caricammo la macchina per partire.

Papà poteva tornare a casa. Le reazioni al trapianto erano ottime. E anche se avremmo dovuto convivere con la paura della recidiva per anni prima di considerare vinta la guerra, l'impressione nostra, mutuata dai medici, era di esserci aggiudicati la prima battaglia: e alla grande, anche. Oggi continua a sottoporsi a controlli periodici del sangue e poco tempo dopo il rientro a Capo Galilea dovettero fargli delle flebotomie – dei salassi – per ridurre il sovraccarico di ferro nel sangue causato dalle trasfusioni. A parte questo, la nostra vita non impiegò molto a tornare quella che era.

La settimana prima che partissimo, al parco giochi – castello, scivolo, sabbia – mentre Isacco, entusiasta, mi mostrava certi esercizi di potenziamento per i bicipiti e i pettorali che aveva trovato su una rivista, notai due uomini eleganti aggirarsi per il paese come se si fossero persi. Uno dei due indossava un cappello bianco. Quando ci vide tirò il secondo per la giacca e con un movimento coreografico entrambi alzarono il braccio per attirare la nostra attenzione.

Scambiai con Isacco uno sguardo interrogativo. Lui proseguì con le flessioni, io andai loro incontro.

«Uno di voi due è il nipote di Simone Coifmann?»

«Sono io. Perché?»

«È stata la signora del negozio a indirizzarci qui. Potresti accompagnarci da tuo nonno?» L'uomo senza cappello – aveva una giacca esangue e gli occhi stanchi – si deterse il sudore dalla fronte con un fazzoletto. «Sono stato suo testimone di nozze, sai? Per caso abbiamo saputo che abita qui. Siamo di passaggio, per lavoro. Ce lo ha detto quello da cui ci riforniamo di formaggio.»

«Cesco?»

«Lui. Ci accompagni? Non abbiamo molto tempo.»

Urlai a Isacco che sarei tornato dopo. Rispose che si era stancato, che andava a farsi una doccia, di raggiungerlo a casa sua così avremmo visto *Il silenzio degli innocenti.* «L'ho preso ieri in edicola.»

Salimmo a piedi. Quello con il cappello bianco indossava anche un paio di curiosi pince-nez, parlava molto e indicava ora la cima di una montagna, ora la diga che s'intravedeva tra le foglie dei lecci; ghermiva un ciuffo di erica senza smettere di camminare, lasciava che gli graffiasse il palmo come per strapparne l'essenza, quindi si annusava la mano per sentirne l'odore. Il nonno stava stendendo in cortile. Ci vide arrivare, lasciò cadere le mollette di legno nella cesta e, braccia lungo il corpo, attese che lo raggiungessimo. Dalla ruga in mezzo agli occhi, lo sguardo raccolto, capii che non era certo di riconoscere le persone che stavo scortando, ma che qualcosa, si vedeva, dovevano avere scosso; eravamo a pochi metri ormai, quando la consapevolezza irruppe in lui con il rumore sordo di uno schioppo: quella faccia, quel cappello, quelle mani.

«Simone», disse l'uomo con la giacca esangue. «Quanto è passato?»

«Non saprei», disse nonno. «Quand'è stata l'ultima volta?»

«Saranno vent'anni», s'intromise l'uomo con il cappello bianco. «E con tutta probabilità in qualche trattoria milanese. O sbaglio?»

«Ti ricordi di Mario?»

«Ti ricordi di Mario? Ma sentilo. Sono davvero invecchiato così male?»

«Ma no che sei in grande forma.»

«Mario», disse il nonno stringendogli la mano. «È un piacere rivederti. E se posso aggiungere…»

«Prego.»

«È un piacere vedervi ancora insieme. Ma venite, entrate. Un caffè?»

Ecco, è vero che Isacco mi stava aspettando sdraiato sul parquet con una caraffa di limonata siberiana, tre scatole di noccioline e le tapparelle chiuse il giusto in compagnia di Hannibal Lecter, ma sentivo puzza di rivelazioni e racconti (involontari) sulla vita del nonno, e nulla mi avrebbe schiodato da lì; forse se fosse venuta Luna a chiamarmi, ma Luna era non so dove con i suoi genitori a comprare il materiale per l'inizio dell'anno scolastico: ad agosto, dico.

«Elena?» chiese Gioele rimuovendo dalla sedia un cumulo di strofinacci per potersi sedere. Mario restò in piedi con il cappello calzato, vicino alla finestra.

Nonno finì di preparare la caffettiera, poi si sedette anche lui. «Elena non c'è più.»

Gioele portò entrambe le mani alla bocca. «Perché non me l'hai detto?»

«Dirlo a te?» nonno sobbollì tossendo. «Devo ancora dirlo a me stesso.»

«Sono senza parole…»

«Buon segno. Raccontatemi di voi. Come siete arrivati qui?»

«Cesco», dissi io, che nel frattempo per occupare le mani e giustificare la mia presenza stavo preparando il tramezzino più audace della storia recente della gastronomia: maionese spalmata a saturare ogni forellino del pancarré, uovo sodo freddo sbriciolato con cura (il rosso, soprattutto), olive tagliate a pezzi minuscoli (non era colpa mia se era finito il pâté), e avevo tutta l'intenzione di far soffriggere della pancetta.

«Sono le dieci di mattina», disse nonno. «Non ti sembra esagerato?»

«Ho fame.»

«Che ci fate voi, con Cesco?»

Mario allungò la tazzina al nonno. «Per le mie enoteche, ricordi? Per le degustazioni. E lo smercio pure, il suo formaggio. Ho certi clienti, a Milano, che svengono solo a sentirne il profumo. Profumo. Ma che dico? A sentirne parlare, svengono. Sono già un paio d'anni. Ma non si era mai venuti sul discorso di chi e dove conservava le forme. Ci pensi? Neppure una volta. Fino a oggi. Ci siamo visti a Crescella, stavamo parlando di un nuovo pecorino alle erbe e d'un tratto puf, è saltato fuori il tuo nome. Così.»

«Gliel'ho fatto ripetere tre volte», disse Gioele. «Chissà cos'ha pensato. Poi ci siamo messi in macchina e siamo saliti a cercarti. Abbiamo davvero dieci minuti. A pranzo dobbiamo essere a Genova, arriva del vino dalla Patagonia e Mario deve firmare non so cosa.»

«Mi ha fatto piacere, vedervi. Dove abitate?»

«A Parma. Ma ci muoviamo tra Roma e Milano. Ora che sappiamo dove sei, non ci scappi.»

«Finché ci sono», disse nonno.

«Ti trasferisci?»

«No. Dicevo così per dire.»

Un quarto d'ora dopo, con il mio tramezzino avvoltolato nella carta, scesi con loro fino in piazza.

«Davvero sei stato il suo testimone di nozze?» chiesi a Gioele prima di lasciarlo.

«È successo una vita fa.» Mi spettinò i capelli, sorridendo. «Sono successe così tante cose una vita fa, che nemmeno me le ricordo.»

«Tornate», dissi.

«Ti troviamo?»

«No. Per questo dovete tornare. Sarà di nuovo solo.»

Non sono mai stato bravo nei saluti. Ho la tendenza a restare troppo sulla soglia, a cincischiare per paura di non avere detto tutto, a reiterare l'addio, poi a ripassare la scena, i gesti, le parole e a rosolare nella vergogna di essere stato emotivo. Ai saluti glicemici preferisco lo strappo: la fuga di notte, una lettera fatta strisciare sotto la porta, la stretta di mano maschia ed efficiente che significa sì sì, non facciamola tanto lunga che prima o poi ci si rivede, dai, per poi, subito dopo, pentirmi della scelta, sicuro di essere sembrato scortese. Non sono mai stato bravo nei saluti: nemmeno a dodici anni, neppure con i miei coetanei. Per questo motivo, pur sapendo che alla fine della settimana sarei partito – mamma sarebbe venuta a prendermi venerdì – non avevo detto nulla a nessuno. E per nessuno intendo Luna e Isacco.

Una sera girò voce (l'autista di un furgone carico di fuochi d'artificio lo aveva detto al benzinaio che lo aveva detto alla moglie che ritirando dalla signora Rosa le trofie ordinate ne aveva parlato con dei clienti mentre Isacco era di là dalla tenda a sonagli a tagliare un rettangolo di focaccia da infarcire di stracchino) che in una valle vicina ci sarebbe stata festa e che l'esibizione pirotecnica si sarebbe vista da lontano; ne venne fuori anche una mezza polemica sui costi.

«Forse si vede dal Monticello», dissi, quando Isacco raggiunse me e Luna alla diga, mangiando la focaccia.

«Potremmo preparare dei tramezzini a mangiarli lassù», disse Luna.

«Un pic-nic notturno.»

«Ma non so se i miei mi lasciano.»

«Chiediglielo», dissi.

«Io penso al cibo», disse Isacco masticando.

Luna alzò gli occhi al cielo.

Tutti e tre, alla fine, ottenemmo il permesso mugolando sulla fine della bella stagione, sul tempo inclemente a luglio che da lì a poco si sarebbe di nuovo guastato, sulla necessità di rigenerarsi prima dell'inizio dell'anno scolastico – «Bisogna riempirsi di momenti che poi non si vivranno più per il resto dell'anno, fino all'estate successiva. Dico bene? Stiamo parlando di carburante» – così ci ritrovammo tutti e tre davanti alla casa del nonno: pile, coperte e borracce di tè alla pesca. In mezz'ora fummo su al Monticello: era la prima volta che andavo lì con loro. Il cellulare lo avevo con me, ma non lo accesi. Ci sdraiammo supini, mani sotto la testa, aperti allo srotolarsi delle costellazioni. Parlammo poco. Si era instillata in noi una armonia che non pretendeva chiasso per soffocare l'imbarazzo del silenzio perché il silenzio non provocava imbarazzo: era composto dalla rete di rumori minuti che ci avvolgeva – fruscii vegetali, versi di uccelli, l'assestamento della montagna – e dal calore dei nostri corpi.

«Certo che si sta davvero bene», disse Isacco.

Nessuno gli rispose. Lasciammo aleggiare le parole sopra di noi, finché si esaurirono da sole, e ci cascarono addosso.

Il primo fuoco d'artificio illuminò di viola la valle senza preavviso; poi giallo e verde. Seduti a gambe incrociate sulle coperte, guardammo granelli sfolgoranti disegnare traiettorie nel cielo, deflagrare in chiome di alberi che subito si scomponevano, lasciando precipitare coriandoli di materiale solido in combustione, araldi dell'autunno. C'erano luce, scoppi, fumo. Pensai a Iole e al nonno, agli aerei e alle strisce di stagnola – che aerei saranno stati: i B-52, i *big ugly fat fellow*? avrei promesso a Luna di sposarla? – e a quanto avrei voluto (oggi, lo penso oggi, questo) essere più consapevole, in quel momento, dell'inseminazione che quell'estate aveva praticato nella mia vita, di tutto quello che sarebbe stato a partire da lì. Avrei voluto saperlo, per goderne e stupirmi. Ma non funziona così. L'esistere non ha sottotitoli e non ha *prequel*: solo istantanee sfocate.

Il crepitio degli ultimi fuochi si disperse dopo una ventina di minuti. Per un po' restammo a gioire della notte attorno a noi, di quell'indipendenza, e anche se lì sarebbe stato perfetto, non trovai il coraggio di salutare.

Lo feci l'ultima mattina.

«Parti?» Isacco aveva gli occhi che ricordavano i cerchi nell'acqua. «E lo dici così?»

Luna sedeva imbronciata sul muretto della chiesa. Da lì si intravedeva il vecchio cimitero, dove in un angolo – il nonno una volta mi aveva indicato il punto – era sepolta la mia bisnonna.

«Certo che potevi dircelo prima. Si faceva qualcosa...»

«Non lo sapevo», mentii. «Mia madre ha mandato oggi un messaggio.»

«Quando arriva?»

«Per pranzo. Partiamo nel pomeriggio, così viaggiamo di notte. C'è meno traffico.»

«Ma torni?» chiese Isacco.

«Forse l'estate prossima. Perché no?» – promettere di rivedersi è uno dei miei analgesici preferiti, durante i saluti, anche quando le percentuali di fattibilità giocano contro; ma forse ci credevo, in quel caso – «Luna. Tu ci sarai?»

«Non credo.»

«Ragazzi...» Era uno degli anziani sulla panchina. «Non è che uno di voi, cortese, va a ritirarmi i grissini da Rosa? Si può tenere il resto.»

Il tempo che io e Luna analizzassimo la frase, Isacco era già scattato.

«Ne approfitto per salutarvi», dissi io. «Oggi parto.»

«Per dove?»

«Torno a casa.»

«Comincia la scuola?»

«Non proprio. Ancora un paio di settimane.»

«Hai sentito?» disse l'uomo con il cappello di Anselmo a quello con il giornale che aspettava i grissini e di tanto in tanto lanciava occhiate ansiose in direzione del negozio di Rosa. «L'estate è finita.»

«Perché ci mette tanto?» domandò l'uomo con il giornale intendendo Isacco.

«Hai sentito?»

«Ho sentito, ho sentito. Il primo giorno di scuola non volevo andarci. I miei fratelli più grandi mi avevano raccontato che il maestro dava certe bacchettate che avevo paura. Questo, ricordo.»

«Che c'entra?»

«Cosa?»

«Che c'entrano le bacchettate? Ho detto che l'estate è finita.»

«Tutti gli anni finisce. Ti stupisci?» Poi, rivolto a me: «Perché non torna il tuo amico?»

Mi strinsi nelle spalle. «Sentite», dissi. «Prima di salutarvi posso chiedervi una cosa?»

Mi fissarono entrambi.

«Come vi chiamate?»

Quello con il cappello se lo tolse, il cappello; lo strinse contro il petto e si alzò in piedi a fatica. Mi porse la mano. «Rodolfo.»

«È stato un piacere, Rodolfo. A presto.»

«Eccolo», disse l'uomo con il giornale. Isacco stava tornando con la busta marrone da cui spuntavano, come rametti per la brace, i grissini all'olio fatti da Rosa.

«Il resto lo tengo, allora?» disse porgendo la busta.

«Pensi che prenda in giro la gente?» rispose l'uomo con il giornale.

Rodolfo era ancora in piedi. «Lui si chiama Nico», disse indicando con il pollice.

«Nicola?» chiesi.

«Nico», disse lui. «E basta.»

«Nicodemo», mi sussurrò Rodolfo all'orecchio. «Ma non gli è mai piaciuto.»

Ero con loro quando vidi sbucare la nostra auto. Agitai le mani, mamma accostò.

«Salutiamoci qui», dissi a Luna e a Isacco.

Lui stava bevendo un succo di frutta rubato in negozio. «Dacci dentro con il basket. La prossima estate voglio un avversario alla mia altezza.»

«Promesso.»

Luna, che aveva frasi scritte sulle guance, sulla fronte, non disse nulla. Mi abbracciò come un cerchio la botte, imprigionandomi le braccia in modo che non potessi replicare. Poi corse da mia madre che, seduta sul cofano, si era accesa una sigaretta; le disse qualcosa e si allungò attraverso il finestrino per prendere una penna e un foglio dal cruscotto. Si appoggiò all'auto, e scrisse. Tornata, porse sia a me sia a Isacco un foglietto con l'indirizzo di casa sua.

Isacco lo scrutò senza capire. «Perché anche a me?»

«Mi porto avanti», disse. Si girò e corse via.

A pranzo c'era Iole, che aveva preparato cibo che voi umani non potreste immaginare. Nonno aveva raccolto la mia roba: scarpe in una sacca di tela, album da disegno impilati con ordine sul divano, il nostro quadro dietro tutto.

«No», dissi. «Tienilo Silver Surfer.»

«Prendilo tu. Da queste parti non si sa che fine potrebbe fare.»

«Che fine potrebbe fare?»

«Be'... magari un'infiltrazione lo bagna o... la frana. Un'altra frana.»

«Spero che tu non lo tenga in cantina.»

Tolsi *Le déjeuner sur l'herbe* che nonno aveva risistemato al suo posto e lo appesi. La luce spremuta da un largo fronte nuvoloso, morbida il giusto, che entrava dalla finestra, donava alla tela la consistenza e la finitezza che gli erano proprie. Il contrasto dell'immagine con il resto della casa – mobili, pareti, tessuti – lo rendevano non dissimile dal monolite di Arthur C. Clarke di fronte a cui gli ominidi si risvegliano in preda a una nuova percezione di sé.

Ci lasciammo come c'eravamo trovati: senza parole. Una stretta di mano troppo adulta e troppo fredda. Mamma non lo so cosa gli disse, come e se lo salutò. La ritrovai in macchina al mio fianco, la diga giù in basso, il lago che luccicava pigro, e quando mi voltai, un attimo prima della curva, il nonno e Iole erano ancora là, emergevano dalla casa, dal paesaggio come impronte sull'argilla, come capita con le persone che, ai luoghi che abitano, appartengono.

C'è, quando si torna dopo un periodo lungo, di solito calcolabile in mesi, in luoghi intimi come la propria città, una percezione di cambiamento che appartiene tutta agli occhi di chi guarda e poco, pochissimo, alle reali trasformazioni del posto. Le strade portano sempre alla rotonda, al municipio, alla farmacia, al pollaiolo, al tabaccaio, alla spiaggia; a volte capita che abbiano modificato il senso di marcia, tutto lì. Lo stesso vale per la casa: le siepi di pungitopo che merlettano il cortile, la pompa elettrica per innaffiare le piante, le tende, il divano, la televisione, le foto alle pareti, la scrivania, le penne dentro il barattolo del cacao (sopra la scrivania), tutto è come lo si era lasciato. Il cane del vicino bracca i corvi con lo stesso latrato snervante e le lucertole si arrampicano sul davanzale, tra i vasi, come hanno sempre fatto.

Eppure nulla è più come prima.

Gli oggetti, i mobili, il cemento delle strade non entrano più in risonanza al nostro passaggio sulle stesse frequenze di una volta. C'era, su tutto, una pelle morta di cui non ci eravamo accorti, che il tempo, in nostra assenza, ha esfoliato; uno *scrub* percettivo.

Con i nuovi occhi mi scoprii a misurare, dentro gli specchi, la mutazione del corpo – ero forse più alto? più robusto? più sicuro di me? – e avrei voluto collaudarla sui vecchi amici, studiarne l'effetto, ma Salvo e Michele non c'erano, convocati dal Capo Galilea Football Club per una settimana di ritiro precampionato. Io avrei dovuto essere con loro – trovai la lettera di invito tra la posta inevasa – ma ormai era tardi. Il ristorante era in piena attività. I miei genitori vennero risucchiati nella routine della spesa, dell'allestimento, della cucina. Papà stava bene. O così sembrava. Aveva ripreso colore, non lamentava stanchezze inusuali – solo quella consueta del lavoro – e acquistò persino un paio di scarpette da corsa per andare a fare jogging, la mattina.

Una domenica pomeriggio, mentre stava sdraiato sul divano a leggere (non era mai stato un grande lettore, ma i mesi di ospedale gli avevano lasciato questo residuo che mamma giudicava miracoloso), gli dissi che andavo con la bici al caddusu. Lui posò il libro aperto su una coscia, prese il bicchiere di succo di mirtillo da terra, bevve e posò su di me un'occhiata lunga e profonda: un carotaggio.

«Ho fatto qualcosa?»

«No. Sono io che devo fare qualcosa. Devo scusarmi. Con te.»

«Perché? Non hai fatto niente.»

«Non sei stato tu a lanciare la pietra contro le finestre della sacrestia. Non l'hai fatto. Non l'avresti mai fatto. Dovevo saperlo.»

Nello stomaco una bolla si forò, rilasciando aria che, solleticando le ossa, salì fino alle spalle sciogliendomi i muscoli della schiena.

«Ho incontrato don Luciano, stamattina, che tra l'altro ha detto di farti vedere non so per cosa, comunque, l'ho incontrato e ci siamo fermati a chiacchierare. Alla fine ci stiamo salutando e lui s'illumina, sai come fa lui, no? Che sembra che gli si accenda un faro negli occhi. S'illumina e dice che devo portarti le sue scuse e tutto, perché ad agosto, non è stato a spiegarmi meglio, il garzone di Celima, quello che ha accusato Michele e Salvo e la *terza* persona», e questo lo disse guardandomi di sottecchi, «ecco, il garzone di Celima è andato da lui e ha ammesso di essersi inventato tutto.»

«Che pezzo di merda.»

«Zeno.»

«Scusa.»

«È stato lui a lanciare il sasso. E ha incolpato voi, cioè, Michele e Salvo, per vendicarsi di uno sgarbo. Sembra che lo prendano in giro per gli occhi.»

«Lo prendono in giro tutti.»

«Anche tu?»

«Be', è capitato, sì.»

Il tono di papà si abbassò. «Credi sia una colpa vederci poco? O non è un motivo buono per aiutarlo?»

«Sì.»

«Sì cosa?»

«Ho sbagliato.»

«Come ho sbagliato io. Quindi ti chiedo scusa. E mi aspetto che tu faccia lo stesso con lui.»

«Dovrei andare dal garzone e chiedergli scusa?»

«C'è qualche problema?»

«È che...»

«Stavi uscendo con la bici. Celima è aperto. Se passi lo trovi.»

«Adesso?»

«Perché no?»

«Ma...»

«Zeno.»

«Anche lui, però... Ha detto...»

«Ha detto una bugia, e dovrà giustificarsi con Michele e Salvo, se trova il coraggio. Ma anche loro dovrebbero scusarsi con lui. Come farai tu, oggi pomeriggio.»

Sbuffai, cercando rifugio nel riverbero dei minuscoli coriandoli riflettenti che picchiettavano le tende delle finestre.

«Siamo d'accordo?»

Raggiunsi Celima in bici e mi scusai con il garzone. Già che c'ero passai da don Luciano, che dal ritorno a Capo Galilea non avevo ancora visto. Lui mi diede la seconda assoluzione per non aver commesso il fatto e promise di darci, a tutti e tre, una paga per il lavoro in canonica a giugno.

«Una pena ingiustificata dev'essere risarcita», disse.

Non potevo fare a meno che essere d'accordo.

Mi chiese anche di prendere parte alla processione di Santa Rosalia, il 4 settembre, che è la data della morte, e non ha nulla a che vedere con la festa di Palermo il 14 luglio a cui avevo partecipato da piccolo portato da nonno Melo e che parte dal Palazzo dei Normanni e arriva al mare, secondo un itinerario ideale dalla morte (causata dalla peste) alla vita. Niente carro trionfale con la statua della santa trainato da buoi, per noi di Capo Galilea. Niente carri allegorici. Niente fuochi d'artificio. Solo un anello dalla chiesa al porto al municipio all'edicola della santa, tra il glicine di Porta Sant'Agata; e non chiedetemi perché si chiama Sant'Agata e non Santa Rosalia, perché non lo so. «Mi serve un giovanotto come te, che tenga il vessillo. Lo faresti?»

A malincuore – nulla di più noioso delle litanie della processione – esibii un sorriso garbato, e accettai.

Due giorni prima dell'inizio della scuola, io e papà uscimmo a pesca. Ci alzammo in silenzio, prima dell'alba. Arenicole, canna, guadino. K-way. Era una gioia mite. Non scambiammo una sola parola fino a quando la barca non fu in acqua, poi mentre lui vogava morbido a prua, immergendo i remi senza spruzzi in quello stile garbato che un giorno sarebbe stato mio, a un certo punto, muto, occhi e mento, mi fece segno di guardare dietro: Capo Galilea era un cedimento dei monti e i lampioni delle vie le fiaccole di una via crucis.

Papà fermò la barca a trecento metri dalla costa, dietro un'insenatura, lo stesso posto dell'altra volta. Non c'era vento. Niente scirocco, niente grecale. Tutto era immobile. Mi raccolsi in un angolo del pozzetto a preparare la lenza; lui se ne stava in piedi a guardare il mare, come per una trasfusione. Presi un'arenicola grassa dalla scatoletta. Ci vollero diversi lanci prima di pescare qualcosa, ma era una spigola di tutto rispetto, che in crosta di sale, nelle mani assennate di nonna, avrebbe dato soddisfazione. Papà dialogava con l'acqua, come sempre, con tocche rapide. D'un tratto il filo lo tirò verso basso, tanto che dovette puntare i piedi; un altro strattone. Lo raggiunsi per aiutarlo. Ci piegammo entrambi, sopraffatti dallo sforzo e dall'eccitazione: che diavolo era?

«Prendi il guadino.»

Obbedii e in quel momento, con uno strappo, papà sollevò il pesce e io lo presi. Era un sarago, grosso, più di tre chili, un sarago enorme per quello che, di solito, sono i saraghi, ma niente a confronto di quello che avevo immaginato: sembrava stesse lottando con una balena.

«Questo è un sarago culturista», dissi.

«O sono io che sono debole.»

Lo fissai. «Allora, forse potrei batterti.»

«A cosa?»

«Dico. Forse potrei batterti a braccio di ferro. Per la prima volta.»

«Non ci contare.»

«Scommettiamo?»

«Dai, qui. Ora. Subito.» S'inchinò e poggiò il braccio sulla panca.

Venne l'autunno, anche se in Sicilia non si può parlare di vero autunno, l'inizio della scuola, e con lei il senso di inadeguatezza in cui le richieste dei professori mi avvolgevano; una coperta urticante. Tolleravo i compiti a casa, le ripetizioni, solo perché mi servivano a mantenere un clima di pace in famiglia. La sufficienza era il mio obiettivo in tutte le materie e questo liberava tempo per la fantasia. Tolleravo le interminabili mattine stretto fra i banchi perché nell'intervallo potevo scendere in cortile – un ampio prato accudito da Antonio Rovigni, macellaio in pensione e giardiniere volontario, che noi ragazzi dissodavamo tre volte al giorno con le nostre corse furibonde, per trovarlo pettinato a spazzola il giorno dopo – dove avrei visto passeggiare Marilena, la ragazza della scuola che più di tutte mi ricordava Luna, il cui indirizzo, attaccato con le puntine al sughero sopra la scrivania, sarebbe rimasto attaccato al sughero sopra la scrivania per quasi cinque anni, ingiallendo, macchiandosi, senza che mai trovassi il coraggio di scriverle. Io, il mio indirizzo, a lei non lo avevo dato. Un giorno, al ritorno da una gita scolastica a Madrid, in terza superiore, non lo ritrovai dov'era sempre stato, tra una cartolina di Dylan Dog autografata da Corrado Roi e un disegno lunare di Moebius. Mamma disse di non saperne nulla. La signora Eliana, che da alcuni anni la aiutava nei lavori di casa, disse di non saperne nulla. Mio padre, figuriamoci. Pensai che forse potevano essere state le lucertole che quando faceva freddo entravano dalla finestra; lo chiesi anche a loro – dopo anni di convivenza avevamo ormai un buon rapporto – ma furono molto reticenti.

Tornai a Colle Ferro, dal nonno, altre quattro volte. Non l'estate successiva: mamma e papà avevano deciso di fare un viaggio insieme, noi tre, e così ci imbarcammo su un aereo per la Spagna, dove, affittata un'automobile, una monovolume, ricordo, scorrazzammo in lungo e in largo visitando Granada e l'Alhambra, Cordoba e la Mezquita – ci arrivai attrezzato di sanguigna e bloc-notes, gli occhi pieni dei disegni di Hugo Pratt – e risalendo fino a Bilbao e a Santiago de Compostela. E neppure quella dopo, che fu l'estate del soggiorno in Inghilterra, a Brighton, presso una famiglia, per migliorare il mio inglese malfermo, e dove amai di un amore gravitazionale una ragazza portoghese, motivo per cui, l'anno successivo, convinsi i miei ad andare in vacanza in Portogallo. Ma al ritorno da Lisbona, visto che c'eravamo andati, non ricordo per quale motivo, in macchina – un viaggio allucinante – decidemmo di passare a Colle Ferro.

C'eravamo sentiti per telefono credo una decina di volte, più che altro in occasione dei compleanni: il suo il diciassette novembre, il mio il primo marzo e per Natale. Per parlargli chiamavo il negozio di Rosa, che era sull'elenco, lei lo mandava a chiamare, io attaccavo e dopo venti minuti, giusto il tempo dell'andare e tornare di qualcuno dal negozio alla casa del nonno, ricomponevo il numero. Certe volte trovavo Isacco e scambiavamo qualche parola rapida – Isacco non era uno che si trovava a proprio agio al telefono e a dire il vero nemmeno io sono uno che si trova a proprio agio al telefono: come si fa a comunicare senza le espressioni del viso, senza le mani? – aggiornandoci a vicenda sulle novità, di solito quelle più succulente; poi andava lui a chiamare nonno.

Isacco, nel settembre del '99, si era iscritto a un corso professionale da impiantista che aveva trascinato fino al diploma per accontentare i parenti. La sua vera passione, negli anni, era diventato il karate. Frequentava una palestra e, raggiunta non so quale cintura o categoria, aveva cominciato a dare lezioni ai bambini. Solo che a un certo punto i genitori – me lo ha raccontato sua zia, questo, durante l'ultima visita – si erano presentati con una lettera con cui chiedevano (intimavano) ai responsabili della palestra di trovare un altro insegnante. A quanto a pare, Isacco si distingueva sul piano strettamente tecnico, perché quando c'era da infarcire le lezioni con la prevista dose di buoni sentimenti e non-violenza sull'uso della forza unicamente per difendersi, sull'autocontrollo, ecco, diciamo che non si dimostrava convincente. Due volte su tre un ragazzino tornava a casa felice, sì, euforico, certo, ma con un occhio nero o la schiena coperta di lividi per le botte prese (e date); e anche due risse a scuola, alla media statale Don Milani di Cortazola sarebbero state – sempre secondo i genitori – riconducibili agli insegnamenti del giovane maestro. Così era stato cacciato. Ma non se l'era presa. Era andato dal diacono e lo aveva persuaso a concedergli l'uso del salone parrocchiale di Colle Ferro, tre volte alla settimana, per un corso per principianti aperto a tutti, senza limite di età. Rosa, sbellicandosi dalle risate, mi confidò che, tra gli allievi, sei su otto erano over sessanta, e che era uno spasso vederlo lavorare con gli anziani – «Ed è pure bravo!» – e che la Pro loco era intenzionata a erogare dei fondi per altri corsi simili in giro per la valle, e ad affidarglieli.

Tornando al nonno, le chiacchiere al telefono, be', immaginatele: certe ragnatele di silenzio da catturarci le zanzare della Camargue. Ma in quegli intrichi di sottintesi, di omissioni, avevo imparato a riconoscere il luccicare della verità, e lui anche. Io parlavo a ruota libera, come inginocchiato in un confessionale, e quando avevo finito lasciavo che la voce corresse fino a lui seguendo le traiettorie misteriose delle telecomunicazioni. Lo immaginavo ordinare le informazioni e rielaborarle in qualche modo; pensare a cosa dire, magari qualcosa di nuovo, e non trovare nulla. Lo immaginavo nutrirsi della mia vita. Lo immaginavo salutarmi, sapendo che ci saremmo risentiti dopo sei o sette mesi.

Dopo andavo a correre sulla spiaggia. A perdifiato.

In tutto ci siamo rivisti quattro volte. La prima, come ho detto, rientrando dal Portogallo. Erano passati tre anni dal ricovero di papà e dalla mia estate a Colle Ferro. Trovammo il nonno in casa. Stava programmando con Cesco la stagionatura lunga (oltre due anni) di un particolare formaggio di capra che avrebbe dovuto essere avvolto in foglie di tabacco e castagno. Si affacciò alla finestra, sentendo il motore. Strinse la mano a papà che non vedeva da quella volta a Torino sotto casa, ne appoggiò una sulla mia spalla e inclinò lo sguardo come a misurarmi, legò gli occhi a quelli di mamma ed entrambi infarcirono un ciao con tutto quello che portavano in tasca: rimproveri, ricordi, indulgenze.

Mamma e nonno avevano continuato a non parlarsi o a parlarsi pochissimo, per gli stessi non-motivi cui aveva fatto cenno Iole la sera in cui ero andato a fare il pane a casa sua. L'abitudine alla reciproca assenza si era sedimentata attorno alla lingua, alle corde vocali, al pensiero, e nessuno dei due sapeva come scrostarla. Entrammo in casa per un tè. In un angolo notai un mucchio di tele addossate alla parete, nascoste dal divano.

«Quelle?»

«Ho continuato a dipingere. Mi è rimasta la voglia dopo questo», e indicò il nostro Silver Surfer sul lago, appeso al posto del *Déjeuner sur l'herbe*. «Do anche lezione alla figlia del tabaccaio.»

Erano panorami: case, rocce, vigne; nemmeno una persona.

«Simone», disse papà, masticando un tocco di caprino con il pane nero di Iole, che a quanto pare era in paese. «Questo formaggio è strepitoso. Credi sia possibile farlo arrivare a Capo Galilea?»

Nonno annuì. «Ne parlo con Cesco.»

«Superbo», sentenziò papà. «Agata, l'hai assaggiato?»

Mamma stava mettendo ordine, toglieva la polvere dai libri per stancarsi. «Se ci fermiamo a cena lo assaggio dopo.»

«Ci fermiamo?» chiesi.

«Mi fate piacere», rispose nonno. «Potete dormire qui, se volete. C'è il letto di sopra e il divano che si apre.»

Papà alzò in aria il formaggio per un brindisi. «Ma domattina si parte presto. Non voglio trovarmi sul raccordo anulare a pranzo.»

Il giorno dopo nonno si alzò apposta per preparare caffè e latte. L'alba che lo avvolgeva, quando svoltammo dietro la curva e lo persi di vista, era il ghigno di un bambino.

Passarono altri tre anni prima che ci rivedessimo. Mentre la mia vita si arricciava nelle forme mutevoli di una palla di carta di giornale cui viene dato fuoco (con la stessa intensità rovente la abitavo), quella del nonno si affidava alle mani del Dio delle piccole cose. Lo ritrovai sulla soglia di casa come lo avevo lasciato nel sorgere del sole la volta precedente. Nulla più cambiava, attorno a lui, ogni cosa era un respiro trattenuto: i quadri che continuava a dipingere e ad ammucchiare dietro il divano, senza appenderli; la routine del prendersi cura dei formaggi di Cesco; le passeggiate tra i lecci, fino alla riva del lago; la sosta davanti all'acqua che si era mangiata l'abitazione sua e di Iole, dove, senza fine, vedeva riflettersi la chioma di un grande albero abbarbicato sulla riva opposta. Trascorsi una settimana da lui di ritorno dal Chianti, dopo il soggiorno improvvisato con Luna, e altre due volte andai a trovarlo quando frequentavo l'Accademia di Brera. Mi presentavo senza bisogno di spiegazioni. Se stava cucinando aggiungeva della carne allo stufato o tagliava altre patate per l'insalata. I discorsi li riprendevamo dal punto in cui li avevamo lasciati la volta precedente.

L'ultima volta, come aveva detto bene Rosa in occasione della morte di Anselmo, non l'ho riconosciuta: come fai a immaginare che non la vedrai più la persona che, in questo momento, davanti a te, apre la bocca per inghiottire l'arrosto, sorride sotto i baffi per una battuta o s'adombra per un pensiero che non conosci ma che vedi sfilare, in trasparenza, dietro le sue pupille?

Lo salutai come sempre.

Tre mesi dopo, un pomeriggio tardi, mi arrivò la telefonata di Iole. Disse che nonno era morto. Lo aveva trovato lei, seduto sulla panca, il capo contro lo stipite della porta, la pipa per terra, tra i piedi. «Si è spento», disse. Usò questo termine: spento. È in questo modo che, da allora, penso alla sua morte. Soprattutto adesso che ho letto il quaderno.

Dopo il funerale, dopo averlo cremato – Iole disse che avrebbe voluto essere cremato e dato che nessuno di noi era contrario (anzi) accettammo la proposta – mamma e papà si fermarono una notte. Ma non su alla casa, in una locanda, nuova, stile agriturismo, da cui si vedeva la piazza. Il giorno dopo, di buon mattino, fatta colazione, ripartirono.

Io, che stavo preparando l'ultimo esame, decisi di restare una decina di giorni. Ripresi possesso della camera, la mia camera; da Rosa feci scorta di cibo in scatola – ricordate che non ho preso da mio padre la passione per i fornelli? – e Iole si adoperò per non farmi deperire. Studiavo tutto il giorno. La sera chiamavo Luna; adesso il cellulare prende. Quando sentivo bisogno di far respirare il cervello, vagavo per casa, lasciando che i ricordi del nonno affiorassero dall'odore delle stoffe, dalla memoria tattile delle cose; bighellonavo mettendo ordine, volendo capire se c'erano oggetti che valeva la pena conservare. Misi da parte il nostro quadro (ovvio), che da allora mi riceve ogni giorno, quando entro in studio, appeso sopra il tavolino che uso per svuotare le tasche. Misi da parte i racconti di Hemingway che avevo poi letto per conto mio in Inghilterra, molto tempo dopo il tentativo del nonno di contagiarmi con il suo entusiasmo per *Un posto pulito, illuminato bene.* Misi da parte certe tazze enormi, di ceramica, in cui avevo fatto colazione durante quell'estate alla fine del secolo. In cantina c'erano ancora i formaggi, ma presto Cesco li avrebbe trasferiti in qualche altro luogo: non si fidava a lasciarli incustoditi.

Una sera dopo cena – il giradischi suonava una collezione di successi blues: Robert Johnson, Bo Diddley, Howlin' Wolf – aprendo un cassetto in camera sua trovai un quaderno dozzinale, a quadretti grandi da prima o seconda elementare; in copertina, un motivo floreale. Cominciai a sfogliarlo in piedi, alla luce tenue dell'abat-jour; la calligrafia del nonno era intricata, irregolare. Quando capii di cosa si trattava lo portai di sotto e continuai a leggere finché – ed era quasi mattina – lo terminai e lo chiusi.

Mi assopii tenendolo tra le braccia. Iole mi svegliò verso mezzogiorno, con una teglia di lasagne. Le divorai come se fossi stato a digiuno da mesi.

Cercai le catene. Ma non ne trovai traccia. Portai via con me il quaderno per batterlo al computer. Penetrai le parole, le lettere, tasto su tasto, e lasciai che loro impregnassero l'immagine del nonno che si era litografata in me – io la carta, lui la pietra – ma senza disfarla: solo ampliandola, donando complessità e rispetto.

Tra le pagine del quaderno trovai anche un appunto scarabocchiato di fretta, su carta da pacchi.

Lungo la strada mi supera una macchina verde. Mi scosto per farla passare e non respirare la polvere. Sono poche le auto che per-

corrono questa strada. A parte me non ci abita nessuno su di qua, ci sono solo un paio di casolari diroccati, boschi e pascoli. Superata la curva vedo la macchina ferma davanti a casa mia. Una donna bussa alla porta e si allontana, scruta le finestre e il ballatoio. Un ragazzino è seduto sulla panca, con una borsa vicino alle gambe. Guarda il lago, la valle. Poi, d'un tratto, guarda me.

I miei hanno deciso di non venderla, la casa di Colle Ferro. Di tanto in tanto ci torno io a leggere e disegnare, sia solo sia con Luna. Nel tardo pomeriggio mi siedo sulla panca e lo vedo, il nonno, che stende ad asciugare magliette e pantaloni, che mescola i pigmenti, che gratta il fornello della pipa con il cucchiaino per rimuovere le incrostazioni. Poi lo osservo lasciare ciò che sta facendo, come se avesse udito una voce, e raggiungere la curva, lì dove il prato declina. Si volta, mi guarda, scende alcuni passi, e non c'è mai stato.

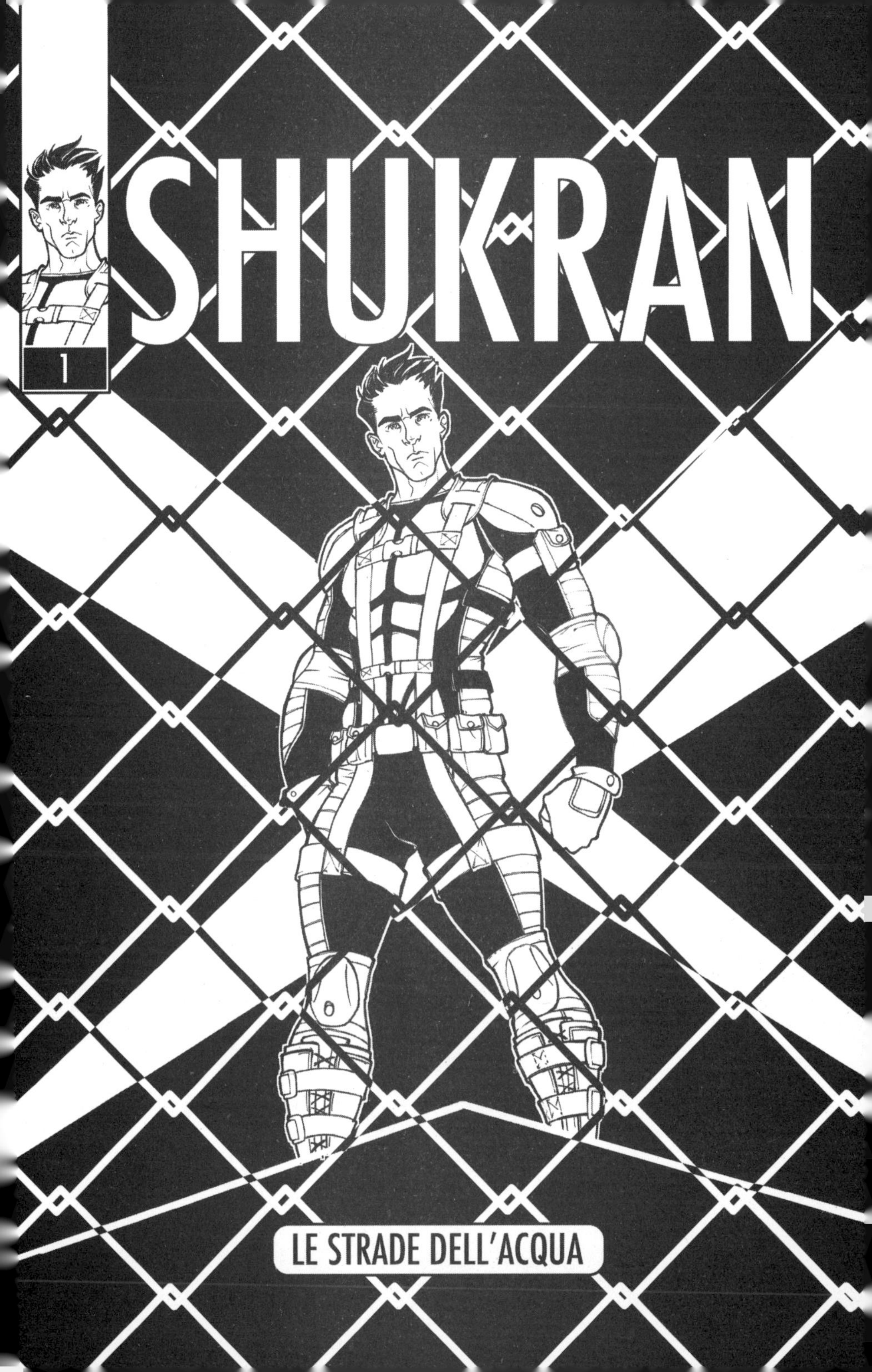

1
SHUKRAN
LE STRADE DELL'ACQUA

SHUKRAN

LE STRADE DELL'ACQUA

SOGGETTO E SCENEGGIATURA
Roberto Crocci

DISEGNI
Zeno Montelusa

Anno 2050

A causa dell'aumento della popolazione e dei cambiamenti climatici milioni di persone tentano di raggiungere l'Unione Europea. L'Agenzia per la Gestione delle Frontiere Esterne ha il compito di impedire loro l'accesso.
I Centri di Identificazione ed Espulsione possono contenere decine di migliaia di migranti.
Nessuno sa con esattezza cosa accade dentro queste fortezze.
Giornalisti e responsabili delle associazioni umanitarie non hanno accesso.

Ma qualcuno è riuscito a entrare…

62

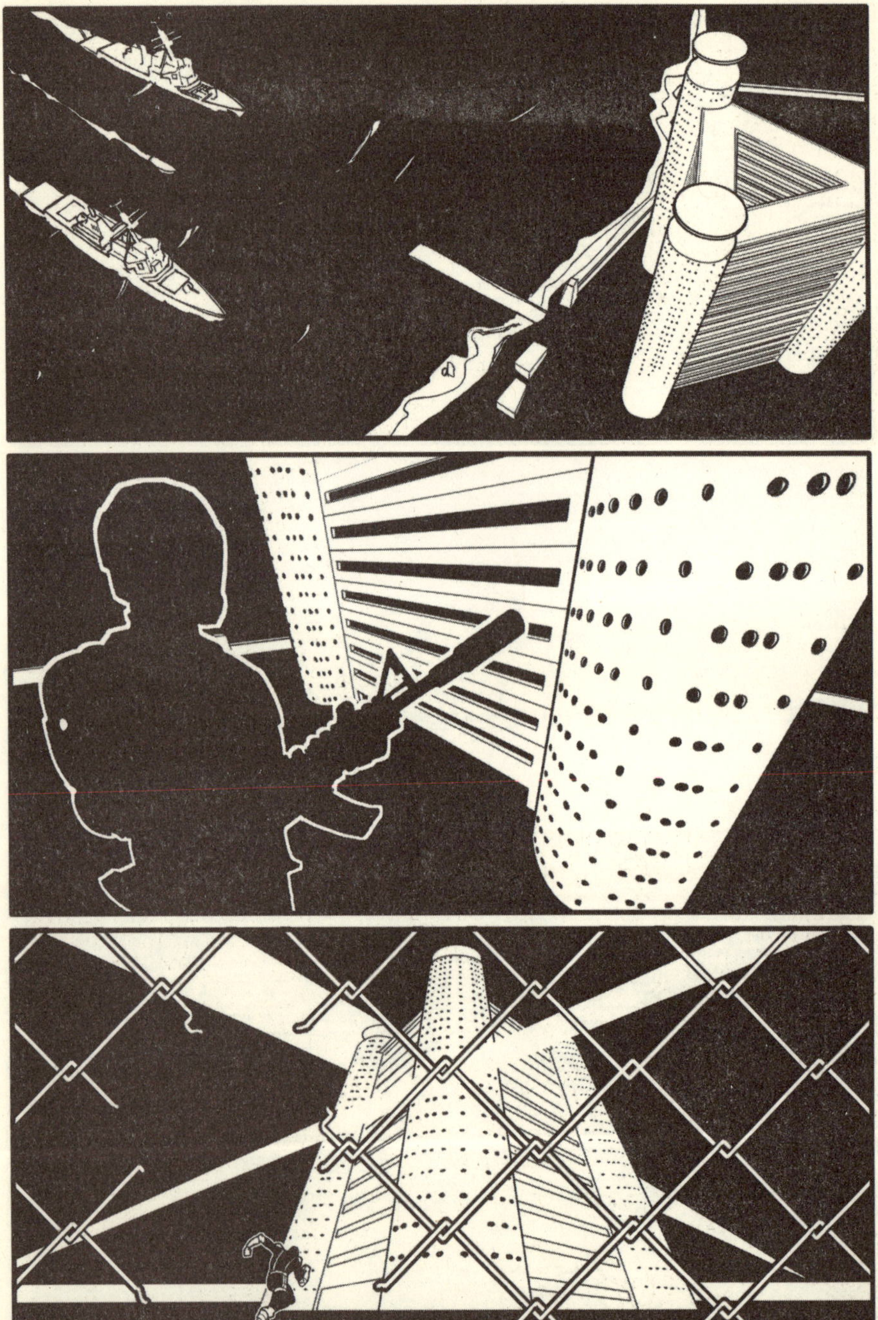

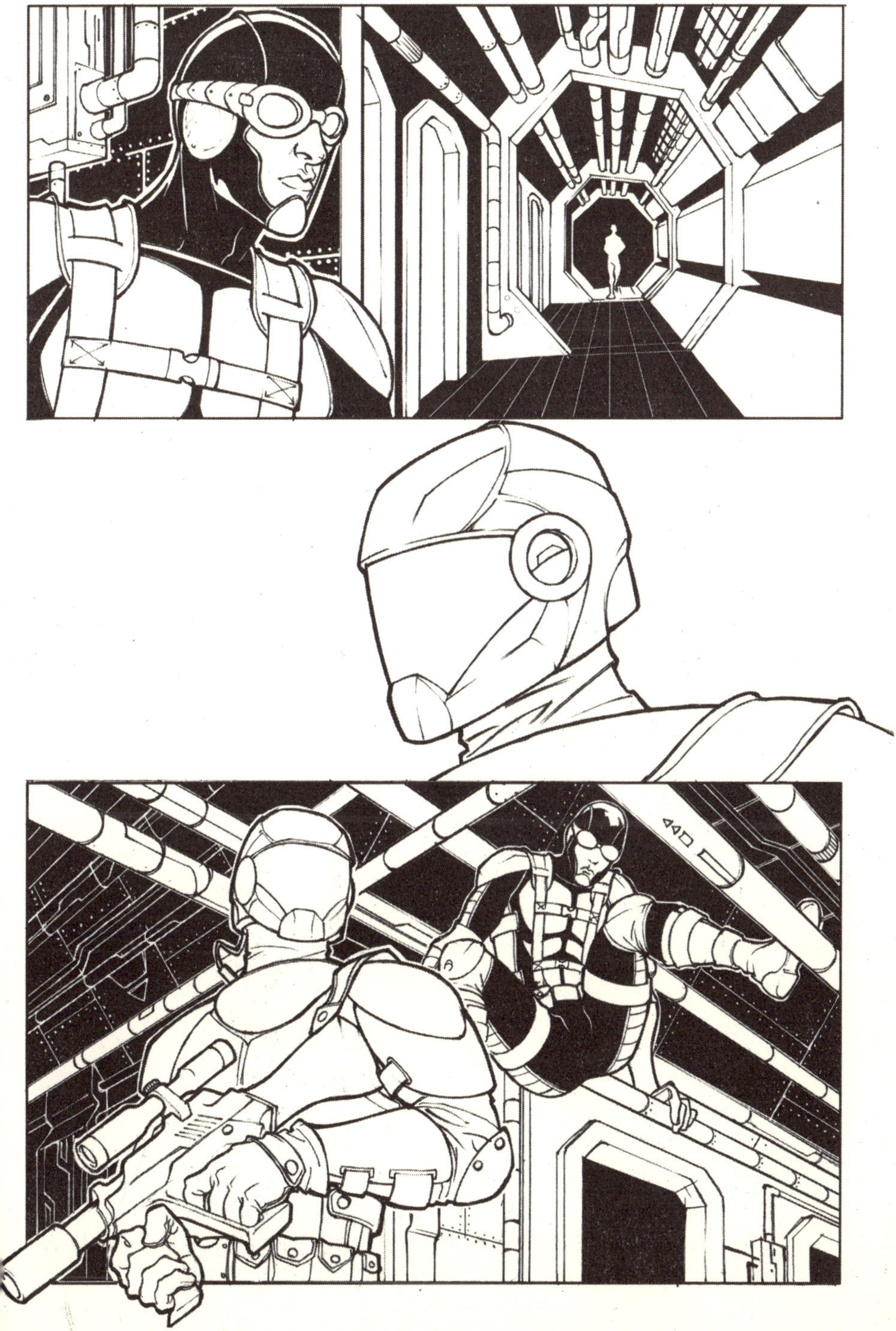

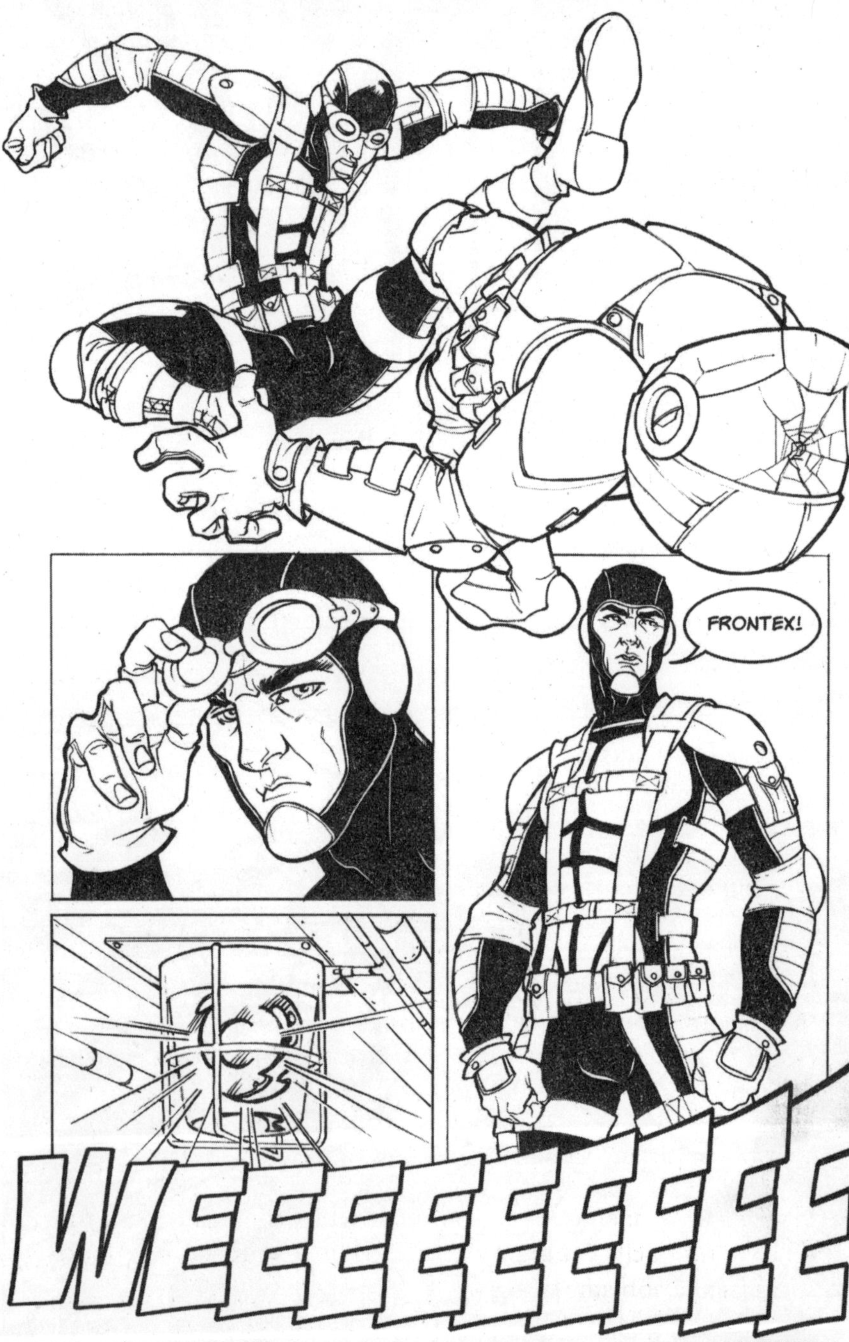
FRONTEX!
WEEEEEEEEE
...CONTINUA...

I libri sono anzitutto di chi li legge. Quindi grazie a voi, lettori, per aver abitato queste pagine.

Grazie ad Andrea Riccadonna che ha prestato a Zeno la matita e l'inchiostro. A Erika Armano e Flavio Bechis che da Antonio Marras ci sono andati davvero. Ad Antonella Di Fazio e Daniele Beccati per la gita in Val Cichero. A Lucio Olivetti per la consulenza. A Davide Longo per le ultime parole del libro. A Stefano Tettamanti, che è esattamente l'agente che vorrei avere (e per fortuna ce l'ho). A Francesco Colombo, che è esattamente l'editor che vorrei avere (e per fortuna ce l'ho).

Grazie a ogni singola persona che anima con la propria professionalità la Dalai *editore.*

Questo romanzo non esisterebbe se un giorno non avessi incontrato Franco Debenedetti Teglio, alla cui vita appartengono diversi eventi dell'infanzia e della giovinezza di Simone Coifmann.

Da quello che pensa e che dice sono quasi certo che Zeno abbia letto, tra l'altro, *Il fumetto supereroico* di Marco Arnaudo, edito da Tunué, mentre a Simone Coifmann sarebbe piaciuto *Il dizionario dei luoghi fantastici* di Alberto Manguel e Gianni Guadalupi, edito da Archinto (così forse avrebbe smesso di leggere Hemingway).

Grazie ad Adriano Olivetti per essere stato ciò che è stato.

Grazie a tutti gli artisti che alimentano il mio immaginario e a tutti i lavoratori della cultura. Continuate a perseguire inquietudine e speranza; ne abbiamo bisogno.